dtv

Martin Schneitewind

AN DEN MAUERN DES PARADIESES

Roman

Aus dem Französischen
von Raoul Schrott

Mit einem Nachwort
von Michael Köhlmeier

dtv

Ausführliche Informationen über
unsere Autoren und Bücher
www.dtv.de

Raoul Schrott dankt dem Deutschen Literaturfonds
für die Unterstützung seiner Arbeit.

Originalausgabe 2019
© dtv Verlagsgesellschaft mbH & Co. KG, München 2019
Gesetzt aus der Jenson
Satz: Gaby Michel, Hamburg
Druck und Bindung: Druckerei C.H. Beck, Nördlingen
Gedruckt auf säurefreiem, chlorfrei gebleichtem Papier
Printed in Germany · ISBN 978-3-423-28187-4

AN DEN MAUERN DES
PARADIESES

ERSTER TAG

I

Die Wogen brandeten an den Wall und zerschlugen sich dumpf. Die Stille zwischen den Brechern war länger als zwischen meinen Atemzügen und ich atmete mich ruhig, in einen Schlaf, in dem sie zusammenfielen. Das Telephon riss mich daraus. »Sie müssen kommen. Bitte, kommen Sie zur Rezeption!«, haspelte der Nachtportier in den Hörer. »Sie brauchen Ihren Pass.«

Die Luft war stickig, meine Haut schweissnass; Fetzen von Gischt leuchteten vor dem Fenster fahl auf. Wenige Minuten später klopfte es. Ich ging zur Tür, öffnete und setzte mich wieder auf die Bettkante, Arme auf den Knien, Handflächen nach oben.

Im Korridor standen zwei Männer. Einer blieb auf der Schwelle stehen, er füllte den Türstock aus. Der andere trat ins Zimmer und knipste die Glühbirne an. »Zeigen Sie Ihren Pass.«

»Meine Personalien wurden bereits gestern aufgenommen. Bei der Anmeldung.«

Ich sah an mir hinab auf den nackten Bauch, die Unterhose, die Beine.

»Zeigen Sie uns bitte den Pass.«

Ich schob die Nachttischlade auf und übergab ihm den Pass. Er wandte ihn hin und her, ohne ihn zu öffnen. »Wo waren Sie heute?«

Ich zog mein Hemd über und stand auf.

»Setzen Sie sich wieder.«

Ich blieb stehen und musterte ihn. Sein Gesicht war hager, die Nase lang, Falten teilten die Wangen.

»Wo waren Sie?«

Ich blickte zu dem Mann an der Schwelle, der noch ein Schattenriss blieb. »Ich wollte einen Ausflug machen. Mir die Baustelle ansehen. Für die Kontrollposten brauchte ich meinen Pass.« Ich deutete auf den Pass. »Also, kontrollieren Sie.«

Er sah schweigend zum Fenster, das uns nunmehr widerspiegelte. Als er sich wieder zu mir drehte, bemerkte ich eine Unförmigkeit an seinem Rücken, als stecke ihm etwas unter dem Jackett.

»Thaut will Sie sehen.«

»Jetzt??«

»Thaut steht früh auf«, meinte der untersetzte Mann in der Tür.

»Es ist noch nicht einmal fünf«, erwiderte ich nach einem Blick auf meine Uhr.

»Er ist frühmorgens immer schon auf den Beinen«, erklärte die lange, hagere Gestalt, die dicht vor mir stand, sehr dicht. Ich glaubte, einen englischen Akzent herauszuhören.

Unwillkürlich die Schultern einziehend, kniete ich mich vor meinen Koffer und holte den Toilettenbeutel heraus. Der Mensch in der Tür liess mich erst nach kurzem Zögern in den Gang, an dessen Ende sich die Gemeinschaftsdusche befand.

»Er will sich waschen«, sagte der im Zimmer. »Weil er einen guten Eindruck machen möchte. Das wollen Sie doch?«

Rasiert, das Haar nass zurückgekämmt und vollständig angezogen kam ich in ein leeres Zimmer zurück. Ein diffuser Schein deutete draussen nun den Horizont an.

Der Portier starrte mich schlaftrunken an; ihn hatten sie auch geweckt. Vor der Pension parkte der Wagen. Ich wollte hinten einsteigen, um niemanden im Nacken zu haben; stattdessen wurde mir der Schlag zum Beifahrersitz geöffnet.

Nach meiner Ausschiffung in Damman hatte ich bislang nur das Viertel um den Hafen erkunden können. Ich war die kurze

Promenade abgegangen, den Cafés entlang bis zum Platz am neuen Theater, und durch den Park mit seinen Zypressen flaniert, vorbei am Museum und den Villen mit ihren gusseisernen Balkonen, unter denen eine Tram hinaus zur Schleuse führte. Es schien ein angenehmes Städtchen zu sein, die Bürgerhäuser und Strassen sauber nach europäischem Zuschnitt, lauter Postkartenansichten.

Jetzt aber bogen wir auf die Ausfallstrasse ein, wo die Häuser bald Verschlägen aus Holz und Wellblech wichen, und hielten auf die Kordillere zu, deren sandige Flanke hinter dem Uferstrich hoch in die Dämmerung ragte. Der Verkehr hatte bereits eingesetzt; ein Lastwagen nach dem anderen wand sich in einem Talstich zum Plateau empor.

Am Pass traten die Halden grau zu Tage, die Kämme von der aufsteigenden Sonne erst nur konturiert, dann aufbrennend. Darüber zog ein Zeppelin langsam dahin, seine Bespannung aufglänzend im Licht, an seinem Bauch ein schweres Stück Beton, ein Bauteil wahrscheinlich. Wir überquerten Eisenbahnschienen und eine Kreuzung, wo ein Schild die Meilen zum Damm anzeigte, und fuhren dann durch das breite Bett eines ausgetrockneten Flusslaufs.

Der Hagere neben mir schaltete in den ersten Gang, um den Wagen durch die Schlaglöcher zwischen dem Geröll zu manövrieren. Er blickte in den Rückspiegel, worauf der Füllige sich vorbeugte und die Verriegelung meiner Tür niederdrückte.

»Zu Ihrer Sicherheit«, meinte der Hagere.

Vor uns rollte Hochnebel wie eine Walze langsam über die rostrote Ebene auf uns zu. Ich kurbelte das Fenster ein Stück herunter; der Dunst roch nach dem Meer, aus dem er aufgestiegen war.

Einmal aus dem Nebel heraus, bogen wir auf eine Nebenstrasse, die geradewegs auf eine immer breiter und höher werdende Mauer zuführte. Sie füllte unsere Frontscheibe bald zur Gänze aus; glatt, gekalkt und mehrere Meter hoch rundete sie sich weg von uns, so hell im Licht jetzt, dass sie blendete. Eine Schranke versperrte die Zufahrt; sie ging auf, ohne dass in dem Wächterhäuschen jemand zu sehen gewesen wäre. Dahinter öffneten sich, ebenfalls scheinbar von selbst, die Flügel eines übermannshohen schwarzeisernen Tores und ein Garten tat sich auf: Rasenflächen zwischen Büschen und Tamarisken, ihr Grün in dieser Ödnis gleichsam unwahrscheinlich. In der Mitte erhob sich ein moderner Ansitz, ein dreistöckiger, weiss gekalkter Kubus mit französischen Fenstern und einer Terrasse, die noch im Schatten lag.

Der Wagen rollte auf dem Kies davor aus. Rechts und links des Eingangs thronte ein Paar von an manchen Stellen abgeschlagenen Skulpturen: vierköpfige Sphingen mit Stierläufen, Adlerschwingen auf dem Rücken und auf den Flanken. Ihre beiden menschlichen Gesichter starrten sich an, Hände und Arme einander entgegengestreckt, die Löwenfratzen uns zugewandt, während die Adlerköpfe über den Körper nach hinten gebogen und die Stierschädel auf die Tür gerichtet waren. Aus braunem Basalt gehauen, die Gesteinsporen bis über den Bauch mit Erde verkrustet, entstammten sie offenkundig einer archäologischen Ausgrabung.

Ein Diener liess uns ein. Er begrüsste die hagere Gestalt mit ›Herr Neame‹, nicht aber den anderen oder mich. Über eine Treppe gelangten wir in das obere Stockwerk, wo ich in einen Raum geführt wurde, der als Bibliothek diente. Die Wände waren mit verglasten Bücherschränken aus dunklem Holz verkleidet und liessen an der Schmalseite eine Tür frei. Die massgefertigten Vitrinen gingen an den Ecken ineinander über und reichten bis zur Decke, in die eine Oberlichtluke eingelassen war.

Ich besah mir die Schreinerarbeit, ohne auf die Buchrücken zu achten, um möglichst wenig Interesse zu bekunden und nicht völlig vorgeführt zu wirken. Nirgends ein Nagel; die Flächen waren durch Schwalbenschwänze miteinander verbunden, das massive Holz an keiner Stelle verworfen oder rissig. Es war eine Arbeit von

Meisterhand, ebenso wie der grosse, aus demselben schweren Holz gehobelte und polierte Tisch im Raum. Doch irgendetwas wirkte fehl am Platz, ohne dass ich zunächst sagen konnte, was.

Wir schienen auf Thaut zu warten, bis Neame sich räusperte, als hätte ich nun genug Zeit gehabt, mich einzufinden. Ich sah erst jetzt, dass er durchdringend graue Pupillen hatte und älter war, als sein Auftreten hatte vermuten lassen. Und wieder wurde ein leicht gekrümmter Buckel unter der altmodischen Anzugjacke deutlich; er legte sie nicht ab, obwohl es warm war im Zimmer.

Er setzte sich auf den Stuhl an der Stirnseite und wies auf den neben sich, mich eindringlich musternd.

»Sie sind hoffentlich keiner dieser marxistischen Akademiker.« Der Schatten eines Lächelns huschte über sein scharfes Profil.

»Ich bin bei allem Partei«, erwiderte ich schnoddrig.

»Zu schade.« Er bewegte die Hand vor seinem Gesicht, wie von etwas in seinem Blickfeld abgelenkt. Die Haut auf seinem Hals war dunkel und faltig.

»Entschuldigen Sie« – er deutete hinter sich – »die Umstände.« Seiner Stimme war die steife Oberlippe seiner Herkunft anzuhören; sie verriet, dass er gewohnt war, seine Anordnungen ausgeführt zu sehen. »Wie Sie vielleicht verstehen, muss Thaut vorsichtig sein, mit wem er redet. Mit wem er sich ... abgibt.«

»Natürlich, Herr Neame.« Die Nennung seines Namens trug mir einen kritischen Blick ein. Er knetete seine Finger, als drückte er einen Ball zusammen; dabei spannte sich die fast schon durchsichtige Haut über seinen Knöcheln wie Pergament. »Steht Ihre rechte Hand auch jetzt hinter der Tür, damit ich mich nicht aus dem Staub mache?«

»Sein Name ist Saul.« Er drehte mir den Kopf zu, einen amüsierten Ausdruck im Gesicht, als zweifelte er an meiner Intelligenz. »Und es steht Ihnen jederzeit frei zu gehen. Wohin immer Sie wollen.«

Von irgendwo unten hörte man, wie in einer Echokammer,

Metall über einen gefliesten Boden schaben. »Sie werden sich vorstellen, dass ich mich frage, warum Sie mich hergeschafft haben.«

»Weil Thaut Fragen an Sie hat.«

»Was will er denn von mir wissen?«.

Neame lachte trocken. In der Spannung zwischen uns wurde mir unser Altersunterschied bewusst, sodass ich mir wie ein Junge vor seinem Grossvater vorkam. »Von Ihnen wissen wir bereits alles, was zu wissen ist.« Er sah kurz zur Tür zwischen den Vitrinen, hinter der sich offenbar Thauts Büro befand. »Aber es ist möglich, dass Thaut heute vielleicht keine Zeit mehr für Sie findet.«

Ich biss mir auf die Lippen und sah zur Decke. »Wie kommt er auf mich?«

Neame räusperte sich. »Mir werden die Personalien der Touristen vorgelegt, die um eine Besuchserlaubnis für die Baustelle und die Insel draussen ersuchen. In den Unterlagen wurde Ihre Arbeit über den Grabstein von Moundsville erwähnt. Ich erinnerte mich dann, von Ihnen einen Zeitungsartikel darüber gelesen zu haben. Dessen Schlussfolgerungen mir ... auffielen.«

»Danke.« Ich nahm die Bemerkung einfach als Lob. »Heisst das nun, man lässt mich bald hinaus zur Insel? Sie wissen ja, es –«

Er fiel mir ins Wort, um keinen Zweifel darüber aufkommen zu lassen, wer das Sagen hatte. »Wir werden sehen.«

Auf die Insel zu gelangen, war der einzige Grund meines Hierseins; allein dafür hatte ich die wochenlange Anreise in Kauf genommen. Ich wollte um jeden Preis die Ausgrabungen dort sehen, vor allem aber die neu entdeckten Tontafeln in die Hände bekommen.

Er verzog den Mundwinkel. Irgendwas schien seine buckelige Schulter zu durchzucken, doch er überspielte den kurzen Schmerz mit einem Kopfschütteln. »Im Moment geht es darum, Ti« – er korrigierte sich – »Evita zu finden. Sie ist ... verschwunden. Genauer gesagt: seit Tagen unauffindbar. Und Thaut macht sich Sorgen.«

Sowohl diese Sätze, mit denen ich in etwas offensichtlich Privates eingeweiht wurde, wie der dringlich gewordene Tonfall liessen mich stutzen. »Und was soll ich dabei?«

Ob der überraschenden Wendung musste ich meine Gedanken erst ordnen. »Ich verstehe nicht, was mein Artikel über ein vorzeitliches Grab oder mein fachliches Interesse für die Ausgrabungen auf Dilmun damit zu tun haben.«

Neame seufzte theatralisch. »Nennen wir es Fügung des Schicksals, dass Sie vor zwei Tagen gelandet sind und somit ... unbeteiligt sind. Sich aber bereits als jemand ausgewiesen haben, der hinter den Schein zu schauen versteht. Ich kann mich dabei natürlich bloss auf Ihre kritischen Betrachtungen anlässlich der Interpretationen zu dem Grabstein von Moundsville beziehen. Ich habe Thaut darauf aufmerksam gemacht, dass Sie jemand sein könnten, der offenbar den Dingen auf den Grund geht. Und dabei ein gewisses detektivisches Gespür an den Tag legt, das uns gut zupass kommen würde. Umsomehr als hier, wie ich bekennen muss, Not am rechten Mann herrscht.« Er holte nach dieser, für seine Verhältnisse langen Rede mit heiserem Pfeifen Luft, ohne dass erkennbar wurde, ob nun alles gesagt war.

»Sie nehmen also an, dass an dem Umstand, dass Ihre Evita seit einiger Zeit unauffindbar scheint, etwas faul ist?«

»Würden Sie das an meiner Stelle annehmen?« Er zog die rechte Schulter wie einen Flügel hoch und presste sie an den Hals. Falls er sich wunderte, dass ich nichts Näheres über sie wissen wollte, so zeigte er es nicht. Er nahm zu Recht an, dass mir ihre Person nicht unbekannt war. In diversen Presseberichten über Thaut und sein Bauprojekt war in den Photographien desöfteren eine Evita aufgetaucht, ohne dass ich jetzt mehr als das Bild einer beliebigen jungen Frau vor Augen gehabt hätte.

Wie aus anderen Gedanken gerissen, fügte Neame lächelnd hinzu: »Das letzte Mal habe ich sie letzten Donnerstag beim Empfang für den Abgesandten der Vereinten Nationen gesehen.

Sie machte sich den Spass, sich als meine Enkelin auszugeben. Was allgemein seltsam ankam. Sie hat manchmal solche« – er suchte wieder nach dem passenden Wort – »Launen. Aber ich nehme an, Sie werden mir jetzt alles erzählen wollen, was Sie über Evita Thaut wissen.« Wieder sah er auf seine Finger, die sich unwillkürlich verkrampften.

»Sie sind auf mich zugekommen«, entgegnete ich, irritiert von seiner Sprunghaftigkeit, die beständig etwas antippte, als kämen die Kenntnisse meiner Person meiner Mitwisserschaft gleich. »Sie wollen also, dass ich, ein völlig Fremder, den Verbleib von Evita Thaut in Erfahrung bringe?« Bei aller angebrachten Vorsicht hatte ich keine Lust zu verhehlen, wie abstrus mir dieses Anliegen samt den vorangegangenen Stunden erschien.

»Gerade deshalb.« Der alte Mann wandte sich mir nun voll zu, ohne auf meinen provokanten Ton einzugehen; seine Zähne waren grau, sein Atem roch leicht nach Lavendel. »Thaut will nicht, dass man erfährt, dass nach ihr gesucht wird. Und er kann Ihrer Diskretion sicher sein. Sie sind doch auf Thauts Wohlwollen angewiesen, nicht wahr?«

Damit nahm er mir die Frage aus dem Mund, was ich als Gegenleistung für meine Bemühungen zu erwarten hätte. Es ärgerte mich, und ich stand auf.

Neame sah mich schief von unten an, ein spöttisches Lächeln auf den Lippen, als wäre alles auf diesen Moment hin angelegt gewesen, um darauf erneut zu seufzen. »Sie geben sich unverständiger, als Sie sind«, warf er mit einer abweisenden Handbewegung in den Raum. Enttäuschung in der Stimme mimend, fügte er hinzu: »Es handelt sich ja bloss um eine kleine Gefälligkeit. Die Sie sicherlich ein wenig Mühe, aber kaum grosse Anstrengungen kostet.«

Ich hatte genug von seinem manipulativen Verhalten. »Ich bin mir sicher, dass Ihr Saul sich der Sache bestens anzunehmen versteht.« Doch anstatt zu gehen, blieb ich unentschieden stehen.

»Saul«, wandte er abwägend ein, »Saul ist ein Mensch anderen Kalibers. Ihm mangelt es ... sagen wir: an Ihrem Scharfsinn.«

Fast hätte ich laut aufgelacht, so absehbar war dieser Appell an meine Eitelkeit. Ich tat es nicht, weil ich mir eines kleinen Sieges bewusst war, des einzigen, der unter solchen Umständen zu erhoffen war, und las aus seinem Blick, dass er wusste, was ich gerade dachte.

»Ja«, bestätigte er nebenbei. »Ihre Intelligenz spricht für sich.« Er blickte wieder geradeaus. »Sie werden sie noch brauchen.« Er knetete seine Hand und zog den Schulterbuckel wieder hoch. »Evita hat uns offenbar etwas hinterlassen.«

Ich lehnte mich zurück, liess den Kopf zurückfallen und starrte an die Decke. Nach einigen Sekunden räusperte er sich. »Es gibt keine Nachricht von ihr. Keine Notiz. Keine Bemerkung, die darauf hindeutete, dass sie etwas vorgehabt hätte. Auch in ihren Zimmern ist alles an seinem Platz. Wie es sein sollte.«

Mehr aus Frustration denn aus Interesse erwiderte ich: »Sie können nicht einmal sagen, ob sie das Haus verlassen hat?«

Neame zog die Augenbrauen hoch und blickte herablassend. »Natürlich ist sie nicht mehr im Haus. Wir haben nach ihr gesucht; Saul ist das ganze Gelände abgegangen.« Er deutete mit seinem knochigen Zeigefinger auf den Tisch. »Doch sie hat etwas zurückgelassen für uns.«

Auf der glänzenden Platte, in der sich die Lichtluke im Dach matt spiegelte, stand ein klappbares Lesepult für Bücher, auf dessen unterem Querholz, wie mir jetzt erst auffiel, ein Apfel lag; ich hatte den Raum bis dahin bloss als Hintergrund unseres Gesprächs wahrgenommen, einem gemalten Stillleben gleich.

Neame fasste ihn mit zwei Fingern und hielt mir den harten grünen Apfel hin, als böte er ihn an. Ich wollte schon danach greifen, als ich sah, dass er angebissen war.

»Das soll ein Zeichen sein?«

Neame drückte ihn mir in die Hand, wollte etwas sagen, brach aber in trockenes Husten aus. Der Apfel war an der Bissstelle braun eingefallen, ihr Rand aber glänzte fettig rot.

»Wir denken beide dasselbe, nicht?«

»Nun« – gestand ich zu – »falls Sie das Offensichtliche meinen …«

»Aber auch das weniger Vordergründige.«

»Er könnte doch auch –«

Er schnitt mir das Wort ab, klang jetzt jedoch heiser, halb verschluckt. »Es gibt im Haus keine andere Frau; das Personal, so will es Thaut, ist männlich. Und niemanden, der Lippenstift benützt – ausser Ti, manchmal. Vor allem aber –«

Er unterbrach sich, um mit seinem gefalteten Taschentuch einen Speichelfaden von der Unterlippe zu wischen, eine ihm auch durch die Demütigung des Alters merklich peinliche Geste. Das Tuch wieder zurückgesteckt, setzte er noch einmal an. »Es gibt hier nirgendwo Äpfel. Es ist noch nicht die Jahreszeit dafür.«

Ich liess das non sequitur dieser Sätze stehen und kam mir dennoch bereits vor, als wäre ich in eine Geschichte eingebunden, die so fantastisch schien wie alle, die man nicht selbst erlebt.

Neame merkte mir mein wachsendes Unbehagen an, erhob sich von seinem Sessel und rief Saul herein. Ich war dabei, Fragen zu formulieren, die sich mir nun aufdrängten, doch Neame winkte unwirsch ab. »Sie wissen nunmehr alles, was nötig ist. Saul wird Ihnen bei Ihren Bemühungen zur Seite stehen.« Neame warf ihm einen Blick zu, der mit einem Nicken quittiert wurde.

»Und Thaut? Ich muss –«

»Thaut wird Sie zu gegebener Zeit zu sich bitten.« Damit war die Audienz beendet.

Schon aus der Tür, wandte ich mich noch einmal um. »Kann ich Evitas Zimmer sehen?« Es schien ein passender Schritt, meine Willigkeit zu bekunden; dabei hoffte ich, doch noch Gelegenheit für eine Begegnung mit Thaut zu erhalten. Neame antwortete nicht mehr; er gab meinem Begleiter bloss einen Wink.

Die Mitte des Hauses war offen; im Erdgeschoss wischte jemand in einer Schürze den Marmor, als hätten wir zuvor mit den Schuhen Schmutz hereingetragen. Wir gingen auf der Balustrade zu einer Tür, die der Bibliothek gegenüberlag.

Der Raum war kahl, kaum möblierter als das Zimmer meiner Pension, wenngleich die einzelnen Stücke gediegener waren, aus demselben dunklen harten Holz wie die Bibliothek. Das Bett war gemacht, die Decke sorgfältig umgeschlagen; nirgends lagen Kleider, alles war aufgeräumt wie von Dienerhand, nichts schien eine Abwesenheit zu verraten. Ich scheute mich davor, Schränke und Schubladen zu öffnen, und drehte mich bloss einmal um die eigene Achse. In dem Zimmer fiel auf, dass es keine Bilder an den Wänden gab, nur einen Ausblick auf Bergkämme im Hintergrund.

Eine schallisolierte Zwischentür, das gepolsterte Leder von Messingnieten gehalten, führte in einen zweiten Raum, in dem ein weisses Rollo herabgelassen war. Auf dem Linoleum darin stand eine Drehscheibe neben einer Werkbank, auf der sich Utensilien zum Töpfern befanden, unordentlich durcheinander, rissig gewordene Wülste auf dem Gerät. Eine fünf Tage alte Zeitung und ein kleiner Stapel von Life-Magazinen lagen auf einem Sekretär. Ich blätterte sie durch; einzelne Stellen waren mit einem Stift markiert, ohne dass ich deren Bedeutung verstand.

In der Wand war die nächste Zwischentür, die wie jene in der Bibliothek den Eintritt in die Stirnseite des Hauses erlauben müsste. Sie war verschlossen und mein Begleiter machte keine Anstalten, sie zu öffnen, also machte ich kehrt und nahm unter seinem prüfenden Blick die obersten drei Magazine an mich. Erst auf der Treppe fiel mir auf, dass es in diesen Räumen nirgends einen Spiegel gegeben hatte.

Einmal aus dem Haus, holte ich tief Luft, ging zum Wagen und legte die Zeitschriften hinein. Ringsum erstreckte sich eine Parkanlage, Gebüsch und niederes Gehölz, überragt von einem einzelnen, nur wenig höheren Baum. Vergeblich suchte ich nach dem Weg durch diesen Garten. Das Grün war überraschend dicht, das Gras fett, ohne dass irgendwo Bewässerungsläufe sichtbar waren. Auch irgendwelche Ziersträucher fehlten.

Ich hatte meinen guten Anzug an und überlegte zweimal, ob ich mich in einer Lücke durch die teils stacheligen Sträucher drängen sollte. Die Schatten lagen breit, es war noch lange nicht Mittag, und vom Boden stieg der Geruch von Kamille auf. Es war eine Landschaft, die künstlich angelegt wirkte und doch wild verwachsen war, voller Kuhlen, hinter denen ich erst einen Durchschlupf finden musste, um weiterzukommen. Einzig um den sommergrünen kleinblättrigen Baum lag die Erde brach, als zöge er rund um sich das Wasser ab. An seiner Rinde rieb sich eine Gazelle und blickte mich erst grossäugig an, um dann davonzuspringen. Ich folgte ihr ins Unterholz und stand bald vor der Mauer, welche die Anlage einhegte. Der Kalk darauf blätterte in Bodennähe und warf feuchtgraue flache Blasen. Mein ausgestreckter Arm erlangte bloss die halbe Höhe; von alleine war sie also nicht zu überwinden. Ich ging die sich kaum merklich rundende Mauer in beiden Richtungen entlang, musste aber vor schwarzen, dornigen Büschen jedesmal umdrehen. Da auch hier nirgends ein Pfad zu erkennen war, trat ich den Rückweg an.

Mein Begleiter, Saul, erwartete mich bei dem einzelnen Baum. Ich musterte ihn, seine glatt rasierten, breiten Wangen, das schwarze dicke Haar, die etwas schmalen Augen und den eigenartig spitzen Mund, die gedrungene Gestalt, die für die Einheimischen typisch war. Sein Ausdruck war schwer zu deuten; ich war unschlüssig, ob und wie ich ihn ansprechen sollte.

»Bevor das Haus gebaut wurde«, er nahm jedes Wort einzeln in den Mund, »war hier Wüste. Es wuchs nur dieser Baum.«

Ich blickte auf den knorrigen Stamm, der kaum höher als die Mauer sein konnte, die rotbraune Rinde; im Staub darunter ein aufgeplatzter Granatapfel, zu dem eine lange Spur von Ameisen führte.

»Die Pflanzen wurden aus den Bergen geholt.« Ich glaubte etwas wie Besitzerstolz herauszuhören, aber er wollte auf anderes hinaus. »Wir haben einmal Evita« – in seinem schweren Akzent sprach er das t wie ein d aus – »unter diesem Baum gefunden. Sie ist« – konstatierte er, eine ihm offenbar fremde Vokabel nachsprechend – »toksomaniulo. A la luno.«

Mondsüchtig. Es war, als spitzte sich in diesem Wort die Absurdität des Vormittags zu. Saul immer hinter mir, machte ich mich auf den Weg zurück, riss mir das Hosenbein an einem Strauch auf und fluchte.

Das schwarze Wagenblech war heiss von der Sonne. Wir rollten zum Tor, zurück durch die vordere Hälfte der kreisrunden Parkanlage, die sich nur durch einen ausladenden Feigenbaum von der hinteren unterschied. Dessen fleischige Blätter glänzten auf unter einer kaum merklichen Brise, die den Hochnebel zerstreut hatte und den Blick nun bis zu der von Schluchten durchzogenen Gebirgskette im Hintergrund reichen liess. Ich bat Saul anzuhalten und stieg aus; ich fühlte mich desorientiert und wollte wenigstens eine Ahnung von den Himmelsrichtungen erhalten.

Parallel zu den Gipfeln verlief ein weiteres flaches Bett eines ausgetrockneten Stromes, durchbrochen von schmalen Rinnen, die sich am Bergfuss ausweiteten; davor spannte sich mondartiges Schwemmland auf. Im Rückblick zeigte sich, dass Thauts Anwesen am ehemaligen Zusammenfluss zweier Flussläufe lag; vielleicht brachten sie nun unterirdisch das Wasser für das Grün, das sich vor der Ringmauer jedoch nirgendwo fortsetzte. Ich wies auf den Berg, an dessen Flanken die beiden Läufe ihren Ursprung zu haben schienen. Saul deutete mit dem Kopf auf den einen, dann auf den anderen, und nannte zwei Namen. Ich hob die Brauen und er wiederholte die Namen, die ich auch beim zweiten Mal nicht besser verstand.

Auf der Weiterfahrt kam Saul von selbst auf Evita; seine Gesprächigkeit schien zu verheissen, dass er mir gewogen war. »Neame kam zuletzt spät am Abend heim, ohne dass Thauts Tochter sich zeigte. Auch am nächsten Morgen nicht. Sie war nicht in ihrem Zimmer; also ging ich sie suchen. Ich fand ihr Kleid an einem Busch. Und dann sie, bei dem Baum. Sie war nackt; sie hatte nur einen Gürtel an. Ihr Rücken war überall zerstochen, ihre Arme und Beine auch.«

Und fügte hinzu: »In der Nacht war Vollmond.«

Ich sah Saul von der Seite an, sein Kopf fast auf den Schultern sitzend, die Nase ungewöhnlich lang und spitz über dem schmallippigen Mund, was ihm leichte Ähnlichkeit mit einem Schnabel verlieh. »Sie lag nur so da?«

»Mit dem Gesicht nach unten; auf dem Bauch.«

»War sie krank?«

»Sie war kalt«, meinte er auf seine holpernde Art, die behaarten Hände das Lenkrad umklammernd. »Ich trug sie in das Haus. Sie lag dann lange im Bett.«

»Sie ist also sonámbulo?«

Er blickte mich verständnislos an. »Wacht sie in der Nacht öfters auf und geht im Schlaf? Und kann sich danach an nichts mehr erinnern?«, setzte ich erneut an.

»Das weiss ich nicht. Ich habe sie bloss dort gefunden. Einmal.«

Ich versuchte mehr aus ihm herauszuholen, doch Sauls Antworten blieben einsilbig und nichtssagend. Einzig eine Bemerkung blieb mir hängen – nämlich, dass Evita offenbar eine seltsame Art hatte. »Spricht man mit ihr, versteht man oft erst später, was sie sagen will.«

Ich runzelte die Stirn, vermochte ihm aber nichts Weiteres zu entlocken und richtete mich in seinem Schweigen ein, ins Grelle der eintönig an uns vorüberziehenden Landschaft starrend.

1

Eines Nachmittags, ich räumte gerade an der Seite meines Vaters die Bewässerungskanäle vom Geröll der Winterregen frei, splitterte der Weinacker. Ein Wall aus steiniger Erde stieg vor uns langsam an, bis sein bröckelnder Rand unsere Köpfe überragte; die tiefe Kluft zu unseren Füssen verzweigte sich, die Kirchenglocken im Dorf begannen von sich aus zu schlagen, immer heller und wirrer, und ein Dröhnen durchlief den rumpelnden Boden, dass wir niedergeworfen wurden.

Dann sahen wir auch in der Ebene vor dem Ararat einen Hügel furunkelrot anschwellen und platzen; er wölbte sich, bis eine Säule von grauem Rauch aus seiner Mitte drang, die sich in der reglosen Luft zu einer Wolke weitete. Erst mit dem Wind, der gegen Abend aufkam, begann Asche auf die Häuser niederzuschneien, sodass wir uns noch in der Nacht aufmachten, die brodelnden Feuerbäche im Dunkeln vor Augen; sie rannen zu einem See zusammen, von dem Schwaden aufzischten und hin und her waberten, ausgeleuchtet von der eigenen Glut.

Ich war zehn Jahre alt und half wie alle mit, einen breiten und tiefen Graben auszuschaufeln, um die allmählich herankriechende Lava von unseren Feldern abzuleiten. Doch so träge sie floss, so uneindämmbar kam sie über uns, einer meilenbreiten massiven Flut gleich, die immer erst zu einer überhängenden Brandungswelle verhärtete, bevor sich der nächste dicke Schwall darüberschob, sodass wir die Arbeit bald aufgaben.

Nach sieben Tagen erreichte sie schliesslich die Senke unseres inzwischen verlassenen Dorfes, um es langsam auszufüllen und alles, was wir nicht in unsere neu auf der anderen Flussseite errichteten Hütten getragen hatten, auszubrennen. Dabei bewahrte sie deren Abdruck in sich: die Pfosten und Latten der Betten, die Feuerstelle und die Fenster. Und sie hob sich weiter, rings um die Anhöhe unserer Kirche. Ihre Glocken verkündeten jedesmal das Vorrücken dieser zähen Flut, wenn ein steinerner Wogenkamm wieder donnernd auf die darunterliegende Erde brach oder ein neuer Ausbruch sich anbahnte in dem mittlerweile zu einem kleinen Berg gewordenen Vulkan unter dem Ararat. Schliesslich erreichte sie die Kirchenmauern; erst ging das Dachgebälk in Flammen auf, dann der Turm, sodass die Glocken in die Glut stürzten, die sie verschlang. Dann hielt die Flut inne und erkaltete zu einem nachtschwarzen Meer, aus dessen erstarrter Dünung nur noch die Giebel und der russige Finger des Turms hervorstachen.

Auf den Wellenfurchen wuchs an einigen Stellen bald Gras, ein Bächlein schnitt sich durch und ein Bäumchen schlug in der Kirchenruine Wurzeln, während die Sonne weiter für uns am Ararat auf- und für unsere Nachbarn dahinter unterging, die Schneelinie seiner beiden Gipfel die Scheide der himmlischen und irdischen Fluten von Wasser und Feuer, Erde und Luft.

II

Bei der Kreuzung fuhr Saul nicht wieder die Serpentinen zum Hafen hinunter, sondern bog in das Sperrgebiet ab, Schienen auf der einen Seite, doppelte Strommasten auf der anderen. Ich versuchte ihm mehr über Thauts Tochter zu entlocken, eher zum Zeitvertreib und aus Neugierde. Doch war da noch etwas Drittes, das mich nicht nach dem Ziel fragen liess: das Gefühl, in eine Geschichte geraten zu sein, in der mir nichts anderes blieb, als dem Skript zu folgen, wiewohl es an einen Dreigroschenroman gemahnte. Fürs Erste fügte ich mich dem, was mir vorgeschrieben wurde. Ich liess es auf mich zukommen, umsomehr als das, was ich hier suchte – einen Besuch auf der Insel Dilmun, eine Gelegenheit, Einblick in die dortigen Grabungsfunde zu erlangen –, von Thauts Wohlwollen abhing, das zu erlangen unter diesen Umständen eher zu erhoffen war als zuvor. Ja, es schien gar, als hätte ich Glück gehabt, so schnell in Thauts engsten Kreis vorgedrungen zu sein.

Auf der vierspurig asphaltierten Fahrbahn durch die gleissende Ebene herrschte reger Verkehr. Wir steckten in einer Kolonne von schwer beladenen Lastkraftwagen, Reifen höher als unser Automobil, die offenbar Schüttmaterialien zum Damm hinausschafften. Saul schien darüber kaum etwas zu wissen oder gab es zumindest vor, wie überhaupt um das Bauwerk eine rechte Geheimniskrämerei betrieben wurde. Für die technischen Details interessierte ich mich ohnehin nicht und über seinen Fortschritt liessen die offiziellen Bulletins keinen Zweifel aufkommen. Sie verbreiteten jedesmal Erfolgsmeldungen, ohne dass Genaueres in Erfahrung zu bringen war.

Von weitem stach ein Hügel durch etwas Grün und ein flaches Gebäude heraus. Es entpuppte sich als kanariengelb bemalter Container, umstanden von Kakteen, die aus alten Öltonnen wuchsen. Der Kiosk einer Raststätte, glaubte ich; Saul nannte es jedoch eine Kapelle.

Danach wurde die Strasse über eine weite Strecke gesäumt von kuriosen Dingen: Mäuerchen und Lehmmodelle von Häuschen, Räder, Maschinenteile und Turbinenschaufeln, Gitterstücke und dergleichen Schrott, an denen Namen in den unterschiedlichsten Schriften aufgemalt waren. Dahinter erstreckte sich weit in die Wüste hinein ein Gräberfeld, in dem zahllose verwitterte Bretter und Eisenpflöcke aufstanden, schief und durcheinander.

Nach einer knappen Stunde, zwei Kontrollposten passierend, die unseren Wagen durchwinkten, führte die Strasse zu dem Berg, der an der Engführung von Kordillere und Gebirge emporragte. Das Plateau dazwischen schnitt sich in immer schmalerem Winkel zu, als nähme es den Ausgang von diesem spitzen Gipfel, der ringsum dominierte. Das war ›Der Fels‹, eine treffende Bezeichnung für die steil abfallende Flanke, mit der sich der Berg vom Meer aus dargeboten hatte. Zur Ebene hin aber lief er in einem sanft geschwungenen, von Riefen durchbrochenen Sandhang aus. An dessen Fuss lag eine Siedlung.

Vor einem Blechschild mit dem Namen ›Havilah‹ bogen wir ab, einen streckenweise überwehten Schienenstrang entlang, der mitten im Ort endete; auch hier genügte ein Blick auf unseren Wagen, um nicht an der Sperre zum Ortseingang aufgehalten zu werden. Wir parkten auf dem Gelände, das einst als Verladebahnhof gedient haben musste. Am Prellbock des Gleises stand eine alte Dampflokomotive, auf der eine Horde Kinder spielte, die sich aber, kaum dass sie unserer ansichtig wurden, in die umstehenden Baracken verzogen.

Saul holte mein Gepäck aus dem Kofferraum; dass man bereits frühmorgens meine Umsiedlung in die Wege geleitet hatte, wunderte mich da schon nicht mehr. Ich ergriff meinen Koffer und marschierte hinter ihm her durch eine staubige Gasse, hinter der sich ein quadratischer Platz öffnete.

»Mein Vater lebte hier und arbeitete in der Mine.« Saul holte mit dem Arm weit aus. »Jetzt wohnen in den Lagern die Arbeiter für den Dammbau.«

Wir standen vor dem einzigen gemauerten Bau, der von einem Laubengang beschattet wurde; vor dem Eingang stand eine Schlange von Männern in blauer Montur. Die Uhr auf dem seitlich aufragenden Holzturm zeigte kurz nach 11.

Auf der gegenüberliegenden Seite des Platzes stand auf einer Fassade von verwitterten Brettern ›Hotel‹ geschrieben. Wir schüttelten an der Schwelle den Staub von den Füssen und traten ein. Ein Ventilator drehte sich drinnen an der Decke und durch eine Tür sah ich ordentlich gekleidete Leute bei Tisch sitzen. Der Wirt trat humpelnd auf uns zu, begrüsste Saul unterwürfig und nahm sich dann meiner an. Er trug meine Personalien in eine Kladde ein, reichte mir einen Zimmerschlüssel und entschuldigte sich: es herrsche, wie immer um diese Zeit, Hochbetrieb, und er und seine Frau seien allein.

Ich sah Saul auffordernd ins Gesicht.

»Viel Glück.« Er wandte sich zum Gehen. »Ich werde wieder vorbeikommen. Sie berichten dann, wie weit Sie gekommen sind.«

Das war, derart lapidar, alles.

»Sie werden Hunger haben.« Der Wirt ging voraus in den Speisesaal; so hart wie sein linkes Bein auf dem Dielenboden auftrat, schien er eine Prothese zu tragen. Er bot mir einen Stuhl an einem sonst voll besetzten Tisch an und stellte mich den Anwesenden vor: »Herr Ostrich.«

Mein Gegenüber, eine über seinen massiven Leib gebreitete Serviette im Hemdkragen, ein dünner Bart das feiste Gesicht rahmend, legte die Gabel nieder und reichte mir die fleischige Hand. »De Haas – angenehm.«

Ich schüttelte sie und wandte mich dabei auch meinen anderen Tischnachbarn zu, die nickten, aber schweigend weiterassen.

»Heute steht das Montagsmenü auf dem Zettel. Das sich vom Dienstags- und Mittwochsmenü durch die Suppe und die Beilagen unterscheidet.« Aus den zwischen dicken Wangenwülsten liegenden Augen blitzte die Andeutung eines Lächelns, während er mit der Gabel wieder seine Fisolen aufspiesste.

»Sie können natürlich auch die Speisekarte verlangen – aber dann befürchte ich, wird es Abend, bevor Sie etwas erhalten.« Wie um dem zuvorzukommen, stellte mir der Wirt eine Schale Gerstensuppe auf das Gedeck.

»Ostrich? Man begegnet hier den unterschiedlichsten Nationalitäten ...«, meinte er mit freundlich modulierender Stimme.

»Meine Familie ist aus Wien ausgewandert«, erwiderte ich, um irgendetwas zu sagen. Die Suppe war fast kalt, ein sämiger Brei, der bei der drückenden Temperatur im Raum unangenehm zu löffeln war; der sich klackend an der Decke drehende Ventilator verschaffte kaum Kühlung. Ich brachte die Suppe nur herunter, wenn ich nach jedem Löffel einen Schluck aus dem Wasserglas nahm.

»Wenn Sie auf ein Bier oder ein Glas Wein gehofft haben – in der Regel wird mittags nichts ausgeschenkt. Eine medizinische Direktive. Wenngleich sie nicht von mir stammt.«

Ich sah ihn an. »Ich hätte mich genauer vorstellen sollen. Doktor Willy De Haas. Ich bin hier der Betriebsarzt – insofern man dieses Lager als Betrieb bezeichnen kann. Doch reden wir nicht von mir. Denn bei dem wenigen an Betriebsamen, das hier letztlich passiert, ist es Brauch, jeden Neuankömmling auszuhorchen.

Warum also kommt mir der Name ›Ostrich‹ bekannt vor? Helfen Sie mir auf die Sprünge? Nein, nein – ich weiss schon: ich kenne Sie aus der Zeitung, nicht?«

Ich nickte. Ermuntert fuhr er mit seinem Geplapper fort. »Sie sind doch derjenige, der diesen Fund als Fälschung entlarvt hat? Diese amerikanische Tontafel? Die es sogar in unser hiesiges Revolverblatt geschafft hat?«

Ich hatte nach diesem Vormittag wenig Lust auf Konversation, aber mir blieb nichts anderes. »Auch hier ist darüber berichtet worden?«, tat ich erstaunt.

»Ja. Man hat an Ihrem Fund einiges Interesse bekundet. Aber erzählen Sie doch! Das ist ja eine Überraschung, Ihnen hier zu begegnen. Da kann ich nun aus erster Hand mehr darüber erfahren. Wo wurde dieser Fund noch einmal gemacht?«

»In Virginia. In einem Grabhügel, den man auf das Jahrhundert vor oder nach Christus datiert. Aber es ist nicht mein Fund – er wurde schon im letzten Jahrhundert bei der Öffnung des Tumulus gemacht. Und streng genommen handelt es sich auch nicht um eine Tontafel, sondern um eine handtellergrosse ovale Scheibe aus Ton. Mit Keilschrift darauf.«

»So wie bei den hier entdeckten Tontafeln?« Wenn er mehr darüber wusste, machte ihn das für mich interessant.

»Nun – es handelt sich aller Wahrscheinlichkeit nach nicht um Silbenzeichen, sondern um eine Alphabetschrift. Aber sie wurde wie hierzulande in feuchten Lehm gedrückt und danach gebrannt.«

»Ah – ich erinnere mich wieder.« Er säbelte an seinem Stück Fleisch. »Aber es schien wohl nicht ganz klar, um welche Schrift es sich handelt.«

»Nicht nur das«, liess ich mich hinreissen, »auch über den Wortlaut herrscht Unklarheit. Man hat geglaubt, darin eine phönizische, etruskische, keltiberische oder altbritische Inschrift erkennen zu können. Und folglich unterschiedlichste Inhalte daraus gelesen. So etwa ›Der Oberherr der Emigration, der diesen Ort erreichte, hat diese Statuten für immer fixiert‹. Oder ›Dieser Hügel wurde für den Tasach aufgeschüttet und diese Scheibe von seiner Königin beschrieben‹.«

»Tasach?«

»Ein altbritischer Begriff für ›Fürst‹, den man da hineinphantasierte. Jedesmal aber brachte man diese rein spekulativen Lesarten mit den zwei im Tumulus gefundenen Skeletten und ihren kupfernen Armbändern und Steinperlenketten in Verbindung.«

»Bis Sie den eigentlichen Sinn daraus hervorkitzeln konnten«, ermunterte mich mein Tischgenosse, während er mit mechanischen Bewegungen die restlichen Portionen von seinem Teller in den Mund beförderte.

Ich zog meinen Stift hervor und malte ihm die Zeichen schematisch auf eine Papierserviette.

»Ja, das sind rätselhafte Schriftzeichen.« Er runzelte die Augenbrauen, was seinem birnenförmigen Gesicht einen belustigenden Ausdruck verlieh.

»Betrachtet man es von der Seite – was natürlich nur bei der Scheibe selbst wirklich anschaulich wird –, zieht es mehrere der Zeichen zusammen – da und da und da beispielsweise.«

Ich verband die Zeichen mit kurzen Strichen und legte ihm die Serviette wieder hin.

Er drehte und wendete sie. »Ich kann leider immer noch nichts erkennen. Dazu bräuchte ich meine Brille«, entschuldigte er sich.

»Da sind Sie nicht der Einzige. Was man zu lesen vermeint, ist, mit viel Nachsicht, Folgendes:

BILLSTUM
PSSTONEO
CT141888.«

Während man mir die Hauptspeise vorsetzte, liess ich ihn weiter rätseln. »Ich erkenne da bloss ein Datum«, meinte er. »Den 14. Oktober 1888.«

»Ja, das war der Tag, an dem man den Grabhügel mit Pickel und Schaufeln aufbrach. Die zwei Zeilen darüber lassen sich dann als ›Bill Stumps Stein‹ lesen.«

»Bill Stumps Stein??«

»Das ist der Witz daran. Kennen Sie Charles Dickens?«

»Wie jeder nur seine Weihnachtsgeschichte«, lächelte der Herr Doktor.

»In den *Pickwick Papers* entdeckt der Held einen Stein, der folgende kryptische Inschrift trägt.« Ich malte ihm die Lettern auf die Rückseite der Serviette:

X

BILLST

UM

PSHI

SM

ARK

»Ah, ein X. Und etwas wie ›die Arche des Bill Stump‹?«

»Nicht ganz.« Ich führte dieses Kunststück nicht das erste Mal vor; es war längst zu meiner Salonnummer geworden. »Nachdem Pickwick seinen ausgegrabenen Fund überall als kuriose Inschrift von unzweifelhaft grossem Alter ausposaunt, erkennt man bald, dass da bloss ›X – Bill stempelt seine Marke‹ steht. Ein Kreuz also, mit dem ein gewisser ›Bill‹ sein Zeichen hinterlässt, seinen Stempel aufdrückt. Nichts weiter als eine Tautologie.«

»Es handelt sich somit also nur um einen Scherz, den Sie als solchen entlarven konnten?«, meinte mein Tischgenosse enttäuscht.

»Entlarvt im doppelten Sinn«, sagte ich, um der Pointe eins

draufzusetzen. »Denn wie Sie richtig festgestellt haben, ergeben die Zeichen auf meiner Scheibe nicht wirklich das, was ich Ihnen auf die Vorderseite gestrichelt habe. Man muss schon sehr gutgläubig sein, um Jahreszahlen und Bill Stumps Stein darin sehen zu wollen. So ist auch dieser Schabernack ein Schwindel, den ein gewisser Charles La Tanne der *Science News Letter* untergejubelt hat. Während mein Aufsatz darüber zu einem völlig anderen Schluss kommt – den die Zeitungen, die darüber berichtet haben, jedoch nicht aufzugreifen bereit waren. Denn er skizziert eine etwas komplexere Geschichte, die sich offenbar nicht so gut für die üblichen Zeitungskolportagen eignet.«

»Die müssen Sie mir unbedingt bei nächster Gelegenheit näher ausführen.« Sein Ton war leicht unwirsch, als hätte ich ihn düpiert. »Ich muss mich jetzt leider aufmachen; meine Patienten warten. Aber ich würde mich über Ihren Besuch freuen ... mein Haus ist leicht zu finden.«

Er zog die elastische Hose über den Bauch und ging, die grossen schwarzen Schuhe nach aussen gespreizt, bei jedem Schritt träge den Schwerpunkt verlagernd, der Hemdrücken sich breit spannend.

Einen Moment lang kam ich mir stehengelassen vor. Meine Sitznachbarn an der Tafel schenkten mir weiterhin keine Beachtung und brachen ebenfalls langsam auf. Ich würgte an dem zähen Stück Fleisch auf meinem Teller, das nur kleingeschnitten zu zerkauen war, und sah mich in dem sich leerenden Saal um. Die Wände bestanden aus Brettern, denen ihr Alter anzusehen war. Wo Holz sonst einen gemütlichen Eindruck macht, wirkte in der stehenden Hitze hier alles wenig einladend, gleichsam provisorisch. An einem kleinen Ecktisch sass eine Frau, allein, unbestimmbaren Alters, gekleidet in ein Kostüm, wie die Mode es nennt, das mich wie ihre Frisur an die 30er Jahre erinnerte; sie war für sich, als wollte sie jedweden Kontakt vermeiden.

Ich stand auf, sah aus dem Fenster über den Platz, wo vor der gemauerten Kantine auch die Schlange der Arbeiter verschwunden war, betrachtete eine verblichene Photographie, die in ihrem Rahmen das Hotel zeigte, das sich über die Jahre hinweg nicht verändert hatte, und wartete dann an der Theke der Rezeption auf den Wirt.

»Das Menü ist im Zimmerpreis inkludiert«, kam er meiner Frage zuvor.

»Und der wäre?« Ich zog mein Portemonnaie aus der Jacke.

»Wir nehmen kein Geld«, sagte er mit einem Blick darauf. »Sie müssen es sich wechseln lassen. Wir nehmen nur Marken.«

Ich sah ihn überrascht an und hielt seine Bemerkung für eine Anspielung, bis mir klar wurde, dass er mein Gespräch mit dem Doktor nicht gehört haben konnte. Schulterzuckend hielt ich ihm meinen Zimmerschlüssel hin. »Und wo finde ich mein Zimmer?«

Er deutet mit der Hand schräg hinüber.

Ich nahm meinen Koffer in die eine, die Zeitschriften in die andere Hand und ging zu der einzigen Tür am Ende des Ganges. Drinnen waren zwei Betten, durch eine spanische Flechtwand voneinander getrennt, ein kleines Fenster auf den Platz, vor dem ein leinernes Rollo hinuntergelassen war. Dieselben Bretter wie im Speisesaal, ein weiterer Ventilator, der sich ebenfalls nur klackend drehte, durch den Spalt zwischen Fenster und Rollo fiel etwas Licht auf die grau abgetretenen Dielen. Müde legte ich mich auf eines der schmalen Betten und döste vor mich hin, wobei mich wieder eine seltsame Missstimmung überkam. Der Kopf wie blank, fühlte ich mich ratlos, ziellos, unschlüssig, als führte alles bloss von einer Leere in die nächste.

Lustlos blätterte ich in den Life-Magazinen, die ich aus dem Zimmer der Frau, die ich suchen sollte, mitgenommen hatte: Werbeseiten, Fotoreportagen aus Guerilakriegen, ein Bericht über die russische Elite, aus der mir ein Gesicht mit einem goldenen Gebiss entgegengrinste, fast auf jeder zweiten Seite unterstrichene Worte, die zusammengenommen weder einen Sinn noch irgendeine Absicht erkennen liessen. Dann zog ich ein Nähbriefchen aus meiner Toilettentasche und machte mich daran, den Riss in meinem Hosenbein notdürftig zu flicken; es gab nur noch einen schwarzen Faden, der im Braun nicht allzusehr hervorstach und zumindest verhinderte, dass der Riss sich ausweitete.

Ein Schlüssel wurde in die Tür geschoben, drehte sich leer und eine Frau kam herein, zwei gefaltete Handtücher mit kleinen Seifen in Händen. Sie nickte bloss und legte sie auf das Bett an der anderen Wand.

»Sie sind die Gastwirtin?«

»Ja.« Sie blickte mich nicht an.

Ich schwieg; es war mühselig, immer wieder Kontakte zu Menschen anzuknüpfen, zu denen ich sonst nicht mehr als Bitte und Danke gesagt hätte. Aber sie merkte, dass ich etwas von ihr wollte, und fragte schliesslich mit leichter Widerwilligkeit, ob sie mir noch mit etwas zu Diensten sein könnte.

»Mit einer Kleinigkeit.« Dann wurde ich direkt. »Ich bin auf der Suche nach Evita Thaut. Es hiess, sie sei öfters hier.«

»Manchmal, ja.« Sie zögerte und starrte weiterhin an mir vorbei auf die spanische Wand, als sei ich nicht da oder sie nicht direkt ansprechbar.

»Thaut hat mich geschickt«, betonte ich. Sie zupfte sich den langen schwarzen Rock zurecht, richtete sich auf und fuhr über ihren Zopf.

»Sie kommt öfters ins Kino. Aber ich habe sie da schon länger nicht gesehen. Auch nicht bei uns im Hotel.«

»Wie ist sie denn so?«

Die Linke hin und her drehend erwiderte sie: »Eine von den hohen Herrschaften.« Und dann noch einmal, in selbstvergewisserndem Ton: »Ein Mädchen.«

»Wie meinen Sie das: hochherrschaftlich?«

Worauf sie sich beeilte, anzufügen: »Nicht dass Sie auf falsche Gedanken kommen – sie ist sehr nett, sehr nett. Aber sie kommt aus einem guten Haus, dem besten. Deshalb gibt sie sich normalerweise nicht mit unsereins ab.«

»Unsereins? Sie meinen so jemandem wie mich?«

Das trug mir ein trockenes Lachen und einen misstrauischen Blick ein.

»Haben Sie einmal mit ihr geredet?«

»Ja, schon. Aber ...«

»Aber?«

»Ehrlich gesagt, man versteht nie ganz, was sie meint. Nein, man versteht es schon – aber es gibt manchmal wenig Sinn, verstehen Sie? Man fragt sie etwas – nichts Wichtiges, bei Gott, nur ein bisschen Konversation, wenig mehr als Guten Tag – und sie antwortet mit eigenartigen Sätzen. Man begreift kaum, worauf sie hinauswill. Wissen Sie, was ich meine? Ich will da gar nichts, überhaupt nichts damit sagen – sie ist ein sehr freundliches Mädchen. Ganz ohne grosses Getue, falls Sie das glauben.« Damit wandte sie sich zur Tür.

Ich wollte nicht allzu forsch auftreten, Saul hatte bereits Ähnliches erwähnt. »Gibt es hier jemanden, den sie besser kennt? Über den ich sie finden kann?«

»Das kann ich Ihnen leider nicht sagen.« Sie schloss die Tür hinter sich.

Ich polierte mit Spucke und Papier meine Schuhe auf, hängte meine Anzugjacke auf einen vorstehenden Spross in der Trennwand, krempelte die Ärmel hoch und begab mich wieder zur Rezeption, wo der Wirt auf die Frage nach dem Kino hinaus auf den Platz deutete.

Neben dem Eingang war eine Pergola, um die sich nichts Grünes schlang und deshalb kaum Schatten bot. Darunter befand sich eine mannshohe Voliere, ein gänsegrosser Vogel darin mit schwarz glänzendem Gefieder und einem langen, leicht krummen fleischroten Schnabel. Eine Schale Wasser lag vor ihm, eine Handvoll tote Heuschrecken, aber er regte sich nicht.

Am linken Ende des rechteckigen Platzes, an der Gasse, aus der ich gekommen war, ragte ein Kruzifix über einem Wellblechdach auf. Neben dem Holzturm am rechten Ende befand sich dann wohl der Mehrzwecksaal, der abends wahlweise auch als Kino diente.

Ich ging die paar Schritte durch den fingerdicken Staub und betrat über eine Rampe einen aus Bohlen errichteten, breiten und fensterlosen Würfel. Der Saal war menschenleer, aber ein Film flackerte auf einer auf die Bühne herabgelassenen Leinwand. Ich setze mich ganz hinten auf einen der mit kunstvollen Arabesken verzierten, gusseisernen Sitze und sah mir den Schwarz-Weiss-Film an, der vom vielen Kopieren bereits ganz durchschossen war. Kommentiert wurde er von einer Stimme, die nach dem letzten Jahrhundert klang:

... und nach kaum zweistündiger Fahrt ist der Brennpunkt eines Weltgeschehens erreicht, die Meerenge. Wir gehen so tief als möglich hinunter. Sonderbare Vorstellung, dass unsere Vorgeneration noch erbitterte Kämpfe um Kabinenfenster führte! Seit wann datiert eigentlich dieses starke, prachtvoll klare Dybon=Glas, aus dem der Boden des Luftschiffes besteht?

Wir sind ›vor Ort‹. Unter uns bewegt und regt es sich wie in einem aufgestörten Ameisenhaufen. Dieses blitzende Schienengewirr, diese Reihen wie Kinderspielzeug anmutender Nashornbagger und Elephantenlaster! Wie sie dampfen und qualmen, rasseln und rattern! Bis zu uns herauf dringt der Lärm. Weit im Lande und schon hinter uns entsteht in der grauweissen Ebene am Fuss jenes Berges, der einem Matterhorn gleich die Meerenge markiert und nur ›Der Fels‹ genannt wird, eine funkelnagelneue Stadt. Sie besteht aus deutschen Patenthäusern, ist in zwei Monaten aufgeführt worden und wird am

Ende den Arbeitstruppen bessere, bequemere und gesündere Unterkunftsmöglichkeiten bieten als das alte Lager, in dem einmal Salpeter abgebaut wurde. Das Küstenland in seiner weiten Umgebung wird dann einer einzigen Fabrikstadt gleichen, die ganze Landschaft von Grund auf umgekrempelt, mitten hindurch bereits ein dunkles, tiefes Tal gezogen: das Bett des Speisungskanals. Ein schnurgerader Strich schiebt sich ins Meer: der Damm, auf dem und um den es von Menschen, Bahnen, Fahrzeugen und Schiffen nur so wimmelt.

Noch tiefer gehen wir. Die lebhaften Gespräche verstummen. Jeder weiss aus den Zeitungsberichten, dass der Ring U-förmiger, flacher Dinger, über den wir hinweggleiten, die Caissons sind, unter denen auf dem Meeresgrund die Taucher arbeiten. Ziemlich deutlich kann man mit dem Glas im Wasser einen breiten Streifen von unbestimmter Farbe schimmern sehen. ›Kilometer 16 bis 21, you know?‹, sagt plötzlich ein Engländer laut und bedeutungsvoll. Als ob wir das nicht ebenso gut wüssten. Aber sie scheinen flott vorwärtszukommen, diese Braven da unten. Respekt vor ihnen!

Der Luftkreuzer wendet, eine Insel kommt in Sicht, dann die Küste, die jetzt zur Rechten liegt, von Dörfern gesäumt, weiss und unregelmässig, mit kaum aussprechlichen Namen, Minarette, Moscheen, Mauern: mit einem Gedankensprung ist man an der Schwelle des Orients. Wieder Damm, Zelte, Baracken, Anfänge einer Stadt wie drüben …

Ich kannte die Pläne; was mich jetzt aber gefangen nahm, war die Musik, die erst synchronisiert schien, bis sie sich vom Rhythmus der Bilder ablöste. Sie drang hinter der Leinwand hervor, wo jemand auf einer Oud dunkle Töne spielte, dissonant aneinandergereiht, ein manchmal unter der Erzählerstimme vernehmbares Stöhnen dabei, das sich stellenweise zu einem gutturalen Singen aufschwang, als gäbe es etwas vor, nach dem die Finger auf den Saiten noch vergeblich suchten.

... Eisenbahnen, Bagger, nur das schwarze Menschengewühl ist hier noch toller als auf der anderen Seite. Die Gebirgszüge bis dicht vor dem Ufer von der Kanalstrasse zerfetzt und tief eingeschnitten.

Schräg über die kahlen Kämme steuern wir dem Golf zu. Die Küste wird bald einmal Wald und Garten sein, dort, wo jetzt bloss düstere, erschreckend tote Porphyrfelsen auftauchen. Eine Hochfläche mit Salzseen, bunt schillernd in der Sonne, bettet sich dahinter zwischen zwei mächtige Höhenzüge, die Nordhänge senken sich und aus gelbem, sonnenflimmerndem Dunst taucht sie auf: die Wüste! – »Kulturland, you know!« – Warum hausiert dieser Englishman nur mit seinem Wissen! Deutlich sichtbar sticht ein breiter Kanal ins Land und verschwindet als Tunnel unter einer querliegenden Felsenbarre. Unausgesetzt wallt Rauch aus diesem Loch, man sprengt wahrscheinlich im Bergesinneren.

Gegen 10 Uhr erreichen wir, die Küste bislang am rechten Horizont, wieder Festland und somit den auf 350 Kilometer projektierten Kibrit=Kanal. Thauts Ingenieure sind die Urheber dieses erweiterten Bewässerungsplanes. Man setzt jetzt auch die Wüste unter Wasser. Recht so! Was soll diese tote Streusandbüchse aus Lehm, Gips, Mergel, Kalk und Ton auch ungenützt liegen!

Plötzlich wirkt die Luft verbraucht, das Sonnenlicht trübt sich, Wolken aus feinem rotem Sand ziehen in den Lüften, und es riecht verbrannt. Die Schiffsstewards schliessen die Fenster. Erklärung: »Der Wüstenkanal wird durch grosse Sprengungen, Trichter an Trichter, gewonnen, die die nachstürzenden Wassermassen zum Bett wandeln.« Der feine Staub weht hier seit Monaten, und sogar die Bewohner der Südküste bekommen ihn zu spüren. Weiters behaupten die Zeitungen, dass in diesem Jahr häufiger Regen fällt als sonst ...

Während die Filmspur Schleusen zeigte, Militärlager, Kanäle, die Euphrat und Tigris verbinden sollen, schob sich die Oud immer mehr vor die Bilder und stellte ihre Klangfiguren in den Raum, als hebe sie etwas aus dem Schwarzen ins Weisse. Sie fanden bald zu einer Melodie, nicht bloss für einen Moment, sondern minutenlang, sodass ich immer weniger auf den Film achtete, der in einer Endlosschleife wieder von vorne begann, und mehr auf diese musikalische Linie, die an vieles zugleich erinnerte, für sich gesetzte Töne, die ihre eigene Kontur zeichneten, klar wie angeschlagenes Glas, Gesang jetzt darunter mitschwingend, selbstsicher, sich mit den Fingern abstimmend, die bald jeden Akkord hinter sich liessen und nur Bässe noch setzten, um ein Lied zu grundieren, in das sich allmählich Pausen einschlichen, bis es wie von selbst endete: in einer Stille, welche sogar die weiter plappernde Erzählstimme eine Zeit lang auszulöschen vermochte.

Ich applaudierte schliesslich, das Klatschen überlaut durch den Saal hallend, trat zur Leinwand und rief Hallo, ohne dass sich dahinter jemand rührte.

Draussen schmerzte das Sonnenlicht in den Augen. Ich blieb unter den Arkaden und ging dann über den Platz; eine Passage an der unteren Stirnseite führte zu einem offenen Markt. Auf den Ständen lag etwas Gemüse und Obst, alles lasch in Kisten; dazwischen hatte ein Fleischer vor seinem Hackstock gehäutete Schafköpfe und Karkassen hängen. In der Mitte befand sich ein langer überdachter Trog aus Granit, in dessen warmem Wasser sich die Fische kaum noch bewegten. Gegenüber boten einige Buden Souvenirs an, Mineralien und Säckchen des salpeterhaltigen Gesteins, das früher hier abgebaut worden war, Miniaturen des Damms aus Gips oder Messing samt Postkarten mit Luftaufnahmen oder Projektplänen davon. Der Markt war kaum belebt; die Verkäufer, meist Frauen mit schwarzen Kopfbedeckungen, dösten auf ihren Hockern im Schatten der aufgeklappten Läden.

Als ich eines der Modelle begutachtete, wurde eine wach. Ich fragte nach dem Preis, ohne dass ich verstand, was sie mir nannte, bis sie mir zwei blaue Blechmarken hinhielt. Auf der Vorderseite war schematisch ein Kreuz über einer Mondsichel eingeprägt, auf der Rückseite ein Kopf, um den die Buchstaben THEA NOI NT ED samt der Jahreszahl liefen. Ich las es erst als Esperanto für ›unsere Göttin‹, gefolgt von den Akronymen für das Neue Testament und der Edition des Prägejahres, bis sie mir die Marken mit einem schnellen Griff wieder aus der Hand riss, als hätte ich sie einstecken wollen.

Ich holte einen Geldschein aus der Tasche, worauf sie zu einem kleinen Kontor hinüberdeutete. Ich stellte mich vor die schmutzige, in die Wand eingelassene Scheibe und legte dem dürren Männlein dahinter zwei grössere Scheine – die Hälfte meines Bargeldes – ins Drehkreuz. Er füllte es mir darauf mit roten, blauen und schwarzen Blechmarken, alle mit derselben Prägung versehen. Ich zählte sie und stopfte sie in meine Hosentasche.

2

Meinen sechzehnten Geburtstag feierte man mit einem den Ararat symbolisierenden Pilaf: zwei unterschiedlich grossen Haufen Bulgur auf dem Teller, ringsum ausgehöhlte Äpfel, in die Branntwein gegossen wird, den man mit einem Streichholz anzündet, damit sie braun und süss werden. Es war das Mahl, das die thronende oberste Gottheit auf unseren alten Reliefs auch Adammu anbietet, der in der einen Hand ein Schlangenszepter, in der anderen eine Weinamphore hält, als Symbole des Bundes zwischen ihnen.

Nach dieser Gestalt wurde ich getauft. Einer Legende zufolge, die unter den maronitischen Christen – wie man uns vor der Reform nannte – weitergegeben wurde, hatte Gott in unvordenklichen Zeiten einen Widersacher, der ihm seine Herrschaft streitig zu machen suchte: was die erste Sünde war. Deshalb wurde dieser Aufrührer, der in der Bibel Leviathan, von uns aber Lotan geheissen wird, aus dem Himmel verbannt, worauf er sich als riesige Hornviper mit hundert Köpfen um den Erdkreis schlang. Aus ihren Mäulern stieg glühender Dampf, ihre gegabelten Zungen spien Feuer und ihr Brodem verbreitete sich überall, sodass der Baum des Lebens und die göttlichen Weingärten rings um den Ararat dahinsiechten.

Darauf gelobte Gott, seine rechte Hand, Adammu, zum Herrscher über die Erde zu erheben, wenn er Lotan besiegen könne. Doch Adammu fiel dessen Schlangenbiss zum Opfer. Er wusste kein Mittel gegen das Gift, sein göttliches Fleisch löste sich schmerzhaft von den Knochen und er begann zu weinen wie ein Kind, worauf die Göttin der Gerechtigkeit, die Sonne, sich seiner erbarmte und ihn mithilfe der anderen Götter heilte. Darüber wurde Adammu jedoch sterblich. Um die Bitterkeit seines Schicksals zu mildern, stellte ihm die Sonne ein gutmütiges Wesen zur Seite, auf dass sie beide fruchtbar würden und sich fortpflanzten: so entstanden die ersten Menschen, die nun die Reben Gottes zu bestellen hatten. Lotan wurde in die Unterwelt verbannt, lebte dort aber weiter – weshalb viele Frauen an der Geburt ihrer Kinder wie an den Folgen eines Schlangenbisses sterben. Auch meine Mutter: bis ich alt genug zum Arbeiten war, kümmerte sich eine Tante um mich.

Von Lotan, der sich wie eine aufgescheuchte Viper als Ozean um uns windet, gewahrt man allerorts noch Spuren. Der Osten der Ebene vor dem Ararat wird von einer langen Linie von Lava begrenzt, deren Blau desto dunkler wird, je näher man kommt; wirre Grate von glasig schwarzem Fels ragen dort auf, dreissig, vierzig Fuss hoch, von schmalen Spalten zersplittert wie nasser Schlamm nach einer frostigen Nacht. Erklettert man sie, sieht man ihre aus dem Vulkan geflossene Masse, einem dunkel wogenden Meer gleich, das sich unter dem Himmel auftürmt, nur ohne weisse Gischt auf den Kämmen. In dieser See, die stellenweise zu durchsichtigen Wellen von Obsidian erkaltete, ist Lotans Lauern noch zu erkennen. Die zersprungenen Basaltblöcke heben sich wie die Schuppen einer monströsen Schlange ab; und er zeigt sich auch an den heissen Quellen und Geysiren, aus deren Schlund weiterhin ein schwefeliger Dunst dringt. Und doch wächst, genährt davon, gerade am windabgewandten Rand dieser Lavafläche der Wein am besten.

III

Ziellos spazierte ich durch die in Planquadraten angelegte Siedlung. Ihre Achse verlief nördlich des Hauptplatzes, vom ehemaligen Verschiebebahnhof zu den Ruinen der Salpetermine am Fuss des Berges. Die Fertigteilhäuser, die diese Strasse säumten, besassen kleine umzäunte Gärten, in denen Tamarisken standen und Salzmieren und Mittagsblumen in Tontöpfe oder abgeflexte Ölfässer gepflanzt waren. Ein paar Jungen jagten sich mit Spielzeugrevolvern, die aus dicken Drähten zusammengebogen waren, und ein Mädchen umwickelte eine ebenfalls aus Draht gefertigte Puppe mit Stofffetzen; Erwachsene jedoch begegneten mir keine. Auch ein Zeitungskiosk war nirgends zu finden.

Der ungepflasterte Boulevard führte auf ein Verwaltungsgebäude zu. Unter dem Schild für die Dammbaugesellschaft EDIN war noch der verblichene Schriftzug ›Havilah-Salpeter-Mine‹ lesbar. Dahinter schloss sich ein Sportplatz an, mit dem Oval einer Laufbahn und Tennisplätzen, denen die Netze fehlten.

Erst das Viertel jenseits der Hauptstrasse war belebt. Die Barracken waren meist notdürftig mit Brettern und Blechen im Stand gehalten, Tür eng an Tür gereiht. Frauen in den landesüblichen Kopfbedeckungen standen zusammen, tratschten, wuschen an einem Metallbottich Kleider und hingen sie zum Trocknen auf. Im Inneren zeigten sich kleine Zimmer, die offenbar Wand an Wand mit jenen der Parallelgasse lagen und ursprünglich für einzelne Arbeiter, nicht aber auch für ihre Familien bestimmt gewesen sein mussten.

Ich hob die Hand zum Gruss, doch die Gespräche verstummten jedesmal, kaum dass ich näher kam; und man sah mir finster nach. Was an mir bewirkte, dass man mir so begegnete? Mein Anzug, mein glattrasiertes Gesicht, der Umstand, dass ich der einzige Mann war, der scheinbar untätig nachmittags unterwegs war? An meiner Physiognomie konnte es nicht liegen; meine Wangen waren nicht weniger sonnenverbrannt, das Haar dunkel, die Nase ebenso markant.

Ich schlug den Bogen zurück zur Hauptstrasse, die sich im Minengelände verlief. Ich wollte hinaus ins Freie und stolperte auf den unebenen Wegen zwischen den alten Raffineriehallen dahin. Die wenigen Fenster waren eingeworfen, faustgrosse Löcher in staubverkrusteten Scheiben, die Tore schief an den Angeln. Darin befanden sich rostige Schwungräder mit Treibriemen aus Gummi und Leinen, Dampfmaschinen, von denen die meisten Zuleitungen und Ventile aber wieder abmontiert worden waren, Rüttelsiebe voller Geröll, Silos mit offenen runden Schotten, Reste roter, grüner und gelber Chemikalien darin, Haufen von steinhart gewordener Pottasche, Laugenbecken und Sudkessel aus grün oxidiertem Kupfer, dazwischen geschrumpfte Gummisohlen, Handschuhe, Spanner und Zangen – alles Teile einer riesigen Maschine, die jetzt Schrott war, der Mensch das Zubehör, das sie in Gang gehalten hatte.

Ich besah mir die oft noch vollen Loren und die hohen Rampen, von denen der Salpeter gekippt worden war. Ihre Gleise kamen von der Ebene hinter den Hügeln, die sich wie ein Halbmond um den Bergfuss zog. Dort war der Aushub stellenweise zwanzig Meter tief; von einzelnen Aufseherhäuschen schlängelten sich Saumpfade hinab auf den Grund dieses Tagebaus. Der Boden rund um diese Minen war einmal feucht gewesen und krümmte sich jetzt in salzigen Schollen auf, verstreut darauf die Knochen eines Esels oder Mulis.

Ich marschierte das Terrain den Grubenrändern entlang ab, froh, ein paar Schritte zu tun, wenngleich die Sonne zunehmend auf Stirn und Nacken brannte. Die Stille wurde nur manchmal von immer ferner zu mir dringenden Schlägen durchbrochen. Der Berg vor mir sich allmählich zu dem Fels zuspitzend, der ihm seinen Namen gegeben hatte, geriet ich auf der ansteigenden Halde in verstürztes Geröll und blickte auf die Siedlung zurück: da war die dünne Linie eines Stacheldrahtzauns, das schwarze Band der Asphaltstrasse unter der Kordillere und zu meiner Linken der Gebirgszug, der die Hochebene begrenzte. Irgendwo in ihrem Flirren lag Thauts Anwesen.

Der Rückweg war mühsamer, weil ich nun, um wieder in die Stadt zu gelangen, auch die weit draussen liegenden Salpetergruben umgehen musste. Dabei kam ich auf einen schmalen Pfad zwischen den ineinander verkeilten Felsblöcken, und stiess auf Gravuren, die von einer mineralischen Patina überzogen waren. Sie stellten stehende oder liegende Menschen mit hoch erhobenen Armen dar, Herden von Kleinvieh, aber auch Giraffen und Elefanten; darauf war jedoch an manchen Stellen ein übergrosses Mondsichelkreuz eingeritzt worden. Zwischen diesen Blöcken tat sich eine Lichtung auf, in der ein Steinkreis ausgelegt war.
 Dem Verlauf des Pfades folgend, gelangte ich unterhalb dieses Felsgewirrs schliesslich zu einer aus groben Lehmziegeln errichteten Behausung. Ich ging einmal um sie herum, versuchte durch die verschmutzte Scheibe zu blicken und schob schliesslich die Tür mit der Schulter auf. Drinnen standen ein Tisch und ein Stuhl. Als sich meine Augen an das Dunkel gewöhnten, sah ich auch eine Matratze auf der Erde, darauf eine Gestalt, von der ein eigenartiger Glanz ausging.
 Um mich für mein Eindringen zu entschuldigen, fragte ich nach Wasser, mit den zwei, drei hier gebräuchlichen Worten. Sie rührte sich nicht, was mich unwillkürlich näher treten liess. Erst

da kam Leben in sie; sie setzte sich auf, griff in der Ecke nach einem Krug und stellte ihn auf den Tisch. Das Haar lang und filzig, der Oberkörper nackt und auf die Rippen abgemagert, stand ein nur mit einer abgeschnittenen Lumpenhose bekleideter Mann vor mir. Er starrte mich aus zusammengekniffenen Lidern an, seine Haut überall rotgebrannt und schorfig.

Becher gab es keinen, also trank ich das brackige Wasser aus dem Krug. »Ich habe in den Felsen oben Ihren Gebetsplatz gefunden.« Es war eher eine Vermutung.

»Wie heissen Sie?« Sein Schweigen erschien mir wie eine Konfrontation. Ich gab ihm den Krug zurück. Die Finger der Hand, die ihn mir abnahm und wieder auf den Tisch stellte, waren ungewöhnlich lang. Er räusperte sich. In dem Zwielicht strahlte sein Gesicht so seltsam, dass sein Alter nicht einzuschätzen war.

»Mein Name ist ...« Ich beendete den Satz nicht, weil es völlig unerheblich schien, wer oder was ich war; er starrte mich bloss weiter reglos an. Schliesslich wies er auf den Stuhl. Ich setzte mich, während er sich mit dem Rücken zur Wand auf die Matratze hockte, die Beine angezogen, die Knie schrundig.

»Was machen Sie? Ich ...« kam aber erneut unwillkürlich ins Stocken. Um darauf nassforsch zu werden. »Wer sind Sie? Was haben Sie hier zu schaffen?«

Aber auch auf diesen Tonfall hin antwortete er bloss mit einer Geste, die Hand aufspreizend, als wische er die Frage weg. Ich zog eine blaue Marke aus meiner Hosentasche und legte sie auf den Tisch. Er streckte den Arm aus, zeigte mit dem Finger darauf und akzentuierte jede Silbe der eingestanzten Schrift: »The Anointed.«

»Ist es das, woran du glaubst? An den Gesalbten?«

»Glauben«, wiederholte er, ohne dass zu sagen war, ob er überlegte oder mich nachäffte.

»Du brauchst eine Salbe für deine versengte Haut«, meinte ich, um auf andere Weise ein Gespräch zustande kommen zu lassen.

Jeder Satz war, als werfe man einen Stein in einen Brunnen, ohne zu hören, worin er versank.

Er schloss die Lider ganz und flüsterte. »Entgeh der irdischen Materie, die dich umhüllt. Entflieh dem abscheulichen Gefängnis deines Leibes, den Lüsten, die dich gefangen halten.«

Ich schluckte ein Lachen gerade noch hinunter.

Als er den Kopf in den Nacken legte, fiel ihm ein Streifen Licht über den Mundwinkel, wie bei jenen altägyptischen Statuen, denen die Sonne früher einmal zu einer Zunge verholfen hatte. »Der Körper ist wie eine Kerze; er muss brennen und allen Talg verzehren, um Licht zu werden. Er muss sich von der Welt zurückziehen, im Hass auf all das, was in ihr wertgeschätzt wird. Er muss seine Natur verweigern zugunsten dessen, was jenseits der Natur liegt. Er muss den irdischen Leib ablegen, um sich in den Rang der unkörperlichen Engel erheben zu können.«

Ich stellte mir bei diesem Geraune vor, wie er in seinem Steinkreis stand, das Gesicht der Sonne zugewandt, den Körper allmählich mit ihrem Lauf drehend, ein Anblick, der einen vielleicht mit Ehrfurcht erfüllen mochte. Doch diesen aufgesagten Hokuspokus zu hören, machte mich ungehalten. Mit jedem der vor sich hin geleierten Sätze fühlte ich mich übergangen, nicht wahrgenommen und wurde innerlich wütend.

Aber ich wollte mir nichts anmerken lassen. Ich blickte mich um in dem Raum, dem jedwede Häuslichkeit und Annehmlichkeit abging; es gab keine Regale oder Schränke, weder Uhr noch Kerze, und auch nirgends ein Buch. Stattdessen hing über dem Fussende der Matratze die herausgerissene Seite eines Magazins, auf der ein Foto von Evita Thaut prangte.

»Du kennst sie?«, fragte ich überrascht.

Worauf er mit einem Mal direkt antwortete. »Sie ist ein leuchtender Gedanke. Ein Orakel.« Um erneut in einen Sermon zu verfallen. »Gott, Mutter-Vater, hatte Mitleid mit dem ersten Menschen. Deshalb sandte Er ihm in seiner Gnade eine Helferin, die von Ihm war und die er ›Leben‹ taufte. Sie ist die Geweihte, welche den ersten Menschen zu wissen lehrte und ihn aus der Tiefe seines Schlafes erweckte.«

Ich hatte genug von diesem Wahnwitz, aber keinen Grund, unwirsch zu werden: ich war ja bei ihm eingedrungen. Trotzdem versuchte ich ihn aus der Reserve zu locken. »Sie ist hübsch. Ist da auf ihrem Kleid auch der Busen aufgemalt?«

Doch erfolglos; er verfiel wieder in seine Sentenzen. »Ich will der Natur die Liebe zurückgeben, damit Mann und Frau sich wieder als Mensch begegnen können. Denn zuallerletzt müssen wir uns auch von der Liebe befreien.«

»Kannst du mir zeigen, wie ich sie finde? Wo ist sie? Hast du sie gesehen?« Jede Frage, die ich stellte, schien nur noch vergeblicher.

»Sie gleicht dem durchscheinenden Glanz eines stillen Mittagshimmels.«

Weshalb ich aufstand und mich ein letztes Mal umsah, ob irgendein Hinweis auf sie zu entdecken war, während er durch mich hindurch und dahinter etwas sah, das er vielleicht benennen hätte können, das er aber lieber in seinen Menetekeln bannte.

3

Als ich achtzehn Jahre alt geworden war, kam die Einberufung. Ich machte mich zu Fuss auf nach Ani zur Garnison, die jenseits der von den Mongolen einmal in Schutt und Asche gelegten Stadt lag. Man liess uns die Hymne singen, Gehorsam zu Land, zu Wasser und in der Luft schwören und hielt uns die Ruinen ihrer Zitadelle, der Kirchen und Moscheen als Mahnmal ständiger Wehrbereitschaft vor Augen.

Die Grundausbildung erfuhren wir in einem Vergnügungspark, der nie fertig geworden war. Er war als Nachbau des legendären Palastes von König Bahram gedacht, dessen Anlage einst den Grundriss des Kosmos wiedergegeben hatte; nach Disputen über den Landbesitz und einigen Korruptionsfällen wurde der Betonbau jedoch eingestellt. Darauf kehrten die Bauern zurück und säten auf dem Gelände wieder ihren Weizen, bis man es zum Sperrgebiet erklärte. Zwischen den Skeletten nackter Türme, Eisengittern offener Kuppeln, mit uralten Graffiti besprühten Mauern, vom Gras beinahe schon überwachsenen Attraktionsbuden, Parkflächen und der Kassenhalle, das Eingangstor von einem hundertköpfigen Drachen geziert, übten wir den Stellungskampf und Hinterhalte auf Soldatenkolonnen, um die Gärten mit ihren längst vertrockneten Teichen vor anrückenden Panzern zu verteidigen oder mit Gasmasken und schwerem Gepäck durch beschossene Frontlinien zu marschieren.

Danach wurde ich dem Arabischen Korps zugeteilt und in die Provinz Chusistan, an die damalige Unionsgrenze verbracht. Stationiert waren wir in Abadan, von wo wir regelmässig Patrouillen bis weit in den Norden hinauf unternahmen. Ich habe seither meine Heimat nicht wiedergesehen, seit sieben Jahren nicht.

Das Schlimmste war, dass ich mich dort nach tagelangen Fahrten auf der Ladefläche eines Lkws in einer eintönig flachen, unerträglich heissen Wüste wiederfand, der jegliche Farben fehlten: alles Grün, das Schwarzblau der Lava, das Rot von Äckern. Das Gleissen, in dem es sich ringsum auflöste, machte mich völlige kirre; ich glaubte, blind zu werden, hielt es nicht mehr aus und rannte schliesslich schreiend einfach drauflos, bis mich meine Kameraden vor den Minenfeldern einholten. Sie schafften mich mit Gewalt zurück ins Camp, wo ich in einer Zelle wieder zur Vernunft kam.

Es zu ertragen lernte ich erst, als man uns einfache Methoden beibrachte, um uns auf den ausgedehnten Kontrollmärschen zu orientieren. Dabei begriff ich, dass die Unterteilung des Horizonts in 6 Blickwinkel zu 60 Grad sich durch die Weise ergab, wie wir auch zuhause beim Handeln rechneten: der Daumen zählt die 12 Glieder der Finger an der rechten Hand ab und merkt sich das jeweilige Dutzend an den Fingern der linken. Eine geballte Faust umfasst 10, eine ausgespreizte Hand 20, der kleine Finger 1 Grad – gerade einmal so gross wie der Mond und die Sonne, wenn man den Arm zu ihnen ausstreckt. Auf 5 Meilen sind Wachtürme und Funkmasten noch auszumachen, auf eine halbe Meile die vage Form von Menschen, auf 500 Fuss die Farbe ihrer Haut und Uniform, auf 300 Fuss ihre Gesichter, die Augen zwei Punkte darin: das ist die ideale Schussdistanz. Derart lernte ich, mich in der Weite zu verorten.

In unserer Kompagnie gab es einen Einheimischen, der wusste, wo wir gerade waren, indem er am Sand leckte. Er gehörte der Sekte der Mandäer an, die bevorzugt behandelt wurde, weil sich in ihr vor der Übernahme islamischer Prinzipien schon christliche und jüdische Elemente vermischt hatten; wie im Koran auch erkannten sie Jesus nur als falschen Propheten des wahrhaftigen Erlösers an, ganz so, wie auch die Grosse Glaubensreform es vorsah. Im Dialekt dieses Mandäers gab es nicht wenige Worte, die ich von unseren Gottesdiensten her kannte; er brachte mir dazu auch die Namen des Sandes bei, der je nach Salz und Eisen unterschiedlich schmeckt – so fand er jedesmal seinen Weg.

IV

Die Begegnung mit Menschen hat mich stets angestrengt. Jedesmal merke ich, dass ich dafür erst das richtige Gesicht aufsetzen muss, eine freundliche Maske, über deren Innen und Aussen ich mich ihnen angleichen kann – um dann von ihrer Welt vereinnahmt zu werden, die sie gleich Hohlkugeln umschliesst, eine jede anders beschaffen, doch jeder darin im Mittelpunkt. Es liegt etwas Solipsistisches darin; dabei scheint es nur möglich, etwas über deren Bewusstsein zu erfahren, kaum je wirklich über mein eigenes.

Ich hatte genug für den Tag, bereute, meine Jacke im Zimmer gelassen zu haben, weil die Sonne mir jetzt Kopf, Hals und Arme zu versengen begann, rollte die Hemdsärmel herab und marschierte zurück in die Siedlung. Die ersten Baracken hinter dem sich zur Asphaltstrasse hinausziehenden Stacheldrahtzaun waren die baufälligsten und dennoch voll besetzt mit Familien, die mich erneut argwöhnisch anstarrten. Das Lager schien aus allen Nähten zu platzen, obwohl kaum jemand auf den Gassen anzutreffen war, als wäre eine Ausgangssperre angesetzt.

Ich trat in das erste Gebäude, das mit seinem Vordach Schatten spendete; es bot einen Durchgang in die Häuserzeile dahinter. Statt Holzwänden sah man rechts und links durch verglaste Partien auf leere Klassenzimmer mit niederen, grob gezimmerten Schreibpulten, an welche Sitzbänke genagelt waren. Im Inneren dieser Schule zweigte ein weiterer Gang ab; an den Ecken hingen Schautafeln mit alten Photographien.

Ich blieb vor dem Portrait Captain Edward Law Durands stehen, der als Entdecker Dilmuns gewürdigt wurde, ein Plan darunter, auf dem einzelne Ausgrabungsplätze eingezeichnet waren. An den übrigen Ecken befanden sich Ablichtungen von im Zweistromland entdeckten Tontafeln mit dem Mythos von Dilmun; es war dies ein als mythisch geltender Ort, bis Captain Durand ihn Ende des letzten Jahrhunderts mit der Insel in der Meerenge des Persischen Golfes identifizieren konnte.

Mehr als interessiert studierte ich die sumerischen Keilschrifttexte samt den Übersetzungen daneben. An den Lesarten einzelner Zeichen hatte sich inzwischen einiges verändert und bei der Lektüre kam mir meine Fachkenntnis zustatten; ich war richtig glücklich darüber, mich jetzt so völlig unerwartet mit dem beschäftigen zu können, was mich zu der weiten Reise hierher veranlasst hatte. Und froh, mich nicht in irgendwelchen dilettantischen Nachforschungen ergehen zu müssen.

Der oberste Rand der Tontafel mit dem ursprünglichen Mythos vom Paradies war abgebrochen. Darauf musste, so communis opinio, erst von der Erschaffung der Zeit die Rede gewesen sein und dann von Ninhursanga, Herrin der steinernen Einöden und unsterbliche Mutter, wie sie auf Dilmun herabkam. Denn dort lag der Garten der Götter, ostwärts von Eden – wobei ›Eden‹ gemeinhin als Begriff für die Ebene des Zweistromlandes aufgefasst wird.

Auf dieser Insel – *wo sich das Land vor dem Frühling noch in tiefem Schlaf befand*, wie die erste lesbare Zeile lautete – traf Ninhursanga nun auf Enki, den Trickster unter den Göttern und die Verkörperung des Grundwassers, das sich überall durchzuschlängeln vermag, um entweder zu versickern oder wieder emporzuquellen. Beide waren sie im sumerischen Pantheon ewige Rivalen um den Rang hinter Anu, der obersten Gottheit, und seinem Sohn Enlil, dem Gott des Windes und Herrn des Gesetzes.

Doch da begannen bereits die Unklarheiten: die nächsten Zeilen waren erneut unvollständig. Je nachdem, wie man die Zeichen ergänzte, blieb deren Interpretation doppeldeutig: entweder unterwarf Enki Ninhursanga, um die ihr gehörende Insel zu seiner zu machen, oder Ninhursanga Enki, der sich auf ihr breitmachte. Klar war nur, dass beide sich miteinander vereinigten.

 Danach jedoch waren die Lesarten mehr oder minder gleich geblieben. Die Übersetzung, die sich hier an der Schulwand in bewusst altmodischen Lettern aufgedruckt fand, unterschied sich kaum von jüngsten Auffassungen des Textes – mit Ausnahme der drittletzten Zeile, deren Leerstelle man einfach mit einem Satz über die Schönheit der Arbeit ausgefüllt hatte:

Das Land von Dilmun war rein und es war leuchtend,
das Land von Dilmun war noch jungfräulich und ohne Makel:
es krächzte noch kein Rabe und kein Rebhuhn krähte,
kein Löwe warf sich auf eine Beute und kein Wolf riss Lämmer;
es gab noch keine Hunde, die Zicklein zusammentrieben,
und keine Schweine, die Getreide fraßen –
und breitete eine Witwe auf dem Dach Malz aus,
kamen noch keine Vögel, um es in ihren Kropf zu schlingen,
und keine Taube, um es wieder hervorzuwürgen.
Kein Augenkranker weinte über seine Augen,
keiner, der Kopfschmerzen hatte, jammerte darüber,
keine betagte Frau und kein betagter Mann beklagten ihr Alter,
kein Mädchen in seinen unreinen Tagen musste sich waschen
und das schmutzige Wasser dann in der Stadt verschütten,
kein junger Mann, der Schlamm aus den Kanälen schaufelte,
fand die Arbeit zu schwer und hörte schon vor dem Abend auf,
keine Herrscherboten mussten Runden in den Grenzbezirken machen
und keine Sänger Jubellieder oder Wehklagen am Stadtrand anstimmen.

Was mich an dieser Passage immer wieder erstaunte, war der Umstand, dass man da noch nicht in der Lage schien, sich eine Vorzeit zu denken, in der es weder Städte noch Tiere gegeben hatte, allein Menschen in einer gütigen, vor sich hin dämmernden Natur, in und mit der man lebte, ohne dass einem das eigene Elend darin bewusst wurde – die Vorstellung eines Paradieses hatten daraus erst die Schreiber der Genesis entstehen lassen, welche diesen Text samt mehreren anderen für ihren alttestamentarischen Weltschöpfungsmythos exzerpierten.

Nach einer weiteren Bruchstelle kam der Sonnengott hinter dem Horizont hervor und liess Tag und Nacht entstehen, zusammen mit den wechselnden Jahreszeiten, von denen zuvor die Rede gewesen sein musste. Jedenfalls wurde das Land erst danach durch Enkis aufquellendes Grundwasser bewohnbar:

Und in diesem Moment, an diesem Tag und unter der Sonne,
als der Gott des Lichts sich für alle sichtbar in den Himmel stellte,
begann frisches Wasser auch aus dem Mund der Erde zu fliessen.
Es strömte über das Land und stieg in seinen Ufern:
die Stadt hatte nun genügend zu trinken, das ganze Land Dilmun;
die Brachwasserbecken wurden zu Süsswasserbrunnen
und auf den Feldern und Äckern wuchs nun Gerste.

Der Schreiber der älteren, in der Bibel jedoch nachgereihten Schöpfungserzählung war sich vielleicht bei dem damals schon uralten Sumerischen unsicherer gewesen als unsere Gelehrten heute mit ihren Lexika – oder aber er ignorierte bewusst die Geschichte mit den sieben Tagen, um seine Genesis nun »zur Zeit, als Gott, der Herr, Erde und Himmel machte« beginnen zu lassen, »als es auf der Erde noch keine Feldsträucher gab und und noch keine Feldpflanzen wuchsen«, sprich kein Getreide und kein Gemüse. Dazu sah er sich in seinem Palästina genötigt, all dies Brachland durch fehlenden Regen von oben zu erklären und einzufügen, dass es ja noch keine Menschen gab, welche die Felder hätten bestellen können, um erst danach wieder zu dem sumerischen Mythos zurückzukehren. Enkis Rolle als Gott des Grundwassers tilgte er dabei jedoch völlig, um ganz von alleine »Feuchtigkeit aus der Erde aufsteigen und die ganze Fläche des Ackerbodens tränken« zu lassen: auf dass sein Gott Jahwe »den Menschen aus Erde vom Ackerboden formen und ihm den Lebensatem in die Nase hauchen« konnte.

Dilmun war überdies für diesen Schreiber längst zu einem legendären Ort geworden, über den kaum noch jemand etwas wusste. Darum liess er aus diesen aufquellenden Wassern nunmehr woanders, nämlich im Eden des Zweistromlandes, einen Strom entspringen, der den göttlichen Garten bewässerte. Und dazu teilte er ihn in vier Arme: in den Pishon, der das Land Havilah umfliesst, wo es Gold gibt, Bdelliumharz und Karneol, in den Gihon, der das Land Kush umgrenzt, sowie in Euphrat und Tigris, welche die Grenzen der ihm bekannten Welt umfassten.

Die Kunde von den sagenhaften Schätzen des biblischen Havilah, die der Schreiber dabei einflocht, hatte ihren Ursprung darin, dass Dilmun in dem sumerischen Mythos aufgrund seiner vielen Quellen schon in grauer Vorzeit als reicher Handelsplatz galt. *Hier übergab das Land Tukrish sein im Lande Harali abgebautes Gold und das Land Meluha entlud hier seine Schiffe voller Karneolsteine und kostbarer Hölzer*, wie die Schautafel mit einem weiteren Zitat daraus erläuterte. Sie setzte den Namen der Siedlung hier – Havilah – aus Lokalstolz mit dem Lande Harali gleich, um zugleich zu erklären, dass die Goldvorkommen inzwischen völlig abgebaut worden wären: eine glatte Lüge angesichts des Umstandes, dass es nirgendwo in dieser Region je Minen für Edelmetalle gegeben hatte und auch die Geologen, die das Gebiet über Jahrzehnte erkundet hatten, solche Vorkommen ausschlossen.

Ich genoss diese Fingerübung im Auslegen der Texte; es war mein Terrain und ich so gut darüber informiert, wie man es durch das Studium von Fachartikeln nur sein konnte. Vor diesen Schautafeln stehend, die man wohl jeder Schulklasse eindrillte, konnte ich aus dem Kopf die nötigen Vergleiche ziehen und fing an, eine Melodie vor mich hin zu pfeifen. Denn jetzt folgte eine meiner Lieblingsstellen, welche von den Schautafeln allerdings völlig ausgespart wurde und die auch die Bibel bloss gerafft wiedergab: »Und dann liess Gott, der Herr, aus dem Ackerboden allerlei Bäume wachsen, verlockend anzusehen und mit köstlichen Früchten; in der Mitte des Garten Edens aber den Baum des Lebens und den Baum der Erkenntnis von Gut und Böse.«

Ich entsann mich noch genau des sumerischen Textes, der dieser Passage zugrunde lag, weil er mehrere, nicht leicht zu übersetzende Wendungen enthielt. Zunächst sah Enki mit Wohlgefallen auf die inzwischen reich gewordene Handelsstadt Dilmun mit ihren *angenehmen Häusern*, um die herum nunmehr Gerste und Datteln in Überfülle zu wachsen begonnen hatten. Inspiriert von diesem Menschenwerk stiess er sein Glied in das umliegende Marschland, in das Ninhursanga sich mittlerweile zurückgezogen hatte. Er bohrte es in die Flussböschung und ins Schilf, wieder und wieder, und liess dabei aus seinem steifen Glied einen weiten Mantel von sanftem Grün spriessen, der sich um saftige Stämme legte. Weil er unter ihren schattigen Kronen Ninhursanga beizuschlafen gedachte, verbot er den Menschen – die dann auch in der Bibel an dieser Stelle aus Sumpf und Morast erschaffen wurden – ausdrücklich, dieses grünende und wachsende Marschland zu betreten: *Er schwor beim Himmel – Niemand darf hier herein!* Erst darauf ergoss er seinen Samen in Ninhursangas Schoss. Das war am ersten Tag, welcher nach göttlicher Zeitrechnung dem ersten Monat ihrer Schwangerschaft gleichkam.

In Enkis Phallus den biblischen Baum des Lebens und seiner Fortpflanzung zu erkennen, hatte sich dem Schreiber dieser Genesis aufgedrängt; ihm, der unter einem babylonischen Tempelherrn Dienst tat, der ihn wohl wie die meisten seiner Genossen in jungen Jahren hatte kastrieren lassen, war eine solch offen dargebotene Geschlechtlichkeit offenbar mehr als suspekt gewesen. Doch weshalb liess er seinen Gott dann den Menschen verbieten, auch vom zweiten Baum im Garten Eden zu essen, dem Baum der Erkenntnis von Gut und Böse? Sodass, wer von seinen Früchten isst, daran stirbt?

Auch mit der diesem Verbot zugrunde liegenden Passage wollte man die Schüler des Lagers hier nicht belasten, weil sie zu anstössig erschien. Denn die schwangere Ninhursanga brachte jetzt Ninsar zur Welt, die Göttin der Pflanzen. Als Enki seine Tochter darauf am Flussufer stehen sah, drückte er sie an seine Brust, küsste sie und konnte nicht anders, als sie in ihrer Unschuld zu verführen und seinen Samen nun in sie zu ergiessen, sodass nach neun Tagen, welche wie neun Monate waren, Ninkurra zur Welt kommt, die Göttin der Weiden. Als er auch sie darauf am Ufer eines Flusses stehen sieht, kann er sich erneut nicht zurückhalten, sodass sie schliesslich Uttu zur Welt bringt, die Göttin der Weberei, welche aus all den Pflanzen und ihren Farben Kleider zu spinnen versteht, eine Frau von blühender Gestalt und üppigen Formen. Diesmal jedoch wird sie von Ninhursanga gewarnt, dass Enki im Marschland nach ihr auf der Lauer liegt; sie gibt Uttu deshalb den Rat, sich nur jemandem hinzugeben, der sie auch heiratet und ihr Früchte auf den Tisch bringt.

Darauf greift Enki zu einer List; er tut, als wäre er ein blinder Gärtner, der sich um die Bewässerung ihrer Baumwolle kümmert, und erscheint mit Körben voller Gurken, Äpfeln und Trauben und Bierkrügen vor ihrem Haus. Als sie ihm ihre Tür öffnet, sind die beiden formellen Voraussetzungen für eine Ehe erfüllt, das Überreichen von Brautgeschenken und das Übertreten der Schwelle: sie ist nun die erste verheiratete Frau und überglücklich. Doch Enki hält sich nicht an die vorgeschriebene Frist für den Vollzug der Hochzeit; er drückt Uttu ohne Umschweife zu Boden, packt ihre Brüste, greift ihr zwischen die Beine und nimmt sie mit Gewalt, *dass sie vor Schmerz aufschreit: meine Beine, mein Körper, mein Bauch!* Ninhursanga sieht sich deshalb gezwungen einzuschreiten, Enki ejakuliert auf Uttus Schenkel, worauf Ninhursanga seinen Samen von ihrer Tochter abwischt. Uttu wird so auch die erste missbrauchte Frau; und sie wird nicht schwanger – während aus Enkis Samen in Ninhursangas Steinwüste nunmehr die ersten Pflanzen zu wachsen beginnen.

Die Unterscheidung zwischen Gutem und Bösem in Edens Garten kam demnach erst mit der Entstehung der Ehe auf. Als Institution bannte sie das ursprünglich Natürliche der Sexualität und ihre alles durchdringende Kreatürlichkeit – weniger durch die Notwendigkeit eines Inzestverbots, vielmehr aufgrund der Einsicht, dass das Anarchische des Triebgesteuerten jede Gesellschaftsordnung aushebelt. Zurückhaltung musste deshalb geübt, das Geschlechtliche kanalisiert und als Sitte formalisiert werden, um nun das Zusammenleben zwischen Mann und Frau in einer Stadt zu ermöglichen. Das war das Gute, das man darin sah. Das Schlechte jedoch entstand, indem man die Frau *an die Leine des Mannes legte*, wie es der Mythos mit einem immer noch gängigen Bild ausdrückt: denn damit wurde häuslicher Gewalt Tür und Tor geöffnet.

Der Mythos von Dilmun thematisierte zudem eine weitere Kehrseite dieser Institution. Die Frauen vor Uttu waren Enki zuvor freudig zu Willen gewesen, sogleich schwanger geworden und die Geburt für sie dann anstrengungslos vonstattengegangen; Uttu jedoch büsst den Vollzug ihrer ehelichen Pflichten nun mit körperlichen Schmerzen. Der Preis dafür, dass sie von den Früchten des Guten und Bösen gekostet und Enki seinen steifen Stamm in sie hatte eindringen lassen, war, dass sie »Verlangen nach ihrem Mann hatte, er sie dafür aber beherrschen und es ihr viel Mühsal bereiten wird, jedesmal wenn sie schwanger wird; nur unter Schmerzen wird sie dann ihre Kinder gebären« – wie der Schreiber der Genesis die Stelle auf den Punkt brachte.

Dahinter steckte auch eine Vorstellung, die aus anderen Mythen über Uttu hervorging. Sie wurde darin als eine der Vegetation entsprungene Göttin des Webens vorgestellt, welche den zuvor tierisch nackten Menschen ein zivilisiertes Kleid anzog und sie so erst human erscheinen liess – in den wohlbekannten Worten der Genesis: »als sie erkannten, dass sie nackt waren, hefteten sie Feigenblätter zusammen und machten sich einen Schurz«. Einem solcherart domestizierten, vom Tierischen und allem Natürlichen nunmehr abgehobenen Weib sagte man grössere Mühsal bei der Schwangerschaft und Geburt nach als bei den Müttern der Vorzeit, die mit Kindern reichlich gesegnet worden waren: wie die Bibel anderswo von den hebräischen Frauen berichtet, hatten sie diese einst schneller zur Welt gebracht, als eine Hebamme zu ihnen laufen konnte.

All diese Einsichten in die Schattenseiten der vom Menschen geschaffenen Ehe erlaubte der biblische Gott den Frauen. Doch weshalb hatte er ihnen die Erkenntnis vom Baum des Guten und Bösen verwehrt? Und das Essen seiner Früchte streng tabuisiert? Das ist etwas, worüber der Verfasser der biblischen Genesis kein Wort verliert – weil es den Skandal des Göttlichen offenbart hätte. Denn der von ihm zu Jahwe umgedeutete Enki, der die Insel ostwärts von Eden in einen grünen Garten verwandelt hatte, indem er überall süsses Wasser zur Oberfläche dringen liess und seinen Lebensbaum in die jetzt fruchtbaren Ackerfurchen pflanzte – dieser Enki hatte nicht nur die ursprünglich paradiesischen Zustände dort durch materiellen Reichtum korrumpiert, sondern zudem das ursprünglich Jungfräuliche und Reine dieses Landes geschändet: er hatte sich an den Frauen vergangen, sie aus blosser Selbstsucht missbraucht und schliesslich sogar vergewaltigt. Dadurch trat er all das für den Menschen entstandene Gute mit Füssen und liess es wieder verrotten, von innen heraus. Und das alles nur, weil er, wie der vermeintliche Bill auf dem Grabstein in Virginia, ein Zeichen seiner selbst hinterlassen wollte. Um damit alles zu brandmarken.

Der Schreiber der biblischen Genesis hatte in den Tempelarchiven Babylons nach Zeugnissen für die Urzeit der Welt und des Menschen geforscht und dabei die sumerischen Mythen entdeckt, die zu seiner Zeit bereits Jahrtausende alt waren. Gleich einem modernen Gelehrten versuchte er, die unterschiedlichen Facetten aller ihm dort zugänglichen Mythen miteinander abzugleichen, die er auch aufgrund ihres Alters als in magischen Schriftzeichen niedergelegte Wahrheit auffasste. Aus ihnen wollte er nun die eine, die wahre Schöpfungslehre herauslesen und darauf die alles umfassende Religion einer einzigen Gottheit begründen – um im Zuge dessen auf eine Geschichte zu stossen, die es unter allen Umständen zu verbergen und zu verdrängen galt.

Denn der Gott, nach dem er in seinem babylonischen Exil suchte, der musste gerecht sein, um ihn in seiner Unterdrückung selbst zu Recht kommen zu lassen. Doch alles, was er in den vormaligen Erscheinungsformen seines Jahwes erkannte, dieses Befreiers, der gnädig sein sollte, ein gütiger Erlöser und Richter über die Erde, war vielmehr die verkörperte göttliche Willkür, die sich sittenlos über alles hinwegsetzte: die erste Übertretung des Guten, sie war durch einen Gott wie Enki geschehen. Jedwede menschliche Ethik war deshalb der göttlichen Amoral gegenüber zum Scheitern verdammt und das wenige Gute an den Menschen wurde mehr als aufgewogen durch göttliche Böswilligkeit. Sie bekundete eine Selbstherrlichkeit, bei der das Göttliche bloss das Prinzip gesinnungsloser Herrschsucht war: das war eine Erkenntnis, die immer noch keinem zumutbar scheint.

4

Im dritten Jahr meines Turnus regnete es, zum ersten Mal in über einem Dezennium, und ringsum verwandelte sich alles in unpassierbaren Schlamm. Mit der Sonne, die ihn auftrocknete, begann die Wüste aber zu grünen. Die im Sand verborgenen und ausgetrockneten Samen sprossen auf in Büscheln und dornigen Büschen, und wenn Wind aufkam, drang der Geruch wilder Kamille durch die offenen Fenster der Messe und in die Mannschaftszelte. Auf einer der Patrouillen zur Grenzsicherung, die an den Rand der Berge im Norden führte, kamen wir in eine langgezogene, mit Gras bestandene Senke, die überall von kreisförmigen Brachen durchbrochen war, als hätte Gott da die Figuren seines Spiels abgestellt.

Darauf verstreut lagen die verdorrten Leichen von Illegalen, die von ihren Schleppern im Stich gelassen worden waren. Einzeln für sich, nur die Familien zusammen, in sich gekrümmt, die sehnigen Körper geschrumpft, die Haut schwarz, starrten ihre eingefallenen Gesichter ins Licht, während um sie hartes Gras gewachsen war, das bereits wieder vergilbte. Als wir sie aufhoben, um sie zu begraben, merkten wir, dass sie innen ausgehöhlt waren. Wo sie den Boden berührt hatten, waren sie ganz porös geworden, von unzähligen winzigen Gängen durchbohrt; stellenweise waren sie breit ausgefressen, wobei sich eine weisse Schicht gebildet hatte, die sich unter dem Finger pelzig anfühlte, pilzig. Wir trugen sie wie Masken vor uns her.

Um den von ihnen genommenen Schleichweg ausfindig zu machen, biwakierten wir dort; ihre Spuren liessen sich zu weiteren mumifizierten Kadavern zurückverfolgen, ohne dass diese denselben Frass aufwiesen. Am Schluss fanden wir nur noch Schuhe, die so ausgetreten waren, dass man sie mit Blättern ausgestopft hatte, um noch Halt in ihnen zu finden.

Weil wir aber oft nur die Zeit im Schatten einer aufgespannten Plane totschlugen, gab es kaum andere Ablenkung als das, was um uns war. Der Mandäer, der unseren Zug durch diese Wüste führte, wusste, dass die Bohrgänge in den Leichen von Wanderameisen herrührten, mit denen hier mancherorts Verletzungen vernäht werden, indem man sie sich in die Wundränder verbeissen lässt, um danach ihre Leiber mit den Fingernägeln abzuzwicken.

Ein Rätsel aber gaben uns die bald grösser, bald kleiner sich aneinanderreihenden Kreise auf, in denen die Leichen lagen. Der Mandäer nannte sie ›Feenringe‹; in ihnen wuchs rein gar nichts mehr. Wir dachten erst, dass die Wurzeln der Grasbüschel rund um sie das Wasser absaugten und sie deshalb verödeten, bis er einen Spaten nahm und in der Mitte eines solchen Kreises ein Ameisennest aushob. In anderen Ringen wiederum war nichts zu finden, sodass ich mutmasste, dass hier an vielen Stellen ein giftiges Gas aus der Tiefe aufstieg.

Und ich erzählte ihm von Lotan, den er als Basmu kannte. Für ihn war er ein gehörnter Schlangendämon, der sich um den Baum des Lebens windet, welcher in seiner Tradition eine Dattelpalme ist. Beide aber sahen wir in diesen Feenringen ein Wirken, das in seiner Gegensätzlichkeit etwas Regelmässiges hervorbringt, der Geometrie vergleichbar, die mir beigebracht wurde, nachdem ich mich für den Offiziersrang beworben hatte und die schulische Grundausbildung dafür erhielt.

V

Ah, wie ich vor diesen Tafeln mit einem Mal zu denken begann und meine Sprache wiederfand! Da wurde der Anbeginn aller Geschichte übersichtlich, ihre Zusammenhänge interpretierbar und eine Moral erkennbar, während die Gegenwart meiner eigenen Geschichte sich bloss stotternd ergab, von einer Begegnung zur anderen. Anders als die Situationen, in die man unwillkürlich geriet, war die Logik von Legenden weitaus durchschaubarer als das Labyrinthische des Lebens – weshalb wir uns offenbar lieber vom roten Faden solcher Sagen leiten lassen.

»Verzeihen Sie, wenn ich Sie anspreche –«

Ich wandte mich um und sah mich einem Mann in braunem Anzug gegenüber, der einen Kopf kleiner als ich war und einen gewachsten Schnurrbart trug, das dünne Haar wie mit Zuckerwasser geglättet auf den Schädel geklebt, die Füsse in Sandalen.

»Soares ist mein Name, Eduardo Soares. Ich bin der Direktor hier – und erfreut, Sie hier anzutreffen! Besucher verirren sich ja nur selten in unsere Stadt – und noch seltener interessieren sie sich dann für diese kleine Ausstellung. Wir verfügen ja leider über kein eigenes Museum, da können wir mit der Stadt natürlich nicht konkurrieren. Aber ich habe mein Bestes getan, um unsere Vorgeschichte, die doch weltweite Bedeutung hat, zumindest anzudeuten.«

Er schien kaum Luft holen zu müssen, um nun auch den vor seinen Schülern wieder und wieder erprobten Vortrag an den Mann zu bringen. »Wie ich merke, haben Sie sich bereits mit dem

Anfang dieser Tontafel vertraut gemacht, welche die Geschichte Dilmuns festhält. Diesen in assyrischen Texten mehrfach erwähnten Ort, *welcher 30 Doppelstunden entfernt liegt, inmitten des Meeres der aufgehenden Sonne*, konnte Captain Durand als jene Insel identifizieren, welche die erste Etappe unseres Dammbaus nun erreicht hat.«

»Sehen Sie« – übernahm er die Führung durch seine Austellung –, »hier ist die Abbildung jenes Basaltsteines in Form eines Bootes – andere erkennen darin eine Zunge –, der es Durand ermöglichte, das Paradies hierzulande zu verorten. Er entdeckte diesen Grundstein im Allerheiligsten der Moschee auf der Insel und entzifferte darauf die Inschrift: *Dies ist der Palast Adamas, Diener von Enkis Sohn Enzag, des Gottes von Dilmun.*«

»Von grösserem Interesse für Sie wird jedoch das Ende unserer Tontafel sein.«

Mich am Ellbogen packend, führte er mich zum gegenüberliegenden Eck des Kreuzgangs; fehlte nur noch ein Rohrstock, mit dem er auf einzelne Zeilen hätte zeigen können. »Sie müssen dazu wissen, dass Enki, als der damals das Schicksal der Menschheit bestimmende Gott, mit der Göttermutter auf der Insel Dilmun zunächst die Göttinnen der Bäume und Pflanzen sowie der bewässerten Weiden zeugte, um darauf mit seinem Wasser auch die bis dahin steinige Öde zu begrünen. Aus seinem Samen erwuchsen die Pflanzen der Wüste.«

»Die meisten ihrer Namen« – er zeigte auf einzelne Keilschriftzeichen – »sind kaum noch identifizierbar. Da ist die Ashki-Pflanze, die Atutu-Pflanze und die Amharu-Pflanze – insgesamt neun an der Zahl. Wir sehen darin heute die Dornen und Disteln der Wüste, zumeist Heilkräuter, die in grossen Dosen genossen giftig sind, aber auch Süssgrässer, mit denen man damals alkoholische Getränke versetzte. Als Enki dann jedoch von ihnen kostete, um sie *kennenzulernen und das Schicksal dieser Pflanzen zu bestimmen*, wie da steht, wurde er sterbenskrank.«

Worauf mir zum ersten Mal klar wurde, dass das Verbot, vom Baum des Guten und Bösen zu essen, auch darin seine Wurzeln hatte. »Enki masste sich damit nicht nur eine Allmacht an, die ihm in der Verteilung der göttlichen Mächte nicht zustand«, versuchte ich den Gedanken auszuformulieren. »Er erhob sich nicht nur gegen Ninhursanga, sondern dadurch letztlich auch gegen Anu – um ihm seinen Rang als oberstem Herrscher streitig zu machen. Ganz so, als würde sich hier jemand gegen Thaut auflehnen …«

Soares tat, als habe er nichts gehört. »Enki war sozusagen von seinem eigenen Samen schwanger geworden.« Theatralisch schüttelte er die erhobene Hand. »Selbst als Gott vermochte er seine Kleinen nicht auszutragen – ihm fehlte ja« – Soares kicherte verhalten – »das Geschlechtsteil der Frauen.«

»Das alles passte der Göttermutter natürlich nicht. Aus Rache dafür, dass er ein Mann war und sich das Recht herausgenommen hatte, auch über die Pflanzen zu bestimmen, die ihr Reich waren, schaute Ninhursanga nun bloss zu, wie er darniederlag. Denn nach seinem Tod wäre sie hinter Anu und Enlil zur wichtigsten Göttin aufgestiegen. Weshalb sie schwor, ihn so lange nicht mit ihrem lebensspendenden Auge anzublicken, bis er tot war.

Da wandte der schwer angeschlagene Enki sich an den Schlaumeier und Schelm unter den Tieren, den Fuchs, in dem er einen Gesinnungsgenossen wusste. Er versprach, ihn zu einem Gott zu erheben und ihm in der Stadt zwei heilige Bäume zu pflanzen, wenn er ihm Hilfe bringe. Der eitle Fuchs leckte sein rotes Fell, bis es glänzte, schminkte sich die Augen mit Khol und machte sich auf, um die obersten Götter der Reihe nach zu überreden, Enki beizustehen. Das ist nicht ganz ohne Belang für uns heute.« Soares' Stimme wurde bedeutungsschwanger. »Denn aus den beiden heiligen Bäumen ist in der Bibel der Baum des ewigen Lebens und der Baum der Erkenntnis geworden. Und aus dem Fuchs ein noch schillernderes Tier: die Schlange!

Die Götter weisen ihn jedoch nacheinander ab, bis der Fuchs schliesslich beim obersten Gott, Anu, vorstellig wird. Der sieht nun durch Enkis Tod die göttliche Ordnung der Unsterblichen in Frage gestellt. Deshalb schreitet Anu ein.«

Soares konnte die Genugtuung nicht verhehlen, sosehr ging er in der Geschichte auf. Wie ich selbst auch, weshalb ich eine gewisse Abschätzigkeit ihm gegenüber nicht abzulegen vermochte. Geschichten scheinen stets für uns allein geschrieben; deshalb teilen wir unseren Enthusiasmus für sie manchmal nur ungern – wohl weil wir unsere Naivität dabei an den anderen erkennen. Und so hing ich Soares weiter an den Lippen.

»Anu zwang nun die Göttermutter, ihn wieder zu heilen. Sie musste sich wohl oder übel fügen, den leidenden Gott zwischen ihre gebärenden Schenkel legen, vor Anu ihr Mitleid bekunden und Enki wieder gesunden lassen.«

Soares übersetzte mir einige Passagen, als wäre deren Übertragung neben der Tafel nicht auch deutlich zu lesen gewesen. Darin erstanden aus Enkis krankem Leib nacheinander einzelne Gottheiten, deren Rollen und Namen sich aus den Doppeldeutigkeiten mancher sumerischer Wörter ergab. Da ihm die Schädeldecke wehtat, brachte sie Abu, den Gott der Baumkrone zur Welt, und weil ihm die Haarwurzeln schmerzten, gebar sie eine Göttin, die dem Menschen Abhilfe gegen Glatzköpfigkeit versprach – Soares fuhr sich dabei unwillkürlich über sein glatt am Schädel klebendes Haar. Gegen Zahnschmerzen und einen rauhen Hals schuf sie die Göttin, die einem auch den Mund mit Bier füllt, sowie die Göttin der Kehle, Nazi, welche darüber wacht, dass man alles schluckt, und zwar in der rechten Reihenfolge. Dabei war Enki mit seinen Lamentationen noch nicht am Ende: denn jetzt war sein Arm dran, um zu erklären, weshalb es eine gute rechte und eine schlechte linke Hand gab.

Und dann kam er endlich zu der entscheidenden Stelle, zu der mittlerweile Hunderte Seiten von Fachliteratur publiziert worden waren, welche deren Bedeutung in der Bibel zu erschliessen suchten:

– Mein Bruder, was tut dir noch weh?
– Mir tut die Rippe (ti) weh!
Also brachte sie Nin-ti zur Welt, die Göttin der Rippen,
welche den Atem des Lebens (ti) schenkt.
– Mein Bruder, was tut dir noch weh?
– Mir tut die Seite (zag) weh!
Also brachte sie zuletzt En-zag zur Welt, den Gott,
der allen Dingen schöne (zag) Seiten verleiht.

So wurde aus Abu der Herr über die Pflanzen der Wüste,
aus Ninti die Herrin über die Monate (iti) und den Atem des Lebens
und aus Enzag der Herr über Dilmun.
Gepriesen sei der ehrwürdige Enki!

»Die Strafe für Enkis Untaten war somit, dass statt seiner nun der Gott Enzag zum Herrn über Dilmun erhoben wurde. Dieser Gott der schönen Seiten löste Enki ebenso ab wie der biblische Jahwe später die Götter des alten sumerischen Pantheons.«

Daran war nichts auszusetzen; aber jetzt holte Soares erst richtig aus. »Ihnen wird dabei unschwer verborgen geblieben sein, dass die aufgezählten Gottheiten ihre Namen alle von jenem Körperteil bezogen, für dessen Heilung die Göttermutter angerufen wurde. Darin ist die Vorlage für jene Stelle in der alttestamentarischen Genesis zu sehen, wo ›der Mensch jedes lebendige Wesen um sich benannte‹.

Doch ist Ihnen vielleicht entgangen, dass die Göttin Ninti in der Bibel eine folgenreiche Umschreibung erfuhr. Denn so wurde aus ihr die biblische Eva! Im Sumerischen bedeutet die namensgebende Silbe *ti* ja sowohl ›Rippe‹ wie den ›lebensspendenden Atem‹ im Brustkasten.«

Er pochte sich zum besseren Verständnis aufs Herz. »Dieses Wortspiel vermochten die Hebräer in ihrer Sprache nicht wiederzugeben. Bei ihnen sind bloss die Ausdrücke für ›Mann‹ und ›Frau‹ ähnlich – weshalb die Frau ›ischah‹ heisst, da sie vom Mann, ›isch‹, genommen ist. Indem sie aus einer seiner Rippen erstand. Zu dem lebensspendenden Atem jedoch erfanden die Schreiber der Bibel eine eigene Geschichte. Dafür erklärten sie in der Genesis den Gott Enki kurzerhand zu einem Menschen.

Doch statt den sterbenskranken Enki ins Koma fallen und von Ninhursanga wieder heilen zu lassen, versetzte nunmehr ›Gott, der Herr, den Menschen in einen tiefen Schlaf.

Und dann nahm Er eine seiner Rippen und verschloss ihre Stelle mit Fleisch. So formte Gott, der Herr, aus der Rippe, die er vom Menschen genommen hatte, eine Frau.‹«

Er zeigte mit seinem Finger auf die abgedruckte Bibelstelle.

»Worauf Adam diese Frau ›Eva‹ – ›Lebenshauch‹ – nannte, da sie die Mutter aller Lebendigen wurde.«

Soares belehrte mich, als habe er einen seiner Schuljungen vor sich stehen, was ich ihm letztlich nicht verdenken mochte. Denn kommen wir uns nicht oft genug auch selber so vor, als gelangten wir durch eine uns vertraute Geschichte in den Vollbesitz einer Wahrheit, mit der wir andere dann zu bekehren trachten?

»Diese drei Sätze greifen zuerst die Bedeutung von *ti* als Rippe auf. Das Belebte des Atems wird dann aber zum Namen Evas, der auf Hebräisch eben dies bezeichnet: das Lebensspendende! Derart verselbstständigte sich der Doppelsinn von Nintis Namen in der Figur der ersten Frau.«

»Das wusste ich nicht«, tat ich erstaunt. Es war ergreifend, wie er sich warmredete, und ich war gespannt, was er als Nächstes vorbrachte.

»In Nintis Namen klingt überdies das sumerische Wort für ›Monate‹ – *iti* – an«, fuhr er fort. »Und da es soviele Monate wie Rippen gibt, wird dem Menschen durch Eva auch die ihm zustehende Zeit zugemessen. Nur aus diesem Grund verbietet die Bibel es Eva, die Hände zum Baum des ewigen Lebens auszustrecken!«

Seine Auslegung hatte etwas bestechend Einfaches, obwohl die conditio humana durch solche Wortspiele nicht erklärbarer wurde. Darum konnte ich mir einen Nachsatz nicht mehr verkneifen. »Ja, die Früchte vom Baum der Erkenntnis hatten Adam und Eva bereits gekostet. Die vom Baum des Lebens aber sollten sie nur deshalb nicht essen, da ihnen sonst auch noch Unsterblichkeit zuteil geworden wäre. Es war also ein eifersüchtiger Gott, der sie aus dem Garten Eden vertrieb, Cherubim mit lodernden Flammenschwertern vor dem Baum des Lebens als Kontrollposten aufstellte und ihnen befahl, ihm die Äcker zu bestellen, sich in den Minen der Erde zu Tode zu arbeiten und Frondienste für sein Werk zu leisten.«

Soares ging auf diese Spitzen nicht ein. Meine Besserwisserei aber hatte ihn aus dem Konzept gebracht, sodass er sich eine Antwort erst überlegen musste.

»Ich merke, Sie kennen sich in der Materie aus.« Er beäugte mich skeptisch, ohne zu verstehen, warum ich seinen vorbehaltlos ausschreitendem Eifer plötzlich Steine in den Weg legte.

Zu einer Erklärung gedrängt, entschuldigte ich mich indirekt. »Ich bin eigentlich hier, weil ich mich näher für die Geschichte Adams interessiere. Ich habe gehört, dass man auf der Insel jüngst Tontafeln ausgegraben hat, die neue Aufschlüsse darüber bieten.«

Soares winkte schnell ab. »Darüber kann ich wenig sagen.« Er liess es desinteressiert klingen, war aber argwöhnisch geworden. »Auf wessen Einladung sind Sie hier, wenn ich fragen darf?«

»Ich bin bei Thaut zu Gast.«

Um mit aller Freundlichkeit eine Lüge vorzubringen, über die ich mir eine Auskunft über Evita erhoffte. »Er hat mir gegenüber erwähnt, dass seine Tochter Sie manchmal besucht …«

Worauf Soares unsicher wurde und eine untertänige Miene

aufsetzte. »Ja. Frau Thaut beehrt mich und meine Kollegen manchmal und bringt den Kindern Geschenke – zu den Feiertagen. Aber das ist schon eine ganze Weile her.«

Ich glaubte in seinem Tonfall eine unterdrückte Missbilligung herauszuhören, auch weil er nun geflissentlich wurde, als hätte er etwas zu verbergen.

»Sie setzt sich gerne für die Belange der Arbeiter ein. Frau Thaut hat eben ein gutes Herz!«

»Thaut meinte, ich würde sie heute hier antreffen …«

»Unmöglich, nein. Frau Thaut ist nicht da, auch gestern nicht! Ich kann dazu nichts sagen, gar nichts. Sie können sich hier ja umsehen. Ich zeige Ihnen gerne unsere Schule!«

Ich lehnte dankend ab. »Übrigens – bei den Gruben ist mir ein seltsamer Geselle begegnet, der dort haust. Wissen Sie, wen ich meine?«

»Ja«, erwiderte Soares nach einigem Zögern. »Er ist so eine Art Selbstdarsteller, wie man das heute wohl nennen muss.« Der Ausdruck erstaunte mich; er brachte etwas Kritisches zum Ausdruck, das ich Soares nicht zugetraut hatte.

»Er nennt sich ›Abba Arsenius‹. Er will es den alten Wüstenvätern gleichtun. Und durch seine täglichen Auftritte da draussen, wo ihn keiner sehen kann, seinen ausgemergelten Körper zu einem Zeichen werden lassen. Der soll den Eingeweihten – von denen es hier kaum welche gibt, Gottseidank! – ein höheres Wesen offenbaren. Sie verstehen?

Mit dem Anspruch stellt er, wie alle Sektierer, sein Licht nicht unter den Scheffel. Er gefällt sich ja darin, Orakel von sich zu geben. Die sich natürlich nie erfüllen: was ihn die meisten seiner ursprünglichen Anhänger wieder gekostet hat. Aber wir lassen ihn gewähren. Er ist ein harmloses Spinner, der niemandem schadet.«

Manchmal, wenn mich all das Reden nur noch überfliesst, höre ich auf zu horchen und blicke auf die stumm sich bewegenden

Lippen, das Mienenspiel des Gesichts, die Gesten der Hände und Haltungen des Körpers, die anderes verraten, etwas, das dem Gesagten oft widerspricht oder es gar verneint, und sehe uns dann als gespalten, in der Mitte entzwei, gleich einem durchgerissenen Blatt Papier.

5

Von einem der letzten verbliebenen Sumpfgebiete in der Nähe Abadans gingen immer wieder Razzien aus. Als Lieutenant machte ich dann Bekanntschaft mit einem ihrer Anführer, einem grossnasigen und feisten Kerl namens Rashash, den ich bei der ersten Begegnung höflich als Scheich der berühmten Marscharaber betitelte. Er erhob sich aus seinem Schneidersitz und schritt bedeutsam zum Eingang seines Schilfhauses, wo ein Portrait Thauts hing.

Das ist unser Scheich; er ist nun der Anführer der Araber und es gibt kein Marschland mehr, meinte er. Ich fragte, ob sich das Leben jetzt dadurch verändert habe. Vorher gab es keine Schulen und Krankenhäuser, erwiderte er; jetzt hat jedes Dorf eine Schule. Vorher lebte jeder auf dem Fluss; jetzt hat ihn die Firma eingedämmt, um den Sumpf im Norden trockenzulegen und Strassen zu bauen. Dort gibt es noch Öl, da sind viele Bohrtürme, deutete er irgendwo in die Ferne. Ich antwortete, dass das Marschland von der Regierung nicht des Öls, sondern der dauernden Überfälle wegen trockengelegt worden war. Er grinste. Das ist falsch. Die Menschen leben nun besser als zuvor. Früher besassen die Leute bloss Kähne und Flösse; jetzt brennen sie Ziegel, arbeiten auf den Feldern und manche sogar als Taxifahrer. Dennoch waren einige Wochen zuvor erneut die von Thauts Ingenieuren errichteten Deiche aus gestampfter Erde durchbrochen worden, sodass das Wasser wieder die versalzte Ebene überfluten konnte; es musste das Werk vieler Marscharaber gewesen sein, weil sie dafür bloss Pickel und Schaufeln zur Verfügung gehabt hatten.

Ich war mehrfach bei ihm; wir gingen zusammen Wasserhühner schiessen, die es dann zum Essen gab. Einer seiner Bootsjungen sang; er hatte eine rauhe, aber gute Stimme und die Lieder waren lang und von schleppendem Rhythmus. Offenbar ging es eher um die Worte, deren Dialekt ich zu wenig verstand. Aber ich konnte auf ihrer Tar spielen, die sich von den unseren nur durch die Fischhaut unterscheidet, mit der sie bespannt ist. Rashash machte mir dafür ein Kompliment; weil ich wie sie auch mit den Händen aus der Schüssel ass, erklärte er mich zu einem der ihren.

Es dauerte jedesmal gut eine Stunde, um mit dem Kahn über labyrinthische Wasserwege im Röhricht die kleine Insel zu erreichen, auf der Rashashs Mudhif stand; am höchsten Punkt war sie zehn Fuss über dem Fluss, auf dem sich ringsum etwa zwanzig Behausungen befanden. Alles war aus Schilf oder Bambus; Bretter sah ich nur an den Paddeln, auf die sie genagelt waren. Auf der weiss verkrusteten Erde gab es weder Steine noch Felsen; hingegen kamen überall alte Ziegelmauern und Tonscherben zum Vorschein, als wäre dieses Flussdorf uralt. Der Bootsjunge zeigte auf mehrere Trichter, die man gegraben hatte; er meinte, dass darin einmal Gold versteckt worden war. Im Jahr zuvor, erzählte er, wäre eine Familie auf einer der Inseln weiter drüben, als sie für ihr Haus den Boden planierten, auf einen mit Münzen gefüllten Krug gestossen. Sie versuchten es zu verheimlichen, damit der Scheich sie ihnen nicht abnahm, aber es sprach sich natürlich herum.

Auch als Rashashs Mudhif errichtet wurde, fand sich hier ein im Lehm verschüttetes Idol. Es war eine Frau, das sah man an den Brüsten, und die Figur war etwa doppelt so gross wie meine Hand. Und sie zeigten mir auch andere Dinge, die zum Vorschein gekommen waren: eine kleine Walze aus Stein, kaum grösser als ein Fingerknöchel, in der winzige Figuren eingeschnitten waren, sowie einen Bleistreifen voller Striche, die wie eine Schrift aussahen. Ob es ein Siegel war, kann ich nicht sagen, ich kenne mich da nicht aus; und von dem Bleistreifen erzählte der Bootsjunge nur, dass sie ihn einschmolzen, um daraus Kugeln zu giessen.

Der Junge erzählte überdies von einer Insel namens Delman weit draussen im Meer. Dort solle es Paläste und Palmen und Granatapfelgärten geben und Wasserbüffel, grösser als die ihren. Doch keiner wisse, wo sie genau liegt, ausser irgendwo in Richtung Sonnenaufgang, denn denjenigen, die sie gesehen hätten, verschlug es danach die Sprache. Rashash schwor, dass sie verzaubert war. Als er ein Kind war, machte sich einer aus dem Dorf auf der Suche nach den Büffeln zu ihr auf und als er wieder zurückkam, brachte er keinen verständlichen Satz mehr heraus: da wussten sie, dass er Delman gesehen hatte. Bereits unter den Türken habe der grosse Al bu Muhammed mit einer Flotte von Dhaus nach ihr gesucht, ohne etwas zu finden. Es heisst, Djinns könnten sie vor jedem verbergen, der ihr zu nahe kommt.

Ich glaubte ihm nicht, doch er blieb dabei, dass es sie gibt; selbst die Regierung wüsste davon. Ich weiss bloss, dass Thaut hier zu seinem Geld kam, die Ingenieure hier die ersten praktischen Kenntnisse beim Dammbau erwarben und seine Firma die Generäle in Abadan in der Tasche hatte; sie folgten seinem Geheiss.

VI

Auf dem Weg zurück von der Schule gelangte ich in ein Viertel, wo man in einzelnen Hallen mannshohe Röhren zusammenschweisste, schraubte und hämmerte; es mussten die Männer sein, die mittags bei meiner Ankunft vor der Kantine angestanden hatten. So kam ich von hinten zum Hotel, an dessen Rückseite ein hoher Bretterzaun längs um ein Wasserbecken und eine aus Bohlen errichtete, halb überdachte Tribüne lief. Das Schwimmbad mit seinen vernieteten Wänden aus rostigem Eisen war ein alter Schiffsrumpf, der im Sand eingegraben und an dessen Bug ein Sprungbrett angebracht worden war. Salzränder zeigten den üblichen Wasserstand, der jetzt auf die Hälfte abgesunken war.

Auf einer der schmalen Treppen der Tribüne lag eine Frau, die bei meinem Anblick ihren Kopf abwandte; der schwarze Badeanzug betonte das milchig Weisse ihrer Haut. Ich ging seitlich hinauf und setzte mich, als besähe ich mir die Anlage von oben. Ihre Badekappe liess die Nase markant hervorstechen. Ich versuchte sie unauffällig zu betrachten, bis es ihr unangenehm wurde. Ohne mir Beachtung zu schenken, stand sie auf und durchschritt den Schatten; auf der Holzleiter stieg sie ins Becken, das sie darauf mit ruhigen Schwimmzügen durchmass, das Kinn über dem Wasser. Die Art ihres Ganges und eine leichte Schlaffheit des Körpers verrieten eine Frau mittleren Alters, aber ich war mir nicht sicher. Also trat ich an den Beckenrand und fragte, ob das Wasser nicht zu warm wäre. Besseres fiel mir nicht ein.

Nach zwei weiteren Schwimmzügen blickte sie mich an.

»Überzeugen Sie sich doch selbst.« Es klang beinahe nach einer Einladung, zu ihr ins Becken zu springen; mit der Hand konnte ich ja nicht so tief langen, um die Temperatur zu prüfen.

»Ich habe keine Badehose.« Sie musterte mich gründlich von Kopf bis Fuss.

»Aber ich werde mir eine besorgen.« Sie kam mir jetzt vor wie die Frau aus dem Speisesaal; Thauts Tochter war es jedenfalls nicht.

Der Ibis in seiner Voliere stocherte mit dem Schnabel in seinem Gefieder wie ein Buchhalter in einem Zahlenregister. Ich freute mich jetzt auf nichts mehr als auf ein kühles Bier. Im Hotel herrschte kein Betrieb, der Wirt tauchte erst auf mehrmaliges Schellen auf. Er humpelte mit seinem Holzbein in den Raum hinter dem Speisesaal und griff unter den Tresen, auf dessen staubiger Ablage eine Reihe von kleinen Fahnenmasten unterschiedlicher Nationen standen. Das Bier war warm und er verlangte drei blaue Marken dafür. Ich rechnete nach – es war dreimal soviel wie ich andertags auf meinem Spaziergang durch Damman bezahlt hatte. Ein langer, gieriger Schluck und die Flasche war halb leer.

»Die Frau, draussen im Schwimmbad – wer ist sie?«

Er sah mich mit merklichem Erstaunen an. »Das ist Thauts Frau; seine ehemalige Frau. Sie sind zwar inzwischen geschieden, aber jeder nennt sie weiterhin ›Frau Thaut‹.«

»Und was tut sie hier?«

Erneut ein wenig verwundert, erklärte er bereitwillig: »Sie leitet die Verwaltung.« Neugierig hakte er nach. »Sie haben ihre Bekanntschaft noch nicht gemacht?«

Ich schüttelte den Kopf.

»Das können Sie heute Abend nachholen; wenn Sie wollen, platziere ich Sie an ihrem Tisch.« Ich hatte nichts dagegen.

»Essen gibt's um halb acht«, rief er mir nach.

Ich sass in meinem Zimmer, blickte aus dem Fenster und trank den Rest des leicht bitteren Biers. Die Hotelfront lag jetzt im Schatten. Von schräg gegenüber kamen plötzlich Scharen von Männern, einzeln und in Gruppen. Offenbar Schichtwechsel am Damm. Ledertaschen am Rücken oder in der Hand, strömten sie in ihre Viertel; manche blieben im Gespräch, andere bogen zum Markt ab oder kamen von dort mit Tüten zurück.

Binnen Minuten belebte sich der Platz mit dem Lärm, der den Pegelstand der Normalität bestimmt. Deshalb war es umso seltsamer, dass es auf ihm kein Café mit Tischen und Stühlen gab, um die laueren Abendstunden zu verbringen. Stattdessen kam Bewegung in die Menge, ein Teil drängte ins Kino und es wurde wieder stiller, als das Esperanto einer Sprecherstimme aus Lautsprechern drang, die an den Strommasten in den Platzecken hingen:

… während die indischen Landmanöver weiter fortgesetzt werden, befestigt Russland den Ural. Seine Nord- oder ›Ural=Armee‹ marschiert im Raum Ufa=Perm auf. Die Süd- oder ›Wolga-Armee‹, im Dreieck Zarizyn=Saratow=Samara, überwacht die Enge Ural=Kaspisches Meer.

Das türkische Heer steht entlang der Linie Mosul=Bagdad am Tigris, um von dort die äusseren Grenzen zu kontrollieren, während die drei afrikanischen Seefestungen Aden, Perim und Obock das Rote Meer gegen maritime Überraschungen sichern.

Die Grenzhalbinsel Arabien bleibt jedoch in Anbetracht ihres Wüstencharakters an ihren östlichen Ufern nach wie vor grösstenteils ungeschützt. Meldungen, denen zufolge sie im Konfliktfall preisgegeben werden könnte, werden jedoch entschieden dementiert. Hören Sie dazu unseren Korrespondenten Georg Güntsche aus Maskat.

Es folgten die wohl seit Monaten gewohnten Meldungen und Kommentare über die ›unverändert instabile‹ Lage: ein Oxymoron, das trefflich die menschliche Schwäche festhielt, stets auf der Kippe zu stehen. Was unsere einzige Stärke zu sein scheint.

Ich ging ins Badezimmer hinaus, versuchte mit Seife und Wasser die gröbsten Schmutzflecken vom Kragen zu bekommen, die Schweiss und Staub hinterlassen hatten, und breitete das Hemd zum Trocknen über den Stuhl.

Während die Platzübertragung kein Ende nahm, blätterte ich in den Illustrierten auf dem Tisch und hielt bei den Photographien Evitas inne, die sich in allen drei Nummern fanden. Ich studierte ihr Lächeln. Es wirkte jedesmal ebenso mondän wie unschuldig, auch etwas trist.

6

Ja, ich kann erklären, auf welche Weise sie ihre Behausungen auf dem Wasser bauen. Im Herbst, wenn der Fluss am tiefsten steht, stecken sie zuerst einen zwanzig Fuss hohen Schilfzaun im Kreis ab. Sie versenken darin Bündel von Schilf, Binsen und Bambus, bis diese eine Plattform über dem Wasser bilden, und knicken die Schilfrohre dieses Zaunes ab, um sie darin einzubinden. Dann legen sie weitere Schilfbündel auf, die sie festtrampeln, so dicht es geht. Danach wird alles mit einer dicken Schicht Schlamm bedeckt, der in der Sonne schnell trocknet, und darüber eine weitere Lage Schilf gepackt, auf die sie einen sorgfältig geflochtenen, durchgängigen Boden legen. Darauf errichten sie das Haus, indem sie aus einzelnen Rohren Bögen bilden und rund um sie mannsdicke Schilfbündel zusammenbinden. Auf dieses Gewölbe kommen dünnere Querverstrebungen und über sie wiederum das Schilfdach. Rashashs Mudhif unterschied sich davon nur durch seine Grösse und dass zu beiden Seiten des Eingangs je zwei spitz zulaufende Säulen aus Schilf aufragten. Ansonsten unterschied es sich nicht von anderen Behausungen, welche die Fluten des Frühlings gut überstehen, als rundes Floss mit einem Stockwerk darauf.

Ja, man kann sagen, dass ein solcher Mudhif einer Arche gleicht, durch die das Licht golden leuchtet, die Decke vom Rauch der Feuerstelle dunkel wie Ebenholz; woanders habe ich auch welche gesehen, die mit Bitumen abgedichtet waren. Ich übernachtete darin; nachts wurde die Temperatur angenehm, weil der Wind kühl vom Fluss durch das Flechtwerk der Wände drang. Manchmal, wenn ich in der Dämmerung aufstand, schien sich über der Wasserfläche die Silhouette eines fernen Landes abzuzeichnen, schwarz gegen die aufsteigende Sonne, dass ich dachte, Delman zu sehen, bis es sich in Röhricht auflöste.

Ich erinnere mich gut daran, an das Schnattern der Gänse, den im Zwielicht singenden Jungen, die untergehende Sonne rot im Rauch des Schilfs, das wir abfackelten, an einen halbnackten Mann in seinem Kahn, einen Dreizack in der Hand, an die fluchtartig verlassenen Behausungen, die nassen Zotteln der Wasserbüffel, die uns anstarrten, das Quaken der Frösche, die vom Fluss reflektierten Sterne, die sich darin auflösten wie Kandiszucker, die Stille einer Welt, die ans Ende gelangt war, ich mehr als nur ein Beobachter dabei: ein Handlanger.

VII

Es sind Rituale, mit denen wir Zugänge zueinander öffnen, die immer gleichen Fragen nach Namen, Befinden und Vorhaben, mit denen wir uns bestimmen, um letztlich vage zu bleiben. Man wächst nie ganz in seinen Namen ein, nicht wahr? Und wie es einem geht und was man tut, ist wandelbar und selten genauer zu benennen. Mit der Frau, mit der ich nun allein an einem Tisch sass, war es anders. Unsere Begegnung im Schwimmbad schien die meisten Formalitäten überflüssig gemacht zu haben; dennoch stellte sie sich mit einer gewissen Steifheit vor, ihren Namen mit leichtem Lispeln zusammenziehend, dass ich zuerst ›Lilith Auth‹ verstand.

Ihr brünettes, mit einem Seitenscheitel gezogenes und vom Wasser noch leicht gewelltes Haar fiel ihr auf die Schulter. Es umrahmte ein klar geschnittenes Gesicht, hohe Backenknochen, die helle Haut leicht von Sommersprossen gesprenkelt, die Lippen fest wie der Bogen eines Cupido. Sie war nicht geschminkt und die wenigen grauen Strähnen und feinen Falten um die Augenwinkel und den Mund betonten ihre Züge. Ich hatte immer schon eine Vorliebe für reife Frauen, als käme in ihnen mit dem Alter eine Schönheit zum Vorschein, welche die Zeit zu überdauern vermochte. Als könnten sie ein Geheimnis des Lebens lehren.

Doch was diese, wie soll man sagen, klassische Eleganz wieder vergessen machte, war der Blick unter ihren langen Wimpern. Er hing schwarz an einem, hungrig und unverhohlen wie bei einem jungen Mädchen; die Augen hefteten sich mit seltener Intensität an alles, was um sie vorging. Und da war ihre Stimme, dunkel und voll, zu tief für solch ein feminines Gesicht und zu sicher für diesen suchenden Blick, sodass ich nie genau wusste, woran mich halten. Umsomehr als ich in ihr zugleich die Mutter Evitas sah und unwillkürlich nach Ähnlichkeiten mit den Photographien suchte, die ich zuvor betrachtet hatte.

Der Wirt hatte ihr ungefragt eine Flasche Wein auf den Tisch gestellt, ein zweites Glas für mich, und der Saal füllte sich, im Unterschied zu mittags aber bloss zur Hälfte. Lili, wie sie von mir genannt werden wollte, begrüsste die Gäste mit einem jeweils anderen Gesichtsausdruck, Augenbrauen hochgezogen, nickend, angedeutetes Lächeln, eine Kopfbewegung, der Mund vorgeschürzt, um sie mir dann mit knappen vertraulichen Sätzen vorzustellen. Dabei griff sie immer wieder auf Französisches zurück, als benenne es eine eigene Welt von Beziehungen und Werten – *comme il faut, de rigueur, goût*. Wer eine *allure* besass, der war *soignée, correcte, bon ton* oder schlicht *bien dans sa peau*; wer nicht, wurde als *louche* abgetan, als *declassé, depassé* und *raté*.

Am schärfsten war sie mit den Frauen. »Oh, sie ist eine *jolie-laide*, meinen Sie nicht? Aber sie hat ein gewisses *je ne sais quoi*.« Es schenkte mir einen Einblick in gesellschaftliche Verhältnisse und Codes, die sich von aussen kaum erschlossen, in diesem Kaff am Ende der Welt aber dieselbe Bedeutung zu besitzen schienen wie in Paris; und ihre mokierende Art spiesste die Eintretenden genussvoll der Reihe nach auf, als läge ihr alles daran, deren Fassaden durchsichtig werden zu lassen.

Ich tat, was ich glaubte, am besten zu können: die rechten Geschichten zu finden, um zu unterhalten und mir ein wenig Wohlwollen zu erwerben. Natürlich tat ich das auch, um mich vor ihr interessant zu machen. Sie nötigte mir einen Respekt ab, der mich erotisierte.

Deshalb gab ich Anekdoten zum Besten und erzählte aus meiner Zeit als Student an der Universität von Toronto. Eines Morgens im Winter wurden vor unserem Wohnheim breite Tritte im Schnee entdeckt. Sie führten zu einem grossen Loch mitten im vereisten Lake Veebe, dem Wasserreservoir des Campus. Was immer diese Spuren auch hinterlassen hatte, die Eisdecke musste jedenfalls unter seinem Gewicht gebrochen und es im See ertrunken sein. Man holte die Zoologen aus dem nahen Institut, welche die Spuren zweifelsfrei als Fährte eines afrikanischen Nashorns identifizierten. Darauf wurde die Polizei kontaktiert, die allerdings von keinem aus einem Zirkus oder Zoo entlaufenen Rhinozeros Kenntnis hatte. An ein Bergen des Tieres war nicht zu denken, dazu war der See zu tief – und so stellte man bald einen tierischen Nachgeschmack fest und begann, nur noch in Flaschen abgefülltes Wasser zu trinken.

Das war der Moment, in dem ich entschied, dass es genug war; ich gestand alles in einem Brief, anonym. Der Vater einer meiner Freunde hatte in seinem Haus einen Nashornfuss, der als Ständer für Schirme und Schuhlöffel verwendet wurde, eine Schande für solch ein wunderbar taxidermisch behandeltes Spezimen. Wir füllten ihn mit Steinen und befestigten ihn an zwei langen Wäscheleinen, um damit jene Spur zu der zuvor aufgehackten Eisfläche zu legen, die am zoologischen Institut einige rote Köpfe hinterliess.

Lilis Reaktion auf diesen Scherz befremdete mich. Sie lachte geringschätzig und nannte mich mit demselben Unterton, mit dem sie die hier anwesenden Personen karikiert hatte, einen *imposteur*. Dabei hatte ich diese alte Geschichte bloss aufgegriffen, weil ich meinte, mich damit ähnlich sarkastisch zu geben wie sie. Lili – sie bestand weiterhin darauf – schien für solchen Schabernack wenig Verständnis zu haben, der für mich aber die Notwendigkeit grundsätzlicher Skepsis illustrierte.

Denn dass sich die Professoren so leicht ins Bockshorn hatten jagen lassen, darum ging es doch, oder? Ihnen, und nicht nur ihnen, fehlte das Gran an kritischem Geist, der den Dingen zunächst einmal nicht ver-, sondern misstraut, versucht, sie zu demaskieren und demystifizieren, um dahinter verborgene Bedeutungen und versteckte Widersprüche zum Vorschein kommen zu lassen: jene Schwachstellen, an denen eine scheinbare klare Wahrheit zu wanken beginnt, strauchelt, zum Stillstand kommt und schliesslich zerplatzt. Warum hatte sich niemand gefragt, wie Nashornspuren plötzlich aus dem Nichts auftauchen konnten, den Hang hinunter zum See? Keinem der Zoologen fiel es auf, dass wir uns einen Spass daraus gemacht hatten, dem Nashorn auch einen Pferdegalopp zu verleihen. Und selbst als man schon glaubte, seinen Verwesungsgeruch zu schmecken, machte man sich nicht die Mühe zu sondieren, obwohl die Faulgase einen Kadaver längst wieder an die Oberfläche hätten steigen lassen.

Ich wollte damit nicht vorführen, dass all die Professoren damals dümmer als wir Studenten gewesen wären. Doch was diesen vertragsbediensteten Autoritäten fehlte – daher letztlich unsere Aufsässigkeit: denn es war dies nicht der einzige Streich, den wir ihnen spielten –, war das Verständnis dafür, dass die eigenen Einsichten stets auch von einer gewissen Blindheit gezeichnet sind, ähnlich dem Auge, das dort, wo der Sehnerv austritt, seine blinde Stelle aufweist. Am nächsten kommt man der Wahrheit im Wissen um die Täuschungen, denen man dabei aufsitzt. Vor allem die eigene Person betreffend.

Was das anging, schienen Lili – ihr Name kam mir immer noch schwer über die Lippen – und ich doch beide eher Aussenseiter zu sein? Worauf sie mich nur herablassend anblickte und den Mund verzog.

Da sie offenbar getrennt von Thaut lebte und deshalb vielleicht auskunftsbereit war, sprach ich sie auf ihn an. Völlig unverblümt schimpfte sie Thaut darauf einen *rastaquouère*. Einen was?

»Jemand, der seinen Luxus demonstriert.« Sie belächelte meine Ignoranz. »Und dabei zweifelhaften Geschmack beweist – sonst hätte er sich wohl nicht an mich rangemacht.«

In Letzterem widersprach ich ihr natürlich. »Schauen Sie doch, wie er sich gibt. Angezogen ist er wie einer der südamerikanischen Parvenüs, die mit dem Handel von Fellen und Leder reich wurden und bei uns daheim früher mit ihren Pelzmänteln und Goldringen auftauchten. Aber es hat einen gewissen Glamour. Und im Gegensatz zu solch einem Taugenichts wie Ihnen kann er sich natürlich leisten, Geld zum Fenster hinauszuwerfen.«

»Was an ihm ist denn suspekt?« Ich fand ihre ungenierte Offenheit ermutigend.

»Na – wie er damals nach der grossen Krise und Enachims erzwungenem Rücktritt zum Projektleiter geworden ist. Das hatte er nicht seinen technischen Kenntnissen zu verdanken.« Sie lachte. »Eher seinen Kontakten. Und seinem verführerisch manipulativen Umgang mit Menschen. Ich muss es ja wissen. Er kann einen mit seinen dunkelbraunen Augen und seiner hohen Stirn so ... durchdringend ansehen. Er ist ein schöner Mann, ja. Er sticht aus der Menge hervor. Und versteht wiederum sie zu locken und sich gefügig zu machen. Das weiss keiner besser als ich.«

»Sie?« Ihre Wangen hatten sich vom Wein etwas gerötet.

»Das weiss doch jeder. Ich habe hier blutjung als Ilu Enachims Sekretärin angefangen – bis Thaut sein Projekt beerbte und mich damit. Eines aber muss man ihm lassen. Grosszügig ist er. Seine Apanage würde für die Suite in diesem Hotel reichen.«

Es war nicht auszumachen, wie ernst sie es meinte. »Seine Grosszügigkeit war es also, die Sie angezogen hat?«

Sie überlegte. »Nein – eher wie er einem begegnete. Seine kämpferische Art, sich auf ein Gespräch einzulassen, begeisterte mich. Wie er sich auf ein Argument versteifen konnte, die Sätze ihm immer flüssiger über die Lippen kamen, die Handflächen ausgespreizt, wenn er seine Arme hob und mit den Schultern zuckte … seine Gesten waren wie sein vorbehaltloser Appetit für intellektuelle Debatten so wunderbar un-deutsch. Ganz anders als in dem biedermeierlichen Umfeld, in dem ich erzogen wurde. Thaut hingegen entstammte einer bettelarmen Familie, Pietisten, die im letzten Jahrhundert nach Armenien ausgewandert waren, um dort die Niederkunft Jerusalems und den Anbruch des neuen Weltzeitalters zu erwarten. Das ihn bald zu einem ›religiösen Kommunisten‹ werden liess. So bezeichnete er sich damals.

Unsere Heirat, machte er mir schmackhaft, sollte eine dialektische Einheit der Gegensätze werden: von Gross- und Kleinbürgertum, Alt und Jung – er hätte ja mein Vater sein können –, von Mann und Frau, ›Geist‹ und ›Instinkt‹ et cetera. All die Schlagworte, die ich ihm da noch abnahm. Seine Priorität in dieser Ehe aber wurde nicht ich, sondern seine Arbeit und sein unerschütterlicher Einsatz für kollektive Projekte: politischer Aktivismus und die Herausgeberschaft seiner Zeitschrift. Um einen Artikel zu beenden, rollte er sich nur kurz auf dem Holzboden seines Büros hier ein, stellte den Wecker auf zwei Uhr nachts, arbeitete dann weiter, schlief darauf wieder nur wenige Stunden und widmete sich frühmorgens dann den Verwaltungsaufgaben, die Enachim ihm übertragen hatte.

Es schaffen: das war Thauts Motto. Rund um uns wurde das Hungern nach mondänen Erfolgen als vulgär, unehrenhaft und hässlich angesehen, etwas, das man vor anderen und am besten auch vor sich selbst verheimlichte. Für das man sich schämte und schuldig fühlte. Ah – wie er diese Scheinheiligkeit verachtete! Das Gegenteil einzugestehen, gab ihm einen zusätzlichen Ansporn. Nämlich offen zu bekennen, dass er aufgefressen wurde von einem bedürftigen Appetit nach Anerkennung und einem Sitz in der ersten Klasse. Es erschien mir bald wie eine Art vertikaler Fanatismus, der ihm die Schubkraft nach oben verlieh. Und ein vibrierendes Bewusstsein seiner Selbst, das fast sexuell wirkte.

Sex war für ihn jedoch zweitrangig. Ebenso wie die Idee eines

Privatlebens. Damals, wohlgemerkt. Sodass ich meine Marginalität in seinem Leben bald anders zu nützen begann – indem ich nämlich in der sich daraus ergebenden Unabhängigkeit mich und meine ureigenen Bedürfnisse zu entdecken begann. *Faut de mieux* – wenn Sie wissen, was ich meine.«

Glaubte ich zu ahnen, worauf sie anspielte, wurde ich jedoch sogleich eines anderen belehrt. »Während Thaut die bis dahin nur schleppend vorangehende Arbeit am Damm auf die Reihe brachte, wurde auch hier am Verwaltungssitz alles umorganisiert – ohne dass sich die Dinge deshalb zum Besseren entwickelt hätten. Von heut auf morgen gab es keine Läden mehr, um einzukaufen, weil sie über Nacht planiert worden waren – ohne dass es dafür bereits Ersatz gegeben hätte. Also musste man warten, bis sich alles notgedrungen von selbst wieder etablierte. Sehen Sie sich doch unseren Markt an! Meinem Tagebuch gegenüber konnte ich zwar beklagen, dass ich in einem Zustand dauernder Umwälzungen leben musste, ohne häusliche Routine, feste Stunden oder vorhersehbare Mahlzeiten mit meinem Gatten. Meine innere Unruhe sah sich in dem Chaos ausserhalb unseres Hauses gleichsam bestätigt. Alles war im Umbruch. Auch ich. Altbewährtes zerbrach, ohne schon Neues schaffen zu können.

Heute erscheint es mir deshalb wenig überraschend, dass ich ein paar Jahre nach unserer Hochzeit langsam in Depressionen verfiel. Ich ›funktionierte nicht mehr richtig‹, wie Thaut es nannte. Zurückblickend rauscht der Film meiner Ehe wie im Zeitraffer dahin – doch das ist eine Illusion, ein Effekt ihres vorzeitigen Endes. Obwohl ich doch wollte, dass alles langsam abrollt. Um mit meiner ungelenken Eigenwilligkeit die Zeit zu umgehen. Meine Trauer aber – ja, so will ich sie nennen: Trauer – äusserte sich später noch lange in Träumen, die sich weigerten, sich einfach darin zu fügen. Ich träume weiterhin desöfteren davon, dass Thaut am Fussende meines Bettes steht, sein Gesicht so missbilligend und bitter wie ein alttestamentarischer Prophet, während ich mir bestürzt denke: O Gott, er steht da schon die ganze Zeit! Was hält er von mir, jetzt, wo ich allein bin? Sehen Sie mich doch an!«

Es ist eigenartig, wie wir uns manchmal vor Fremden entblössen, als würden wir vor ihnen beichten, weil sie uns keine Busse auferlegen können. Sie hatte sich in Rage geredet, sodass ich mir die heftigen Diskussionen zwischen ihr und Thaut gut vorzustellen vermochte. Dennoch schenkte ich ihren Worten nicht ganz Glauben, weil mich die Gesten irritierten, mit denen sie ihre Rede untermalte – wie sie Locken zu drehen versuchte, obwohl ihr Haar zu kurz dafür war, sich über das Schlüsselbein strich, an den Ärmeln der Bluse zupfte, die Fingerspitzen gegeneinanderdrückte. Als müsste sie sich ihres Körpers ständig von neuem versichern.

»Einige Jahre nach unserer Hochzeit«, führte sie scheinbar zusammenhanglos aus, »holten wir die Reise nach, die wir nie gemacht hatten: wir unternahmen mit einigen Freunden und Bekannten eine Bootsfahrt entlang der Küste. Als wir in eine Bucht segelten, wo man Fisch für uns grillen wollte, wurden wir eingeladen, in das glitzernd klare Wasser zu springen und an Land zu schwimmen, oder zu warten, bis wir geankert hatten. Ich bin eine gute Schwimmerin, tauche aber nicht gerne unter – weshalb ich den Mutigeren zuschaute, die sich zum Bug drängten. Und mit einem Mal stand Thaut da, stand zwischen ihnen am Rand und war ebenso plötzlich wieder verschwunden. Ich wusste, er konnte nicht schwimmen; also sprang ich ihm hinterher. Mit einem hundeartigen Strampeln und weil er gleich ins Untiefe kam, schaffte er es atemlos bis zum Strand. Was um Himmelswillen hatte ihn bloss veranlasst zu springen? Reine *joie de vivre*? Selbstüberschätzung und Ungeduld? Oder der Wunsch, es den anderen gleichzutun? Er konnte es selbst nicht genau sagen. Er hatte aus einem Impuls heraus gehandelt. Aber auch ich hatte keinen Augenblick lang überlegt.«

Was bringt uns dazu, uns zu bekennen? Dass dies in einem Gespräch desöfteren gar zwanghaft scheint? Andere in ein schiefes Licht zu rücken, empfinden wir wohl als befriedigend, weil wir so aus ihren Schatten zu treten glauben. Manchmal jedoch verführen uns gerade solche dunklen Gestalten auf der Bühne dazu, vorzutreten und uns zu zeigen, leicht ertappt und wie nackt, als bedürfe es eines Publikums für unsere Selbstdarstellung. Als wäre ohne sie gar nicht glaubhaft, was wir eigentlich sind. Oder als erführen wir uns erst, wenn wir uns vor Fremden als zufälligen Richtern zu unserer eigenen Geschichte bekennen.

»Und Ihre Tochter?« Mir wurde zum ersten Mal bewusst, dass mich die Antwort nun auch selbst interessierte.

»Meine Tochter?? Ah – meine Tochter ...« Sie lachte tonlos. »Sie meinen Evita? Sie ist so sehr meine Tochter, wie ich immer noch überall ›Frau Thaut‹ gerufen werde. Eigentlich heisse ich Schickel. Nicht besonders respektgebietend. Viel blieb auch nicht übrig von der Achtung, die Thaut mir erwies, als er mich umwarb. Das versteht er, einer Frau den Hof zu machen; keiner zeigt dabei so viel Charme und Einfallsreichtum wie er. Das Ziel jedoch einmal erreicht, ist es kaum noch etwas wert. Deshalb ist er letztlich auch der beste Projektleiter für diesen Damm: weil der nie fertig werden wird. Was sich aber keiner zu sagen traut. Bis dahin jedoch wird er persönlich auf jedes einzelne Detail schauen: weil es ihm vor allen Dingen darum geht, seine Vorstellungen realisiert zu sehen. Darin ist er zwanghaft. Diktatorisch. Letztlich wie ein Kind: denn geht es nicht nach seinem Kopf, ist er hilflos wie ein Fisch am Strand. Er fängt dann an, um sich zu schlagen. Ich könnte Ihnen Sachen erzählen ...« Sie blickte mich kokett an, als müsse sie zwischen uns eine Grenze setzen, um mich zu verleiten, sie zu überschreiten.

Sie nahm einen langen Schluck aus ihrem Glas und meinte in ihrem neuen vertraulichen Ton: »Sie glauben nicht, worüber wir uns stritten. Welches Personal ich im Haus einstellen durfte, welches nicht – und warum. Oder wer oben liegt. Ich meine, er ist ein schwerer Kerl, um nicht zu sagen dick. Bestand aber dennoch darauf, dass ich unten zu sein habe, weil es ihm anders herum – wörtlich – unnatürlich vorkäme. Als brütete ich dabei etwas aus. Er bekäme Albträume davon. Wörtlich. Ich meine, ich war keine Jungfrau, als ich ihn kennenlernte. Und ich weiss, dass körperliche Lust etwas … Kompliziertes sein kann. Aber Thaut war neurotisch.«

Erwartete sie von mir, dass ich zustimmte? Ich kannte weder sie noch ihn und tat es trotzdem; bei Konversationen kümmert uns die Wahrheit weniger als das gegenseitige Überreden.

»Nun, Evita – sie war wirklich wie eine Tochter für mich. Ich habe sie im Haus aufgenommen, als sie noch blutjung war. Ein tapsiges Mädchen. Thaut brachte sie von der Insel mit – die meisten hier im Saal haben ja irgendwelche Dienstmädchen von dort, die von den armen Familien in die Siedlung geschickt werden. Wo sich nicht wenige an ihnen vergehen. Und dann können sie auch nicht mehr zurück; ihre männlichen Verwandten würden sie dafür, dass sie keine Jungfrauen mehr sind, umbringen. Dabei geben alle vor, diese Mädchen bloss zum Reformglauben bekehren zu wollen.« Sie holte mit der Hand weit aus, wie um den ganzen Saal beiseite zu wischen.

»Thauts Kalkül jedoch war ein anderes. Unsere Evita, wie er sie nannte, wohlgemerkt; eigentlich hiess sie ganz anders … nun, sie entstammt der dort herrschenden Familie, deren Reichtum grösser ist als ihr Ruhm. Politiker, der er ist, dachte er, es mache sich gut, wenn er sie zu sich holt und ihr eine gute Erziehung angedeihen lässt. Das hat er auch getan; sie hatte eine ganze Reihe von Privatlehrern – die sich mit ihr allesamt schwergetan haben. Wobei erst nach einer ganzen Weile rauskam, dass sie deshalb so schwer lernte, weil sie schwerhörig ist. Wenn sie einem nicht direkt von den Lippen lesen kann – was sie ungern tut, da sie schüchtern ist –, gibt sie Antworten, von denen sie glaubt, sie würden einen zufriedenstellen. Sie können sich die surrealen Konversationen mit ihr gar nicht vorstellen.«

Ungeachtet der strafenden Blicke von den Nachbartischen zündete sie sich eine Zigarette an und blies den Rauch demonstrativ in den Raum. »Was aber niemand ahnen konnte, ich am allerwenigsten, war, dass Thaut das Mädchen ins Herz schloss. Und mehr. Ich habe lange, lange nichts gemerkt, vielleicht nichts merken wollen. Aber ich glaube jetzt, er hat zum ersten Mal mit ihr geschlafen, als sie zwölf Jahre war. Körperlich war sie ja kein Kind mehr – sie kam ja mit ihrer ersten Regel zu mir; seelisch aber war sie das sicherlich. Und gerade das zog Thaut an. Er konnte sie formen, seine Vorstellungen von einer Frau in ihr verwirklichen. Sie schien wie Wachs unter seinen Händen: stets gefügig und duldsam. Kein Wunder – wir alle bringen ja Thaut den grössten Respekt dar, nicht wahr?«

»Ich weiss es nicht. Ich bin Thaut selber noch nicht begegnet.«

»Was?« Sie meinte es ebenso ungehalten wie ungläubig. »Weshalb spricht dann die ganze Stadt davon, dass Sie eine Stelle in der Verwaltung erhalten haben?«

»Das ist ein Missverständnis.« Ich rückte nun mit der Wahrheit heraus, weil mir das am erfolgversprechendsten schien. »Thaut hat mich geschickt, um Evita zu suchen.«

»Sie ist ihm also endlich davongelaufen?« Ihre Überraschung klang nicht gespielt. »Bravo, bravo!« Sie klatschte in die Hände, dass der Saal sich nach ihr umdrehte.

»Ja – es waren Äusserlichkeiten«, meinte Lili, »die sie von ihm annahm. Das Auftreten, die Art sich zu geben – um es ihm recht zu machen. Innerlich aber blieb sie, so zumindest erschien es mir, stets ein wenig verstockt. Stur. Sicher auch ihrer Schwerhörigkeit wegen. Vielleicht aber auch –« sie wurde plötzlich nachdenklich – »weil sie es als Frau nicht verwinden konnte, von Thaut als Ziehtochter ausgegeben zu werden, um keinen Skandal aufkommen zu lassen. Wobei ich mitspielte – im naiven Glauben, er habe bald von ihr genug und käme wieder zu mir zurück. Ha! Die Schwäche der Frauen …«

Es hätte an dieser Stelle ein Augenaufschlag gepasst, wäre sie nicht damit beschäftigt gewesen, den Blicken derer zu begegnen, die immer noch neugierig zu uns herüberstarrten. »Ihr erster Tag hier«, meinte sie ironisch, »und schon stehen Sie im Mittelpunkt.«

Ich verstand den Satz eher so, als wolle sie mich damit vor aller Öffentlichkeit auf ihre Seite ziehen. Und ich schickte mich, weil ich sie zwar nicht gänzlich sympathisch, doch attraktiv fand.

In dem Moment hielt der Doktor es für angebracht, an unseren Tisch zu treten. Ich hatte ihn zuvor nicht im Saal bemerkt, doch so unübersehbar in seiner Leibesfülle, wie er nun vor uns stand, blieb nichts anderes, als ihn aufzufordern, sich zu uns zu setzen. Lili rollte zwar leicht mit den Augen, aber dieses neuerliche Zeichen der Komplizenschaft war mir die unliebsame Störung wert. De Haas knüpfte dabei ausgerechnet bei dem Thema an, bei dem er mittags unwirsch geworden war.

»Entschuldigen Sie, dass ich mich aufdränge«, meinte er süsslich. »Aber mich hat den ganzen Nachmittag nicht losgelassen, was Sie da an überraschenden Auslegungen zu Ihrem Grabungsfund vorgebracht haben. Und da Sie offenbar nicht lange hier in der Stadt sind, hoffe ich, dass Sie mir mein Insistieren verzeihen …« Dies mit einem Seitenblick auf meine Tischnachbarin; es ging ihm offenbar darum, über mich mit ihr ins Gespräch zu kommen.

Ich zuckte mit den Schultern. »Wie gesagt, es war nicht mein Fund. Aber Sie haben recht, dass es dabei zu mehrfachen Interpretationen kam, die ich unter anderen Gesichtspunkten als den von den Journalen berichteten interessant fand.«

Damit begann ich meiner Tischnachbarin zusammenzufassen, um was es sich bei dem Grabhügel in Virgina – dem sogenannten

Grave Creek Stone – handelte, ohne auf die amüsante Geschichte von Bill Stump zu verzichten.

»Was die Zeitungen darüber hinaus kolportierten, war der Umstand, dass die Inschrift auf dem Stein die unterschiedlichsten Auslegungen fand, die auf der Einschätzung der Zeichen als griechisch, etruskisch, phönizisch, kanaanitisch, ja sogar keltiberisch, gälisch oder skandinavisch beruhten. Dass dies die absurdesten Früchte trug und die Interpreten sich über Jahrzehnte hinweg gegenseitig denunzierten, wurde unterschlagen. Doch darauf will ich gar nicht hinaus.« Lilis Interesse schien in dem Mass zu erlahmen, wie De Haas beflissen mit dem Kopf nickte. Was wollte er eigentlich von ihr?

»Für bemerkenswert halte ich, dass diese lächerlichen Auslegungen immer wieder aufkamen und jedesmal von neuem als Sensation verkauft wurden, um das Rätsel des Steins ein für allemal als gelöst darzustellen. Aufzuzeigen, was sie dabei allesamt gemein hatten, war das eigentliche Anliegen meines Vortrags gewesen – auch wenn meine Schlussfolgerungen von der Presse ignoriert worden waren. Sie alle postulierten nämlich mehr oder minder aus denselben Gründen, dass es sich dabei um vorgeschichtliche europäische Zeugnisse auf dem amerikanischen Kontinent handelte.«

De Haas merkte wie mittags an dieser Stelle neugierig auf, sodass es mir leid tat, ihn erneut enttäuschen zu müssen. Dafür hoffte ich, Lili genügend bei Laune zu halten.

»Sie passten samt und sonders zu der Auffassung, die bereits einer der letzten amerikanischen Präsidenten vertreten hatte, um die Deportationen der Indianerstämme östlich des Mississippi zu legitimieren. Er erklärte die Grabhügel kurzerhand zu Denkmälern weisser Ureinwohner, die ursprünglich dieses Land besessen hätten – um die Entvölkerung dieses Territoriums zu legalisieren. Festzementiert wurde diese Geschichtslüge durch Joshua Norton, den ersten amerikanischen Kaiser, der das Mormonentum zur Staatsreligion erhob. Deren Begründer, Joseph Smith, hatte vorgegeben, in einem Grabhügel – der bloss der Rest einer Gletschermoräne war – Tafeln entdeckt zu haben, die er mittels magischer Brillen als Schriften hebräischer Einwanderer entziffert hätte. Darauf stünde, dass Gott sie für ihren Verlust des reinen Glaubens und den Abstieg in die Vielgötterei bestraft habe; er hätte ihre Haut ob ihrer Sünden rot werden und sie zu blutrünstigen Barbaren verkommen lassen. Diese Tafeln seien von den letzten gottesfürchtigen Weissen noch vergraben worden, bevor sie der Vernichtung durch diese Untermenschen zum Opfer fielen.«

Ich sah ihren Gesichtern an, dass sie von solchen Überlegungen wenig angetan waren. Dennoch liess ich es mir nicht nehmen, den Punkt, auf den ich hinauswollte, deutlich hervorzuheben.

»Da der jetzige amerikanische Kaiser ein ebenso scheinheiliger Mormone ist« – De Haas zuckte bei diesen Worten zusammen –, »wird auch mit dem Grave Creek Stone weiterhin Schindluder getrieben. Obwohl man längst weiss, dass er eine Fälschung darstellt, wird er immer noch zur Desinformation eingesetzt. Weil es darum geht, die politischen Ansprüche der herrschenden weissen Klasse, die inzwischen zahlenmässig in der Minderheit ist, mit allen Mitteln aufrechtzuerhalten. Die Presse spielt insofern mit, als sie angesichts fallender Auflagen nur noch Sensationsmache betreibt, für die solche Falschmeldungen verkaufsfördernd sind. Qualifizierte Kritik hingegen wird nicht mehr goutiert. Sie scheint allen schlicht zu kompliziert geworden zu sein. Was das eigentliche Rätsel ist. Denn wie kam es dazu, dass Fakten kaum noch interessieren? Man lieber auf eigenen Vorstellungen und Einbildungen beharrt, eingesperrt im Spiegelkabinett einer Trugwelt?«

Ich hatte von Lili jene Begeisterung für Dispute erwartet, die sie zuvor geschildert hatte, aber sie schwieg nun. Und De Haas hatte für meine Schlüsse merklich wenig übrig, wollte sich aber auch nicht offen dagegenstellen. Er brachte lediglich die Frage auf, weshalb ich denn mit Sicherheit sagen könne, dass es sich bei dem Fund um eine Fälschung handle.

»Weil ich die Quelle dafür entdeckt habe. Die wohlgemerkt auch eine Lesart als ›Bill Stumps Stein‹ als völlig absurd entlarvt. Denn alle Zeichen der Inschrift entstammen dem Werk eines Adeligen, der vom spanischen König den Auftrag erhalten hatte, die historischen Altertümer seines Landes zu sichten. Darauf veröffentlichte er eine Sammlung antiker Medaillons und Monumente, auf denen sich fremde Lettern befanden. Die Symbole auf dem Grave Creek Stone sind den griechischen, etruskischen, phönizischen und anderen Alphabeten dieses Bandes entnommen. Und zwar der Reihe nach und mitsamt den Kopierfehlern des Autors. Die Textzeilen auf dem Grave Creek Stone stellen ein blosses Sammelsurium dieser Schriftzeichen dar.«

»Wenn Sie das so eindeutig nachweisen konnten, warum hat sich die Presse nicht auch darauf gestürzt? Ihre Interpretation, hat die nicht ebenfalls etwas Sensationelles?«

»Nun«, musste ich einräumen, »das liegt daran, dass man auch sie für eine Fälschung ausgeben konnte. Wenngleich sie nicht ganz so griffig präsentierbar ist wie die von ›Bill Stumps Stein‹. Aus einem simplen Grund: der Stein des Anstosses ist seit langem verschollen. Es existieren bloss noch ein altes Schwarz-Weiss-Photo von schlechter Qualität sowie einige Nachzeichnungen davon. Weshalb man die Lösung des Rätsels nur für eine von vielen Auslegungen erklären konnte.«

De Haas konnte sich ein ironisches Lächeln nicht verkneifen. Was mich jedoch überraschte, war Lilis Reaktion. »Was sagt uns dies wohl über die eigentlichen Intentionen des Fälschers?« Sie lächelte charmant.

»Aber ich muss Sie jetzt leider Ihrem Gespräch überlassen. Es ist spät geworden.« Etwas von ihrem Parfüm kam mir noch in die Nase, als sie aus dem Saal ging, jeder Schritt sich der Blicke bewusst, die sie auf sich zog.

Mit De Haas sitzengelassen, er darüber ebenso unerfreut wie ich, des Anstands wegen sein vorgebliches Interesse an meiner Person jedoch weiter bekundend, hatte ich keine Lust mehr, um den heissen Brei herumzureden. »Sie sind also, das war Ihnen anzumerken, politischem Populismus gegenüber hörig?«

Der Doktor strich sich ungerührt über seinen Backenbart, der das Feiste seiner Wangen ein wenig kaschierte, und meinte in bewundernswert neutralem Ton: »Insofern als ich mich einer Gemeinschaft als zugehörig empfinde – und dies auch bei anderen zu respektieren vermag. Während Sie sich offenbar als Weltbürger sehen. Was bloss heisst, dass Sie nirgendwo richtig dazugehören.«

»Ich bin Ihnen dankbar, dass Sie mich damit wenigstens weder als links- noch rechtsgerichtet einschätzen.«

»Was kein Kompliment ist. Es scheint mir eine gewisse Orientierungslosigkeit zu verraten.«

»Weil ich sozusagen mein Boot selber rudere? In meine Richtung?« Ich hielt mich zurück, um ihn ein wenig auszuhorchen.

»Sie meinen, je nachdem, woher der Wind weht? Denn gegen ihn kommen Sie allein nicht an. Das hat man nur bis zur grossen globalen Krise gedacht – dass es genügt, sich anzustrengen, um vorwärtszukommen und etwas Besseres zu werden: reicher und glücklicher. Bis die Zusammenbrüche allerorten uns eines anderen belehrt haben. Verstehen Sie mich nicht falsch – auch ich blicke noch nostalgisch auf diese Goldenen Zeiten zurück, in denen wir alle glaubten, irgendwann, aber nicht in allzuferner Zeit, alles besitzen zu können, was uns eine neoliberale Utopie versprach. Bis wir einsehen mussten, dass ihr Heilsversprechen einzig auf Technologien beruhte, die ein ungebremster Kapitalismus hervorbrachte. Der dabei alles bis dahin Errungene aufzehrte: das Vertrauen in menschliche Werte, auf eine Moral, auf eine Fahne, die Familie und einen Gott. Sie mögen vielleicht andere Gründe für den Anbruch dieses Dunklen Zeitalters sehen, wie Thaut es treffend genannt hat – doch ändert das nichts an der realpolitischen

Wirklichkeit. In der wir uns nunmal mit dem bescheiden müssen, was wir aus dieser Depression an Trümmern retten und wiederverwerten konnten. Ohne den Schutz eines Staates, der die Interessen der sogenannten Masse verteidigt, der Patienten und Arbeiter, die sonst einer lausigen Betreuung und rücksichtslosen Bossen überlassen wären, gibt es keine gesellschaftliche Basis mehr. Welche erst Leute wie unsereins zu tragen imstande ist. Es braucht einen Staat, der steuert.«

»Was heisst, an seine Ruderbank gekettet, sich einem Taktschlag unterordnen zu müssen – während der Steuermann ein Ziel für alle ins Auge fasst? Ich zumindest sehe mich nicht als Galeerensklave.«

»Ach – wir alle rudern doch, um bei Ihrem Bild zu bleiben, letztlich ins Nichts. Worauf es ankommt, ist der Zusammenhalt, der einem das Leben erträglich macht. Doch Steuermann ist nicht das richtige Wort – nennen wir ihn lieber Rudergast. Jemand, den wir gebeten haben, das Steuer für uns zu übernehmen.«

»Sie meinen wohl die Steuern.« Er lachte. Worauf ich erst recht nachsetzte. »Und wer sollte dieses ›wir‹ sein? Etwa diese Klasse von Gastarbeitern, von Funktionären und Pensionisten und Abonnenten der Staatspresse – denen man die hier entdeckten sumerischen Tontafeln unter ähnlich gefälschten Vorzeichen verkauft wie in Amerika den Grave Creek Stone? Als vorgebliche Rechtfertigung für einen monumentalen Dammbau, dessen eigentliches Ziel es ist, einerseits die Flüchtlingsströme aus dem Osten abzuwehren und sie andererseits aufzufangen, um sie sich als Arbeitskraft nutzbar zu machen? Was hält denn all diese Gruppierungen zusammen – ausser Zwang? Blanker Eigennutz? Und ein propagiertes Feindbild?«

»Sie übersehen, dass es darum geht, Neuland zu gewinnen und es urbar zu machen – zum Gewinn für alle. Wenn es für dieses langfristige Ziel kurzzeitiger Motivationen bedarf – und sei es durch Mythen, die doch immer schon erfunden waren –, sehe ich darin nur eine lässliche Sünde. Denn soll ein Staat funktionieren, darf er sich nicht scheuen, auch zu diskriminieren: zwischen profitablen und unprofitablen wirschaftlichen Vorhaben, zwischen erwünschten und unerwünschten Migranten, zwischen einer guten und einer schlechten Art zu leben. Nach der Sintflut, die sich weltweit über alles ergossen hat, kann er sich jedenfalls nur mehr um jene kümmern, die auch bemüht sind, ihn aufrechtzuerhalten.«

»Um damit zu jenem Staatsvolk zurückzukehren, das wir überwunden glaubten? Indem nur das Nationale noch zählt, die sogenannte ›öffentliche Meinung‹, Loyalität zu einer Partei, der Pass und staatliche Dienstleitungen?«

»Sie reden nicht von einem Staats-, sondern von einem Marktvolk. Und was hat es uns denn eingebracht – ausser einer internationalen Krise? Es kannte statt Bürgern doch nur Investoren, statt Bürgerrechten Haftungsansprüche, statt Wählern und Gläubigen bloss Schuldner und Gläubiger?« Der Doktor begann sich Luft zu machen, das Glas umklammernd, aus dem er sich zuvor von Lilis Wein eingeschenkt hatte. »Statt regelmässiger Wahlen versteigerte es kontinuierlich nur Vermögenswerte und setzte an die Stelle einer Moral sinkende oder fallende Zinssätze. Statt gemeinnütziger Einrichtungen glaubte es, Schuldentilgungsdienste würden genügen – um dabei nicht auf die Loyalität zu einem Allgemeinwesen, sondern auf das Vertrauen in den Markt zu bauen! Es war die reinste Hochstapelei.«

Ich merkte wieder, dass gegen solch vereinnahmende Phrasen anzureden ein zum Scheitern verurteiltes Unterfangen war. Um sein Ich den Postulaten einer letztlich abstrakten ›Volksgemeinschaft‹ gegenüber zu behaupten, konnte man nur aus einer Position der Schwäche heraus argumentieren. Zu erkennen, dass jedwede Art der Identität, ja alles Wissen, das wir darin verkörpert sehen, reines Hochstapeln bleibt, weil es nur auf Sand baut, dem Treibsand, den die Zeiten hinterlassen, hat noch keinem eine Vormachtstellung verschafft. Das gilt auch für die Ideen seines

Ichs, die man sich selbst ebenfalls vorspiegelt. Die Einsicht, dass alles relativ bleibt, vermag allein eine gewisse Handlungsfreiheit in dem dauernden Widerstreit unterschiedlichster Prinzipien zu erhalten, nicht mehr. Ich bin nie ein Mann der grossen Ideen gewesen – ich suche mir eher Hintertüren in dem Repräsentationsbau offenzuhalten, welchen man ›Gesellschaft‹ nennt. Mir ist das Hemd nunmal näher als jeder Gehrock – das genügt mir als Moral. Man mag das auch als kleingläubig auslegen, aber ich sehe darin das einzig wirklich Menschliche: nämlich seine Umgebung an der Erkenntnis der eigenen Unvollkommenheit zu messen.

Ich jedenfalls war auch gut darin, andere zu spiegeln. Indem De Haas mich mit jenem Blick der Genugtuung bedachte, wie sie das Gefühl argumentativer Überlegenheit hervorruft, wechselte ich das Thema, als gäbe ich klein bei – um dadurch an seine Grossmütigkeit appellieren zu können. Gutgelaunte Menschen sind auskunftsbereiter.

»Sie wissen, dass man mich hergebeten hat, um Evita Thaut zu treffen?«

»Das hat sich mittlerweile auch bis zu mir herumgesprochen.«

»Währenddessen habe ich erfahren, dass sie etwas schwerhörig sein soll. Nicht dass das von Belang wäre, doch rein aus Neugier –«

»Ich habe es damals diagnostiziert. Waardenburg-Syndrom.« Warum war er mir gegenüber so offen? Galt für ihn keine ärztliche Schweigepflicht? Oder sah er sich ihr entbunden, weil sie keine Europäerin war? Jedenfalls antwortete er bereitwillig. »Das ist eine Erbkrankheit, die nicht nur zu Schwerhörigkeit des Innenohrs führen kann, sondern auch Evitas elfischen Gesichtszüge erklärt. Und warum sie zwei unterschiedliche Augen hat.«

»Verschiedene Augen??«

»Das rechte ist blau, das linke grün. Das ist kein Geheimnis. Das Syndrom ist in der Familie, der sie entstammt, häufig. Inzest,

Sie verstehen? Auf der Insel sieht man das als Zeichen königlichen Geblüts. Die Schwerhörigkeit hat ihr hier jedoch den Umgang mit Thaut und seinen ... Kreisen etwas diffizil gemacht. Sie erschien mir zumindest, aus begreiflichen Gründen, manchesmal wie neben sich.«

»Wie meinen Sie das?«

»Ich sah sie einmal mit einem Papier, auf dem sie in drei Spalten etwas eingetragen hatte. Als ich sie darauf ansprach, erklärte sie, dass ihr Diener Saul – der Sie im Hotel abgeliefert hat – jeden Tag zum Markt einkaufen fuhr. Da sie nicht mitdurfte, notierte sie in einer Spalte, bevor er losfuhr, wohin er gehen, was er sehen, wen er treffen und wie lange er überall brauchen würde. Bei seiner Rückkehr befragte sie ihn danach und vermerkte in der zweiten Spalte die Korrekturen zu ihrem Ablaufplan. Um in einer dritten darauf ihre eigenen Gedanken und Beobachtungen in der Zeit einzutragen. Es war ein wirklich seltsames, letztlich aber völlig harmloses Spiel. Eine Art Buchhaltung, mit der sie sich irgendwie ihrer eigenen Gegenwart zu versichern schien.«

»Und haben Sie vielleicht auch irgendeinen Zettel, auf dem steht, wo ich sie jetzt finden kann?«

De Haas rollte den dünnen Stiel seines Weinglases zwischen seinen fleischigen Fingern, bevor er es leerte. »Nein, das weiss ich nicht.« Er kostete meine Enttäuschung aus. »Ich kann Ihnen nur verraten, dass sie sich hier auch mit komischen Heiligen abgegeben hat. Die sich – wie soll ich sagen – für jene Gruppierungen eingesetzt haben, für die Sie so wenig Sympathie empfinden. Sie hat ihr soziales Gewissen nicht nur durch äh ... karitative Tätigkeiten unter Beweis gestellt. Mit Thauts Billigung, wie ich annehmen muss. Mehr kann ich dazu nicht sagen.«

»Sie meinen damit den Asketen, der bei den Gruben draussen lebt?«

»Ach – mit dem haben Sie auch schon Bekanntschaft gemacht? Und ich dachte schon, Sie wären wegen der gerade gefundenen

Tontafeln da.« Sein Blick wurde schärfer. »Nun, Sie werden da keine neue Geschichten zu Tage fördern. Ja – dieser armselige Reserve-Jesus war auch unter denen, um die sie sich gekümmert hat. Aber ich meinte eher den ehemaligen Priester, der seinen Kragen abgelegt hat, diesen chinesischen Jesuiten, der jetzt in dem gelben Container an der Strasse lebt. Der Kasten wird Ihnen zweifellos auf dem Weg hierher aufgefallen sein.«

»Damit jedoch ist es auch für mich jetzt etwas spät geworden.« Schnaufend erhob er sich von seinem Stuhl. »Ich wünsche Ihnen noch viel Glück bei Ihrem Unterfangen, egal, um welches es sich handelt.« Er sagte es so laut, dass der ganze Saal es hören konnte. »Die Einladung, mich in meiner Praxis zu besuchen, steht nach wie vor, Herr Ostrich. Eine gute Nacht wünsche ich Ihnen!«

Ich sass am Tisch, ausgelaugt von diesem Tag, aber seltsamerweise nicht wirklich müde. Da die Geräuschkulisse rundum lauter wurde, winkte ich dem Wirt, um meine Rechnung mit den Marken zu begleichen oder zu signieren, was immer.

»Sie hatten ein interessantes Gespräch mit dem Doktor? Hat er Ihnen seine Gastfreundschaft angeboten?« Ohne eine Antwort abzuwarten setzte er hinzu: »Unser Doktor, der bewahrt in den Regalen seiner Praxis all die Engel des letzten Jahres auf. Sie können sie dann in Gläsern voller Formalin bestaunen. Während seine Krankenschwester davor auf den Dielen kniet und Rosenkränze betet.«

Ich ging nicht darauf ein. Vom Speisesaal hatte ich nur ein paar Schritte zu meinem Zimmer, aber ich bekam in der nun spürbaren Frische der Nacht Lust auf einen Spaziergang.

7

Dann wurde ich zurück an den Grenzwall versetzt, der damals noch gut 300 Meilen weiter westlich verlief: er begann an der Küste vor Hendijan, wo er sich zunächst entlang des Flusses in die Stadt und dann direkt nach Behbahan hinauf und weiter zog. Um die eine Stadthälfte hatten Monatslöhner eine Ziegelmauer errichtet; eine alte Brücke bildete den einzigen Übergang. Die Bestimmungen waren da noch verhältnismässig locker, wenngleich es uns auch da schon verboten war, einen Fuss auf die andere Seite zu setzen. Wir drückten deshalb die Augen zu, wenn sich die Frauen der lurischen Stämme nach Hendijan schlichen, um ihre Kinder dort zu gebären; sie wollten vom Geburtsrecht der Union profitieren, das ihnen damals noch automatisch die Bürgerschaft gewährte. Hochschwanger liessen sie sich in aufgeblasenen Reifenschläuchen auf dem Fluss zu den ersten Häusern ziehen und standen dann mit noch nassen Kleidern vor der Tür der Hebamme, die sie mit den dicken silbernen Armreifen ihrer Aussteuer bezahlten.

Anfänglich wurden die Posten auf der Mauer von den Luren, welche die Grenze um ihre Weiderechte gebracht hatte, regelmässig mit Steinen und leeren Flaschen beworfen, bis sie schliesslich auf uns zu schiessen begannen, ohne dass es jedoch zu ernsteren Zwischenfällen kam. Das änderte sich erst durch ein Pferderennen.

In ihrem Stolz herausgefordert, hatten ein paar von ihnen als Mutprobe begonnen, johlend den Wall entlangzugaloppieren, der am anderen Ufer in einen Zaun aus handbreit voneinander versetzten hohen Bohlen überging. Einer aus unserer Tragtierkompagnie kam so auf die Idee, seine Stute am Zügel vorzuführen, einen arabischen Vollblüter mit glänzend schwarzem Fell, gleichsam zum Hohn über ihre scheckigen und gedrungenen Hengste, die oft nicht einmal beschlagen waren. Eines führte zum anderen und so wurde ein Wettkampf vereinbart. Die Startlinie wurde dort festgesetzt, wo die Luren aus Lesesteinen Winterbehausungen errichtet hatten; als Ziel wurde zwei Meilen weiter eine Melone auf eine der Pfahlspitzen gesteckt.

Es war ein Feiertag für alle; auf beiden Seiten säumte das Volk die Strecke, ergriff die durch den Zaun gestreckten Finger und schwätzte miteinander, sodass das Rennen erst gegen Abend stattfinden konnte. Da nicht zu erwarten war, dass sie unseren Reiter anfeuern würden, gab dies General Horan Zeit genug, um seine Truppen an der gesamten Strecke aufzustellen.

Als der Startschuss fiel, bäumte sich unser nervös gewordener Araber auf und musste erst gebändigt werden, worauf lautes Zungenschrillen aufkam, das ihn noch unruhiger machte, bis er die Gerte zu spüren bekam. Der lurische Hengst, ein ungesatteltes Wildpferd namens ›Sharaf‹, war da schon weit voraus, sein Reiter die Arme um den Hals geschlungen, der Burnus flatternd. Unser Araber aber verfiel nun in Strecklauf und begann die eigens dafür planierte Bahn zu verschlingen. Der Vorsprung verkleinerte sich, sie lagen bald gleichauf und wir gewannen, indem unser Reiter mit dem Säbel, den er bloss der feierlichen Umstände halber umgeschnallt hatte, die Melone vom Pflock hieb, dass sie rot im Sand zerplatzte.

Die Luren mussten die Niederlage murrend anerkennen. General Horan taufte unsere Stute in Erinnerung an den Sieg um in ›Venkinto‹ und stellte im nächsten Jahr ein neuerliches Rennen in Aussicht, was die Gemüter beruhigte. Dabei jedoch wandelten sich die Sympathien, die zuvor dem gescheckten Hengst als Symbol der armen Nomaden gegolten hatten; sie richteten sich in der Stadt nun auf Venkinto als Siegestier der Union. Und das setzte langsam, aber merklich die Grenze in den Köpfen aller fest.

Die wirkliche Grenze aber war natürlich nicht unüberwindlich. Denn auf unseren Patrouillen entdeckten wir immer wieder die unterschiedlichsten Behelfe, um über, durch oder unter den Wall zu gelangen. Einmal, als wir draussen in der Steppe lagerten, vernahmen wir nachts immer wieder ein dumpfes Stöhnen, als würde der Wind zwischen die Pfähle fahren, obschon die Luft wie immer drückend heiss über unserem Lager stand. Es wurde nicht schwächer, kam jedoch in immer längeren Abständen, sodass wir uns bei Sonnenaufgang auf die Suche nach dem Ursprung dieser Geräusche machten, ohne ihn zunächst verorten zu können: sie schienen irgendwo aus dem Sand zu kommen. Als wir den Suchradius erweiterten, stiessen wir zwischen Dornbüschen auf den versteckten Eingang eines Tunnels. Ich schickte einen Mann hinein, der so weit kroch, wie er kam, und dann berichtete, dass der Gang in der Mitte eingebrochen sei und man Schreie höre, allerdings immer wie in weiter Entfernung. Wir hatten kein Werkzeug, um den Tunnel freizugraben; das Stöhnen endete erst in der nächsten Nacht.

VIII

Das einzige Licht am Platz drang aus dem Hotel und von den Glühbirnen der Masten, deren Schirme Kegel auf den Boden projizierten. Den spärlichen Lampen folgend, gelangte ich beim Marktviertel in eine Gasse, die von einer Reihe von Fenstern erhellt wurde. In den Zimmern dahinter sah ich Schränke, ein Koch- und Waschgestell und Betten, die den Rest des Raumes füllten, ganze Familien darauf im Liegen oder Sitzen; eine hatte sogar ihre Fahrräder hineingeschoben.

An den Fensterbrettern hingen Kisten mit allerlei Gut darin. Vor einer, die mit alten, tragbaren Telephonen vollgestopft war, blieb ich stehen. Da ich der einzige Kunde war, übergoss mich der Verkäufer mit einem Redeschwall und lehnte sich heraus, um mir eines vorzuführen: ich hörte das Geklingel einer kurzen Melodie. Obwohl es schon lange keinen Empfang mehr gab, liefen sie weiter und wurden mir nun als Wecker oder Diktiergeräte angepriesen, für die ich weder Bedarf noch die nötige Zahl an Marken gehabt hätte. Noch unerschwinglicher waren die abgegriffenen kastengrossen Laufwerke und die Bildschirme dafür. Mit ihnen liessen sich noch Filme ansehen; die Kassetten wurden am nächsten Fenster verkauft. Sie waren meist auf Arabisch, Kyrillisch oder Türkisch beschriftet – das wenige Westliche darunter schienen alte UFA-Streifen oder Tierfilme zu sein. Andere wiederum hielten Zigarettenpackungen feil oder kleine, aus Holz geschnitzte Statuetten hoch, die den Gesalbten zeigten, eine stilisierte Krone über der Kopfbedeckung, die Mondsichel zwischen den ausgebreiteten Händen. Was mich interessierte – der Neue Diwan –, war jedoch bloss auf Esperanto zu finden, ohne dass ich eine andere Einheitsübersetzung dieser Integration von Bibel und Koran entdecken konnte. Billete für einen Zirkus, der bald Einzug halten sollte, waren da zu erstehen, aber auch Makabres wie Postkarten einer Hinrichtung, bei der man jemanden an einem Baukran erhängt hatte, die Silhouette des Damms dahinter.

Derjenige, der sie mir hinhielt, war aus einer Tür auf mich zugetreten und bedrängte mich, auch nach meinen abwehrenden Gesten, weiter. Sich mehrfach in der Gasse umsehend, bot er sich als Führer an: ein junger Bursche in abgerissener Kleidung, das Haar kurzgeschoren, ein hungriger Blick in den Augen. Er überspielte seine Unsicherheit durch aufgeregtes Gerede und Gestikulieren und zählte mir auf, zu welchen Orten er mir Eintritt verschaffen könne.

»Willst du den Jebel sehen? Die Minen, wo König Salomo sein Gold herhatte? Oder –«, er blieb stehen und flüsterte, »– magst du Whiskey? Ich kann dir alles besorgen. Willst du vielleicht nach Abu Musa?«

»Was gibt's denn in Abu Musa?«

»Du kennst dich wirklich nicht aus.« Er blickte verstohlen nach rechts und links.

»Weisst du denn nicht, weshalb es in der Stadt nirgends männliche Esel oder Mulis gibt?«

»Das ist mir noch gar nicht aufgefallen«, erwiderte ich.

»Die Leute sind hier sehr gläubig. Die würde es vor den Kopf stossen, wenn sie Esel sähen, die sich mitten auf der Strasse paaren. Du weisst schon, wie die das machen?« Er sah mich zweifelnd an.

»Deshalb haben sie alle männlichen Esel in Abu Musa eingepfercht. Wenn du also Abu Musa sehen willst …« Er sagte das unzweideutig genug, dass es mich reizte. Also liess ich mich von Hamed, wie er hiess, durch mehrere unbeleuchtete Gassen führen, wobei er sich dauernd umblickte, als würde uns jemand folgen. Mir wurde das Ganze bald etwas unheimlich.

Er merkte mein Zögern und zog mich am Ärmel unter die nächste Lampe, um einen braun kartonierten Ausweis hervorzuholen. Ich blätterte ihn durch und sah, dass das Photo über den Personalien herausgetrennt worden war: ein Nansenpass und von unschätzbarem Wert, wäre er echt oder noch gültig gewesen. Ich drückte ihm das Reisedokument wieder in die Hand und merkte seine Enttäuschung, ohne dass mir klar wurde, ob dieses Dokument für Staatenlose sein eigenes war. So oder so konnte ich ihm nicht helfen – worauf er seine Bemühungen verdoppelte, sich als hilfsbereit zu erweisen; es wäre nicht mehr weit bis Abu Musa, nicht mehr weit.

Das war es auch nicht. Vor dem Eingang zu einer Baracke verlangte er mir zwei rote Marken ab, um sie dem Wärter in die Hand zu drücken. Ich musste Schuhe und Socken ausziehen und in Schlappen steigen, um hinter einen Vorhang treten zu können, wo mir bereits heisse Dampfschwaden entgegenschlugen. In dem Vorraum standen Regale, in denen zusammengefaltete Kleidung lag, und durch den Spalt eines weiteren Vorhangs erblickte ich eine Bank, auf der nur Männer sassen, manche mit einem Tuch über dem Schoss, andere nackt.

Ich hatte nicht vorgehabt, mich bloss in ein türkisches Bad zu begeben. Also machte ich wieder kehrt und zog mir unter der verächtlichen Miene des Wärters wieder die Schuhe an, während Hamed sich in einem schnellen Wortwechsel für mich entschuldigte. Unwirsch gab ich ihm zu verstehen, dass ich anderes erwartet hatte, und sagte kurz angebunden, ich wolle zurück zum Hotel.

Er trabte hinter mir her, ohne dass ich den Weg zurück kannte. Ich wusste, ich war ungerecht gewesen. Deshalb gab ich ihm zu verstehen, er könne mich morgen im Laufe des Vormittags abholen; da könnte ich seine Dienste gebrauchen.

Beim Verladebahnhof setzte ich mich auf den Prellbock und blickte in den mondlosen Himmel. Die Sterne traten gestochen scharf über der Silhouette der Dächer hervor, als wäre dieses Lager bloss eine Kulisse, die den Blick auf die eigentliche Bühne verstellte. Es war ein unklarer Gedanke, der sich wohl deshalb aufdrängte, weil mir die Stadt zunehmend einer Mondkolonie zu gleichen schien, ausgedacht von einem Jules Verne, der massive Kessel der alten Lokomotive wie eines seiner Projektile, um wieder zurück zur Erde zu gelangen. Während die Astronomen weiterhin durch ihre Teleskopröhren auf den Mars starrten, immer noch im Unklaren, ob es dort eine Rasse gäbe, die mit ihren Kanälen durstig nach Wasser grub.

Als ich dann in mein Zimmer trat und das Licht anmachte, hörte ich ein ungehaltenes Schnaufen hinter der Trennwand und sah am anderen Bett Männerbeine sich unter das Leintuch ziehen. Ich löschte es wieder, entkleidete mich und rollte mich auf der harten Matratze zusammen, hundemüde, doch ohne gleich Schlaf zu finden, weil mich die Anwesenheit eines Fremden irritierte. Ich horchte zwanghaft auf sein Atmen, bis ich ruhiger wurde und miteins in mir aber wieder dieses Sprechen begann. Er vereinnahmt mich manchmal wie um Hohles mit Worten auszufüllen, als wäre ich ein Bauchredner.

Da war ein Archiv von Geistern, aufgereihte und mit beschrifteten Etiketten beklebte Gefässe im Licht, jedes Objekt darin elfenbeinern ausgebleicht, schlafend in Formaldehyd, Regale voller fahler Sterne, welche die Entwicklungen unserer seltsamen Körper katalogisieren, in sich verknotete, weisse Schlangenleiber, Hautfetzen, silbern wie Blätter im Mondschein, das Fleisch offen, um darin Zähne, Kiefer und Gelenke wie aus dem Lehrbuch zu zeigen, Muskeln dazwischen aufgespannt, ein aufgesprungenes Skelett, die Blasen der Lunge, Organe, die seine Maschine in Gang halten, eine einzelne abgeschnittene Hand, die Innenfläche seziert, abgeschält und in der Lauge sich rin-

gelnd, Finger, die sich einmal in eine andere Hand geschlungen hatten, Tumore und schwarze Geschwüre hinter den Rippen gleich Wespennestern klebend, das Herz in der Brust wie ein von der Flut angeschwemmter Tintenfisch, ein Gehirn gleich auf einem leeren Blatt zerlaufener Wasserfarbe, Drüsen, Niere und Galle mit kieselgrossen Steinen, Knochen, alles zersplittert in den Myriaden von Arten, in denen ein Körper zerbrechen, versagen, uns im Stich lassen kann, und dabei immer wieder nach anderen Körpern begehrend, sich verschlingen wollend mit ihm, in einer Liebe, in der sich am Ende alles auflöst, zuerst die Liebe selbst, sodass man sie sich besser vom Leibe hält, sie lieber für den blossen Akt bezahlt, um auch sie dann hinter Glas zu sehen, Kanten und Ränder spiegelnd, Phantome, nach Gewicht und Alter geordnet, der Preis jedesmal säuberlich vermerkt.

ZWEITER TAG

IX

Aus einer Plage von Träumen erwachte ich, die Augen geschwollen. Ein Blick aus dem Fenster zeigte einen Nebelschleier, der alles in ein fahles Faksimile verwandelte, die Hektographie einer Hektographie, bläulich abgefärbt und verwischt.

Ich legte mich wieder hin, bis mir die Sonne, die durch den Spalt zwischen Rollo und Fenster fiel, schliesslich auf den Kopf brannte. Ein Gefühl von Vergeblichkeit erfasste mich; der gestrige Tag war angetrieben gewesen von immer neuen Begegnungen mit Unbekannten, ein Karussell wechselnder Personen, die mich in Anspruch genommen hatten, ohne dass es zu viel geführt hätte.

Ich war wie benommen, so als hätte ich bei jedem Gespräch ein Stück meiner selbst verloren und wäre zunehmend zur blossen Person geworden, statt einem Gesicht eine Larve, in der die Worte, die der anderen ebenso wie meine eigenen, widerklangen. Als würde das, was einen ausmacht, die Umstände, in denen man als Ich existiert, immer unwesentlicher, als wären wir alle Bündel von Erinnerungen, Ansichten und Neigungen – als gäbe es Tag für Tag nur solche Bündel, die sich mit meinem Namen nennen, manche meiner Erinnerungen teilen, einigen meiner Neigungen folgen und deshalb denken, dass sie Ich sind, während die Grenzen zwischen mir und den anderen sich zugleich auflösen. Dennoch auf mir beharren zu wollen, verursachte bloss das Gefühl, eingeschlossen zu sein, in einem Glastunnel befangen, durch den man sich mit jedem Jahr schneller bewegt, ohne dass am Ende mehr als nur das Dunkel wartet. Den Standpunkt zu ändern hiesse zwar, dieses Glas sich in Luft auflösen zu sehen und dann im Offenen zu stehen, doch gerieten dabei die Menschen ringsum noch näher, um sich zu überblenden – ohne zu erkennen, was offensichtlich erscheint: nämlich, dass es Personen gibt, die nicht auswechselbar sind, eigenständig. Und eben diese Personen zählen, weil sie einen Charakter besitzen, dessen Eigenart einen Unterschied macht; sie verkörpern ihre eigene Moral, die sie ihrer Mitwelt aufprägen, und befreien sich dadurch. Doch sind sie deshalb auch wirklich frei?

Mein Zimmergenosse – das Wort ›Kamerad‹ kam mir in den Sinn – war früh aufgestanden, ohne dass ich es gemerkt hatte. Am Kopfende seines Bettes stand ein schwarzer Handkoffer ohne Namensschild; er war verschlossen. Sonst fand ich nichts, das auf seine Person hätte schliessen lassen. Er hatte offenbar meine Life-Magazine in der Hand gehabt, die ich nun erneut durchblätterte. Und diesmal entdeckte ich etwas, das ich bislang übersehen hatte.

Es fiel mir zuerst an einer Photoreportage über die Flüchtlingslager in Beludschistan auf, dann bei einem Artikel über das im Ozean versinkende Bangladesch und die Schutzbauten gegen die steigenden Meeresspiegel in New York und Amsterdam: jedesmal wiederholten sich die von Evita unterstrichenen Worte auf der Rückseite, wo Werbung platziert war – sie stachen mir jetzt in deren Slogans ins Auge. Die Abbildung von Brotlaiben auf einer Bäckerschaufel erhielt so einen Bezug auf die Ladekähne der AO Compagnie, da in der Reportage danach von Schaufeln die Rede war, die an Werksbrigaden ausgegeben wurden. Und der Name eines Captains – Clark –, dessen Aufgaben bei der Überwachung eines Arbeitslagers geschildert wurde, fand sich dahinter in der Adresszeile einer Privatbank wieder, North Clark Street 2267.

Ich versuchte mir vorzustellen, was das Mädchen sich dabei gedacht haben mochte, und es mit dem überein zu bringen, was der

Doktor mir von ihren Notaten in Spalten erzählt hatte. Die obskuren Überschneidungen, die sich hier fanden, mochten ihr wie Kreuzungen erschienen sein, in denen sich unterschiedliche Ebenen von Gegenwart trafen, Schnittstellen von Zeit und Raum, in einer Welt, welche sie kaum hörte. Was auf den ersten Blick zufällig wirkte, liess sich auch – je mehr ich ihre Unterstreichungen bedachte – als versteckte Fixpunkte einer changierenden Wirklichkeit konstruieren. Allein, was fehlte, war jene dritte Spalte, die De Haas erwähnt hatte: Randbemerkungen zu diesen Querbezügen, in denen sie etwas aus ihrem eigenen Leben notiert hätte. Was würde sie wohl neben die Schaufeln und den Lagerkommandanten Clark geschrieben haben?

Nichts davon brachte mich weiter – so wie der gestrige Tag, an dem ich meinen Zielen ebensowenig näher gekommen war wie Thauts Anweisung. Allein dieser seltsame Heilige des Sankt Nimmerleinstages, Abba Irgendwas, und Soares, dieser katzbuckelnde Schulmeister, schienen mehr über den Verbleib des Mädchens zu wissen, als sie vorgaben. Doch das war bloss ein Bauchgefühl. Auffällig war, dass jeder, mit dem ich gesprochen hatte, seine Verbindung zu Evita zwar nicht abstritt, aber sich nie näher darauf einzulassen bereit war – verständlich vielleicht, da keiner vor Thaut Rechenschaft ablegen wollte. Auch ich nicht. Obwohl mir genügen konnte, meine Bemühungen vorzuweisen: dass sie zu nichts führten, daran konnte man mir keine Schuld geben. Trotzdem ...

Ich merkte, wie sich die Geschichte dieses Mädchens in mir unwillkürlich festzusetzen und mich zu interessieren begonnen hatte, gleich einem Buch, das man in einem Aufenthaltsraum eines Hotels zur Hand nimmt, um sich das Warten zu verkürzen. Denn warten musste ich; mir blieb nichts anders übrig, wollte ich mehr über die Ausgrabungen auf der Insel vor der Küste erfahren. Aber auch da stellte sich schnell die Frage nach der Wichtigkeit. Was war verloren, wenn ich keinen Zugang fand? Eine rein akademische Arbeit. Im schlimmsten Fall publizierte ich eben eine Reportage über den Dammbau, Land und Leute, um nach meinem Freisemester wieder an die Uni zurückzukehren.

Ob dort und dann oder hier und jetzt – ich war nicht wirklich an etwas gebunden, weder an einen Ort noch an eine Frau; meine Scheidung war letztlich so wenig schmerzhaft gewesen wie die Rückkehr in mein Junggesellendasein. Vergebliche Liebesmüh, ja, doch ohne Verlustgefühle, da ich schon während meiner kurzen Ehe gezwungen gewesen war, mir die Befriedigung des Geschlechtstriebes bei anderen zu erkaufen. Und doch war ich der dauernden Distanz zu allem überdrüssig, der Kälte rings um mich ebenso wie jener, die allmählich auch von mir ausging. Ehrlich gesagt, war ich allzu bereit, mich von etwas vereinnahmen zu lassen, bloss um mich selbst wieder zu spüren. Mit derselben Aufrichtigkeit konnte ich jedoch auch sagen, dass etwas in mir sich auch zur Auflehnung drängte, zur Selbstbehauptung wider dieses scheinheilige Kriechertum, das mir hier überall begegnete. Ich spürte in mir eine Agression, die sich aufgestaut hatte und nun katathymisch auf irgendetwas, egal was, richtete, um sich endlich verausgaben zu können – und sei es nur, um es zu zerschlagen.

Ich schnürte mir gerade die Schuhe, als Hamed sich durch die Tür drückte. Mich ärgerte, dass er nicht geklopft hatte, aber ich mochte den Jungen, der mich erwartungsvoll anblickte. Er nahm das aufgeschlagene Magazin in Beschlag, während ich mir am Waschgestell das Gesicht wusch und mich vor der Spiegelung des Fensters kämmte.

Als ich fertig angezogen war, deutete er auf das Photo, das Evita mit Thaut bei einem Empfang zeigte. »Die da, die kenne ich!«

Ich hob die Augenbrauen und kniff ein Auge zu.

»Ja, die hat bei uns einen Bootsmann gesucht. Die wollte hinüber zur Insel.«

»Das kann nicht sein. Der Doktor hat behauptet, dass sie sich hier für die Armen im Lager einsetzt.«

»Der Doktor lügt, das weiss jeder. Wo soll sie denn stecken? Meinen Sie, dass sie irgendwo in einem der Häuser übernachtet? Das wüsste ich; davon hätte ich längst gehört!«

Ich schaute den Jungen skeptisch an. Doch was er erzählte, konnte durchaus wahr sein; nach dem wenigen, was ich wusste, könnte das ihr Verschwinden sogar am plausibelsten erklären. Dass ich nicht von selbst darauf gekommen war, zeigte nur, wie unernst ich die mir zugewiesene Aufgabe nahm. Ich überlegte, beschloss aber zunächst dem Hinweis des Doktors nachzugehen, um Thaut etwas mehr berichten zu können. Mir blieb an diesem Vormittag eh nichts anderes, als auf die eventuelle Rückkehr Sauls zu warten.

Im Saal zu frühstücken hatte ich keine Lust; ich war noch zu maulfaul, um erneut in Gespräche verwickelt werden zu wollen.

»Wie komme ich am besten zum Container an der Strasse? Weisst du, was ich meine?«

Er nickte und so gingen wir zielstrebig durch die Gassen, die erneut kaum belebt waren. Bei dem Zaun, den ich tags zuvor von der Anhöhe aus erblickt hatte, zeigte er mir ein Loch, wo der Stacheldraht über dem Boden zurückgebogen war. Als er ebenfalls Anstalten machte durchzukriechen, gab ich ihm ein paar blaue Marken und hiess ihn umzukehren und mich mittags wieder beim Hotel zu treffen. Wenn ich mich dem Zaun entlang hielte, versicherte er mir, würden die Kontrollposten mich in Ruhe lassen; sie würden mich zwar beobachten, seien jedoch meist zu faul, sich zu der Grenzlinie zu begeben, die schräg zur Strasse draussen verlief.

8

In New York, Vancouver, London und Amsterdam hatte man Deiche gegen das Meer errichtet, das im Steigen begriffen war, offenbar weil die Sonne heisser geworden ist und das Eis an den Polen schmilzt oder, wie andere behaupten, weil der Kohlenstaub in der Luft überall die Erde erwärmt. In Bombay, Bangkok, Shanghai oder Hongkong waren keine solchen Schutzmassnahmen erfolgt, was – wie man uns erklärte – schliesslich jene asiatischen Völkerwanderungen auslöste, denen wir an der Grenze die Stirn zu bieten hatten.

Jeden Tag boten sich uns andere Gesichtszüge dar von Menschen unterschiedlichster Herkunft oder Hautfarbe, und es wurden immer mehr. Unser Mitgefühl kam dabei unserer Arbeit in die Quere. Vielerorts wurden Schiessbefehle verweigert oder die Posten gar zu heimlichen Helfern, weshalb man den Frontdienst zeitlich beschränkte und mit dem Dienst im Binnenland zu rotieren begann. Einzelne statuierte Exempel erbrachten nicht die erwünschte Wirkung, sodass man sich entschloss, mit offener Gewalt vorzugehen, auch aus der Luft.

Das sprach sich jenseits der Grenze herum, ohne dass der Zustrom sich jedoch verringerte. Einmal waren es so viele, die die Küste entlangzogen, dass sie sich vor der Grenze an den Händen fassten und eine Kette bildeten, die sich von Hendijan bis Behbahan erstreckte. Wir waren bald nur mehr am Entsorgen der Leichen und Ausheben von Massengräbern; deshalb wurde eine zweite Front bei Bandar Abbas im Westen errichtet, um dazwischen jene mittlere Grenze zu ziehen, die vom persischen Dammkopf aus nach Norden verläuft.

Dabei waren die Erfahrungen mit den ersten Grenzbefestigungen hilfreich. So stellte sich bei uns bald heraus, dass der über die Barchane hinweg gezogene Wall aus 15 Fuss hohen, alle paar Zoll zusammengeschweissten und seitlich abgestützten Stahlröhren –

seiner rostigen Spitzen wegen ›Sanddrachen‹ genannt – nicht tauglich war, weil er bald von Stürmen überweht und von Wanderdünen verschluckt wurde. In felsigerem Gelände wiederum wurden die Fundamente der Gitterzäune unterspült, weshalb sie gern umkippten; wo sie Wadis schnitten, blieben dazu nach den Winterregen Blätter, Gräser und Äste hängen und verstopften sie, sodass die Sturzfluten parallel dazu abrannen und einige unserer Grenzstädte überschwemmten. Man setzte darum an manchen Orten dichte Reihen von Kakteen, bis man merkte, dass sie für die zu allem entschlossenen Migranten kein wirkliches Hinderis darstellten, dafür aber schwer zu patrouillieren waren.

Auch wurden weiterhin Tunnel ausgehoben, einige sogar langwierig ausgeschachtet und der Aushub weitläufig verstreut. Wir fanden desöfteren Leitern und lange Bretter, um die Anlagen zu überklettern; an einer Stelle waren Baumstämme zu einer Brücke angelegt worden, um einen Karren darüberzubringen, der sich jedoch des spitzen Winkels wegen oben festgekeilt hatte und uns ab da als Orientierungspunkt diente. Sogar Katapulte entdeckten wir, Plattformen mit einem Gestänge zum Teppichklopfen, einem Balken und dicken Gummiseilen darauf, die auf Rädern meilenweit durch die Wüste gezogen worden waren, um die Migranten über den Wall zu schleudern: einige brachen sich dabei das Genick, viele die Beine oder Knöchel. Wen wir noch am Leben fanden, brachten wir in unser kleines Spital, das die Versehrten notdürftig verarztete, um sie dann zurück nach Bandar Abbas zu schaffen.

Doch war das nicht die einzige Route. Wenn wir jemanden von der Marine trafen, berichtete er von gesunkenen Flössen, Booten und unzähligen Schiffbrüchigen, wobei sie es dank der Meerenge einfacher hatten als wir, die Migrationsströme zu kontrollieren; wer ihnen entging, wurde beim Damm abgefangen, wo der Schiffsverkehr regelmässig war.

X

Man gibt Abläufe mit ›dann‹ wieder, obwohl das, was aufeinander folgt, selten kontinuierlich ist – ausser im eigenen Empfinden, das Brüche in der Zeit übergeht. So stand die Sonne jetzt drei Handbreit über dem Horizont und im Westen war die langgestreckte Walze des Morgennebels weiter über die Hochebene gezogen, ihr Grau diffus unter dem unnahbaren Blau des Himmels. Der Doktor hatte vortags erklärt, dass sich Bakterien in dem vom Meer aufgestiegenen Dunst auf dem Sand niederschlagen; sie verwesen dann zu jenem Stickstoff, der als Salpeter den ehemaligen Reichtum der Region begründet hatte.

Ich folgte dem ausgetretenen Pfad hinüber zur Strasse, auf der reger Verkehr herrschte. Sie schien mehrere Meilen entfernt, doch das Licht täuschte – bereits nach einer guten halben Stunde gelangte ich zu dem Gräberfeld vor dem Asphalt. Der kleinere Teil, der eigentliche Friedhof, war noch von einem verwitterten schmiedeisernen Zaun umhegt; die Kreuze darin stammten aus der Zeit um 1900. Die Namen und Geburtsorte, soweit noch lesbar, verrieten überwiegend südamerikanische Herkünfte, offenbar Gastarbeiter, die man aus chilenischen und peruanischen Salitreras geholt hatte. Rings um diese Umfriedung breiteten sich Gräber aus, die nach islamischem Brauch einmal mit Steinplatten an Kopf- und Fussende markiert worden waren, jetzt aber meist auf den salzverkrusteten Boden gesunken waren; von den seltenen, aber umso heftigeren Regenfällen ausgewaschen, traten an manchen Stellen Knochen zu Tage.

Erst im Anschluss daran, breit die Strasse entlang, standen die seltsamen Votive, wie man sie nach der Glaubensreform überall zu errichten begonnen hatte, Mäuerchen, Maschinenteile und anderer Schrott. Darauf fanden sich die unterschiedlichsten Darstelungen des Gesalbten, der da noch keine verbindliche Ikonographie gefunden hatte. Dazwischen stand eine Mauer, deren blätternder Verputz eine Liste der ehemaligen Salpeterminen trug, für die sich jemand auf Esperanto als Dichter versucht hatte:

Kerima ist eine Victrola ohne Nadel
Tukrish ein verlorenes Hufeisen
Havilah eine Karte im Wind
Inanna ein dunkler Kuss
Bellavista ein Ring voll Grünspan
Slavia ein verschollenes Kind
Harali ein entlaubter Baum
Meluha eine zerbrochene Ampulle

All dies lag und stand neben der Strasse; doch gibt ›daneben‹ oder ›dazwischen‹ nachbarschaftliche Beziehungen vor, die oft genug täuschen. Denn auffällig war, dass diese Gedenkzeichen nur bis in die Zeit des vormaligen Direktors Ilu Enachim reichten. Wo liess Thaut seine Arbeiter jetzt begraben?

Auf der Strasse wirbelten die an mir vorbeirollenden schweren Laster Sand und Staub auf und machten das Atmen schwer. Weit draussen sah ich einen Zeppelin aus der Nebelschicht steigen, die Nase leicht nach unten gedrückt, eine Art Pfeiler herabhängend, der leicht hin und her schwang. Hinter dem Hügel kam ich dann zu dem Baucontainer, der zu einer Kapelle umfunktioniert worden war; über ihrem Eingang aber war in handbemalten Lettern bloss ›Gabriel-Jibril‹ lesen. Als ich klopfte, dröhnte das Blech, doch niemand öffnete.

Hinter dieser Kapelle hatten die Regen ein tiefes Bachbett eingegraben; die von der Strasse aus unsichtbare Anhöhe dahinter war von Geröll freigeräumt worden, um den Sandhang zu glätten. Darauf standen nun die 12 Gebote in zwei Reihen, die Lettern ihrer Sätze mit diesen Steinen ausgelegt und umrahmt. Gemäss dem neuen Bekenntnis war der Sabbat im ehemals vierten christlichen Gebot durch den Sonntag – Dimanco – ersetzt und die beiden neuen – über das Entrichten der Almosensteuer für die Bedürftigen und das monatslang vorgeschriebene Fasten – jeweils unten angefügt.

Wo sich das schmale Wadi an seinem Fuss verbreiterte, ragte ein Baum auf, der keinen erkennbaren Stamm mehr besass, vielmehr unzählige Äste. Sie verzweigten sich gegen den offenen Himmel gleich einem ihm entwachsenden Venengeflecht und hingen voller grosser Früchte, die zum Platzen schwer schienen, bis ich näher kam und sie menschliche Formen annahmen.

In seinem Schatten sass ein Mann im Burnus mit asiatischen Zügen, der meine Gegenwart mit kurzem Nicken quittierte. Ich ging um den Baum, dessen Rinde angenehm glatt an der Hand war. Auf seinen Zweigen, zwischen federartig aufstehenden Blättern, staken Köpfe und Körper von Puppen. Sie leuchteten farbig und hell, einige davon mit echtem schwarzem Haar beklebt. Die meisten waren aus Stoff, Knöpfe als Augen, die Wolle darunter hervorquellend, andere wiederum aus Plastik, das an der sonnenzugewandten Seite zu schorfigen Stellen auf Stirn und Wangen zerschmolzen war, sodass sie mit weiss verblichenen Pupillen oder leeren Höhlen ins Licht starrten.

Ich setzte mich vorsichtig neben ihn, um meinen Hosenboden nicht aufzureissen. Während das Geräusch der passierenden Laster an- und abschwoll, blickte ich wie er hinauf zu den Gebotstafeln. Nach einer Weile wandte er mir sein Gesicht zu, dem ein dünner heller Flaum etwas Feminines verlieh, und brach schliesslich das Schweigen zwischen uns. Der Tonfall verriet, dass er es längst leid war, das Überraschende des Baumes immer wieder erläutern zu müssen.

»Santana Barrera war einer der Missionare, der die Botschaft der Glaubensreform unter die Leute brachte. Er stiess verständlicherweise auf wenig Sympathie, doch da auch Mekka weit von hier liegt, war der Widerstand weniger gross als erwartet. Deshalb erlaubte ihm der ehemalige Direktor, in dem Container oben die ersten ökumenischen Messen abzuhalten.«

Die Sätze kamen ihm mit derselben Gewandtheit über die Lippen wie Soares, der seinen Vortrag in vielen Unterrichtsstunden geschult hatte. Mir wurde dabei bewusst, dass gleich wie viele Bruchstücke von Wissen man sammelt, sie erst durch den Zusammenhang einen Sinn erhalten, ohne den sie bloss nebeneinander bestehen, isoliert und absurd.

»Meine Messen sind auch heute kaum besser besucht. Obwohl die Reform von den Religionen das Gemeinsame übernommen hat, halten sie sich doch hartnäckig einzeln weiter. Die Christen in der Stadt behaupten sich dank der Kolonisten und unter den Arbeitern haben sich noch viele sektiererische Traditionen erhalten.«

Ich hatte ein paar der braun vertrockneten Blätter vom Boden gegriffen und zerbröselte sie langsam zwischen den Fingern.

»Sie sollten sich danach die Hände reinigen. Eine Expedition französischer Reisender schlug einmal unter solch einem Baum ihr Lager auf; man fand sie erst nach Jahren, mumifiziert rund um die Feuerstelle, wo sie in den Schlaf gefallen waren und den Rauch eingeatmet hatten. Danach bestimmte ein Botaniker den Baum als zu den Wolfsmilchgewächsen gehörig. Sein Holz ist giftig. Manche – besser jene, welche den Neuen Diwan nicht allegorisch aufzufassen bereit sind – glauben deshalb, dass es sich um den ursprünglichen Baum der Erkenntnis von Gut und Böse handelt.«

Ich wischte mir die leicht ätzend riechenden Handflächen gründlich am Sand ab.

»Sie wissen, weshalb all diese Puppen aufgehängt wurden?«

Ich schüttelte den Kopf.

»Es regnet hier bloss ein, zwei Mal im Jahrhundert. Nach einem solchen Niederschlag fand Santana Barrera in dem Bachbett da drüben ein totes Mädchen. Wie es starb, wurde nie geklärt. Man behauptet gern, dass in der Wüste mehr Menschen durch solche Wolkenbrüche ertrinken als verdursten, aber die Eltern sagten, dass es schon zwei Tage zuvor nicht vom Spielen zurückgekehrt sei. Sie konnten sich sein Verschwinden nicht erklären. Was hätte es denn hier zu suchen gehabt? Darauf entdeckte Santana Barrera am Strassenrand eine Stoffpuppe. Überzeugt, dass sie dem toten Mädchen gehörte, steckte er sie als Mahnmal auf einen Zweig. Nicht lange danach fand er im Friedhof eine zweite Puppe. Und so begann er überall nach Puppen zu suchen, in der Stadt, den Gruben, auf dem Müllplatz. Er hängte sie alle an diesen Baum. Jede symbolisierte für ihn den vergeblichen Wunsch eines Mädchens. Bis die Leute selber anfingen, ihm alle möglichen Puppen zu bringen.

Santana Barrera verschied vor gut zehn Jahren; es heisst, seine Leiche habe ebenfalls unter dem Geröll da gelegen. Was auch immer die Wahrheit ist – es werden weiterhin Puppen an die Äste gehängt, während die alten langsam verrotten.«

Seine schmalen Daumen rafften den Burnus zusammen, als hielte er sich damit im Sitzen aufrecht.

»Die Lebenserwartung dieser menschenartigen Gebilde erscheint mir der unseren verstörend ähnlich.« Er sah mich auffordernd an. »Das zweite Gebot – Du sollst dir kein Gottesbild machen – hat schon seine Berechtigung.«

Ich war noch am Überlegen, wie ihn auf einen möglichen Zusammenhang mit dem Verschwinden Evitas ansprechen. »Mir kommen die meisten dieser Gebote immer noch sehr ... engstirnig und eifersüchtig vor. Keinen anderen Gott neben sich zu dulden, erkennt jetzt zwar die Identität des christlichen, jüdischen und islamischen Gottes an. Es schliesst aber weiterhin die übrigen Religionen aus – auch die asiatischen.«

Mit diesem Einwand ad personam spielte ich auf das Politikum des neuen Bekenntnisses an. Aber dazu war ihm nichts weiter zu entlocken, ausser »Es kann keinen anderen Gott geben«. Er liess das ohne grossen Eifer als Postulat stehen.

Ich hakte nach. »Abgesehen von dem naheliegenden Verbot zu töten und zu stehlen, geben die anderen doch nur den Familien vor, sich in ihrem unmittelbaren Umfeld zu bescheiden. Ehre Vater und Mutter und unternimm ja nichts gegen deinen Nachbarn: schau weder auf seine Frau noch auf seinen Besitz. Begehr bloss nichts – wie das in riesigen Lettern geschrieben steht –, was ausserhalb deines kleinen Zaunes liegt, sonst verrätst du dich und Gott. Das ist die beste denkbare Moral für Diktaturen.«

Der letzte Satz war mir unwillkürlich über die Lippen gekommen. Ich merkte, dass ich zu weit gegangen war; ein Kommentar hätte ihn kompromittiert. Er überraschte mich jedoch mit einem offenen Bekenntnis, wenngleich es sich auf anderes richtete. »Ich bin ein zwanghafter Judas. Den Menschen, die zu mir beichten kommen, sage ich, dass auch ich nicht aufhören kann, zu sündigen und dann um Vergebung zu bitten. Auch ich verrate fortwährend die Menschen um mich und brauche Trost, weil es mir an Mut für ein Martyrium fehlt. Wie soll ein schwacher Mensch sich gegen eine Welt wie diese stellen? Ein Märtyrer zu sein hiesse zwar Zeugnis für Gott abzulegen – doch um den Preis der eigenen Existenz. Was allen Glauben als Halt im Leben sinnlos zu machen scheint.«

Er strich sich den fleckenlos weissen Burnus über den Knien glatt. »Meine Art der Auflehnung besteht darin, den Menschen, die mich aufsuchen, stets das Gegenteil ihres Anliegens zu raten. Aus dem Wissen heraus, dass wir uns nie ändern. Wir bleiben trotz aller Vorsätze dieselben makelhaften Kreaturen. Ich kann sie deshalb allein durch Gegensätze zum Nachdenken bringen.«

Als Haltung erschien mir dies allzu einfach. Auch fiel mir erneut auf, wie schwer sich hier wirkliche Gespräche ergaben. Unter scheinbar meinesgleichen, ob Neame, dem Doktor oder Lili, setzte man ein stillschweigendes Einverständnis dessen voraus, was sich gerade noch vertreten oder sagen liess, und verstand es elegant, Angelpunkte zu umgehen. Bei anderen redete man eher aneinander vorbei. Das Bedürfnis, sich mitzuteilen und Wesentliches zum Ausdruck zu bringen, war da zwar grösser, doch auch das Misstrauen – sodass nur Satzblöcke gegeneinander gestellt wurden. Allgemeines. Oder so Tiefschürfendes, dass es schon nicht mehr zensierbar war.

Mochte man auch an der Mimik und Gestik eine Haltung erahnen, so war doch auch dieser Mensch darauf bedacht, sich keine Blösse zu geben. Ich wusste noch nicht einmal, wie er hiess. Ihn direkt zu fragen, dachte ich, hätte den Anschein von Anonymität preisgegeben, mit dem er mir vielleicht etwas mitzuteilen bereit war.

»Mein Name ist Ostrich«, bot ich ihm deshalb an. »David Ostrich.«

Er musterte mich erneut. Der Name bestätigte ihm zumindest, was weder mein Aufzug noch mein ausserplanmässiges Auftreten zerstreuen konnte, nämlich dass ich auf irgendeine Weise der hier den Ton angebenden Kaste zuzurechnen war, der man besser mit Zurückhaltung begegnete. Was sich für meine Zwecke nützen liess.

»Mir wurde in der Stadt bedeutet, dass Evita Thaut bei Ihnen war.«

Und um mich dementsprechend auszuweisen, fügte ich hinzu: »Ich würde sie gerne treffen. Ich wurde für heute Abend in seine Villa geladen. Von Thaut persönlich.«

»Dann werden Sie sie ja dort treffen.«

Mit einem Satz hatte er mich blossgestellt. Ich zögerte mit der Antwort – und zeigte ihm dadurch bloss, dass wohl nicht alles mit rechten Dingen zuging. Dadurch ergab sich jedoch wiederum eine gewisse Vertraulichkeit.

»Ich wurde angehalten, sie zu suchen.«

»Jeder weiss, wo ich zu finden bin.«

»Ich meinte die junge Frau Thaut«, korrigierte ich das Missverständnis. »Man ist sich offenbar nicht ganz klar, womit sie den heutigen Tag zubringt.« Mehr konnte ich nicht sagen, ohne deutlicher zu werden.

»Sie kam desöfteren in die Kapelle.« Das war bereits ein halbes Eingeständnis. »Allerdings ist ihr letzter Besuch Wochen her.« Er starrte nun auf seine langen Zehen, die in Sandalen steckten, deren Sohlen aus alten Autoreifen gefertigt waren.

»Es kann also nicht sein, dass sie jetzt in der Kapelle ist? Ich fand oben nämlich die Tür verschlossen …«

Er wandte mir wieder den Blick zu. »Nein.«

»Mit wem hat sie sich hier getroffen? Der Doktor hat mir erzählt, dass die junge Frau Thaut sich vorbildlich um die sozialen Belange im Lager kümmert.«

»Mit niemandem«, erwiderte er. »Wer sich hier um die Belange der Menschen kümmert, wird zu einem Niemand.«

»Sie meinen, zu einer persona non grata?«

»Man sollte meinen, dass er sich dadurch in den Stand der Gnade begibt. Indem er dem sechsten Gebot gehorcht und sich für die Armen einsetzt.«

»Meine Sympathie jedenfalls ist ihm sicher.«

»Aber solange man ihm diese nicht offen bekundet, ist er sicher.«

»Ich verstehe, was Sie meinen.«

»Sie meinen eher, zu verstehen. Hier ist letztlich keinem zu helfen. Solange am Damm gebaut wird, werden sich die Verhältnisse nicht ändern. Selbst wenn die ganze Stadt brennen würde.«

»Dann stimmt also, was ich von anderen gehört habe: dass Evita Thaut sich hinaus zur Insel hat bringen lassen?«

»Wer behauptet das?«

»Das hat ein Junge aus dem Lager erzählt. Obwohl ich mir nicht vorstellen kann, dass er die Wahrheit kennt.«

»Weshalb?«

»Es klang nach einem Gerücht. Auch weil er dabei dem Lagerarzt unterstellt hat zu lügen. Was ich nicht recht glauben mag.«

»Der Doktor wird jedenfalls seinerseits behaupten, dass sowohl Sie wie der Junge lügen.«

»Was also ist dann die Wahrheit?«

»Das ist ein simples logisches Problem. Ihren Worten entnehme ich, dass A behauptet, dass B lügt. Und B sagt, dass C lügt. Während C wiederum beteuert, dass A und B lügen. Woraus unweigerlich folgt, dass B die Wahrheit gesagt hat.«

Mir drehte sich bei diesem Raisonnieren der Kopf. »Das geht mir zu schnell. Hat der Junge also recht?«

»Das ist so nicht zu sagen. Aber die einzig mögliche Schlussfolgerung.«

Da er merkte, dass ich schwer von Begriff war, kaute er es mir noch einmal vor. »Glaubt man A – also Ihnen –, dann lügt B. Weshalb der vom lügenden B der Lüge bezichtigte C – der Doktor – die Wahrheit sagen muss. Denn wer von einem Lügner als Lügner bezeichnet wird, der hat wohl eine unliebsame Wahrheit geäussert, nicht? Somit wäre die Aussage des Doktors wahr, dass sowohl A wie B – Sie und der Junge – lügen: was jedoch in sich völlig widersprüchlich ist. Weil dann die Basis dieser logischen Überlegung – nämlich, dass A, also Sie, die Wahrheit gesagt haben – in sich zusammenfällt.«

Da war wieder dieser Ton von jemandem, der gewohnt war, Perlen vor die Säue zu werfen. Oder reagierte nur ich so pikiert, weil ich nicht gleich mitkam? Jedenfalls fuhr er ungerührt in seinen Darlegungen fort.

»Sind Sie es jedoch, der lügt, dann ist das, was der Junge sagt, die Wahrheit. Was bedeutet, dass der Doktor ein Lügner ist. Damit erweisen sich dessen Bezichtigungen, dass Sie und der Junge lügen, als falsch: weil dann zumindest einer von Ihnen beiden die Wahrheit gesagt haben muss. Dass der Doktor und Sie lügen, während der Junge die Wahrheit sagt, ist folglich in sich schlüssig – womit Ihre Frage beantwortet wäre.«

»Aber ich lüge doch nicht! Ich bin es doch, der Ihnen all das erst erzählt hat«, wandte ich ratlos ein.

»Das ändert nichts. Die Logik bleibt dieselbe.«

Ich folgte diesen Schleifen noch einmal im Kopf, ohne über den toten Punkt, an dem sie bei mir endeten, hinauszugelangen. An seinen Schlussfolgerungen schien nichts falsch. Doch dabei hatte er genau das getan, was er zuvor gestanden hatte: einem das Gegenteil der an ihn gerichteten Fragen vorzusetzen. Er hatte Gleiches mit Gleichem vergolten. Dennoch fühlte ich mich genarrt.

Ich stand auf. Wir sahen uns noch einmal an; es war ihm keine Genugtuung abzulesen, er wahrte sein Gesicht. Es ähnelte den über ihm hängenden Puppen: Hunderte von schmallippigen, leicht offenen Mündern, die am Leeren saugten, Mienen, deren Kindlichkeit unter dem Wundbrand der Sonne etwas Monströses bekamen.

Einer Eingebung folgend, fragte ich ihn, ob er auch Thaut kennen würde. Er überlegte und antwortete, dass er ihn, wie alle anderen, in der Menge bei seinen Besuchen des Lagers gesehen hatte: »Er hat etwas Statuarisches an sich«, meinte er. »Er scheint irgendwie ... hervorzuragen, ohne dass er eigentlich grösser wäre. Vielleicht durch das Schweigen, das er um sich verbreitet. Es ist, als kämen ihm alle zuvor, ohne dass er selbst irgendetwas sagen müsste.«

Ich war am Gehen, als er eine überraschende Frage an mich richtete: »Sie werden doch heute Abend dem Majordomus begegnen?«

»Wem?«

»Thauts rechter Hand. Seinem Butler. Wie auch immer er genannt wird. Neame?«

»Ja – den werde ich wahrscheinlich treffen.«

»Wenn Sie wollen, dann fragen Sie ihn, ob er wieder eine Puppe für meinen Baum hat. Sagen Sie ihm, dass ich – Xin Han – danach gefragt habe. Er wird verstehen, wie es gemeint ist.«

Der Marsch zurück ging geradewegs auf die Sonne zu, die mir in das vom Vortag versengte Gesicht stach. Sie stand über dem immensen Keil des Berges und in ihrer Weissglut löste sich das Lager in der Ebene, Sand und Himmel auf. Es war, als liefe ich auf eine Spiegelfläche zu.

Die Kontrollposten an der Strassensperre sahen mich von weitem kommen. Einer trat aus dem Häuschen und sein Fernglas blitzte auf. Dann trat ein zweiter hinzu. Ich schaute ihnen noch ungläubig dabei zu, wie sie ihre Gewehre anlegten, und vernahm schon den ersten dumpfen Knall. Der Sand vor mir stiebte auf und ich warf mich zu Boden, ohne dass sich auf der weiten Fläche irgendwo eine Deckung bot. In meiner Hilflosigkeit schlug ich die Arme über den Kopf und presste schockstarr mein Gesicht auf den Boden. Als ich schliesslich daraus hervorlugte, sah ich sie schulterklopfend wieder in ihr Häuschen treten. Ich lief drauflos, eng am Zaun entlang, als könnte der mich schützen, bis ich nicht mehr konnte und stehen blieb, am ganzen Leib zitternd. Diese Arschlöcher.

9

Wir merkten schnell, dass jede Art von Grenze nur ein vorläufiges Hindernis für die Flüchtlingswellen darstellte. Sie liessen sich anfangs noch von uns kanalisieren und für den Bau der Anlagen zwangsverpflichten; erst später versuchten wir sie mit allen Mitteln zurückzuwerfen. Die Wälle wurden vielmehr Anziehungspunkte, auf welche die Migranten zuhielten, weshalb wir deren Ausgangswege bereits im Vorland auszumachen suchten. Dabei kam das Oberkommando auf die Idee, 30 Fuss breite Stahlplatten vor einzelnen Abschnitten des Walls auszulegen. Sie heizten sich unter der Sonne auf und die Luft flirrte darüber wie eine Fata Morgana, sodass es von weitem wirkte, als befände sich dort eine Bresche. Dazu aber mussten wir tagelang davor in der erstickenden Hitze verdeckt auf Lauer liegen, um sie abzufangen, was zu mehreren Scharmützeln führte.

Das rief auf der anderen Seite bald Militäreinheiten auf den Plan, die bislang, einem unausgesprochenen Stillhalteabkommen gemäss, nicht eingeschritten waren. In Folge führte das mit ihren schlecht organisierten Truppen zu einzelnen Kampfhandlungen, bei denen General Horan sich einen Namen machte. Man übertrug ihm deshalb die Okkupation der bis nach Bandar Abbas besetzten Gebiete, in die erste Siedler geschickt wurden. Sie errichteten dort Häuser, obwohl es weiterhin hiess, die Besetzung wäre nur vorübergehend. Aber es wurde überall mobilisiert, auch seitens des russischen Blocks.

Da sich das Auslegen der Stahlplatten auf Dauer als wenig praktikabel erwies und gegen die nun meist nachts stattfindenden Durchbrüche nicht von Nutzen war, wurden bald die im Grossen Krieg erprobten Ringrichtungshörer eingesetzt. Es waren dies unterschiedliche Horchgeräte, aus Beton gegossene akustische Hohltrichter oder riesige Stahltubas – von den deutschen Ingenieuren, die sie aufstellten, ›Blasmusik‹ getauft –, oft aber bloss runde, aus Karton und Stoff fabrizierte Hörkuppeln. Damit suchten unsere Aufklärer die einzelnen Wanderbewegungen zu verorten, um frühzeitig eine Kompagnie ausschicken zu können. Ihnen kam zwar entgegen, dass der Wind überwiegend von Westen wehte und das Reden der Wandernden und ihre sonstigen Geräusche weit trug; allzuoft jedoch war sein Rauschen so stark, dass bloss weisser Lärm vernehmbar war.

Ich übernahm das Abhorchen oft gerne selber, um dieses künstliche Ohr nachts auf den Horizont zu richten, so als liessen sich die Sterne hören. Ich fand die Statik dabei beruhigend, weil es eine Stille war, die nicht schwieg, sondern jeder Auslegung offen blieb. Manchmal aber vernahm ich ein dumpfes Pulsen, das nur bei Wind aufkam; es schwoll an und ab, so laut wie ein sich näherndes Flugzeug. Schliesslich eruierten wir die Ursache. Es war etwas, das der Mandäer eine ›Singende Düne‹ hiess. Sobald sie zu breit wurde, glitten auf der windabgewandten Seite Flächen von Sand ab, die dieses nachschwingende Beben hervorriefen.

XI

Ich glaube nicht an Gott. Er schien mir schon immer ein Trugbild zu sein, eine naive Projektion unserer Bedürfnisse auf eine Welt, die in ihrem Urgrund nichts Humanes hat; sie splittert sich bloss wieder und wieder auf in eine unsagbare Leere, die darum keine wesenhaften Züge besitzen kann. Als Figuration unserer unerfüllbaren Sehnsüchte wie unserer unstillbaren Gewalt jedoch interessierte er mich – gerade weil darin ihre Widersprüchlichkeit zum Ausdruck kommt. Gott ist kein Enigma des Kosmos, er verkörpert vielmehr das Rätsel des Menschen.

Ich weiss nicht, ob es auch der Umstand war, dass mir in zwei Tagen mehr selbsternannte Propheten begegnet waren als in all den Jahren zuvor, unzweifelhaft aber war es schlicht die Angst, die mir in die Glieder gefahren war und mich nun dazu brachte, die Kirche am Platz zu betreten. Ein Holzbau wie alle anderen, so hatte sie gestern auf mich gewirkt, einer Feuerwehrhalle ähnlich, deren Torflügel vernagelt worden waren, der Eingang an die Seite verlegt und die Alarmglocke am Dach nun anderen Zwecken dienend.

Niemand war in diesem Gebetshaus. Ich setzte mich auf eine der an die Wand gerückten Bänke, nur um gleich wieder aufzustehen. Die Stille, in der ich mich selbst atmen hörte, war wohltuend; dennoch starrte ich gehetzt um mich. Der Wunsch zu beten überkam mich, ohne recht zu wissen, wofür oder an welchen Gott. Ich wollte irgendwie zur Sprache bringen, dass ich noch am Leben war, brachte es aber nicht zusammen, die Finger zu falten oder mich gar niederzuwerfen – das hatte ich gerade draussen getan.

Ich merkte, wie mir bei dem Gedanken daran nicht nur die Hände zitterten, sondern beide Arme, dass ich mir unwillkürlich um die Schultern griff. So ging ich eine Weile hin und her, nur auf meine Schuhspitzen schauend; die Bewegung beruhigte mich.

Ich begann mich umzusehen, anfänglich ohne recht wahrzunehmen, was sich wo und warum befand. Der Teppich unter meinen Füssen war grau abgewetzt. Die Wände hatte man in hellem Grün ausgemalt. An der Stirnseite jedoch waren die Umrisse des Gesalbten über dem Mondsichelkreuz ausgekratzt. Ich betastete die Linien, in denen die Grundierung zum Vorschein kam; sie hinterliess auf meinen Fingerkuppen einen schwarzen Abstrich. Nahe des einen Ecks befand sich eine Gebetsnische, nächst der anderen eine Felsplatte auf Basaltsäulen: der Altar. Bilder von Heiligen oder der Kreuzigung gab es keine. Ein Schriftband lief ringsum.

Ich stierte darauf, um es zu entziffern, begriff aber erst nach einer Weile, dass es sich um den Anfang der Genesis handelte. Und indem meine Gedanken sich an dem mir bestens vertrauten Text ordneten, bekam ich allmählich einen klaren Kopf. Ich war froh, so tun zu können, als wäre nichts vorgefallen.

Den Bibeltext hatte man offenbar gewählt, weil er sich für den reformatorischen Glauben leicht mit dem Koran abgleichen liess. Beide Vorstellungen der Weltschöpfung gingen ja auf dieselben Wurzeln zurück; ich hatte die Diskussionen darüber verfolgt, da sie auf mein Fachgebiet übergriffen. Die Stelle nun auf Esperanto zu lesen lenkte ab. Als gäbe es nichts anderes auf der Welt.

Das hebräische Wort für ›Himmel‹, das im Zweistromland meist mit der Kultivierung von Pflanzen verbunden war, gab man hier mit ›Weiden des Hochlands‹ wieder. Das liess kongenial aus der Erde ein ›Tiefland‹ werden. Dementsprechend war auch *bara*, das üblicherweise mit ›erschaffen‹ zu übersetzen ist, neu gedeutet worden. Das war möglich, weil es auch ›roden‹, ›urbar machen‹

und dazu ›sich mästen‹ bedeuten konnte. Da im Hebräischen nur Konsonanten notiert wurden, war überdies die Lesart *bera'a* denkbar – ›erwartungsvoll, freudig auf etwas blicken‹. Man hatte sich für Letzteres entschieden, sodass der erste Satz jetzt hiess: *Im Anfang blickte Gott voller Erwartung hinunter auf die Weiden des Hochlandes und die Tiefebene.*

Das in der Bibel dann folgende Dunkel konnte man nicht unberechtigt als ›unbekannt‹ und ›leer‹ auffassen. Und weil die Präposition ›über‹ wie bei vielen Begriffen der semitischen Sprachen auch den komplementären Blickpunkt ›von oben herab‹ markiert, gewann auch die Tiefe eine andere Dimension. Für *ruah* – den ›Atem‹ Gottes – wiederum hatte man sich an das sumerische Piktogramm gehalten, das ein geflügeltes Boot als eine Art Luftschiff der Götter darstellt. Dabei bezog man sich offenbar darauf, dass Gottes Atem anderswo im Alten Testament jemanden auch körperlich zu erheben und zu tragen vermag. Demgemäss lautete Genesis 2 nunmehr: *Doch das Tiefland war leeres Gebiet, unbewohnt und unerforscht, unter der Fläche des Meeres gelegen. Und das himmlische Gefährt Gottes schwebte über den Wassern.*

So streitbar diese Interpretation auch sein mochte, indem sie an die über die Wellen zum Damm hinausziehenden Zeppeline gemahnte, reizte sie zum Lachen: ich merkte, wie es mich fast hysterisch erleichterte.

Die propagandistische Absicht des Schriftbands, das wie im Felsendom zu Jerusalem die Bestimmung dieses Gotteshauses ausdrückte, ging aus der nächsten Stelle noch deutlicher hervor. In ihr war das sonst übliche ›Licht‹ durch die Idee der ›Erleuchtung‹ ersetzt worden: *Gott sprach: erleuchtet euch! Und so erforschten sie dieses Land.* Womit die Schilderung der Urbarmachung des Jordantales, welche einer aktuellen Interpretation zufolge der biblischen Genesis zugrunde lag, auf das hiesige Monumentalprojekt übertragen werden konnte, um es auch religiös zu motivieren. Und am Ende auch die weltpolitische Lage zu legitimieren: *Gott sah, dass es gut war, und so unterschied er zwischen erforschtem und unerforschtem Land.*

Wo in einer christlichen Kirche eine Statue oder ein Gemälde der Madonna zu finden gewesen wäre, stand auf den Schalbrettern, welche die Rückseite des Tores verdeckten, in weit kleineren Buchstaben eine übersetzte Passage aus der sumerischen Urfassung des Gilgamesh. Sie hatte auch damals schon im Kontext jenes Diluviums gestanden, das die Bibel zur Sintflut erklärte.

Ich las die Zeilen und merkte, wie einmal gelernte Verse sich im Gedächtnis festsetzen und von selbst fortsprechen. In meiner Unruhe konnte ich es jedoch nicht länger in der Kirche aushalten. Erst zurück im Hotelzimmer konzentrierte ich meine Gedanken auf diese Stelle, um das Geschehnis draussen am Zaun zu verdrängen und mich an ihren uralten Bildern abzulenken. Und an Evita zu denken, als helfe dies, die immer noch wie in Zeitlupe vor meinen Augen ablaufende Szene zu stoppen. Oder als liesse sie sich darin wiederfinden.

Die an das Tor geschriebene Passage erzählte von der Urzeit, in der die drei männlichen Götter die Welt unter sich aufgeteilt hatten in Himmel, Erde und Unterwelt: was durch die Wurzeln, den Stamm und die Krone einer jungen, am Flussufer wachsenden Steinweichsel symbolisiert wurde. Nachdem ein Sturmwind aber dieses Bäumchen der Erkenntnis von Gut und Böse entwurzelt und der Euphrat es überflutet hatte, kam *eine Frau* und liess sich dazu verführen, ihn in den Garten der höchsten weiblichen Gottheit zu verpflanzen. In der Hoffnung, daraus einmal ein Bett und einen Thron fertigen zu können, hegte und pflegte sie ihn dort überreichlich. Doch dadurch wurde er derart dick und gross, dass er sich nicht mehr verwenden liess und in seinem Wipfel der Donnervogel ein Nest baute, in seinem Stamm der Wind wohnte und in seinen Wurzeln *eine Schlange, gegen die kein Bann nützt:*

Ah – wie weinte die junge Frau da, die sonst immer froh war und lachte.

Sie hatte geglaubt, den natürlichen Zyklus des Werdens und Vergehens durch künstliches Wachstum aufheben zu können, um sich am Ende selbst auf einen Herrscherthron zu setzen. Die übertriebene Kultivierung von Menschenhand brachte jedoch bloss einen monströsen Baum hervor, der nicht länger unter göttlichem Segen stand und so zum Sitz dämonischer Mächte wurde. Diese Selbstermächtigung über die Natur hatten die Schreiber der Bibel als Sündenfall der Menschheit ausgelegt. Sie war damit verflucht, den von ihr heraufbeschworenen Dämonen in Zukunft anheimzufallen, um dann selbst wie Schlangen auf dem Bauch im Staub zu kriechen. Durch die Steinweichsel, ihre süss riechenden, doch bitter schmeckenden Früchte und Kerne, die man hierzulande immer noch als Gewürz zermahlte, waren Adam und Eva zwar die Augen aufgegangen und sie gottgleich geworden. Doch ihre Hybris bezahlten sie mit dem, wovor sie gewarnt worden waren: Sterblichkeit.

Die Botschaft dieser Parabel, eine Warnung vor menschlichem Hochmut und den Folgen eines übermässigen Eingriffs in die Natur, liess sich zwar auch auf solche monumentalen Vorhaben wie den Dammbau beziehen – doch bloss, wenn man die Hintergründe erkannte und zwischen den Zeilen zu lesen verstand. Umso perfider war deshalb, dass sie, derart isoliert in der Kirche präsentiert, bloss den Mutwillen einer namenlosen jungen Frau herausstrich, die allein durch das Verpflanzen eines Baumes gegen die patriarchalische Ordnung verstiess, in der Hoffnung, sich männlichen Herrschaften gleichsetzen zu können. Statt für sich ein Paradies zu errichten, erntete sie einen Sturm samt allen Verkörperungen des Dämonischen. Bescheide dich also, Frau. Schicke dich in deine untergeordnete Stellung – sonst blühen dir in deinem Garten nur Tränen! Was auch für mich stets das Klügere gewesen wäre, ohne dass ich es je zu beherzigen verstanden hätte.

XII

Hamed hatte mich kommen gesehen und ich war noch zu durcheinander, um ihn abzuwimmeln. Er deutete auf den Vogel im Käfig, der uns mit seinen orangeroten Pupillen anstarrte, ohne das aschschwarze Gefieder zu regen. »Das ist ein Ack.« Er brauchte nicht lange, um seine Stellung als Führer wieder zu behaupten. »Wir glauben«, der Plural hörte sich aus seinem Mund seltsam an, »dass er Seelen frisst. Sie leben in ihm dann weiter. Deshalb wird er auch wie unsere Toten vergraben. Mit einem eigenen Begräbnis, für das man ihn in schöne Tücher wickelt!«

»Darauf scheint er in seinem Käfig wohl zu warten.«

»Er lebt lange, sehr lange, sicher länger als ich. Er wird auch meine Seele einmal fressen. Sonst aber baut er sich sein Nest in einem Baum, mit Zweigen vom Zakkah-Strauch.«

Er merkte, dass mir das nichts sagte. »Ein Strauch, der gut riecht, wenn man ihn verbrennt? Dessen Harz man kauen kann wie Kaugummi. Das einem an den Zähnen kleben bleibt.«

»Myrrhe? Mastix? Weihrauch?« Ich war froh, ihn wiederzusehen.

Er zuckte mit den Schultern. »Und er scheisst Zimt«, fügte er hinzu, stolz darauf, dieses Wort zu wissen.

Ich grinste.

»Doch, das stimmt! Daher kommen die Zimstangen. Aber erst nachdem er Seelen frisst.« Er blieb hartnäckig. »Das weiss jeder! Und kein Feuer kann ihn verbrennen – obwohl, das habe ich selber noch nicht erlebt. Aber Sie müssen ihn einmal fliegen sehen! Er leuchtet in der Sonne wie Metall. Wie eine neue Geldmünze.«

»Dann lass ihn doch frei.« Das war nicht spöttisch gemeint.

»Er hat es besser hier. Es gibt nirgendwo mehr solche Sträucher, mit denen er sein Nest bauen könnte. Vielleicht noch oben in den Bergen. Aber ich glaube nicht.«

In der Rezeption glaubte der Wirt mir einen Gefallen zu tun, indem er Hamed verscheuchte. Ich legte dem Jungen die Hand auf den Rücken, zum Zeichen, dass er dableiben solle.

»Da ist eine Nachricht von Frau Thaut für Sie«, meinte er bedeutsam. Er blickte mich neugierig an. Ich nahm das Kuvert entgegen, ohne es zu öffnen.

»Wen haben Sie gestern in meinem Zimmer übernachten lassen?«

»Es hat sich ein Lieutenant hier einquartiert.«

Ich hörte keine Spur von Entschuldigung heraus. »Vermieten Sie jedes Zimmer doppelt?«

»Nur, wenn nicht genug da sind.«

»Und wer ist er? All meine Sachen befinden sich im Zimmer!«

»Sie können sie gerne bei mir deponieren.« Er wurde ungehalten. »Was er hier will, müssen Sie ihn schon selber fragen. Sie fragen ja auch sonst sehr viel.«

Ich nahm Hamed mit ins Zimmer, das nicht gemacht worden war, setzte mich aufs Bett, riss den Umschlag auf und las das Billet. *Sollte es Ihren Plänen entgegenkommen, kann ich Sie nachmittags in meinem Auto gerne zu Thaut mitnehmen. Sie finden mich beim Mittagessen. Lili.* Die Zeilen waren sorgfältig gerade, wie mit der Füllfeder einem Lineal entlang geschrieben.

»Kennst du etwa den Lieutenant, der hier schläft?«

Hamed sprang vom Tisch und besah sich das abgewetzte Köfferchen. Bevor ich ihn davon abhalten konnte, versuchte er es zu öffnen. Doch vergeblich.

»Nein. Er muss privat gekommen sein.« Das ›privat‹ klang, als verbinde er etwas, ihm nicht ganz Klares damit. »Sonst sieht man sie nur mit einem Militärsack. Vielleicht ist er auf Urlaub? Viel Geld scheint er jedenfalls nicht zu haben.«

Was ging es mich an? Ich fragte den Jungen, ob er in der Lage wäre, eine Überfahrt zur Insel zu organisieren.

»Haben Sie einen Schein dafür? Ein rotes Papier mit Stempel und Unterschrift?«

»Ich kann versuchen, mir so etwas zu besorgen. Aber ich habe dabei an den Bootsmann gedacht, der Evita Thaut zur Insel gebracht hat. Wie du erzählt hast.«

»Die braucht keinen Schein. Die kommt ja von da her; die ist eine von denen. Ausserdem kennt sie jeder; bei ihrem Namen traut sich keiner, nach einem Stempel zu fragen.«

»Wieviel würde es kosten, damit mich keiner danach fragt?«

»Wieviel hast du?«

»Soviel wie ein Arbeiter hier in einem Monat verdient.« Ich hatte keine Ahnung, wieviel das war.

Er lachte. »Das wird dich mehr kosten! In richtigem Geld. Auch für mich!«

»Wir werden sehen. Je nachdem, was du zustande bringst. Und wie schnell.«

Er tat beleidigt. Dann hielt er mir die offene Hand hin. Ich drückte ihm drei blaue Marken in die Finger: »Das ist für deine Mühe jetzt. Über den Rest verhandeln wir später.« Er hätte gerne mehr für sich herausgeholt, vermochte aber seine Zufriedenheit nicht zu verbergen.

»Los, ab mit dir«, meinte ich, fast brüderlich.

XIII

Ich hielt es auch im Zimmer nicht lange aus. In Schleifen des Wartens gefangen, wusste ich mir nichts anderes, als erneut das Lager abzugehen. Die Männer längst bei der Schicht am Damm, wirkte es noch bedrückender als anderntags. In einer Gasse standen ihre streng verhüllten Frauen in einer langen Schlange an, um rostige Gasflaschen zu befüllen, an der Wand ein Plakat, das die Attraktionen eines Zirkus anpries: den arm- und beinlosen Prinz Randian aus British Guinea, der sich allein mit seinem Mund rasieren und Zigaretten rollen könne; ein bloss 65 Pfund wiegender ›Skelettmensch‹, eine bärtige Frau sowie Koo Koo, ›das Vogelmädchen vom Mars‹. Ich kam an der Schule vorbei, aus der Gemurmel im Chor drang, und stand schliesslich wieder vor dem ehemaligen Verwaltungsgebäude, das von dem EDIN-Projekt in Beschlag genommen worden war. Ich betrat es nicht nur aus Neugierde, ich hoffte dort auf Lili zu treffen, in weniger öffentlichem Rahmen als beim Mittagessen im Speisesaal.

Im Foyer war eine Wand mit alten Werbeplakaten in unterschiedlichen Sprachen für den arabischen Salpeter beklebt. Miniatursäckchen auf einem Regal zeigten die einzelnen über die ganze Welt verstreuten Bestimmungsorte für diese Substanz, die aufgrund ihrer Reaktionsfreudigkeit weiterhin sowohl als Dünger wie als Basis für Schiesspulver diente, ungeachtet dessen, dass die örtlichen Vorkommen längst erschöpft waren.

Meine ganze Aufmerksamkeit aber zog der Tisch in der Mitte auf sich; er präsentierte ein Modell des Persischen Golfs samt dem

Damm, der ihn in naher Zukunft vom Indischen Ozean abschliessen sollte. Es war ein Minimundus aus Karton und Pappmaché, dessen schematische Einfärbungen bereits etwas verblichen waren, der Kleber zwischen den Fugen der Stauanlage längst braun und hässlich geworden. Sie zog sich gleich einer Chinesischen Mauer über den Meeresgrund, der auf der Aussenseite blau bemalt war, im Inneren des Golfes jedoch breite grüne Randflächen aufwies, um den geplanten Gewinn an Neuland darzustellen. Allein jener Abschnitt, der seit neuestem in Bau war und nach Norden führte, um die Migrantenströme aus dem Osten abzuhalten, wurde von dem Modell nicht wiedergegeben. Details wie Schifffahrtskanäle und Zuleitungen hingegen, die in diesem Massstab kaum zu erkennen waren, waren in grossformatigen Blaupausen mit Reisszwecken an die Wände gehängt.

Dazwischen prangten Fotos diverser Honoratioren, Thauts Portrait gross über dem Konterfei des ehemaligen Vorsitzenden des Planungsrates Ilu Enachim. Bei seinem Anblick wurde mir bewusst, welches Allerweltsgesicht Thaut besass. Nichts stach wirklich heraus oder hätte sich gar einer Karikatur geliehen; seine Züge verrieten allein eine kaukasische Herkunft, ansonsten blieben sie vergesslich, in ihrer Ausdruckslosigkeit einem Gesicht in der Menge oder vielen überblendeten Gesichtern gleich.

Es herrschte Bürobetrieb, aber niemand beachtete mich. Ich setzte mich auf einen Diwan, weil eine Lokalzeitung heutigen Datums auf dem Beistelltischchen lag, las den Leitartikel, der durch expressive Atemlosigkeit zu glänzen versuchte, aber mit der Grammatik auch die eigentlichen Hintergründe missachtete.

In den grossen Häfen Amerikas und Europas, genauso wie in denen Afrikas, herrscht erhöhte Geschäftigkeit, Gewimmel von Schiffen aller Staaten, Flottillen von Truppentransport= und Materialdampfern: mit Musik, Flaggen= und Tücherwinken hinaus, an fremden

Küsten entlang – hin zu unserem Golf! Die Menschen, die Maschinen, die Gebirge von Bau= und Verpflegungsgegenständen an Land gebracht – leer zurück und neue wieder geholt. Auf russischen und mesopotamischen Inlandskanälen die langen Züge tiefhängender Schleppzillen ebenso im Dienste unseres EDIN-Projektes wie moderne 150 000 Bruttoregistertonner: unermüdlich Menschen, Holz, Eisen, Zement, Werkzeuge, Dynamit, Maschinen, Verpflegung, ungezählte nötige Dinge in den Golf verfrachtend. In den Grossstädten, den Generalstabsgebäuden und bei den höheren Kommandostellen, die für den Etappendienst des Hinterlandes verantwortlich sind, in Parlaments=, Regierungs=, Verwaltungsgebäuden und bei den Behörden ein nervöses Hasten aus geruhsamer Beschaulichkeit aufgeschreckter Menschen.

Ich legte die Zeitung angewidert zur Seite; ich kannte den Propagandaton zur Genüge vom Bau der Mexikanischen Mauer. Das einzig Bemerkenswerte daran war, in welchem Mass der monumentale Aufbau von Grenzen ein Bewusstsein gesellschaftlicher Identität zu schaffen schien, indem nur noch Substantive aufgezählt wurden, Anhäufungen von Dingen in übersteigerter Vielzahl – als verklärte Pauschalität diverser Kollektive, in denen jedwede Individualität erst auf- und dann unterging.

Als sich mir gegenüber eine der unmarkierten Türen öffnete, hatte ich eine Eingebung, der ich gerne folgte, weil sie mir erlaubte, die seit dem Zwischenfall am Zaun nur schlecht zurückgehaltene Wut zu kanalisieren. Ich hatte drinnen einen Teletexter rattern gehört und stellte mich an den Tresen des Büros. Ein Beamter war damit beschäftigt, eine Bohrmaschine durch die gelochte Querleiste einer Blechwanne zu stecken. Ich dachte erst, er versucht die Abdeckung einer Klimaanlage zu montieren, bis ich merkte, dass ein dicker Papierstapel zwischen Leiste und Wanne steckte. Er fräste ihn mit dem Bohrer durch, um in die Löcher dann Schnürsenkel zu knüpfen: so legte man hier offenbar Aktenordner an.

Als er mir endlich seine Aufmerksamkeit schenkte, zückte ich meinen Presseausweis und bat darum, ein Telex aufgeben zu können. Er kam dem erstaunlicherweise ohne irgendeinen Einwand nach und legte mir das Formular hin. Ich überlegte kurz und setzte folgende Nachricht in Druckbuchstaben auf die Zeilen:

AN DIE REDAKTION DES NEW YORK HERALD: IHR KORRESPONDENT IN HAVILAH VON MILITÄR UNTER BESCHUSS GENOMMEN. BERICHT ÜBER DIE LAGE UND DEN FORTSCHRITT BEIM DAMMBAU FOLGT UMGEHEND. INTERVIEW MIT PROJEKTLEITER THAUT IN AUSSICHT. DAVID OSTRICH.

Ich notierte ihm die Nummer und gab Personalien wie Adressen an, worauf er die Wörter zählte und mir den zu zahlenden Betrag nannte. Ich rechnete ihn im Kopf auf Marken um, doch er bestand darauf, mit Geld bezahlt zu werden, und stellte auch die entsprechende Quittung dafür aus. Ich bedankte mich; als die Tür hinter mir ins Schloss fiel, überkamen mich Zweifel ob meines spontanen Entschlusses. Was soll's; ich habe solche stets noch zu verdrängen vermocht.

Und mit einem Mal spürte ich auch, dass ich grossen Hunger hatte. Nach dem Büro von Lili zu fragen hatte ich verabsäumt. Deshalb wandte ich mich mit der Frage an den Nächsten, der durch das Foyer schritt, einen älteren Herrn im Labormantel und mit einer Mappe im Arm, spitznasig und glatzköpfig, das Resthaar auf Millimeterlänge geschoren. Seine Kleinwüchsigkeit durch die hohen Absätze von Schnürstiefeln etwas kompensiert, tat er sich schwer, mich von oben herab anzusehen, bemühte sich aber dennoch nach Kräften. Was mich aufstachelte, ihn mit dem Hinweis, einen Artikel über den Damm zu schreiben, von diesem Sockel zu holen.

Er gab sich als Geochemiker zu erkennen und erwies sich

dann sogar bereit, mir einige Minuten seiner Zeit zu schenken. In einem schleppenden holländischen Akzent erläuterte er einiges an den Blaupausen an der Wand: den Speisungskanal für das Kraftwerk, die Schleusentreppe, den Überlauf. Und bis wir in sein Büro traten, hatte er Zeit genug gehabt, um sich auch namentlich vorzustellen und geflissentlich zu werden.

Professor Roelof Overveld begann, wie ich meinem Notizbuch entnehme, seine allmählich ausufernden Ausführungen mit der Erläuterung des Akronyms *E.lectricity D.evelopment I.nfrastructure N.ode*. Edin sei der alte sumerische Begriff für die ›Ebene‹, in welcher sich der Garten von Gottes erstem Reich befunden habe, was geologisch durchaus Sinn ergäbe: denn eine solche ziehe sich als Trog bis zur Strasse von Hormuz hin. Als der Indische Ozean das Gebiet nach der letzten Eiszeit allmählich zu überfluten begonnen habe, um vor etwa 6000 Jahren den heutigen Golf entstehen zu lassen, sei dieses Tiefland einesteils zu Meeresboden, anderenteils durch die Ablagerungen von Euphrat und Tigris verschüttet worden.

Diese Wiege der Menschheit wolle man wiedergewinnen. Der einmal fertiggestellte Damm werde den Meeresspiegel durch blosse Evaporation wieder auf das ursprüngliche Niveau senken, während seine Turbinen die gesamte Region mit Energie versorgen werden – was nach der Erschöpfung der Erdöllager ringsum dringend nötig sei. Zudem erlaubten die damit betriebenen Entsalzungsanlagen dann eine systematische Bewässerung zur Urbarmachung des Neulandes.

Die tektonischen und geologischen Gegebenheiten hätten die weit kürzeren Trajektorien in der Meerenge von Hormuz oder selbst von Katar aus unmöglich gemacht. Deshalb führe man den Damm über Dilmun zum persischen Ufer im Nordosten. Man habe dafür natürlich auch die Trasse der geplanten Strassenverbindung berücksichtigt, welche Arabien zu der Freihandelszone der Insel anlegen wollte, obschon sie nach dem Kollaps der dortigen Herrscherdynastie aufgrund der erschöpften Erdölvorkommen natürlich nicht mehr realisiert werden konnte. Entscheidend für den nunmehrigen Verlauf sei jedoch die geringere Meerestiefe hier gewesen, die den Aufwand für die weitaus längere Streckenführung ausgleiche: man müsse dafür bloss künstliche Inseln aufschütten, wie dies früher einmal in Dubai praktiziert worden war.

Ihr Anblick war mir gut in Erinnerung; das Schiff, das mich nach Damman gebracht hatte, nahm extra Kurs auf diese Attraktion. Wir Passagiere waren alle an Deck gestanden, um auf den Palminseln die imposanten Ruinen jener Wolkenkratzer zu bestaunen, die einmal die höchsten der Welt gewesen waren. Die verspiegelten Fassaden von Stürmen zerborsten und manche Fundamente eingebrochen, standen ihre Betonnadeln schief, eine der Spitzen bereits abgebrochen. Die verbliebenen Glasflächen in den ausgehöhlten Stockwerken blitzten im Mittagslicht, Seezeichen der Sonne gleich, wo auf der vormaligen ›Insel der Welt‹ mit ihren Umrissen der Kontinente der Erde nur noch Grundmauern hatten errichtet werden können.

Um Fundamentabsenkungen durch das Gewicht des Damms entgegenzuwirken, setzte Overfeld seine Ausführungen fort, habe man eine einfache Lösung gefunden; das sei sein Arbeitsfeld. Die Sedimente des Meeresgrundes bestünden aus Kalksteinschichten. Injiziere man entlang der Trasse in sie Schwefelsäure, reagiere diese mit dem Kalk und dem Wasser, um Kohlendioxid und Gips zu bilden. Da das Volumen von Gips das Doppelte des solcherart aufgelösten Kalks ausmacht, würde der Fels in situ dementsprechend nach oben expandieren und so nicht nur das Fundament konsolidieren, sondern auch die nötigen Materialaufschüttungen wesentlich reduzieren.

Die Kosten dieser geochemischen Ingenieursleistung wären vergleichsweise gering, da man dafür – das wäre der Clou daran – auf die immer noch vorhandenen Depots zurückgreifen könne, welche bei der Entschwefelung der damals genutzten Erdgasfelder angefallen wären. Ihre Verwandlung in Schwefelsäure sei mit weit geringerem Aufwand zu bewerkstelligen als der Transport von Bruchstein und Zement für die Grundmauer des Damms. Organisatorische Probleme stelle allenfalls die Einleitung der Säure ins Sediment dar, für die man hier im Lager Rohre zusammenschweisse. Wenn ich wolle, könne er mit mir zusammen die Werkstätten besichtigen, meinte er und begann, mir die hinter dem chemischen Prozess steckenden Formeln ins Heft zu diktieren.

Ich lenkte ihn mit der Frage ab, ob denn nicht schon die für den Damm nötige Zementproduktion das Unterfangen sprengen würden. Er entgegnete, dass die weltweite Bauindustrie vor der Grossen Krise etwa 6 Kubikkilometer Beton jährlich gegossen hätte. Desweiteren hätten die gesamten Erdbewegungen in den letzten 5000 Jahren durch den Menschen ausgereicht, um ein 40 km breites, 100 km langes und 4000 m hohes Gebirge aufzuschütten, bewerkstelligt allein durch Heere von Arbeitern, die man seit jeher zwangsverpflichtet habe. Die modernen Mittel würden dies jedoch wesentlich erleichtern: die Staumauer fiele zwar ein wenig länger aus, wäre jedoch am Ansatz kaum einen halben Kilometer breit – und natürlich längst nicht so hoch, wie er lächelnd meinte. Gewiss, es handle sich um ein ambitioniertes Projekt, das unter der Leitung Thauts nun endlich entschlossen in Angriff genommen würde. Letztlich aber handelte es sich dabei um etwas Ähnliches wie den Sperrdamm, den man bei ihm zuhause bereits vor einem halben Jahrhundert errichtet hatte, um die Zuidersee abzuschliessen.

Overfeld dozierte dann weiter, wie man nach der Absenkung des Meeresspiegels um 35 m die Bildung einer riesigen Salzpfanne verhindern könne, die sich aufgrund der jährlichen Verdunstung des immer salineren Wassers um weitere 2 m ergäbe (durch Auspumpen der Lake im Umfang von etwa 10 % an der tiefsten Stelle des Damms). Und wie die 120 000 km² Neuland dann bewässert würden (durch einen vom Schatt el Arab abführenden Aquädukt).

Mich interessierte jedoch, weshalb man bereits mit dem Bau des Brückenkopfes am persischen Ufer begonnen habe, um die Mauer dann tief ins Inland zu führen und – einigen Berichten zufolge – durch einen 10 m hohen Zaun in doppelter Linienführung hinter Minenstreifen fortzusetzen.

»Es bedarf aufgrund der Langfristigkeit des EDIN-Projekts einiges an strategischer Voraussicht«, notierte ich verbatim. »Die geopolitische Situation ist für die Zukunft zu stabilisieren; was jedoch die unmittelbare Gegenwart betrifft, muss damit der Gefahr eines terroristischen Anschlags vorgebaut werden. Es sind also reine Schutzmassnahmen.« Deutlicher wollte er nicht werden, um sich nicht zitiert zu finden, aber wir wussten beide, dass es um weit Konkreteres ging: den Aufmarsch von Truppen gegen die Migrationswellen, die teilweise bereits aus dem untergehenden Mekongdelta zu uns gelangten.

Inwieweit er dabei an die vollständige Realisierbarkeit der zweifellos detaillierten, nunmehr aber jahrzehntealten Projektpläne glaubte, vermochte ich nicht einzuschätzen. Er gab sich durch keinen Kommentar eine Blösse und ich wusste noch zuwenig vom Dammbau selbst, um es selbst ermessen zu können. Ich liess zwar fallen, dass ich – wie ihm schon meine Frage nach Lili zu verstehen gegeben hatte – mit Thauts Placet vor Ort wäre. Aber auch darauf reagierte er nicht; er wechselte bloss zwischen distanzierter Höflichkeit und Fachbegeisterung.

Mich reizte diese Abgehobenheit inzwischen so, dass ich wie nebenbei meinte, er wäre doch sicherlich zu der Party morgen Abend in Thauts Haus eingeladen? Wir könnten dort unsere Konversation dann bei einem Glas Sherry weiterführen. Er blickte mich überrascht an und erwiderte, er werde sehen, dass er sich frei machen könne. Es war mir einfach über die Lippen gekommen und liess sich nun nicht mehr zurücknehmen; seltsamerweise bereute ich es, anders als meinen impulsiv abgeschickten Teletext, sofort.

10

Uns wurde allmählich bewusst, dass eine Grenze nicht nur aus-, sondern uns auch einschloss. Die Handelswege waren unterbrochen, entlang der Küste ebenso wie an der alten Seidenstrasse, und die Waren wurden teurer. Wir merkten es zuerst am Safrangebäck, eine der wenigen Freuden, die unser monotones Essen versüssten, dann an den neuen Uniformen aus kratziger Wolle, da der Nachschub an billiger Baumwolle aus dem Osten zunehmend stockte. Die Preise für einen Sack Reis stiegen; er wurde zunehmend als Tauschmittel anstelle des Geldes verwendet.

Und während die Brunnen ringsum austrockneten, mehrten sich die Berichte über geflutete Küsten. Das Radio war voller Statistiken: 125 Millionen in Indien und Bengalen durch den ansteigenden Meeresspiegel vertrieben, zusammen mit einem Zehntel der Bevölkerung Indochinas; ein Viertel der Anbauflächen Asiens durch die anhaltenden Dürren in Wüste verwandelt; die Hälfte der Weltbevölkerung dabei abhängig von den Flüssen, die im Himalaya entsprangen, wo die Gletscher stetig dahinschmolzen; 2 Millionen Menschen nach den Überschwemmungen in Maharashtra gestrandet; die Mangrovenwälder Sundarbans gänzlich untergegangen und Kalkutta unbewohnbar geworden. Sodass den Menschen gar nichts anderes übrig blieb, als fluchtartig ihre Heimat zu verlassen und in weiten Wanderbewegungen ihr Heil woanders zu suchen, ohne zu wissen, dass es dort nicht besser war.

Recht begriff ich die Lage erst, als das Wetter eines Nachmittags auch in Behbahan eine ungute Wendung nahm. Auf ungewohnt schwere Regen folgte in diesem Jahr ein noch ungewöhnlicherer Hagel. Vom Haus eines Freundes auf dem Weg zur Kaserne hörte ich ein Rumpeln irgendwo über mir und blickte hoch. Der Himmel war mit einer lichtgrauen Wolkendecke überzogen, vor der sich in scharfen

Umrissen eine gewaltige Trombensäule abhob. Sie bestand aus zwei Kegeln. Der obere hing an einer einzelnen wie elektrisch erleuchteten Haufenwolke, in der es tief dunkel hin- und herwogte; er kehrte sich nach unten, einer der schwarzen Rauchsäulen ähnlich, die man aus den Schloten einer Fabrik bei völlig ruhiger und feuchter Luft aufsteigen sieht, sich immer mehr erweiternd. Der untere Kegel breitete sich auf dem Boden aus, graubraun um die eigene Achse kreisend, und stieg dann immer schmaler und heller auf, bis die Spitzen der beiden Tromben in der Mitte zusammentrafen.

Während die Luft sich immer weiter verdunkelte und nur Dämmerlicht übrig blieb, wanderte diese schlauchartige Ausstülpung in Richtung Küste, zusehends wachsend, um plötzlich umzukehren und peitschend auf die Stadt niederzugehen, einer nach allen Seiten schlagenden Geissel gleich.

Ich rannte über die Strasse und suchte Schutz hinter einer Ecke, das Gebäude in allen Teilen heftig erschüttert und in Schwingungen versetzt, sodass die Tür neben mir aufsprang, sich die Möbel dahinter verschoben und der Verputz stellenweise von den Wänden fiel. Es toste derart, dass die Dachziegel herabpolterten, die Fensterscheiben klirrten und zerschmettert wurden, während Fahrräder, Lampenmasten, Wellbleche und ganze Teestände an mir vorbeiwirbelten. In solcher Weise überrumpelt und betäubt, der Wind so hart und heftig, dass man kaum noch zu atmen vermochte, gab auch der Mutigste eine feige Figur ab. Zum Glück war das Höllenspektakel nach wenigen Augenblicken vorüber, nach 4, 5 Sekunden höchstens, aber das genügte: es hiess, 30 Menschen wären gestorben und 700 verletzt worden.

XIV

Ist es möglich, über Zeit zu reden? Es heisst, sie wäre absolut, unumkehrbar und unaufhaltbar. Doch ist sie das wirklich? Ergab sich diese Vorstellung reiner Dauer nicht eher durch die ersten mechanischen Uhren, die mit ihren Minuten- und Sekundenzeigern immer aggressiver wurden, bis sich ihnen alles unterzuordnen begann, erst die Fahrpläne von Zügen und Bussen, dann jeder Wettkampf und schliesslich das gesamte Leben, das einem davonzulaufen und darob illusorisch zu werden scheint, jedes Tick einen Moment in die Welt setzend, den bereits das Tock wieder auslöscht? Wäre es bei dieser Abfolge einzelner Augenblicke, insoweit sich in ihnen eine Kontinuität erkennen lässt, nicht besser, von Ursache und Wirkung zu sprechen, obschon die Beziehung zwischen beiden ebenfalls nur assoziativ sein kann? Doch selbst dabei bleibt es beim Vor und Zurück eines Pendelschlags, der bald langsamer, bald schneller ausschwingen und auch zum Stillstand kommen kann.

Ich habe nun alle Zeit der Welt, ohne sagen zu können, ob sie tot ist oder sich mir bloss entzieht. Die Tage vergehen, ohne dass sie zu verstreichen scheinen, der Blick von meinem Fenster ist Stunde um Stunde derselbe: der ferne Horizont immer gleich nahe im gleissenden Salz, die Bewegungen um mich wie versetzt, ohne dass sich wirklich etwas regt. Mir bleiben allein diese Seiten, um im Nachhinein die erratischen Pendelschläge des Geschehens nachzuzeichnen, sie gewissermassen unter der Lupe zu betrachten, in ihrem Hin und Her jene Momente festhaltend, die mich in ihrer Folge an diesen Ort gebracht haben. Die Stunden und Tage in Havilah haben sich mir detailliert eingeprägt; Lücken ergeben sich jedoch seltsamerweise bereits da, wo sich in den unendlich vielen Möglichkeiten, mit denen etwas in der Zeit Gestalt annimmt, erste Konturen abzeichneten, noch undeutlich zwar und bloss im Rückblick schlüssig, als mache eine einmal eingeschlagene Richtung das weitere Verfolgen eines Verlaufs nur mehr kursorisch nötig.

Hätte ich die, wie man sagt, Zeichen der Zeit bereits bei ihrem Aufflimmern im weissen Rauschen der einzelnen Begegnungen und Begebenheiten erkennen können? Das ist eine Frage, die ich mir wieder und wieder stelle. Mein Gewissen beantwortet sie mit Ja und zeiht mich der Oberflächlichkeit und Sorglosigkeit als Kehrseite jenes übertriebenen Selbstvertrauens, das ich allzuoft an den Tag gelegt habe – mein Verstand jedoch verneint es, da nichts zwangsläufig so geschehen hätte müssen, wie es geschehen ist, mir mein Zutun vernachlässigbar erscheint. Dennoch war sovieles wenn nicht festgeschrieben, so doch vorgegeben. Was mich vorsichtiger hätte machen müssen. Doch das hätte bedeutet, mich von vornherein den herrschenden Verhältnissen unterzuordnen und sie durch die Aufgabe meiner Handlungs- und Gedankenfreiheit anzuerkennen: was mir auch jetzt noch feige vorkommt. Was nichts daran ändert, dass naive Unschuld – oder war es blosse Überheblichkeit? – mir zum Verhängnis wurde. Empfinde ich darüber Reue? Zumindest sträube ich mich dagegen – auch weil es nichts nützt, die Zeit zurückdrehen zu wollen. Ich kann mir jetzt beim Schreiben nur die damals noch unklar hervortretenden Gründe erschliessen: Erkenntnis darüber zu gewinnen ist die einzige Genugtuung, die man am Ende erlangt.

Und so stand ich vor der Tür zu Lilis Büro. Sie war überrascht, aber nicht ungehalten darüber, mich zu sehen. Mein erster Gedanke war, dass sie mit ihrem Tailleur trotz der drückenden Mittagshitze nicht unpassend gekleidet war, als würde sie nicht schwitzen wie wir alle, bloss transpirieren. Sie strahlte eine bewunderswerte Distanziertheit aus – die sie *contenance* genannt hätte –, doch der dunkle Stoff hob ihre Haut umso mehr hervor, dass selbst der schmale Ausschnitt ihrer Bluse mich mit Begehrlichkeit erfüllte. Ich wurde hart: was sie allein an meinen Blicken wahrzunehmen schien. Ah – wie wir einander zu erkennen vermögen, wenngleich wir meist so tun, als verstünden wir nicht.

»Wissen Sie was, warum gehen wir nicht gleich?« Ich dachte einen Moment wirklich, sie mache mir damit jenes eindeutige Angebot, das sie meinen Augen ablas, und nickte bloss, die Initiative ihr überlassend. »Ich brauche aber noch ein bisschen Zeit, um den Papierkram abzuschliessen.« Sie wies auf die Formulare, die auf ihrem Schreibtisch lagen. »Am besten, Sie warten derweil im Hotel auf mich.« Auch meine Enttäuschung las sie mir vom Gesicht, die sich allein durch das Wort ›derweil‹ wie Schamesröte ausbreitete. »Es wird nicht lange dauern, denke ich.«

Hamed war noch nicht zurück, genausowenig wie Saul, der mich um diese Zeit vortags abgesetzt hatte; eigentlich hatte ich sein baldiges Erscheinen erwartet, obschon er offengelassen hatte, wann er zurück sein würde. Im Speisesaal wurde gerade das Essen aufgetragen und mir ein Platz an einer langen Tafel zugewiesen. Nach und nach gesellten sich Tischgenossen dazu, die sich von sich aus vorstellten: ein etwas blässlicher Ingenieur, ein Statiker für Tiefbau, ein Soldat in Zivilkleidung, von dem ich bloss erfuhr, dass er seinen Urlaub angetreten hatte, ein Bankangestellter, ein Baustellenleiter und ein Maler. Keiner von ihnen wollte meinen Namen wissen, als hätte sich bereits herumgesprochen, wer ich sei.

Das sporadisch sich haltende Gespräch drehte sich erst um ein für mich nicht nachvollziehbares Problem beim Bau, irgendeine Absenkung und ihre Folgen für das Fundament. Darauf kamen sie auf die zwei antagonistischen Blöcke zu sprechen, die sich zu beiden Seiten des persischen Zauns gebildet hatten: die westlichen Armeeeinheiten unter dem alternden General, der von unseren Mächten gestützt wurde, und die Allianz von Händlereliten einzelner Stämme um die Freistadt Bandar Abbas. Ich hatte wenig Lust, mich zu irgendetwas durchzufragen, und das nicht nur, weil ich inzwischen annehmen musste, keine weiterführenden Antworten zu erhalten: meine Gedanken waren bei Lili.

Ich wandte mich deshalb an den Maler zu meiner Rechten, der sein schütter blondes Haar als einziger lang trug und mich mit freundlich einladendem Ausdruck begutachtete.

»Sie malen?«

»Innen und aussen«, antwortete er ironisch. »Hier jedoch habe ich hauptsächlich mit der Farbgestaltung der Staumauern zu schaffen.«

Wir wurden unterbrochen, da sich das Tischgespräch inzwischen lautstark auf die Massnahmen verlegte, mit denen der Familienzuzug der Arbeiter verringert werden sollte. Früher hatte sich das Hochkommissariat in Damman offenbar damit begnügt, Schädel, Zähne und Schamhaare zu inspizieren, um die Altersangaben der Migranten zu überprüfen, sowie die Jungfräulichkeit der sich als verlobt bezeichnenden Frauen, damit sie die Warteschlangen nicht übersprangen (sie brauchten ein Visum, wenn sie verheiratet, nicht aber, wenn sie verlobt waren und die Hochzeit binnen dreier Monate anstand). Um zu verhindern, dass das Lager aus allen Nähten platzte, war man dazu übergegangen, einen Sprachtest als Vorbedingung zu verlangen. Da es für die meisten, aus ländlichen Gebieten stammenden Familien kaum möglich war, den dafür notwendigen Unterricht in Esperanto zu erhalten oder zu bezahlen und dazu viele Analphabeten waren, hoffte man, damit die Zahl der unproduktiven Einwanderer auf ein Minimum zu beschränken.

Als der Hauptgang aufgetragen wurde, berichtete der Baustellenleiter, ein weiterer Holländer namens Schuillen, dem die Aufsicht über die Arbeit am weit fortgeschrittenen Schleusenkanal oblag, von seinem Besuch in London. Er erzählte, dass dort im Finanzviertel zwischen Coffeeshops und mit Zigarettenstummeln übersäten Raucherzonen inzwischen reihenweise Läden aus dem Boden geschossen wären: Free Cash; Imperial Equity; City Sheepskins, Responsible Gambling, Tapas Revolution; Proper Hamburgers. Und an den U-Bahn-Stationen würden Gratisessen und -getränke – Pulvertüten für Eistee, Energieriegel, Zuckerwasser in Aluminiumdosen – sowie Probenummern von Hochglanzmagazinen und Stückchen von parfümierter Seife an die Banker verteilt, während sich nachts um die Geldmaschinen und in den Arkaden Obdachlose auf Kartonen breitmachten.

Keiner kommentierte Schuillens Daumennagelskizze einer der letzten noch funktionierenden Metropolen. Ich wandte mich deshalb erneut an den Maler, der mir nun mit leichtem Sarkasmus von seinem Aufgabengebiet berichtete, nämlich den Damm durch einen ausgeklügelten Tarnanstrich vor potentiellen Angriffen aus der Luft oder zur See zu schützen. Dazu müssten die Schatten, die der Wall je nach Sonnenstand werfe, und seine Silhouette, die sich in der Dämmerung hervorhebe, durch Bemalung kompensiert werden. Er habe dazu die unterschiedlichsten optischen Experimente angestellt, wobei sich ein Blendwerk von diagonalen schwarz-weissen Streifen für den oberen Bereich in Verbindung mit Bleigrau am brauchbarsten erwiesen habe, samt einem Hauch von Venezianischem Rot darunter – von den Arbeitern schlicht ›Nippelrosa‹ genannt.

Eigentlich hatte ich jedoch von ihm wissen wollen, ob er Bilder male. Ja, er sei akademisch ausgebildeter Künstler, weshalb ihm nach seiner Einberufung in den dreijährigen Arbeitsdienst diese Aufgabe übertragen wurde – er habe sich seinen eigenen Stab dafür aussuchen können. Was für eine Art Bilder er denn male? Er schaffe Abstraktes, wie viele Künstler heutzutage. Thaut habe ihn sogar in seinem provisorisch eingerichteten Atelier besucht, wo er allerdings nur an den wenigen freien Tagen zum Malen komme. Er hätte Interesse an seinen Werken bekundet, sogar einen eventuellen Ankauf angedeutet, ohne dass sich jedoch bislang die Gelegenheit ergeben habe ...

»Haben Sie denn keinen Kontakt zu Evita Thaut? Soweit ich weiss, töpfert sie. Kunstkeramik, nicht?«

»Davon ist mir nichts bekannt. Sie war bei Thauts Atelierbesuch zugegen. Aber ich kam mit ihr nicht wirklich ins Gespräch.«

»Und seither?«

»Seither? Sie meinen, ob ich sie seitdem wieder getroffen habe?«

»Ja.«

»Leider nein.« Es klang wie die unwahrscheinlichste Sache der Welt. Was mich stutzig machte.

»Es hiess, sie habe vor einigen Tagen nach Ihnen gefragt.«

»Nach mir? Da müssen Sie sich irren.«

»Aber Sie haben Zugang zu der Gesellschaft, in der sie sich bewegt. Ihnen als Künstler eröffnen sich doch weitere Horizonte ...«

»Ich habe mit den Sympathien solcher Kreise nichts zu schaffen.« Womit er, ob er wollte oder nicht, Stellung bezog.

»Das zu hören wird Thaut freuen.« Um für die Umsitzenden dann ebenso klar und deutlich wie er gerade zu verkünden: »Er hat mich nämlich beauftragt, sie alle morgen Abend herzlich zu einer Feier bei sich zuhause einzuladen. Wobei er Sie, Herr Gautier«, – seinen Namen las ich vom Aufnäher an der Brusttasche ab – »bitten lässt, doch bei dieser Gelegenheit eine Auswahl Ihrer Gemälde mitzubringen.«

»Selbstverständlich. Gerne!«

Doch die Ungläubigkeit blieb ihm ins Gesicht geschrieben. Er sah mich auf diese Ankündigung ebenso ratlos an wie die ganze Runde.

»Wann sollen wir denn dort sein?«, erkundigte sich Schuillen stellvertretend für die anderen.

»Nun, so gegen 7.« Ich fand an ihrer Verführbarkeit Gefallen. Es war reine Arroganz und ich kostete sie aus wie eine Genugtuung für den Vorfall am Zaun, ungeachtet dessen, wie kindisch dies war. Ich sah mich im Saal um und sah den Doktor an einem der Tische die Augenbrauen runzeln. »Es soll eine ausgewählte Gesellschaft werden, die ihm über den Stand der Dinge Bericht erstattet.«

Worauf der Soldat in Zivil, der sich bis dahin nicht an der Konversation beteiligt hatte, wissen wollte, welchen Eindruck ich von Thaut hätte. Die Frage schien unabsichtlich prononciert und ihm deshalb gleich so unangenehm wie mir.

»Ich habe ihn als Mann der Tat kennengelernt, der bereits frühmorgens auf den Beinen ist. Und sich offenbar nicht zu schade ist, auch das Wohl der Frauen und Kinder nicht zu vergessen. Ein wahrer pater patriae, wie das früher einmal genannt wurde.«

Mein Ton war neutral, ein Echo der offiziellen Verlautbarungen, das Latein als floskelhafte Reverenz gedacht, weshalb mich das sich betreten ausbreitende Schweigen wunderte. Und dann wieder nicht.

Von weiteren Ausführungen entband mich der Bankangestellte, der auf Schuillens Schilderung hin nunmehr von seinen Eindrücken aus London berichtete, die er während seines Praktikums dort gewonnen hatte. Demnach gäbe es dort einen Park, der einem Schiff gleich angelegt sei, samt Blumenkompass, einem Baumstamm als Mast und einer erhöhten, von Glyzinien umrandeten Brücke, von der man einen wunderbaren Blick über die Stadt und ihre Türme habe, die Häuser ringsum Rettungsbooten gleich. Auf einer Bank in dem schattigen Bogengang unterhalb dieser Kommandobrücke habe an jedem Tag, an dem er durch das unglaublich satte Grün des Parks spazierte, ein in sich versunkener Mensch gesessen, ohne zu essen, zu trinken oder zu rauchen. Reglos in mehrere Kleiderschichten gehüllt, pralle Stofftaschen um sich, schenkte er den Passanten ebensowenig Acht wie diese ihm. Nur aus der Nähe sei zu erkennen gewesen, dass es jedesmal ein anderer war, ein Mann, eine Frau, bald jünger, bald älter, weiss oder schwarz, sich der Sonne, dem Wind oder dem Regen mit demselben Gleichmut aussetzend, Schultern vornübergebeugt, Kopf auf der Brust, die Lippen nass, scheinbar schlafend und doch offenen Auges, ausharrend, als hätte er etwas zu bezeugen, obgleich er sicherlich nicht dieses umfriedeten Gartens wegen da gesessen habe, sondern weil es keinen anderen Ort gab, um sich aufzuhalten.

Für eine Tischgesellschaft, die eine fade Mahlzeit mit Unterhaltung zu würzen suchte, war dies eine allzu leis pointierte, poetische Anekdote. Doch wurde sie mit einem Interesse aufgenommen, als spräche sie irgendetwas an, das alle insgeheim beschäftigte. Worauf der Baustellenleiter sich bemüssigt sah einzuwenden, dass er, Schuillen, im Unterschied zu diesen Obdachlosen an das glaube, was er tue, und sich darin auch wiedererkenne: nämlich in der Arbeit, mit der er Bleibendes schaffe.

Ich hingegen wartete auf das Auftauchen Lilis, Sauls oder Hameds wie auf eine Peripetie und wurde dabei umso ungeduldiger. Bestellt, ohne abgeholt zu werden, der Saal sich langsam leerend, sass ich unschlüssig da. Nein – das trifft es nicht. Ich war irgendwie befangen, zum ersten Mal unsicher geworden angesichts all der Dinge, die kaum sichtbar unter der Oberfläche im Gange waren.

Wo an diesem Tag noch alles offen war, unbestimmbar in seinen Gründen und Konsequenzen, herrscht hier jetzt eine Leere, die definitiv ist: sie hat sich rings um mich zum Kreis geschlossen. Wenn ich so lange geschlafen habe, wie ich es auf meinem Strohsack aushalte, bleibt kaum anderes, als zu schreiben, um die langen Stunden des Wachens zu füllen. Bis zum Sonnenaufgang mit den Soldaten zu trinken oder Backgammon zu spielen kann ich nichts abgewinnen: die Würfel sind längst gefallen. Auf Schach versteht sich Atam nicht; doch selbst wenn, sind alle Züge bereits gemacht, haben wir uns in eine Stellung manövriert, die man bestenfalls als Patt bezeichnen kann: so reden wir es uns schön, darauf laufen die immer magerer werdenden Gespräche stets hinaus.

Eigenartigerweise drehen sich meine Gedanken nur noch selten um die Heimat, die ich seit Jahr und Tag nicht mehr gesehen habe, vielmehr um jene imaginären Punkte, in denen sich die Kreise des Möglichen vor noch nicht allzulanger Zeit überschnitten: um jene wenigen Tage, an denen alles jede denkbare Wendung hätte nehmen können, weil noch nichts wirklich Gestalt angenommen hatte. Weshalb hatte ich dies nicht einfach hingenommen? Warum quälte mich meine Dienstfertigkeit und die der anderen derart, die offenkundige Unmöglichkeit, wahrhaftig zu kommunizieren, das gegenseitige Unverständnis, all das Uneingestandene?

In Havilah hätte ich mich über die mir aufgetragene Agenda noch hinwegsetzen können; ich hätte dafür noch glaubhafte Ausreden und Ausflüchte finden können. Wäre ich im Hotelzimmer geblieben und hätte mich gelassen auf eine Bank oder ins Kino gesetzt, wäre es bei ein paar weissen Seiten in meinem Leben geblieben. Ungebunden wie ich war, konnte mich nichts wirklich zwingen, mich auf das einzulassen, was eine Sache rein lokalen Interesses war. Weshalb überliess ich mich nicht einfach dem monotonen Treiben dieser Siedlung? Wieso begnügte ich mich nicht damit, die potemkinschen Fassaden zu betrachten, das verwitterte Holz, den Staub und Sand, die flirrende Hitze, und abzuwarten, bis sich irgendwo eine Tür öffnete und sich ein Ausweg zeigte? War es das Gewissen, das sich in mir regte – oder bloss Platzangst?

Vielleicht sollte man Zeit eher als Mass eines zu erwartenden Wandels auffassen, bei dem jeder verstrichene Moment die Gegenwart dem näher bringt, was dann alles an Unerwartetem geschehen kann. Wobei die Zukunft einzig in dem, was sich in ihr an Vergangenem erfüllt, begreiflich wird. Doch darüber gerät die Gegenwart zur blossen Vorzukunft. Sodass ich nicht anders kann, als mir die Tage in Havilah immer wieder aufs neue vor Augen zu führen: hier das Bruchstück eines Gesprächs einzufügen, dessen ich mich erst jetzt wieder entsinne, dort eine Beobachtung zu ergänzen, wie um nicht selbst dem Vergessen anheimzufallen.

Aber es macht nicht wirklich einen Unterschied. Ich könnte nun den sich mir im Fort darbietenden Sonnenuntergang als Kulisse beschreiben, wo sich über dem Glacis des Salzsees gerade seltene Cirren zeigen, gleich einem Stellungskrieg ferner Heeresreihen, die langsam auf die schwelend weisse Wüste herabkommen. Oder ich könnte das Vordergründige des Gesprächs eben über den nie fallenden Regen hervorheben, und dass die Temperatur der Luft und des Bodens sich erst nach Mitternacht ausgleichen werden, um am Morgen 98 Grad Fahrenheit zu erreichen. Ich könnte aber auch bloss schlicht von der roten Dämmerung in den Schiessscharten dieses Reduits reden: ob in diesem oder jenem Licht besehen, es bleibt gleichgültig.

XV

Diese Seiten schildern die Wahrheit und stellen dennoch eine Chimäre dar, eine Mischung von Dialogen, Beschreibungen von Verhaltensweisen, unterschiedlichen Beobachtungen, sich aufdrängenden philosophischen Überlegungen, von Interpretationen, fremden Texten, Zitaten und Anekdoten, Berichten und Dokumenten, aus dem Gedächtnis oder meinem Notizheft, von Geschichte und Geschichten, in denen ich mich dazu in Selbstdarstellungen, manchmal sogar lyrischen Eindrücken ergehe. Ich wechsle die Ebenen, von einer Form in die andere, als könnte ich mir dadurch entkommen oder Aufschluss über mich erhalten, mich zugleich fragend, was in den Köpfen anderer vor sich ging, welche Motive sie zu welchem eigennützigen Handeln drängte, weniger aus Mitgefühl denn aus Misstrauen und Abwehr – verfangen wie wir sind in Gefühlen und Begierden, in den Machenschaften, mit denen wir sie befriedigen wollen, ohne uns einzugestehen, dass sie ihren Grund in Hunger und Angst haben, in der Lust und dem Streben nach Macht.

Solcherart werden diese Aufzeichnungen gegenwärtig und erfüllen sich mit scheinbarem Leben: sodass ich endlich frei zu reflektieren vermag. Sie suchen alles mir Unerklärliche im Nachhinein zu erfassen, um mich irgendwie zu verorten, auf der Schwelle zwischen einer aus den Fugen geratenen Welt, aus der ich verschleppt wurde, und der Vorhölle jetzt. Wer sie einmal liest, selbst wenn dies höchst fraglich scheint, soll sich dadurch auch in mich hineinversetzen können. Um nachzuvollziehen, auf welche Weise ich unmerklich vom Ziel abkam, um nun in dieser persischen Salzwüste zu enden.

Als Lili plötzlich in den Saal trat, begannen meine Wangen unwillkürlich vor Röte zu brennen. Ich hatte mich in dem Begehren ergangen, das sie in mir auslöste, der Vorstellung, ihr die Jacke des Kostüms von der Schulter zu ziehen und meine Hand in den Ausschnitt zu schieben, das Spröde, das sie an den Tag legte, Knopf für Knopf lockernd, die Finger um ihre milchweisse Brust gekuppt, sie überrascht aufstöhnen zu hören und ihr dann Rock und Unterhose über die Beine zu streifen, die Backen ihres Hinterns zu packen und mich vor sie hinzuknien, sie zu riechen, zu schmecken, die Stirn in das Haar ihres herausfordernd – das ist das Wort, das mir in den Kopf schiesst – sich wölbenden Schamhügels gedrückt.

Bei aller Detailverliebtheit dieses imaginären Standbildes hatte ich mir jedoch kaum Gedanken darüber gemacht, wo sie sich mir zeigen würde. Erst als sie sich zu mir an den Tisch setzte, wurde mir klar, dass wir unmöglich unbeobachtet in mein Zimmer gehen könnten. Ich erwartete mir deshalb einen verschwörerischen Satz oder irgendeine entschlossene Geste, die unser stillschweigendes Einverständnis bekundete. Umso ernüchterter war ich, als sie nach dem Wirt rief, um sich aufdecken zu lassen. Dass sie es mir anmerkte und *nonchalante* von ihrer Arbeit zu reden begann, irritierte mich derart, dass ich unsicher und zugleich unwirsch wurde. Die Schnappsätze, die ich dazu abgab, sind mir nicht mehr erinnerlich, jedoch dass sie ihre Hand kurz auf die meine legte, wie um mich zu beruhigen – was meine Enttäuschung besiegelte.

Gibt es überhaupt so etwas wie malgranda parolado? Verraten wir uns nicht vielmehr in diesem ›Kleinen des Geredes‹, indem wir das, was uns bedrückt, in seinem Plappern preisgeben? Am liebsten wäre ich aufgestanden und gegangen. Bemüht jedoch,

Haltung zu zeigen, begann ich nun Konversation zu betreiben, während sie mit der Gabel das eigens für sie zubereitete Mahl auf dem Teller zerteilte und ihre Lippen sich um die kleinen Bissen schlossen, die Augen dunkel auf mich gerichtet, die Rundung des Busens mit jeder Bewegung des Armes gegen den weissen Stoff der Bluse drückend und dennoch zurückhaltend unnahbar. Ich strich mir unabsichtlich über die Wangen. Ich hatte vergessen, mich zu rasieren.

In dem selbstironischen Ton, mit dem ich Lili bereits tags zuvor demonstrieren wollte, dass unsere Lebensumstände sich zumindest in manchen Punkten ähneln, erzählte ich ihr nun, dass die Stellung an meiner kanadischen Universität nicht genug abwürfe, um meinen Unterhalt zu verdienen. Deshalb sähe ich mich gezwungen, desöfteren meinen ›Elfenbeinturm‹ zu verlassen, um ›bedeutende Persönlichkeiten‹ für die Zeitung zu interviewen. Ich sei dem jedoch zunehmend abgeneigt, weil mich die Erfahrung gelehrt habe, dass dies keine ganz ungefährliche Praxis sei.

Damit meinte ich nicht das Risiko, dass man seine Zeit mit jemandem verschwenden konnte, der sich vorgenommen hat, nichts zu sagen. Ich hatte einmal den Verwaltungsrat einer Telephongesellschaft zu portraitieren, die gerade grosse Gewinne abwarf, und liess mich von seinem langanhaltenden Schweigen derart verwirren, dass ich wie aufgezogen zu schwätzen begann – meine Fragen nicht nur selber beantwortend, sondern mich bei diesem finnischen Trappisten dann auch noch überschwenglich für seine Hilfe bedankend.

Es waren eher die komplizierten psychologischen Spielchen dahinter, die einem manchmal den Teppich unter den Füssen wegzogen. Einmal interviewte ich Wladimir Bakunin, der der russischen Eisenbahngesellschaft vorstand. Er erwies sich als vollendeter Gastgeber, der mich durch das grösste Büro führte, das ich je gesehen habe, eine Reihe verschiedenfarbiger Telephone für die einzelnen Ämter des Kreml auf dem Schreibtisch, und deutete auf den schwarzen Fernsprecher, um wie nebenhin zu erwähnen, dass dies seine direkte Leitung zu dem vom Zaren eingesetzten Ministerpräsidenten sei. Er liess mich auf die Knöpfe seiner elektronischen Karte des Eisenbahnsystems drücken und präsentierte mir seine Sammlung von Schachbrettern, um sich danach darüber auszulassen, dass es kaum noch ›Differenzen‹ zwischen ›unserem Westen‹ und ›ihnen‹ im gemeinsamen Behaupten gegen ›den Osten‹ gäbe. Ja in manchen Punkten hätten sich die Positionen sogar verkehrt: wo die eine Seite früher freie Märkte und politischen Liberalismus propagierte, setze sie nun auf zentralisierte Kontrolle. Und wo die andere die Herrschaft von Gesetzen vertreten hatte, fordere sie jetzt Freiheit vor Einmischungen von aussen. Als er mich schliesslich mit der Umarmung eines Bären verabschiedete, erklärte er, dass, obwohl es ihn persönlich nicht kümmere, was ich schriebe, seine eine Million von Untergebenen sich derart mit der Gesellschaft identifizierten, dass sie – sollte mein Lob allzu gedämpft ausfallen – sich daran stossen und die Moskauer Lokalredaktion des *New York Herald* aufsuchen könnten, um die Sache richtigzustellen.

Das unheimlichste Interview hatte ich jedoch in China geführt. Angesichts dessen, dass sich die chinesischen Studenten bei uns sofort formieren, um gegen jedwede Kritik an der Partei zu demonstrieren, sobald die Botschaft sie dazu auffordert, und zugleich chinesische Geschäftsmänner sich den guten Willen unserer Politiker mit freigebigen Stipendien kaufen, interessierte man sich dennoch für ihre Managementmethoden. Ich hatte zu diesem Zweck einen Generaldirektor ausfindig gemacht, von dem es hiess, er kombiniere buddhistische mit marxistischen Prinzipien, um seine Angestellten zu motivieren. An dem Tag, an dem das Gespräch angesetzt war, sandte er einen brandneuen silberglänzenden deutschen Horch, um mich vom Stadtzentrum zu einer Fabrik mitten im Nirgendwo zu chauffieren. Deren Wände waren aussen wie innen voller Slogans – Arbeite härter! Halte dich an die goldene Regel! Nieder mit den läufigen Hunden des Kapitalismus! –, die zu jeder vollen Stunde auch aus Lautsprechern geplärrt wurden. Als ich dann dem Generaldirektor vorgeführt wurde, erläuterte er mir, dass Buddha und Marx weniger Repräsentanten rivalisierender Traditionen wären denn grosse Gurus des Managements. Allen neuen Rekruten würde aufgetragen, ausgewählte Passagen ihrer Schriften auswendig zu lernen; wer sich als faul erwiese, den zwinge er, sich zu Füssen einer riesigen Buddhastatue auf den Bauch zu legen, um über die Irrwege seiner Haltung zu meditieren, wenn es sein müsse, einen ganzen Tag lang.

Glücklich hörte ich seinen langen und breiten Ausführungen zu. Für einen Journalisten war dies himmlisches Manna, und während er immer weiter ausholte, fing ich bereits an, meinen Artikel in Gedanken zu konzipieren. Doch dabei wurden aus zwei Stunden drei, dann vier und fünf; je länger er redete, desto mehr ereiferte er sich, nur kurz innehaltend, um geräuschvoll in die Blechvase neben seinem Schreibtisch zu spucken. Nach sechs Stunden dämmerte es mir: ich war an einen Verrückten geraten, ohne mich vor ihm retten zu können. Weder wusste ich, wo ich war, noch verfügte ich über irgendeine Fahrgelegenheit zurück. Ein Ende der Folter war nicht abzusehen, weil er dann mit mir in ein Restaurant und darauf in seine Villa umzog; und je mehr er ass und vor allem trank, desto exaltierter wurde er. Erst um vier Uhr morgens konnte ich ihn schliesslich überreden, mich zurück zum Hotel bringen zu lassen, wo ich mich völlig erschöpft im Bett ausstreckte, mir schwörend, mich nie wieder auf so etwas einzulassen.

»Und da bin ich nun.« Ich erzählte all dies nicht nur, um sie zu amüsieren; ich wollte mit diesen Abschweifungen auch auf die Umstände im Lager und bei der Baustellenleitung anspielen. Und zugleich einen indirekten Kommentar zu unserem gestrigen Gespräch abgeben: um Lili letztlich zu provozieren. Wenn ich nicht auf direkte Art erreichte, was ich wollte, habe ich schon immer dazu geneigt, es auf Umwegen zu versuchen.

Sie blickte mich nachdenklich an. »Sie sollten vielleicht etwas mehr über Thaut wissen«, meinte sie und zeigte mir dann, dass sie in diesem Spiel geschickter war als ich. Indem sie alles Verklausulierte zu ignorieren vorgab, um scheinbar frei heraus zu reden.

»Thauts unwiderstehlicher Marsch an die Spitze wurde unhöflicherweise von seinem Gestellungsbefehl unterbrochen, der ihn aus seinem zivilen Leben riss und in den Massenbetrieb der militärischen Grundausbildung stiess. Es war ein Schock, der ihn von einem Moment zum anderen nicht nur all dessen beraubte, was er besass, sondern auch, was er war. Er hatte sich endlich in der Gesellschaft zurechtgefunden und darin mit wenig Stil, dafür umsomehr Geschick gelernt, sich nach oben zu manövrieren. Als sie ihn aber eines dunklen Wintermorgens am Kragen packten, warfen sie ihn in eine Welt, in der alles nur Erdenkliche getan wurde, um ihn als unqualifiziert und unbeholfen vorzuführen: sie offenbarte all seine Schwächen und keine einzige seiner Stärken. Man griff ihn heraus und statuierte an ihm ein Exempel für die übrigen Rekruten, um ihnen die Flausen auszutreiben.«

Sie streckte ihren manikürten Zeigefinger aus und fuhr mir langsam über den Handrücken. »Ich kann es Ihnen auch in Thauts Worten erzählen. Er gab die Anekdote unzählige Male zum Besten. ›Seht ihr den Typ dort?‹, deutete der Sergeant auf ihn. ›Er besitzt gut zehn akademische Titel von allen möglichen Eliteschulen und Universitäten. Aber sobald ich sage: Scheiss!, dann scheisst er.‹

So hatte bislang keiner mit ihm geredet. Und doch brachten ihn all die Schikanen nicht dazu, Sympathie für die anderen zu entwickeln, die Schwarzen, Schwulen oder Armen, die ihnen ebenfalls ausgesetzt waren, und das nicht nur bei ihrem Wehrdienst, sondern für ihr ganzes Leben. Ihm war es egal, wie es ihnen ging, er war bloss zutiefst wütend darüber, dass ihm das widerfuhr. Nein – er verfiel in keine Depression darüber, dass er hier als rhetorischer Wunderknabe nichts galt, man ihn vielmehr dafür verachtete. Thaut wäre nicht Thaut gewesen, hätte er sich nicht gerade an diesem Widerstand hochgearbeitet. Er schaffte es, zu den Pionieren verlegt zu werden, und erfuhr da eine Grundausbildung als Ingenieur für den Brückenbau. Nach den drei Jahren ins Zivilleben zurückgekehrt, fühlte er sich seiner alten Rolle entwachsen. Ein ewig am Rande des Bankrotts stehendes Politmagazin weiterzuführen? Es genügte ihm, die dabei verhandelten Demagogien durchschaut und argumentieren gelernt zu haben. Jetzt machte er sich in Enachims Schatten an das Unternehmen hier – indem er Aufträge vom Heer beschaffte. Das ermöglichten ihm die im Laufe seiner Ausbildung gewonnenen Beziehungen. Wobei ihn seine Erfahrungen als der Unterste in der militärischen Rangordnung lehrten, dass jede höhere Position eine Machtstellung ist. Und die fand er hier. Seine Position. Und Macht.«

Als hätten wir damit nicht zwei Seiten der selben Wahrheit gegenübergestellt, sondern bloss aneinander vorbeigeredet, erklärte sie darauf, dass es für sie jetzt Zeit wäre, zu ihrem Treffen mit Thaut aufzubrechen.

Ich schluckte den letzten Rest an Erwartung und erwiderte, dass ich leider doch nicht mitkommen könne, weil sich die Dinge hier gerade entwickelten. Und bat sie, Thaut auszurichten, dass die Dinge sich morgen Abend wahrscheinlich klären liessen.

»Aber Sie begleiten mich doch noch ein Stück?«

»Selbstverständlich.« Und schlüpfte in die Rolle eines Hausfreunds, meine makellosen Umgangsformen zeigend, indem ich mich hinter ihren Stuhl stellte, um ihn ihr beim Aufstehen wegzuziehen, und einen Arm anbot, den sie gerne ergriff.

Hamed stand draussen neben dem Käfig und fütterte den seltsamen Vogel mit Maden aus einer Schale. Mich in Begleitung sehend, gab er nicht zu erkennen, dass wir uns kannten. Mit einer diskreten Kopfbewegung bedeutete ich ihm, auf mich zu warten.

Es war zwei Uhr, die Hitze lag sengend über dem Sand und aus den blechernen Lautsprechern drangen Nachrichten über den menschenleeren Platz:

Am Nordkopf des Dammes, zwischen dem Wadi Bai und den Schwarzen Bergen, hat sich ein Unglück ereignet. Über Nacht sind dort 50 grosse, den Kanal entwässernde Casselpumpen im Erdreich verschwunden. An ihrer Stelle zieht sich nun ein kilometerlanger Riss bis weit ins Hinterland hinein. Offenbar ist das Sediment vom Meer unterspült worden; das Wasser wird nun in einem Strudel eingesaugt und fliesst irgendwo unter die Schwarzen Berge – Genaueres ist noch nicht zu sagen. Dabei kamen fünf Arbeiter ums Leben; wir sind in der Trauer bei ihren Familien. Doch hat dies unerwartet auch sein Gutes: denn so wird sich der Grundwasserspiegel im Binnenland weiter heben, was den neu angesiedelten Agrikultoren nur von Nutzen sein kann.

Wir hörten es im Vorbeigehen. Die Mitteilung eines negativen Berichtes verwunderte mich inzwischen, aber ich kommentierte dies ebensowenig wie Lili. Ihr Haus war eines der grösseren und markierte mit seinem Anstrich den Anfang der Hauptstrasse. Ich machte Anstalten, mich von ihr zu verabschieden, aber als sie mich hereinbat, wurde ich fast verlegen, als wäre Scham ein Reflex, der einen die Kluft zwischen Wunsch und Wirklichkeit fühlen lässt: der Reaktion nach dem Biss in den verbotenen Apfel gleich.

Eine Holzdiele, eine Stehküche, ein Wohnzimmer mit Polstersofa und japanischen Holzschnitten an der Wand, die erste Kunst, die ich in diesem Ort sah, und eine Tür, die zu einem kleinen Patio führte. In dessen Mitte ragte ein Granatapfelbaum bis ans Dach, die Blätter dürr.

»Da ist noch etwas, das ich Ihnen von Evita erzählen möchte. Damit Sie sie besser einschätzen können. Sie werden ihr doch bald begegnen, nicht wahr?«

Ich nickte.

»Sie ist leicht schwerhörig. Das kann den Umgang mit ihr etwas heikel machen.«

»Das hat der Doktor bereits angedeutet.«

»So?« Sie ärgerte sich. »Hat er Ihnen auch angedeutet, dass sie deshalb schnell verschreckt? Man muss mit ihr ...« Während sie nach dem rechten Wort suchte, fasste sie sich am Handgelenk, die Stimme wieder ganz sanft, »vorsichtig umgehen. Darum möchte ich Sie bitten.«

Ich fasste es als Vertraulichkeit auf. »Selbstverständlich.«

»Da ist aber noch etwas, das Sie wissen sollten.« Sie neigte den Kopf und blickte mich unter ihren langen Wimpern an. »Sie kam ja zu uns, als sie noch klein war. Es hat deshalb ein wenig gedauert, bis wir sie ... verstanden haben. Auch weil sie sich manchmal ganz vor uns zurückzog. Was wir ihrer Schwerhörigkeit zuschrieben.«

Wieder blickte sie mich an, wie um einzuschätzen, wie weit sie mich einweihen könne. »Es dauerte lange, bis sie sich mir anvertraute. Auch weil sie erst selber herausfinden musste, dass sie eine Fähigkeit besitzt, die sie von uns allen unterscheidet. Ob eine Gabe oder eine Last, darüber bin ich mir unschlüssig. Ich wollte es auch anfänglich nicht glauben, als sie sagte, sie sehe um Köpfe und Schultern eine Art ... Aura. Einen Glanz. Einen bläulichen Farbton, der bald tiefer, bald heller wird.«

Sie schien irgendeinen Ausdruck von Ungläubigkeit oder zumindest ein abschätziges Lächeln zu erwarten, also liess ich es bleiben.

»Ich hielt es erst für die Phantasterei eines Mädchens, das sich interessant machen wollte. Ich erinnere mich noch gut, dass auch ich als Kind zuhause in Deutschland im betauten Gras rings um meinen Schatten ein regenbogenfarbiges Halo erkennen konnte, und hielt das für Zauberei, bis ich merkte, dass es von der Sonne hinter meinem Rücken herrührte. Bis ich an Evitas Verhalten merkte, dass mehr dahintersteckte. Sie erzählte nämlich, dass sich die Farbschatten veränderten, je nachdem, welche Gefühle eine Person gerade hegte. War jemand ungehalten oder gar böse auf sie, wurden sie offenbar gelblich oder ganz schwarz. Davor schreckte sie sich. Man brauchte gar nichts zu ihr sagen, sie merkte es einem von selber an und lief dann davon, um sich irgendwo zu verstecken. Zumindest als sie noch klein war. Sie lernte damit umzugehen, ohne darüber wirklich reden zu wollen. Sie hat ihren eigenen Kopf: sie kann unglaublich stur sein.«

Warum wurde bei Evita soviel Eigenartiges betont, ihr vielleicht sogar angedichtet? Äusserte sich darin ein Schuldgefühl, das irgendeinen Missbrauch durch solche Seltsamkeiten zu kaschieren gedachte?

»Aber sie ist alles andere als … ungut. Darum geben Sie auf sie acht, bitte«, meinte sie eindringlich, nahm meine Finger und presste sie kurz zusammen.

»Und nun ist es wirklich Zeit für mich. Ich muss mich noch umziehen.« Der Ton machte klar, dass sie nun allein gelassen werden wollte.

11

Wir hatten unser Territorium zu verteidigen, als hielte sich auch die Luft an die Linie, an der es begann und zugleich endete. Vor der Wüste zog sich die Grenze diesseits wie jenseits an den Zeltlagern und Siedlungen entlang, in denen Familien mit ihren Ziegenherden zuvor kärglich, aber zufrieden gelebt hatten, sich alle zwei Wochen zu Gebeten treffend. Mit den Migrationswellen spaltete sich diese Gemeinschaft jedoch. Einige wurden durch ihre Schlepperdienste reich, andere radikalisierten sich in diesem zerbrochenen Gefüge und zwangen den Stämmen wieder die alten strengen Gesetze auf, die vor der Reform bestanden hatten.

Solange uns das nicht tangierte, liessen wir sie gewähren. Bald jedoch wurde es notwendig, ein breites Glacis freizuräumen, im Versuch, dem Schlepperwesen Einhalt zu gebieten. Die ersten Siedlungen konnten wir ungehindert schleifen; danach aber stiessen wir allseits auf erbitterten Widerstand und bald auch auf Verteidigungsanlagen ringsum: eine kreisförmige Berme mit einem Graben dahinter und einem zweiten Wall aus aufgeschüttetem Sand, immer öfter vermint mit selbstgebastelten Sprengsätzen, die uns zunehmend Verluste bescherten. Schliesslich merkten wir, dass dahinter eine Organisation steckte, die den Grenzbereich zu ihrem Herrschaftsgebiet erklärt hatte und von Migranten wie Einheimischen Tribute einhob.

In einer konzertierten Aktion gingen wir gegen eine Reihe ihrer Stützpunkte vor, um in einen unerwartet massiven Häuserkampf zu geraten. Unser Zug steckte am Rand einer Siedlung im Beschuss von Scharfschützen fest. Wir hatten kaum Kampferfahrung, kannten nur das Geräusch von Schüssen, jedes Peng und Wusch ein tödlich heisses Stück Metall. Den Streifen zwischen den Häusern zu überqueren forderte mehr als Mut oder Gottvertrauen: nämlich den Willen, die Geschosse zu ignorieren und sein Leben der höheren Macht des Zufalls anzuvertrauen. Um dabei entweder voranzugehen oder die Drückeberger vor sich in den Tod zu treiben. Allein der erste Tag kostete meinen Sergeanten und vier Soldaten das Leben, ohne dass wir sie bergen konnten oder gar unseren kleinen Sektor unter Kontrolle bekamen. Wir zogen uns also hinter die Bermen zurück und forderten über Funk Flieger an.

Nach den Bombenabwürfen stank alles nach Kordit und Schwefel. Die Lehmwände waren breit aufgerissen, die meisten Häuser zusammengestürzt, überall lagen zerissene Gegenstände zwischen verrusten Patronenhülsen und getrocknetem Blut. Ein Mann in brauner Djellaba und mit langem Bart brach als Erster die Todesstille; er kam zu uns gelaufen, ein junges Mädchen im Arm, um vor unseren angelegten Gewehren aufs Gesicht zu fallen. Ihm folgte eine Frau in einer staubig schwarzen Abajeh, die einen Buben hinter sich herzog, dann immer mehr, die, ich weiss nicht, wo oder wie, die Explosionen überlebt hatten: Kinder, die weisse Tücher schwenkten, Männer, die Frauen schleppten, Frauen, Tauben in den Händen, Jungen mit Hähnen unterm Arm. Wir teilten unser Wasser und die Rationen mit ihnen.

Der langbärtige Braune erzählte dem Mandäer, dass sie zuletzt kaum noch Nahrung gehabt hatten; Zucker war um das Dreifache teurer geworden und es hatte nirgends mehr Gemüse gegeben. Als zum ersten Mal Freischärler aus Hendijan auftauchten, die behaupteten, die Grenze in ihre Hand bringen zu können, da hätten die Leute sie noch beklatscht. Sie machten sich daran, offensiv den Grenzwall an mehreren Stellen durchlässig zu machen, sodass wir, berichtete der Langbärtige weiter, mit den Reparaturen nicht mehr nachkamen. Die Dorfbewohner aber sahen die alten Wege wieder offen und fühlten sich frei.

Anfangs kümmerte es die Freischärler noch nicht, ob die Menschen rauchten oder beteten. Man konnte überall hingehen und alles tun, solange man ihnen dabei nicht in die Quere kam. Sassen wir an einer Wasserpfeife, erzählte er, setzten sie sich gern zu uns. Es waren gross gewachsene Leute, muskulös und meist Söldner aus der Fremde. Dann begannen sie, einen eigenen Staat – Al Dawla – unter neuen Herrschern zu verkünden, die für eine nicht korrupte und funktionierende Verwaltung sorgen und der alten Religion wieder zum Recht verhelfen würden. Aber sie wickelten uns damit nur ein, um uns erst übers Ohr zu hauen und uns dann einen Strick zu drehen.

Zuerst senkten sie zwar die Preise und schufen Ordnung im Namen des alten und einzigen Islam, sodass sogar mein Sohn einer ihrer Prediger wurde, eine Pistole und Handgranaten in seinem Gürtel, obwohl die religiösen Pamphlete, die sie verteilten, stets nur das Gleiche, schwer zu Glaubende wiederholten. Dann begannen sie alles zu überwachen, von der Länge der Bärte und der Kleidung bis hin zu unserem Verhalten, um schliesslich jene, die sich nicht schnell genug anpassten, zu verhaften und in der Regel zu exekutieren, um die Dörfer systematisch von allen Ungläubigen und sonstigen Minderheiten zu säubern.

Zwei, drei Monate nach ihrem plötzlichen Auftauchen errichteten sie selber Posten entlang der Grenze, um die Bewegungen zu kontrollieren und dabei ›Schutzzölle‹ zu erheben. Wir hatten sie nun zusätzlich zu den Gendarmen und Militärs zu bezahlen. Nach einem Jahr kippte alles. Die Gotteskrieger – wie sie sich nunmehr nannten – begannen uns nunmehr offen zu drangsalieren. Erst auf simple Weise, indem sie uns in irgendeinen Stall schleppten, der als Moschee diente. Wenn man sie fragte, warum sie uns so behandelten, antworteten sie, dass sie unsere Köpfe zertreten wollten, weil wir den Reformglauben angenommen hatten und uns nicht zur wahren Religion bekennen wollten. So drang der Terror bis in unsere Zimmer. Ich begann meinen Nachbarn, meinen Bruder, meinen Sohn zu fürchten, sogar meine eigene Frau, aus Angst, sie könnte nach einem Streit einfach aufstehen und mich denunzieren.

Ich liess mir einen Bart wachsen, sagte dieser Mann namens Ali, liess erst meine Frau und dann meine Mädchen nicht mehr aus dem

Haus. Sie holten sie sich trotzdem, samt meiner Frau, und liessen mir nur die Jüngste. Was aus ihnen geworden ist, weiss ich nicht. Mein Nachbar wurde zweimal ausgepeitscht, weil sein Bart nicht lang genug war, und sein Sohn gefoltert, da er auf seinem Musikinstrument gespielt hatte. Darauf errichtete er eine Mauer um sein Haus, zementierte die Tür zu und liess nur ein Loch offen, durch das ich ihm einmal in der Woche Essen hindurchschob, bis er wahnsinnig wurde und sich und seine Familie umbrachte.

Danach machte ich mich mit der Hälfte meines Trupps auf, um das Dorf ganz in unsere Hand zu bekommen. Aus einem Haus, von dem nur noch eine Ecke stand, humpelte ein verwundeter Freischärler auf uns zu, seine Hose zerfetzt, das Gesicht blutüberströmt, und bettelte: lasst mich am Leben, ich küsse eure Hände und Füsse, bitte, lasst mich am Leben. Ich schoss ihm in die Schläfe. Ein anderer fand sich am Rande eines ummauerten Gartens, der einmal bewässert worden war, die Beine unter sich zurückgebogen und die Arme ausgebreitet, doch ohne irgendeine Verwundung zu zeigen, während nur ein paar Meter daneben einer lag, dessen Kopf es unter einen zerborstenen Baum geschleudert hatte, die Züge durch die Explosion unkenntlich geworden. Sie waren nun Teil einer Landschaft des Krieges: Beweis des Kampfes, Mass seines Erfolgs, doch keine Körper von Menschen mehr.

Am nächsten Tag kursierten bereits die ersten Gerüchte. Und als die Regierung anordnete, überall Ausgangssperren zu verhängen, erkannte jeder, dass die Lage ernst war. Dann erreichten uns unglaubliche Berichte: die Rebellen hätten die gesamte Nordstrecke des Walls unter Kontrolle, der Gouverneur sei mitsamt hochrangigen Beamten geflüchtet, die Ordnung in der Armee am Zerfallen, Offiziere würden ihre Truppen im Stich lassen und die Soldaten in Massen desertieren. Man hätte manche aufgegriffen, die nur mehr ihre Unterwäsche am Leib trugen.

XVI

Nachdem meine Malariaschübe schwächer geworden waren, drängte es Atam und mich in diesem Aussenposten anfangs zu ausführlichen Gesprächen, um Klarheit darüber zu erlangen, was uns zusammen und an diesen Ort geführt hat. Inzwischen nimmt das Schweigen jedoch überhand. Wenn wir noch über das Vorgefallene reden, tauchen manchmal Vorstellungen von Gott auf – um uns darüber auszulassen, dass ein solcher Gott nur in einem gut war: im Kreieren. Ohne sich dann um seine Kreationen und Kreaturen weiter zu bekümmern, so wie wir hier keinen mehr kümmern. Wir sind inzwischen zu Schattenfiguren unserer selbst geworden. Das Einzige, was die Instanz, die uns hierher verbrachte, noch interessiert, ist der Akt, in dem gesammelt wird, was unsere Existenz belegt, samt dem, was verbrochen zu haben uns vorgeworfen wird, um aus Dokumenten – Geburtsdaten, Namen und Stempeln im Pass, getätigten Telephonaten und Telexkopien, ausgefüllten Formularen, erhaltenen Befehlen und Korrespondenzen, abgesandten Berichten und Aussageprotokollen – gleichsam Replikate unserer selbst zu erschaffen. All diese Zertifikate geben Auskunft, wer wir vorgeblich sind und was wir angeblich vorgehabt hätten. Die Instanz hat daraus ihr Narrativ konstruiert; unsere eigene Geschichte interessiert keinen mehr.

Und so sah ich, kaum aus Lilis Tür heraus, Saul auf der Strasse auf mich zuschreiten, seine vierschrötige Gestalt in dem schlecht sitzenden Anzug von weitem erkennbar, ohne dass er mir als Vorbote erschienen wäre. Doch fixierte er mich mit einem derart starren Blick, dass ich mir, obwohl fast einen Kopf grösser, klein vorkam, ertappt. Mit seiner einsilbigen Art auf Floskeln verzichtend und dennoch nicht unhöflich, erklärte Saul nur, dass er den Auftrag habe, mir den Damm zu zeigen.

Wir stiegen wieder in den schwarzen Hispano-Suiza und wurden am Kontrollposten durchgewunken. Ich versuchte vergeblich, hinter dem Glas die Soldaten zu erkennen, die auf mich geschossen hatten; mit einem Mal kam es mir vor, als hätte ich es erfunden.

»Wird hier öfter auf Fussgänger geschossen?«

Saul verzog keine Miene. »Nur auf jene, die sich der Kontrolle entziehen.«

So einfach war das. Ich schwieg und starrte auf die Landschaft.

An der Kreuzung reihten wir uns in den Schwerverkehr ein, der auf der tief eingespurten Teerstrasse nach Osten rollte. Nach einer halben Stunde erreichten wir eine Abzweigung. Dahinter schien die Strasse kaum noch befahrbar, war der weiterführende Schienenstrang bereits halb unter kleinen Dünen begraben. Ein fast bis aufs Blech abgeblätterter Wegweiser wies nach Katar, die Kilometerzahl darauf bereits unlesbar.

Wir folgten den Lastern in langgezogenen Kurven hoch zu einem Sattel in der Kordillere. Nach einer der nächsten Kehren hielt Saul in einer Ausweiche und wies wortlos auf eine Holztafel. Etwas perplex entzifferte ich die Aufschrift, um dann schnell zu begreifen, zu welchem Zweck man sie aufgestellt hatte. Es handelte sich um die Fortsetzung des Schriftbandes aus der Kirche, Genesis 1:5, und seine nun mit anderen Mittel fortgesetzte Propaganda:

Gott nannte das erforschte lichte Land Yom *und das unerforscht dunkle* Laylah. *Und so kam der Abend und dann der Morgen: der erste Tag.*

Erneut hatte man dafür die Bedeutungsbreite der alten hebräischen Wörter ausgeschöpft, um eine Brücke zwischen Abend-

und Morgenland zu schlagen und dabei das projektierte Neuland zu umfassen. Nach dem, was ich inzwischen wusste, glaubte ich allmählich in dieser Form der Instrumentalisierung Thauts Handschrift zu erkennen. Für wen waren diese Zeilen jedoch gedacht? Obwohl dies einen guten Aussichtspunkt über die Ebene unter dem Berg bot, würde es wohl noch lange keine Touristen geben, die hier Halt machten.

Ein paar Kehren weiter, doch immer noch unterhalb des Passes, dasselbe Spiel. Ich starrte auf die Grossbuchstaben der Aufschrift vom Wagen aus, der jedesmal leicht zitterte, wenn ein mit Zement beladener Laster vorbeifuhr.

Gott sagte: Lasset einen Wall da in der Mitte der Wasser sein, auf dass er das obere von dem unteren Wasser trenne. Und so geschah es.

Das war wirklich clever: aus dem Wort für ›Gewölbe‹, das eigentlich nur etwas Festes bedeutete, aber auch eine gehämmerte Metallplatte bezeichnen konnte, nicht wie üblich das Firmament herauszulesen, sondern den geschwungenen Wall eines Dammes, der, stand man an seinem Fundament, wohl hoch bis zum Himmel zu reichen schien.

Und dann hielten wir auf dem Joch, wo der Fels, durch den die Strasse geschnitten war, bloss einen Streifen Meer preisgab, der grau aufgleisste wie langsam zerfliessendes Quecksilber.

Gott baute den Dammwall, um die Wasser, die sich darunter ausbreiteten, von den Wassern darüber zu trennen.

Es war unverfroren, wie Thaut da die Adverbien ausnützte, um bereits auf die unterschiedlichen Höhen des Meeresspiegels nach Fertigstellung des Baus zu verweisen. Wer aber hatte ihm da vorgearbeitet? Konnte er selber genug Althebräisch, um auf diese interpretatorischen Kunststücke zu kommen? Lili hatte bei seiner Herkunft etwas von deutschen Pietisten, nicht aber Juden erwähnt, oder?

Keine zweihundert Meter weiter kam hinter dem Einschnitt

nun der persische Golf in Sicht, links in der Ferne der Hafen von Damman. Saul hielt erneut vor einer Tafel, beharrte diesmal aber darauf, dass ich ausstieg.

Gott nannte den Wall Ha'shemim, die Höhen. Da war ein Abend und ein Morgen: der zweite Tag.

Ich ging bis zur Kante des Parkplatzes, von der sich ein Panorama auftat, in dessen Mitte sich die Insel abzeichnete, Dilmun. Sie deckte den halben Horizont ab, der in Glast überging, sodass nicht zu erkennen war, wo das Meer endete und der Himmel begann. Die Welt lag in dieser Höhe vor einem als Land und Stadt, Berghang und Wasser, einer Miniatur gleich von der Perspektive Gottes aus gesehen.

Es war gut vorstellbar, wie Thaut zu Besuch weilende Delegationen an diesen Punkt wie an ein finis terrae brachte und sie bat, den Ausblick zu geniessen – um dann auszuführen, auf welche Weise er seine Macht umsetzte: *Ich liefere die Elektrizität, dank derer dieser Damm gebaut werden kann, um uns dann alle an seinem erzeugten Strom teilhaben zu lassen, aber ich habe auch Schwimmbäder für die Arbeiter gebaut und kontrolliere meine Strassenposten, ebenso wie ich auch Posten bei diesem Bauwerk zu vergeben habe. Den Lastverkehr, der den Zement für die Blöcke heranschafft, die allmählich in den Himmel wachsen, habe ich heute Ihretwegen verlangsamt, damit Sie den Wall ungetrübt von Staub und Dreck und Lärm betrachten können. Auch stehen Mannschaften bereit, um unsere rauhe Küstenlinie mit Blumen zu bepflanzen. Einer von ihnen hat angemerkt, dass er nirgendwo öffentliche Bibliotheken gesehen habe: nun, ich denke, die Menschen haben mit der Arbeit hier genug zu tun und sollten mit ihren schmutzigen Händen keine Bücher in die Hand bekommen. Unsere Bibel ist die Natur. Und sie bedrängt uns allzuoft mit Stürmen, mit Tang und Treibgut, das wir dann aufsammeln; nichts wird verschwendet, alles wird nutzbar gemacht. Meine Damen und Herren, wir leben noch in einem alten Etwas, un-*

ter einer Sonne, die meint, noch nichts Neues gesehen zu haben, und ich erhalte täglich unzählige Briefe aus aller Welt, die mir dieses oder jenes vorschlagen und mir allesamt zu diesem Unterfangen gratulieren. Sie wollen eine bessere Kanalisation oder pittoreske Taubenschläge? Ihr Wunsch ist mir Befehl. Und ja, natürlich wirft das letzte Erdbeben Probleme auf, doch ich denke, alles in meiner Macht Stehende auch umsetzen zu können.

Und dann, in einer ausgesetzten und zu diesem Ziel verbreiteten Kurve, tat sich endlich der Blick über Thauts Genesis auf. *Gott sagte: Lasst am Wall die Wasser zusammenkommen, dass darunter trockenes Land zum Vorschein komme. Und er nannte den ausgetrockneten Teil* Arez *und die Wasser davor* Yamim *und sah, dass es gut war: die Erde wird grün von frischem neuem Gras sein, von samentragenden Pflanzen und Bäumen voller Früchte. Und so wurde es erst Abend und dann Morgen: der dritte Tag.*

In der Schau von oben bot sich der bis Dilmun hinaus fertiggestellte Damm als überraschend schmal dar. Nach all der aufgebauten Erwartung war erstaunlich, wie wenig substantiell er wirkte, nicht klein, aber dennoch schmächtig inmitten der Massen von Wasser und Himmel und Land. Am mächtigsten war er noch an seinem Ansatz direkt unter mir, wo er sich an einer Landzunge entlangzog, welche die Engführung zum Speisungskanal bildete. An dessen Ende lag das massive graue Kraftwerk. Parallel dazu lief der Schifffahrtskanal auf eine breite Schleuse zu, die ebenfalls aus dem Felssporn herausgehauen war.

Der Sperrdamm, der sich dann hinaus in den Golf krümmte, erschien dagegen beinahe unbedeutend; ich erblickte bloss die oberste Kante, ohne der Schräge gewahr zu werden, mit der er sich dem Meer entgegenstemmte. Und während der Südkopf von Fahrzeugen wimmelte, die sich vor der Brücke der Schleuse und um den Hafen stauten, blieb der Damm selbst leer. Einzig an einer Auskragung – einem Fort – herrschte Betrieb. Von den Pontons, mit denen er weitergebaut wurde, über die Insel hinaus, war nichts zu sehen; sie befanden sich bereits hinter der Kimm.

Es stellte sich alles so übersichtlich dar, dass der Damm den Kräften der Natur gegenüber kaum behauptbar schien. Die Dünung, die an ihn brandete und Kämme heller Gischt hinterliess, die roten Scharten der Küste, der Wind, den ich auf meiner Warte an den Wangen spürte, schienen dagegen weit wirklicher und wirkungsmächtiger. Dieser Eindruck verstärkte sich seltsamerweise, wenn man den Blick für Einzelheiten schärfte und versuchte, die Arbeiten am Wall zu erkennen.

Da waren die Eisenbahngleise nach Damman, dort wurden Waggons ausgeladen, die Ladung eines Kahns gelöscht, aufgeschüttete Kieshaufen, Hügel voller Steinquader, die Staubfahne der Lastwagen, Rampen und Leitungen, Kräne und Hebewerke, Gerüste und Geräte, ein Tun und Treiben in einem solchen Wirrwar, dass der Wall sich vor den Augen aufzulösen schien, um selbst dort, wo er vollendet war, vorläufig zu wirken, unerheblich, vom Grund auf eine Hochstapelei im wahren Sinne des Wortes, immer schmäler nach oben gemauert, um ein Dutzend Höhenmeter über dem Meer als einspurige Fahrbahn zu enden.

Er kam mir vor wie die Kopie von Breughels Turmbau zu Babel, die in meinem Institut in Toronto hängt, ebenso schief angelegt, bloss sieben Etagen hoch und umso kleiner wirkend, da im Vordergrund die Gestalt Nimrods überhöht wird, vor dem alle einen Kotau machen, der Himmel darüber so unwahrscheinlich nieder für die Stockwerke und Stützmauern rund um eine Röhre, ein unmöglich je fertigzustellendes Gebilde, das bloss die Barackensiedlung darunter in den Schatten stellt, gleichsam verhöhnt von der Leere ringsum, in der sich bereits eine Trombe aufbaut, die als Wirbelsturm über alles hinwegfegen wird.

Hatte ich erwartet, den Dammbau bald auch von nahem beobachten zu können, so wurde ich jedoch enttäuscht. Saul wendete den Wagen und erwiderte meine Nachfragen bloss damit, dass ich für das Betreten der Baustelle keine Genehmigung habe. Wie ich sie erlangen könne? Nur über Thaut. Wann? Sobald er mich empfinge. Wann? Das könne er nicht sagen. Mich überkam da zum ersten Mal der Gedanke, einfach abzuhauen, irgendeinen Schiffer zu bezahlen, um mich aus dem Land zu bringen, auf die andere Seite oder jenseits der Strasse von Hormuz. Aber ich verwarf ihn gleich wieder, weil auch von dort kein Weiterkommen möglich schien, die Grenze überall war, von Militärs kontrolliert.

Unter dem Pass, die Strasse zurück in die Ebene führend, hielt Saul am Rand. Er ging ein paar Schritte hinaus auf die hier mit grünen Ranken bewachsene Fläche. Er bückte sich, um zwischen den dicklappigen herzförmigen Blättern des Krauts kleine, hartschalig runde und gelbe Früchte abzureissen. »Bitteräpfel.« Die Arme voll damit, leerte er sie auf die Rückbank. »Gut gegen Krankheit.«

»Wer ist krank?« Er antwortete nicht.

Es war gegen fünf Uhr, als Saul mich wieder in Havilah absetzte.

»Am besten, Sie holen mich morgen um dieselbe Stunde ab, damit ich Thaut Bericht erstatten kann.«

Er sah mich nur ausdruckslos an. »Thaut holt Sie, sobald er Zeit für Sie hat.«

Ich war bereits ein paar Schritte vom Wagen weg, als er mich zurückrief und mir eine seltsame Frage stellte: »Was wissen Sie über die amerikanischen Einwanderungsgesetze?«

»Genug, um froh zu sein, dass ich Kanadier bin.«

»Wer gilt dort als Miksitaj?«

»Als was?«, fragte ich verblüfft.

Er suchte nach einem anderen Wort. »Als Mongrel, als …«

»Mischling.« Ich musste nicht lange überlegen. »Dort gilt seit

1924 immer noch die ›Ein-Tropfen-Regel‹. Bereits der Nachweis eines Tropfens schwarzen Blutes in der Familie reicht aus, egal wie lange die Vermischung zurückliegt. Und in 30 Bundesstaaten gilt eine Mischehe sogar als strafbare Handlung.«

Er schien nur die Hälfte verstanden zu haben. »Und wie ist das in Europa?«

Auch darüber wusste ich etwas Bescheid, wenngleich die Lage unklar war. Jeder dort verfluchte die Juden. Eine an die Amerikaner angelehnte Gesetzgebung war jedoch immer wieder daran gescheitert, dass man sich über keine legale Definition dafür einigen konnte. Ab wievielen jüdischen Grosseltern war man als Mischling anzusehen? Es gab dafür keine biologisch eindeutige Lösung, weshalb man sich darauf einigte, auch den praktizierten Glauben als Basis dafür heranzuziehen. Was spätestens dann hinfällig wurde, als die Briten auch die Zionisten in ihrem Mandatsgebiet Palästina den Osmanen unterstellten. Ihr Kalif, der Haschemit Abdallah, und nach ihm seine Söhne setzten dann mit Gewalt die grosse Glaubensreform durch, dank derer auch im Nahen Osten die Ausübung der alten Glaubensrichtungen für strafbar erklärt wurde.

Ich erinnerte mich noch gut an diesen Juni, an die Propaganda von Radio Kairo und unsere ersten Vorbereitungen gegen den drohenden Krieg. Die Autoscheinwerfer wurden schwarz bemalt, die Fensterscheiben überklebt, Verdunkelung nach Einbruch der Nacht angeordnet, Gräben ausgehoben, Sandsäcke gefüllt und Nahrungsmittel gehortet. Gerüchte machten die Runde, dass bereits Friedhöfe für die zu erwartenden Opfer angelegt wurden; einige unserer Nachbarn hatten da schon ihre Häuser verlassen. Eines Morgens dann ging ich ins Badezimmer zu meiner Mutter, die sich dort wie immer zurückgezogen hatte, und fragte sie, ob es wirklich wahr sei, dass die Araber die Stadt erobern und uns alle ins Meer werfen würden. Ein paar Tage später zerriss das ohrenbetäubende metallische Geheul der Sirene das Murmeln in unserem Klassenzimmer. Dumpfe Angst im Bauch, rannten wir Kinder aus der Volksschule in die anliegende Orangenplantage. Wir suchten Schutz in den kreisförmigen Bewässerungsrinnen um die Bäume, die wir zuvor zu vertiefen geholfen hatten. Ich weiss noch, wie mein bester Freund neben mir lag, der feuchte Geruch der umgestochenen Erde in unserer Nase, und die Flugzeuge erst zu hören waren und danach über den Laubkronen sichtbar wurden. Am selben Abend verkündete das Radio bereits den Triumph von Abdallahs Heer, der unsere Ausweisung per Schiff einleitete. Nach Österreich oder Deutschland zurück wollten nur die wenigsten; und so endete unsere Reise in Kanada. Was sollte ich Saul also antworten?

»In Europa gibt es dafür keine rechtlichen Kriterien.« Ich merkte, dass Saul den Satz nicht verstand, also fasste ich es kürzer.

»Ich würde dort nicht hingehen.«

Er blickte mich nachdenklich an, schien noch eine weitere Frage auf den Lippen zu haben, liess es dann aber und fuhr mit einem kurzen Nicken los. Ich sah dem Wagen nach und überlegte. Saul hatte dunkle Haut, aber ausser seinem inzwischen allerorts üblichen alttestamentarischen Namen wies nichts auf eine jüdische Herkunft.

12

Nachdem wir das Nest der Aufständischen ausgeräuchert hatten, verhörte ich auch einen etwa 40-jährigen Hindu aus Jaipur, der aus den Ruinen gekrochen kam. Er war ein gelernter Maurer namens Ghia, der beschlossen hatte, beim Dammbau eine Anstellung zu finden.

Im letzten September, kurz nachdem die Union gezielt gegen Migrantenkonvois vorging, wollte er einen Fernbus nehmen, als auf der Busstation ein ›Mittelsmann‹ auf ihn zutrat: Du willst nach Arabien? Wir können dich in zwei Tagen hinbringen! Er nahm Ghia auf seinem Motorrad mit zu einem Pakistani, der ihn zu der Fahrt ermutigte und behauptete, sein Bruder in Bandar Abbas würde ihm helfen, nach Damman zu gelangen. Ghia bezahlte ihm 100 000 Rupien, etwa 130 Taler, weit weniger als die gängigen 400 Taler, und händigte ihm seine Uhr aus, um den Handel zu beschliessen. Dieselbe Nacht noch wurde er zu einer Gruppe von zwanzig Migranten gebracht, die es aus Bangladesh und Burma bis hierher geschafft hatten und nun auf die Ladefläche eines kleinen Lasters gepackt wurden, der sich 30 anderen Fahrzeugen anschloss.

Der Konvoi fuhr auf entlegenen Pisten durch die Wüste Tharr, um dann an vier Kontrollposten in Pakistan zu halten. Jedesmal wurden die Passagiere aufgefordert, ein Bakschisch in der Höhe zwischen 5 und 10 000 Rupien dazulassen. Beim dritten Posten ging Ghia das Geld aus und er musste seine neuen Lederschuhe im Tausch gegen Sandalen abgeben. Am letzten Posten vor Zahedan wurde er das neue Paar Hosen und die vier Hemden los, mit denen er sich in Damman präsentieren wollte. Bei einem weiteren Posten in Beludschistan, der von lokalen Paramilitärs kontrolliert wurde, hatte jeder Migrant Dirham im Gegenwert von etwa 10 Talern zu bezahlen; Ghia lieh sich das Geld vom Lenker des Lastwagens.

Die Fahrt endete schliesslich in Bandar Abbas in einem ummauerten Hof. Die Frauen aus Ghias Gruppe wurden separiert; er nahm an, dass sie in die Prostitution verkauft wurden. Die Männer wurden in einem Raum eingeschlossen, der bereits voll mit anderen Migranten war, die den Neuankömmlingen erklärten, dass dies ein *gidambashi* sei, ein ›Kredithaus‹, wo jene Leute, die den nächsten Abschnitt der Reise nicht bezahlen konnten, eingesperrt wurden, bis ihre Verwandten oder Freunde das Geld für sie aufbrachten. In der Anarchie, die in der Freistadt herrschte, hielt man selbst jene dort fest, die den gesamten Betrag bereits bezahlt hatten, um ihre Familien weiter zu erpressen.

In jedem Stock des Hauses hielt man etwa 50 Männer gefangen. Jeden Morgen bekamen sie mit Gummiknüppeln ein Dutzend Schläge auf ihre Fusssohlen; Ghia zeigte mir seine Narben. Im Griff gehalten wurden all diese Migranten von drei Pakistani, die einmal ebenfalls Migranten gewesen waren: ihrem Boss Farad, der aus Peshawar stammte, seinem Assistenten Faruk, der das Prügeln übernahm, und einem dritten, der sie zu füttern hatte. Sie erhielten eine Scheibe Brot am Tag – ›ich will nicht, dass ihr meine Toilette verstopft‹, wie Farad meinte. Die Wächter waren mit Gewehren und Pistolen bewaffnet, mit denen sie manchmal in die Luft schossen, um den Gefangenen Angst einzujagen. Der Preis für ihre Freilassung war 1500 Taler, eine Summe, die keiner aus Ghias unmittelbarer Familie bezahlen konnte.

Ghia fiel dafür bloss ein entfernter Onkel in Delhi ein. Sie machten ein Foto von Ghia und schickten es diesem mit der Lösegeldforderung: ›Er schuldet uns 1500 Taler; erhalten wir sie nicht, stirbt er und wir werfen seine Leiche in die Wüste.‹ Sie überliessen Ghia als Souvenir eine Kopie davon, die er noch bei sich trug: darauf war er nackt, bis auf die Knochen abgemagert, nicht wiederzuerkennen.

Nachdem Ghias Onkel wider Erwarten das Geld an Farads Frau in Peshawar überwiesen hatte, hörten die Schläge auf. Sie versprachen jetzt, ihn über den ›Fluss‹ zu bringen, wie die Schlepper den Persischen Golf nannten. ›Willst du nach Arabien?‹, fragten sie ihn. Ghia wusste nur, dass er nicht mehr zurückkonnte, weil er zuhause nunmehr in einer unbezahlbaren Schuld stand. Der Onkel wurde aufgefordert, noch mehr Geld zu bezahlen – eine ›Ghetto-Pauschale‹ von 100 Talern – ›Du hast in meinem Haus gewohnt und mein Wasser getrunken‹, rechnete Farad ihm auf – und weitere 300 Taler für die heimliche Überfahrt mit einem Boot nach Damman. Die am Wall endete, als sie ihn den Aufständischen übergaben, welche ihn in dem Dorf gefangen setzten, das wir im März befreiten. Die Freischärler hatten ihn als Ungläubigen wie ein Tier behandelt, das nicht *hallal* war, weshalb sie ihn regelmässig vergewaltigten.

Bei seinem Bericht überkam mich zum ersten Mal die Abscheu vor allen und allem, nicht nur vor der Grausamkeit der anderen Seite, sondern auch vor unserer, die sich an der Grenze und dem Damm immer weiter entzündete und wie ein Flächenbrand weiterfrass, als wäre Lotan wieder erwacht und am Wirken und müsse nun ein für allemal ausgelöscht werden, ob durch Gottes Willen oder die Hand, die er befehligte. Und ich wartete auf ein Zeichen, als hätte er deren nicht schon zur Genüge gesandt, ohne dass ich zu sehen oder zu hören begonnen hätte, mich blind und taub stellend.

XVII

Hamed wartete im Schatten der alten Remise.

»Ich habe einen Bootsmann gefunden, der dich zur Insel schafft. Aber es wird dich einiges kosten.«

»Wir werden sehen. Bring mich zu ihm, dann kriegst du dein Geld.«

Ich war völlig ausgedörrt und ging zum Markt, fand aber nirgends etwas zu trinken. Da war ein Stand mit Säcken voller Gewürzen, unter denen ich jene Bitteräpfel erkannte, die Saul gesammelt hatte. »Wozu sind die gut?«

Hamed übersetzte. »Das sind Pomoj de Sodom.« Sodomsäpfel. »Gegen Würmer und Zuckerkrankheit. Die Frauen essen sie auch, um nicht mehr graveda zu sein.« Schwanger. »Und die Männer gegen Gonorrea.« Er musste sich wohl öfter bei Huren aufhalten. »Für das Jucken dabei nimmt man das da.« Altklug deutete er auf einen Sack mit meterlangen Halmen. »Kamelgras.« Was Saul jedoch mit der Frucht wollte, wurde mir nicht klar.

Daneben waren kleine cremefarbige Knollen in einem Glasgefäss, das man mir eilfertig öffnete. Daraus drang ein Geruch nach Trüffeln hervor. »Kamaa«, erklärte Hamed. »Sie schmecken gut und helfen gegen kranke Augen. Aber sie sind sehr teuer und selten, weil sie nur im Sand wachsen, nachdem Blitze eingeschlagen haben.«

Meine Ungeduld merkend, führte mich Hamed nun ums Eck zu einem Verschlag, vor dem ein paar klapprige Stühle standen, und bestellte drinnen Tee für mich.

»Was ist das für ein Schiffer, den du aufgetrieben hast?«

»Abharah!«, sagte er stolz. »Ein Schäfer aus Kerman, der erst Fischer wurde und dann Kapitano. Er ist berühmt! Und du musst wissen, er ist ein anständiger Mann. Er glaubt noch an Gott.«

Und als hinge sein Anteil an dem Geschäft nicht nur davon ab, ob er mir das Warten zu verkürzen, sondern auch in welch gutes Licht er diesen Abharah zu setzen verstand, holte er nun weit aus.

»Eines der China-Schiffe sichtete ihn einmal weit draussen am Meer. Es war ein Tag, an dem die Wellen plötzlich völlig flach gefallen waren und nicht der leiseste Wind mehr wehte; Abharah sass ganz allein in einem Motorboot, mit nichts als einem Wasserschlauch. Sie wollten ihn an Bord holen, doch Abharah weigerte sich – ausser man machte ihn zum Kapitän und bezahlte ihm dazu 1000 Dirham. Da er offensichtlich nicht bei Verstand war, redeten sie begütigend auf ihn ein, aber er erwiderte nur: ›Eure Lage ist schlimmer als die meine‹.«

Hamed ahmte eine tiefe Stimme nach, was nicht nur mich zum Lachen brachte, sondern auch den Wirt hinter seinem Kochgestell hervorlockte. »›Ich gehe nur an Bord, wenn ihr mir 1000 Dirham bezahlt und mir das Kommando über euer Schiff gebt.‹ Seine Entschlossenheit beeindruckte sie.« Der alte zahnlose Mann nickte zustimmend; offenbar war die Geschichte bekannt.

»Und da ihr Schiff voller wertvoller Güter war und mit vielen Leuten an Bord, sagten sie sich, dass 1000 Dirham für einen guten Rat nicht zu teuer wären. So kam Abharah an Bord und steckte zuerst seine Dirham ein. Dann drehte er dem Kapitän den Rücken zu und wandte sich an die vielen Menschen an Deck, die mit ihren Waren die Passage nach China angetreten hatten: ›Ich bin jetzt euer Kapitän.‹« Wieder machte Hamed seine tiefe Stimme.

»›Wenn ihr alle am Leben bleiben wollt, dann führt meine Befehle aus!‹ Abharah sagte es mit der Autorität eines Scheichs, dass alle vor ihm kuschten, selbst der eigentliche Kapitän.« Der zahnlose Alte nickte erneut; Hamed hielt sich offenbar an die Fassung, die alle kannten.

»Zuerst forderte er sie auf, die Hälfte der schweren Fracht, die das Schiff geladen hatte, über Bord zu werfen. Dann den Hauptmast zu kappen. Und zuletzt die beiden Anker im Meer zu versenken.« Der Alte wollte etwas einwenden, doch Hamed liess ihn nicht zu Wort kommen.

»Und so driftete das China-Schiff dahin. Am nächsten Tag stieg eine Wolke auf, die hoch wie ein Leuchtturm war, bevor sie sich wieder auflöste. Und dann brach der al-Khab los.« Hamed wandte sich fragend an den Alten, der ›Tajfuno‹ mümmelte. Taifun.

»Wenn sie nicht die halbe Fracht über Bord geworfen und den Mast gekappt hätten, hätte die erste Woge, die sie überrollte, das Schiff versenkt. Der Tajfuno dauerte zwei Tage und Nächte und warf das China-Schiff hin und her. Es trieb ab, keiner wusste, wohin. Erst am dritten Morgen liess der Wind nach; er legte sich bald ganz und am Abend auch die Dünung. Am nächsten Tag richteten sie den Mast auf und fuhren weiter, von Gott geschützt.« Der Alte murmelte etwas, das ich nicht verstand, aber Hamed liess sich nicht beirren.

»So gelangten sie heil nach China, wo sie alles verkaufen konnten und sich dann an die Rückfahrt machten. Als sie wieder ungefähr dort waren, wo sie Abharah aufgelesen hatten, sichteten sie eine kleine Insel mit einem Riff. Er befahl ihnen, beizudrehen und sein Boot samt einigen Männern zu Wasser zu lassen. Sie waren überrascht, taten aber wie geheissen und ruderten zu dem Riff, wo sie die schweren Anker an ihren Tauen vom Meeresgrund zogen und zurückbrachten. Wieder an Bord, bestürmten ihn die Leute, woher er denn gewusst habe, wo der Anker zu finden sei.« Der Alte blickte Hamed jetzt erwartungsvoll mit glänzenden Augen an.

»Als ich euch an dieser Stelle fand, erklärte Abharah, war es genau der dreissigste Tag des Mondes, wo der Unterschied zwischen den ...« ›Tajdos‹ warf der Alte hilfreich ein: Tiden, Gezeiten. »Zwischen den Gezeiten also am höchsten ist. Das Meer hatte bereits um einiges abgeebbt und ihr wart in gefährlicher Nähe des Riffs. Um das Schiff zu erleichtern, befahl ich euch, die halbe Fracht über Bord zu werfen. Da wir die Anker nicht auf der Fahrt nach China brauchen würden, konnte ich euch die andere Hälfte lassen.« Der Alte lachte sein zahnloses Grinsen.

»›Doch woher wusstest du von der Ebbe und dem Tajfuno?‹, wollte sie wissen. ›Wer das Meer so gut kennt wie ich‹, antwortete Abharah, ›weiss, dass auf den dreissigsten Tag des Mondes eine grosse Ebbe folgt. Dazu kommt bei einer solchen Ebbe stets ein Tajfuno aus der Tiefe des Meeres auf. Mein eigenes Schiff sank, weil mich die Ebbe erwischte, als ich nichtsahnend nachts an diesem Riff ankerte; es wurde daran leckgeschlagen, ich aber konnte mich in das Boot retten. Wärt ihr geblieben, wo ihr wart, nämlich genau über der Insel, wärt auch ihr in einer Stunde auf das Riff gelaufen. Und wenn nicht, hätte der Tajfuno euch versenkt‹.«

Der Alte schien auf eine Fortsetzung der Geschichte zu warten, aber Hamed bedeutete ihm herrisch, endlich den Tee zu bringen. »Du siehst also«, meinte Hamed vertraulich, »Abharah ist ein wichtiger Mann. Er kennt sich aus. Er wird auch dir helfen können – falls er dich leiden mag.«

Ich nahm ihm dies als alte Legende ab, nicht aber dass Abharah darin eine Rolle gespielt hatte. Ich konnte mir kaum vorstellen, dass in jüngster Zeit noch Segelschiffe von hier aus nach China segeln konnten. Gierig trank ich den Tee, der mehrmals aufgegossen worden, doch unter all der Süsse derart bitter war, dass es mich nun erst recht nach einem grossen Glas Wasser verlangte.

Durch ein Gewinkel von Gassen gelangten wir zu einer der Baracken am Zaun. Hamed bedeutete mir, vor der Tür zu warten. Es dauerte eine ganze Weile, bis er wieder herauskam; wahrscheinlich hatte er währenddessen seinen Schnitt ausgehandelt.

Hatte ich mir nach Hameds Erzählung einen breit gebauten Seebären erwartet, so sass da ein schlaksiges Männlein auf einem Stuhl, dabei, eine Angelleine zu entknoten, ohne auf seine Hände zu sehen. Stattdessen reckte er forsch den Kopf und bedeutete mir einzutreten.

Da es keinen anderen Stuhl gab, kauerte ich mich hin, Rücken an die Wand. Hamed hielt sich seltsamerweise zurück, sodass es an mir war, diesen Abharah anzureden. Der liess sich nicht beirren, machte seine Arbeit fertig, rollte die Schnur auf und stand auf, um sie auf einen Tisch voller Haken und Messer zu legen. Dabei zeigte sich, dass er ungewöhnlich gross war, dürr, aber mit kräftigen Oberarmen. Er setzte sich wieder und nahm sich die nächste Schnur vor.

»Ich suche einen Bootsmann.«

Er bewegte seinen Kopf, als horche er meinen Worten nach, wie sie ungehört verhallten. Als hätte ich sie an den Falschen gerichtet.

»Ich suche jemanden, der mich nach Dilmun bringt.«

Er kniff seine Augen zusammen. »Du bist nicht der Einzige. Gestern kam auch jemand, der zur Insel gebracht werden wollte.«

Evita, dachte ich im ersten Moment und nannte ihren Namen.

»Bah«, stiess er aus, als wäre ich ein Idiot.

Also fragte ich: »Wann?«

Er überlegte, ob er mir diese Auskunft geben sollte. »Morgen. So Gott will.«

»Dann kannst du mich ja mitnehmen. Was ist dein Preis?«

»Das Doppelte.«

»Das Doppelte?«, wiederholte ich überrascht. »Weshalb?«

»Weil zwei auf die Insel zu bringen, doppelt so gefährlich ist.«

»Wieviel also?« Ich zog drei schwarze Marken aus der Jackentasche.

Er schüttelte verächtlich den Kopf. »Echtes Geld. 1000 Dirham.«

Ich lachte. »100.«

Er liess sich mit seiner Antwort Zeit, als erwäge er, ob ich überhaupt seiner Einlassung wert wäre. »950.«

»50.«

Ruckartig wandte er sich mir zu und wiederholte: »950.«

Worauf ich »40« sagte, um ihm zu zeigen, dass ich nichts falsch verstanden hatte.

Er musterte mich unter seinen dichten buschigen Brauen. »900.«

Worauf ich »30« sagte.

Er machte eine Handbewegung zu Hamed hin, gleichsam als Frage, wen er da mitgebracht hätte. Bevor der sich einmischen konnte, richtete ich mich auf und sagte nur: »Insh'allah.«

Überrascht, aber auch unangenehm berührt von diesem Schibboleth, von dem ich mittlerweile begriffen hatte, dass es verboten war, repetierte er in fragendem Ton: »Insh'allah?«

»Ja«, bekräftigte ich als Zeichen meiner Komplizenschaft. »So Allah es will.« Natürlich traute er mir nicht über den Weg.

Also brachte ich es offen zur Sprache. »Es heisst überall, du wärest ein gottesfürchtiger Mann, Abharah. Doch eines interessiert mich – woher willst du wissen, ob Allah existiert?«

Er schwieg.

»Ich frage dich mit allem Respekt – woher willst du wissen, dass es Allah gibt? Kannst du mir sagen, weshalb du noch an ihn glaubst?« Ich sagte das mit einem Unterton, der nicht ihn in Frage stellte, sondern meine Sympathie bekundete. Und an seine Weisheit appellierte.

Er seufzte und bedeutete Hamed, ihm Wasser aus einem Krug

über die Hände zu giessen. Er rieb sie aneinander und deutete dann auf die Messingschüssel darunter. »Was siehst du da?«

»Wasser.«

»Wessen Wasser?«

Ich überlegte, was darauf antworten. »Dein schmutziges Wasser. Und eine Schüssel. In der es hin und her schwappt. Wie bei den Wellen, die ein Boot auf dem Meer macht.«

»Das Wasser hat Gott gemacht. Nur das Boot ist meins. Wie auch die Schüssel da.« Er grinste. »Die Wellen im Meer aber – sie zeigen dir Gott. Manchmal sind sie da, manchmal nicht. Man kann nur hoffen, dass sie nicht zu hoch werden.«

»Ich dachte, sie kommen vom Wind.«

»Ist er denn nicht Gottes Atem?«

»Woher willst du das wissen?«

»Schau dich um und sag mir, wem das Wasser gehört.«

Ich blickte mich demonstrativ in seinem Verschlag um. »Thaut.«

Er stiess einen abschätzigen Lacher aus. »Dann geh aus der Stadt und schau dich um, rechts und links und vor dich. Geh, bis du zu den Bergen und am Ende ans Meer kommst – und belästige mich nicht mehr mit solchen Fragen.«

»Aber da sind der Zaun und die Wachen. Und Kontrollposten.«

»Eben. Deshalb will ich 1000 Dirham. Um dir Allah zu zeigen. Und das ist noch zu billig.«

So handelten wir schliesslich wirklich und einigten uns auf die Hälfte. Wen er noch zur Insel übersetzte, verriet er nicht. Nur, dass ich mich morgen früh vor Anbruch der Dämmerung bei der alten Lokomotive bereithalten sollte, »bevor ein weisser von einem schwarzen Faden zu unterscheiden ist«.

XVIII

Eine gute Geschichte stellt etwas irgendwie Vorhersagbares in Aussicht. Sie spannt auf die Folter, indem bereits zu ahnen, ja zu befürchten ist, was alles vorfallen wird – und je länger man auf dieses Unausweichliche wartet, desto unerträglicher wird es. Doch in Wirklichkeit gibt es solche Spannungen kaum, weil man nie weiss, was als Nächstes geschieht, was einen erwartet, da alles offen ist, unvorhersehbar.

Obschon nun für morgen alles vorbereitet war, ging ich zurück zum Hotel mit dem Gefühl, in eine Sackgasse geraten zu sein und auf der Stelle zu treten. Ich kannte mittlerweile den Ort und die Leute, die hier das Sagen hatten; dennoch war ich kein Stück vorangekommen, weder mit dem, was ich wollte und was mich hergebracht hatte, noch mit der Verpflichtung, die man mir aufgezwungen hatte. Vom Dammbau hatte ich kaum mehr erfahren, als auch den bisherigen Zeitungsberichten und der Propaganda zu entnehmen gewesen wäre. Und was in Dilmun zu erreichen war, schien fraglich, sowohl für meine Interessen als auch für Thauts Anliegen, das mir immer absurder vorkam, je mehr ich von seiner Evita erfuhr. Es war eher, als erreichte ich mit allem, was ich unternahm, nur, keine Rückschritte zu machen. Dabei wich ich jedoch jedesmal ein wenig weiter vom Ziel ab, um auf schiefes Gelände zu geraten, mich im Kreis zu drehen und am Ende wieder zum Anfang zurückzublicken.

Das Einzige, das mich lockte, war eine neuerliche Begegnung mit Lili, obwohl mir auch bei ihr die Tür nicht wirklich offenzustehen schien. Ich verspürte bloss die Anziehung zu ihr, im Bewusstein, dass solche Lockungen mich schon mein ganzes Leben lang bestimmten, als wäre ich nicht in der Lage, von mir selbst aus etwas zu wollen: als ob ich bloss gewollt werden wollte. Doch auch das ist keine Geschichte, in der sich etwas entwickelt, ein Knäuel, das sich in einem Labyrinth entrollen lässt, um wieder hinauszufinden. Es ist bloss ein Zustand. Ein ewiges Unbefriedigtsein, das mich oft zu seltsamen Übersprungshandlungen verleitete, die nie zu etwas führten, als wäre etwas blockiert in mir, seltsame Zwischenspiele in dem, was ein dauerndes Ankämpfen und wieder Flüchten scheint: sinnlose Erregungen. Die mich fesselten; um mich nur noch tiefer zu verstricken.

Ich weiss nicht, wer dem Waldrapp inzwischen einen Spiegel in seinen Käfig gestellt hatte und wozu. Als ich auf die Veranda trat, sah ich ihn mit dem Schnabel darauf einpicken, klipp, klipp. Er spreizte die Flügel wie bucklige Schulterblätter, wich darauf einen Schritt zurück, stellte sich auf einen Fuss, um ihn danach gleich wieder fest auf den Boden zu setzen und den Kopf unter den linken Fittich zu stecken, als schliefe er.

Das Hotel war leer, der Wirt nicht zu sehen. Im Zimmer waren die Betten gemacht; der Koffer meines Nachbarn fehlte. Erschöpft vom Tag streckte ich mich aus, um in einen kurzen, aber desto tieferen Schlaf zu fallen. Ich erwachte, ohne im ersten Moment zu wissen, wo ich war, und raffte mich schliesslich auf, weil Geräusche aus dem Speisesaal zu vernehmen waren. Der Kopf noch ganz wattig, blieb ich in der offenen Tür stehen und bemerkte auf der Wand im Gang, in den nun etwas Licht fiel, eine Reihe von aufgehängten Zeitungsausschnitten. Sie zeigten Thaut bei irgendwelchen Versammlungen, einmal steif auf etwas sitzend, das wie ein Rollstuhl aussah. Waren andere Leute darauf zu sehen, dann stets im Respektsabstand. Der Ausdruck auf seinem Gesicht war jedesmal ähnlich, doch schwer zu deuten. Es ging keine Arroganz der Macht davon aus, eher wirkte es weich, sinnierend, doch ohne dabei sein Gegenüber wahrzunehmen.

Im Speisesaal war ich froh, den Doktor nicht zu sehen; er war mir mit seiner Aufdringlichkeit und seinen bohrenden Fragen unangenehm geworden. Ich wurde an den Tisch geführt, wo der Lehrer sass. Soares. Hatte er mir auch einen Vornamen genannt? Da er ganz alleine dasass, fragte ich ihn, ob er denn nicht verheiratet wäre. Er lief bis in die Schnurrbartspitzen rot an und kam ins Stottern.

»Meine Frau ist heute ... unpässlich.« Es war nicht zu sagen, was an seiner Antwort gelogen war.

Das aufgetragene Essen schmeckte wie die Male zuvor; in Salzlake eingelegtes Gemüse, zähes Fleisch, zerkochter Reis. Ich deutete auf unsere Teller. »Ja, das ist nichts, weswegen man freiwillig hierher zum Essen kommt – schon gar nicht bei den Preisen.«

»Ich habe gehört, dass wir morgen in die Villa unseres Direktors eingeladen sind.«

Es hatte sich also bereits herumgesprochen und ich war erstaunt, wie dreist er nun eine Einladung für sich reklamierte. »Kommen Sie nur«, erwiderte ich grosszügig. Worauf mir plötzlich die Frage in den Kopf schoss: »Wann haben Sie Thaut eigentlich zum letzten Mal gesehen?«

Er überlegte. »Das ist schon länger her. Er zeigt sich nur noch selten in der Öffentlichkeit. Und dann nie allein – sodass man kaum ins Gespräch mit ihm kommen kann. Deshalb würde ich mich freuen, ebenfalls morgen Abend eingeladen zu werden. Zuletzt sah ich ihn bei der Feier zur Fertigstellung von Kilometer 20 – aber auch da nur von weitem.«

»Finden Sie das nicht seltsam? Einen Projektleiter, den man kaum je auf seiner Baustelle sieht?«

»Ganz und gar nicht«, wandte er eilfertig ein. »Er hat doch mit der Organisation mehr als genug zu tun. Für die Aufsicht hat er seine Leute.«

»Der Damm soll ja jetzt bald über Dilmun hinausgehen. Was wissen Sie denn über die Insel? Ich meine, wie sie heute ist? Sie sind doch ein Mann, der vieles weiss ...« Ich versuchte ihn aus der Reserve zu locken.

»Nicht allzuviel.« Er gab sich bescheiden. Um dann doch mit seinem Wissen zu glänzen. »Es gibt dort zwei Kasten. Die einen berufen sich darauf, die wahren Nachkommen jenes Menschen zu sein, der als Einziger die Sintflut überlebt hat und im Epos von Gilgamesh ›Utnapishti‹ genannt wird. Die anderen, die ›Gemeinen‹, sind jene, die später auf die Insel zogen, Händler, die sich dort niederliessen, oder die Abkömmlinge ihrer ehemaligen Sklaven.«

»Und von wem sollen die abstammen? Hat denn noch jemand die Sintflut überlebt? Nein – ich kann es mir denken: das müssen dann wohl die Nachkommen Noahs sein ...«

Für Ironie war er offenbar taub. »Noah und Utnapishti sind ein und dieselbe Person. Sie werden bloss in den unterschiedlichen Traditionen anders benannt, bedeuten aber das Gleiche. Utnapishti heisst ›Er hat das Leben gefunden‹, Noah ›Er rastet zufrieden‹.«

»Welchen Ahnherren schreibt man dann diesen Gemeinen zu?«

Soares sah mich an, als wäre die Antwort darauf selbstverständlich. »Es geht um die Reinheit des Blutes. Um die direkte Abstammung von ihm.«

Das war Nonsens, aber ich beliess es dabei und zeigte mich nur befremdet, dass man nach der Reformation noch solche paganen Traditionen tolerierte.

»Man lässt sie gewähren, weil auf der Insel eine uralte Form des Synkretismus praktiziert wird, den man hier als Vorläufer des in der Union durchgesetzten modernen Glaubensbekenntnisses vorweisen kann.«

Das stimmte wohl. Ich konnte mich noch entfernt erinnern, in der Zeitung von solchen Argumentationen gehört zu haben.

»Dabei stellen sie aus Lehm eine Statue her, die sie einem Ritus der Mundwaschung und Mundöffnung unterziehen, welcher sie lebendig machen soll. Dann bringen sie diese in einer Prozession zu der Quelle, die die Insel bewässert, und tragen sie darauf in ihre Palmgärten, wo ihr Speiseopfer dargebracht werden, um sie schliesslich als Schutzherrn an einem verborgenen Ort in den Dünen aufzustellen – den ich nie zu Gesicht bekommen habe.

Obwohl ich dort länger gelebt habe, weiss ich davon bloss vom Hörensagen. Die Ähnlichkeiten mit der Genesis sind jedoch offenkundig. Auch da wird Adam erschaffen und durch Gottes Atem belebt. Auch da entsteht ein Garten an einem von Eden ausgehenden Strom, der ihn bewässert. Und auch da wird Adam aus dem Paradies vertrieben, um die Einöde ausserhalb zu besiedeln und zu bebauen.«

»Und wie halten sie es mit Eva?«

»Ich??«

»Die Inselbewohner.«

»Nun – das ist ganz erstaunlich. Sie verkörpert bei ihnen das Wissen, im Guten wie im Schlechten.«

»Das Wissen?? Sie meinen das Wissen um Sexualität?«

Unangenehm berührt, wehrte er ab. »Ganz und gar nicht. Adam und Eva wissen ja bereits, dass sie aus einem Fleisch sind; nach dem Biss in den Apfel erkennen sie bloss, dass sie nackt sind, schutzlos, auf sich allein gestellt, ohne das, was eine Zivilisation zuerst zu bieten hat: Kleidung. Nein – alles geht von der Schlange aus.«

»Von der Schlange?« Ich sah nicht, worauf er hinauswollte.

»Die Schlange ist ja nicht wirklich böse. Sie verführt Eva nicht wirklich, sie stellt ihr bloss Fragen. Und anders als Gott – wie man eingestehen muss – sagt sie auch die Wahrheit. Deshalb wird sie als klug bezeichnet, nicht als böse.«

In seinem Eifer war Soares etwas laut geworden, sodass einer der Männer am Ende unseres halbleeren Achtertisches aufsah. Seines Kittels, des grauen Bürstenhaarschnitts und der Nickelbrille wegen hielt ich ihn für jemanden aus dem Planungsbüro.

»Gott hat also gelogen?«, warf dieser ein, uns kritisch musternd.

»Nun – Gott hat ihnen doch gesagt, dass sie sterben werden, sobald sie vom Baum der Erkenntnis essen. Was nicht geschehen ist: Gott ahnte da wohl noch nicht, dass er Gnade walten lassen musste. Adam und Eva aber gingen die Augen auf, wie die Schlange voraussagte, um ebensoviel von Gut und Böse zu wissen wie die Götter.«

Der Bürstenkopf bohrte nach. »Nur deshalb wird die Schlange von Gott verflucht? Weil sie die Wahrheit gesagt hat?«

»Weil sie nur ihre Art der Wahrheit kennt«, verteidigte sich Soares. »Irdisches Wissen. Indem sie sich hin und her windet, am Boden kriechend, ohne jemals Erleuchtung zu erlangen. Dieses Wissen gibt sie Adam und Eva mit, deren Blick so auf das Sterbliche der menschlichen Rasse gerichtet wird. Auf Arbeit und Plagen seitens der Männer. Und auf Kindersterblichkeit und Unfruchtbarkeit seitens der Frauen. Sie wissen nur um das Böse, ohne auch das Gute darin zu sehen.«

»Daher wurde die Frucht vom Baum der Erkenntnis auch als Apfel gedeutet«, warf ich ein, »weil auf Latein der Apfel *malus* und das Böse *malum* heisst.« Ich dachte mit einem Mal an den angebissenen Apfel, den Evita in Thauts Villa hinterlassen hatte. Was wollte sie damit sagen?

Der Bürstenkopf liess nicht locker, als ginge es ihm um eindeutige Klarheit für ein abzulieferndes Gesprächsprotokoll. »Weshalb sollte Gott denn wollen, dass den Menschen die Erkenntnis von Gut und Böse verwehrt bliebe?«

Soares verstand es, geschickt auf diese inquisitorische Frage zu antworten. »Die wahrscheinlichste Antwort ist, dass Gott es nicht guthiess, dass die ersten Menschen die Erkenntnis von Gut und Böse erlangten, indem sie ihre Autonomie behaupteten und sich seinem ausdrücklichem Befehl widersetzten. Das Wissen darüber sollte allein durch den Gehorsam Gottes gegenüber erlangt werden. ›Gottesfurcht ist der Anfang der Weisheit‹«, zitierte er, als fordere er mich zur Zustimmung auf, um ihm den Rücken zu stärken.

Ich pflichtete ihm bei: »Sprichwörter 9:10.« Dennoch konnte ich mich nicht zurückhalten. »Während wir so allein die Erkenntnis davontragen, dass Adam jede Schuld auf Eva abschob. Und sie die ihre dann auf die Schlange.«

Und nun direkt an den Bürstenkopf gerichtet: »Kennen wir das nicht alle? Dass wir andere für unser Tun verantwortlich machen, statt selber dafür geradezustehen?«

»So, so. Das soll also die wahrscheinlichste Antwort sein«, erwiderte der Bürstenkopf und widmete sich wieder seinem Teller, ohne uns weiter seine Aufmerksamkeit zu schenken. Aus dem Augenwinkel sah ich, dass der Doktor inzwischen an einem der benachbarten Vierertische Platz genommen hatte.

Soares wandte sich mir wieder zu, leiser nun. »Deshalb obliegt auf der Insel die Weitergabe des Wissens offenbar den Frauen. Man schickt wenn, dann lieber sie als die Männer auf die Schule – damit sie das Gelernte später ihren Kindern beibringen können. Bevor ich hierher versetzt wurde, habe ich dort unterrichtet – und hatte bloss Mädchen in der Klasse. Die Buben brauchte man zum Arbeiten.«

»Dann wissen Sie vielleicht etwas über die Tontafeln, die zuletzt auf der Insel zum Vorschein kamen? In der Presse wurde verkündet, dass man den Fund offenbar bei den dortigen Vorarbeiten zum Damm machte. Doch ohne dass Näheres berichtet worden wäre.« Ich hatte ihn das schon gestern gefragt. Diesmal aber winkte er nicht ab, sondern wollte wissen, weshalb ich mich dafür denn so interessierte.

»Ich bin hierhergereist, um einen ausführlichen Artikel darüber zu verfassen. Dazu muss ich bekennen, dass wir eigentlich

Kollegen sind. Ich bin Orientalist und unterrichte an der Uni in Toronto.«

Soares blickte mich zweifelnd an, liess sich aber unsere erste Begegnung noch einmal durch den Kopf gehen. »Etwas Ähnliches habe ich mir bereits gedacht. Es gibt ja nur wenige Leute, die Interesse an meiner kleinen Ausstellung finden.«

Er blickte mich noch einmal prüfend an. »Wenn Sie nach dem Essen zu mir nach Hause kommen, kann ich Ihnen Ablichtungen dieser Tontafeln zeigen. Aber Sie müssen mir Ihr Wort geben, dass das unter uns bleibt.«

Lauter dann, erklärte er: »Thaut hat die Schirmherrschaft über die Ausgrabungen in Dilmun übernommen. Die Skulpturen vor seiner Villa stammen aus dem Palast dort.« Soares betonte es wie als Rechtfertigung für seine Interessen, was den gewünschten Effekt hatte: der Bürstenkopf am Tischende horchte auf, ohne sich aber noch einmal auf unser Gespräch einzulassen. Seine Aufmerksamkeit wurde nun ganz von dem lauter werdenden Gerede am Tisch des Doktors in Anspruch genommen.

»Jetzt verstehe ich, woher die Zitate auf den Schildern am Weg zum Damm rühren. Thaut kennt sich demnach gut auf diesem Feld aus …«

»Ich durfte ihn dabei beraten.« Soares sagte das voller Stolz und mit einem Seitenblick zu unserem Tischnachbarn. Der jedoch blieb ganz dem Doktor zugewandt.

Ich liess Soares Zeit vorauszugehen, was unser misstrauischer Tischnachbar nützte, um mich auszuhorchen. Ich speiste ihn mit einsilbigen Antworten ab, was diesen unangenehmen Zaungast schliesslich veranlasste, an den Tisch des Doktors zu treten und sich nach der Ursache der Aufregung zu erkundigen, welche sich dort breit machte. Um nicht unhöflich zu erscheinen, tat ich es ihm nach und begrüsste De Haas.

So erfuhr ich, dass an diesem Vormittag, wohl gerade als mir

Overfeld das Dammprojekt erklärte, dessen Frau und seine zwölfjährige Tochter von ihren beiden jungen Dienstmädchen umgebracht worden waren. Sie hätten ihnen die Augen ausgekratzt und sie darauf zu Tode geprügelt, ohne dass man über den Grund für solch eine Bestialität schon mehr in Erfahrung hatte bringen können. Am Tisch wurde über Eifersucht oder Raub spekuliert und die Tat als Irrsinn zweier verrückt gewordener Frauen dargestellt. Denn die Dienstmädchen hatten sich danach ausgezogen und ins Ehebett gelegt, wo sie von dem entsetzten Overfeld entdeckt wurden. Auf dessen Schreie hin kamen schliesslich Soldaten gelaufen, die sie widerstandslos abführten.

»Eine Tragödie«, hörte ich von einem der uns nunmehr umringenden Gäste, »der blanke Hass« und »reinster Wahnsinn« von anderen. Worauf der Bürstenkopf mit schneidender Stimme einwandte, dass so eine Tat bloss als Wahnsinn zu bezeichnen hiesse, das abgrundtief Böse in uns zu leugnen: die Sünde.

Ich ging; ich hatte keine Lust, mich an der sich ereifernden Diskussion zu beteiligen. Die beiden Mädchen konnten wohl aus nicht zu entschuldigenden, aber dennoch nachvollziehbaren Gründen gehandelt haben. Bekundete nicht schon ihre Nacktheit alles offen? Überraschend erschien eher, weshalb sie sich nicht an Overfeld gerächt hatten. In Gedanken ihrer Tat nachhängend, schritt ich hinaus auf den Platz; es war verstörend, wie schnell die scheinbar glatten Oberflächen dieser Stadt durchstochen wurden.

13

Ob eine Grenze oder eine Brücke: beide befinden sie sich an Orten, die keine sind, nur Stellen dazwischen darstellen. General Horan hatte sich dort von den Arbeitern die Kommandozentrale zu einer kleinen Residenz samt Dattelplantage ausbauen lassen. Ich wurde zu ihm zitiert, um Bericht zu erstatten. Dann schaute er lange zum Fenster hinaus und forderte mich schliesslich auf, zu beschreiben, was ich dort sah. Junge Palmen, sagte ich. Und was sehen Sie auf den Palmen? Büschel unreifer Datteln, erwiderte ich. Aus wievielen ihrer Kerne, denken Sie, werden selbst wieder Palmen, wollte er von mir wissen. Ich wusste nicht recht, was darauf antworten: aus fünf oder sechs, einem Dutzend? Nein, herrschte mich der General an, nur aus einem, wenn überhaupt. Wahrscheinlich aber aus keinem! Gott ist grosszügig, aber Er schenkt einem bloss Möglichkeiten. Es braucht grosse Anstrengungen, um ein Baum zu werden. Oder ein aufrichtiger Mensch. Damit setzte er sich wieder an seinen Schreibtisch, liess mich aber weiterhin stehen. Sie enttäuschen mich, Lieutenant; das Augenfälligste übersehen Sie offenbar. Ich wusste noch immer nicht, worauf er hinauswollte.

Ja sehen Sie denn nicht, was in dieser Plantage von jungen Setzlingen, die ich mit viel Liebe und Mühe habe pflanzen lassen, fehl am Platz ist? Das ist der Palmstrunk, der zuvor als Einziger dort wuchs, jetzt aber tot ist, am Verrotten. Der General fixierte mich, als wäre dies meine letzte Chance, die Scharte wieder auszuwetzen. Ich kann ihn von meinem Trupp sprengen lassen, erwiderte ich. Dafür wäre ich Ihnen dankbar. Aber Sie stehen mir dafür ein, dass die Plantage daneben nicht zu schaden kommt; ich hüte sie wie meinen Augapfel. Natürlich nicht, antwortete ich dienstbeflissen; unsere Sappeure können den Strunk in die Luft jagen, und zwar so, dass er auf einem Dirham zu fallen kommt. Daraufhin lud Horan seinen Stab für das Spektakel am nächsten Tag zum Mittagessen.

Ich fragte meinen Sprengmeister zuvor, ob er genug Dynamit in den Strunk gepackt hätte. Jawohl, Herr Lieutenant, 15 Pfund. Ist das auch genug? Jawohl, Herr Lieutenant, ich habe es ausgerechnet, es ist genau richtig. Vielleicht nehmen Sie sicherheitshalber noch ein klein wenig mehr? Ich will General Horan auf keinen Fall enttäuschen. Jawohl, Herr Lieutenant. Nach dem Essen gingen alle nach draussen, um die Explosion mitzuerleben. Unter den Schaulustigen war auch Dr. Thaut, der sich inzwischen vom Brückenbauer zum Direktor des Baus hochgearbeitet hatte.

Ich versicherte dem General, dass der Strunk in einem genau berechneten Winkel fallen würde, so, dass er an den jungen Bäumen keinen Schaden anrichten würde. Und Horan wandte sich an seine Gäste und meinte, ich werde Ihnen jetzt demonstrieren, was eine gut ausgebildete Kompagnie zustande bringt. Ich erwies ihm die Ehre und liess ihn die Lunte mit seiner Zigarre anzünden. Dann warteten wir auf die Explosion. Es gab einen ohrenbetäubenden Knall und der Strunk schoss, statt still auf die Seite zu fallen, 50 Fuss hoch in die Luft, riss die halbe Plantage mit und hinterliess einen flachen weiten Krater im Sand. Ich starrte blicklos geradeaus, der Sprengmeister wurde aschgrau im Gesicht und sagte leise, doch ohne verhindern zu können, dass es ringsum alle vernahmen: Herr Lieutenant, ich glaube, ich habe einen Fehler gemacht. Ich habe mich verrechnet, es hätten wohl 1,5 Pfund und nicht 15 sein sollen.

General Horan sagte kein Wort und schritt langsam und allein in tödlichem Schweigen zurück zu seiner Residenz, um bei der Auffahrt zu sehen, dass all die Glasscheiben, die er sich für die Fenster aus Bagdad hatte ankarren lassen, zersplittert waren. Es entfuhr ihm ein Stöhnen. Um sich nichts anmerken zu lassen, lief er ins Badezimmer, wo ihm, als er dann an der Kette der Spülung zog, der Deckenverputz, der sich durch die Explosion gelockert hatte, auf den Kopf fiel.

Ich schwöre, dass es wahr ist. Es ging ganz genau so vor sich, und ich wurde danach zu einer Kompagnie strafversetzt, die eine andere Art der Kriegsführung erprobte, aber Gott hatte mir damit ein Zeichen gegeben, dass es nun genug war.

Obwohl niemand lachte, hatte Er uns der offenkundigen Lächerlichkeit preisgegeben und damit sein bitteres Urteil über unser Heer ausgesprochen. Denn was bleibt, wenn die eigenen Befehlshaber einmal Ehre und Respekt verloren haben? Wem soll man als Soldat noch gehorchen, wenn diese sich als ebenso hilflos erweisen wie unsereiner, der sich auf ihre Übersicht verlässt? Wenn einem vor Augen geführt wird, dass selbst unsere simpelsten Unterfangen zum grotesken Spektakel ausarten? Im Weitblick Gottes stellt unsere Kurzsichtigkeit sich bloss, indem er uns vorführt, wie läppisch wir handeln. Während Er alle über dem Angesicht der Erde verstreut und die Welt aus den Fugen geht, versuchen wir, sie noch durch eine Mauer über Meer und Land hinweg zusammenzuhalten, als befänden wir uns in einem Paradies – und überheben dabei die von Gott gesetzten Grenzen, um wie weiland einen Turmbau zu errichten, als Zeugnis eines Hochmuts, der uns Seinen Spott einträgt. Auf den nur Rache folgen kann.

XIX

Einmal aus dem Hotel, bog ich mit schnellen Schritten ab zur Schule, wo mir Soares die Tür zu seiner anliegenden Wohnung öffnete. Nach all den grauen Baracken blendete der Prunk darin: ein Kristalllüster verbreitete ein strahlendes Licht, barock geschwungene Sitzmöbel standen um ein vergoldetes Tischlein und aus einem Regal leuchtete es silbern. Erst auf den zweiten Blick merkte man, dass der Lüster aus einer nackten Glühbirne zwischen aufgehängten Glasstücken bestand, das Blattgold der Möbel abgeschabt und das Regal mit zerknitterter Alufolie ausgelegt war, um einige darin stehende Pokale hervorzuheben, die er als Lehrer in landesweiten Schulwettbewerben mit seinen Klassen gewonnen hatte. Seine dunkelhäutige Frau sah ich kurz in der Küche stehen; sie trug ein Kopftuch und zog sich gleich zurück, ohne mich zu begrüssen oder auch nur anzublicken.

Soares zog eine Mappe aus dem sonst mit Büchern vollgestellten, durchhängenden Regal. Darin befanden sich einige Schwarz-Weiss-Aufnahmen, die er vor mir ausbreitete. Er entschuldigte sich, dass sie stellenweise etwas unscharf waren. »Das sind Aufnahmen, die ich machen konnte, bevor die Tontafeln Dr. Thaut überreicht wurden.«

Ich hatte mir Einsicht in einen bislang unbekannten Text erhofft und war zutiefst enttäuscht, weil sich nun auch der Grund für meine anstrengende Reise und meinen unsäglichen Aufenthalt hier als nichtig erwies. Denn es handelte sich bloss um den Mythos von Adapa, den man bereits von mehreren Fassungen aus der Bibliothek Assurbanipals kannte. Neu war immerhin, dass diese Version einige Bruchstellen überbrückte und ausführlicher gehalten war. Dabei war der Lokalbezug zu Dilmun deutlich ausgearbeitet worden, was dem Mythos einen anderen Fokus verlieh; dem Fundort entsprechend – den Ruinen von Adamas Palast – wurde der Protagonist deshalb auch ›Adama‹ genannt.

Dies liess uns ins Gespräch über die Etymologie des Namens kommen. Leitete er sich nun von lehmiger Erde (›adama‹) ab, von rot (›edom‹) oder vom Blut (›dam‹)? Charakterisiert wurde Adama jedenfalls als vorbildlicher Mensch, ein Weiser, der sich seiner Sterblichkeit bewusst war und als Priester des Gottes Enki über dessen geneigtes Ohr verfügte. Statt wie sonst jedoch seinen Dienst in Eridu am Euphrat zu versehen, wurde er in dieser Tafel als *Bürger von Dilmun* vorgestellt, der für die Opfergaben in seinem Tempel täglich zum Fischen aufs Meer hinauszufahren hatte.

»Sehen Sie, da steht es.« Soares deutete auf eine Stelle am Anfang, die wir beide wörtlich vom Blatt übersetzten, was mich meine Frustration etwas vergessen machte und zugleich eine gewisse Komplizenschaft zwischen uns herstellte:

Auf dem heiligen Damm, dem Damm des neuen Mondes,
bestieg er sein Segelboot.
Der Wind wehte und sein Boot trieb ab,
doch er verstand sich darauf, es mit seinem Ruder zu lenken,
aufs weite Meer hinaus, das still war und wie ein Spiegel blinkte.

Was dann geschah, darauf hatten die bekannten Fassungen bislang nur schliessen lassen. Nun jedoch wurde es erstmals auch erzählt – wodurch sich bestätigte, was bloss gelehrte Vermutung gewesen war, und uns zugleich das bestärkende Gefühl gab, dass akademische Auslegungen dem Sinn eines Textes manchmal wirklich nahezukommen vermögen:

*Doch es kam ein Sturm auf
und der Südwind warf hohe Wogen auf
und brachte sein Boot zum Kentern,
sodass er unterging im Reich der Fische
und vor lauter Zorn den Südwind laut verfluchte:
Ich werde deine Flügel brechen!
Kaum hatte er das gesagt, hörte kraft seiner Worte
der Wind zu wehen auf.
Um zurück nach Dilmun zu gelangen, musste er rudern –
denn nun ging ja kein Wind mehr.
Sieben Tage lang wehte er nicht
und die feuchten Brisen fehlten dem Land,
welches nun auszutrocknen begann und Wüste wurde –
worauf die Fruchtbarkeitsgötter der Insel sich bei Anu,
dem obersten Gott, bitterlich über Adama beschwerten.*

Der Götterherr Anu befiehlt deshalb, Adama zu sich vor den Thron zu schaffen. Der schlangengesichtige Gott Enki, *der weiss, wie es im Himmel zugeht*, rät Adama aber, für diesen Canossagang Trauerkleidung anzulegen und bereits den am Himmelstor stehenden Fruchtbarkeitsgöttern seine zerknirschte Reue zu bekunden. Wenn er dann vor Anu stünde und ihm das himmlische Brot und Wasser angeboten würden – so legt Enki ihm eindringlich nahe –, soll er davon aber unter keinen Umständen essen und trinken.

Und Adama befolgt seinen Rat, der sich zunächst als gut erweist. Denn als die Unsterblichen an der Pforte seine Betretenheit und Gottesfürchtigkeit sehen, empfangen sie ihn mit tröstlichen Worten, sodass Adama einigermassen gefasst vor Anu treten kann. Doch der herrscht ihn ungehalten an:

*Warum bloss hat Enki einen so wertlosen Sterblichen
in die Geheimnisse des Himmels und der Erde eingeweiht
und ihn zum Weisen gemacht?*

Was sollen wir nun tun mit ihm?
Bringt das Brot des ewigen Lebens – er soll davon kosten!
Doch als sie ihm das Brot des ewigen Lebens vorsetzten,
da ass er nicht;
und als sie ihm vom Wasser des ewigen Lebens einschenkten,
da trank er nicht.
Und Anu sah ihn an und lächelte:
Jetzt komm, Adama – warum willst du
weder davon essen noch trinken?
So wirst du nie das ewige Leben erlangen –
und mit dir auch die Menschheit nicht!
Worauf Adama antwortete:
Enki, mein Herr, hat es mir so befohlen.

Daran schloss eine Passage an, die in den bisherigen Fassungen stets gefehlt hatte, ja nicht einmal angedeutet worden war – und deshalb eine wissenschaftliche Sensation darstellte. Was meine Stimmung schlagartig besserte; vielleicht war meine Fahrt in dieses wüste Land doch nicht vergeblich gewesen.

Da lachte Anu ein zweites Mal, diesmal über Enki:
Wem von allen Göttern des Himmels und der Erde fiel jemals
ein Befehl ein, der sich über meine Befehle hinwegsetzt?
Und Adama sah nun den Himmel vom Horizont bis zum Zenith
in all seiner Grösse und seinem strahlenden Glanz.
Dann sandte Anu Adama wieder zurück zur Erde
und trug ihm auf, in Zukunft nur ihn selbst noch zu verherrlichen.
Zur Strafe dafür, dass Adama dem Südwind die Flügel gebrochen hatte,
brachte er das Übel über die Menschheit, Krankheit und Seuchen,
die allein die Göttin Ninhursanga zu heilen vermag,
und nahm ihm die Süsse des Schlafs und die reine Freude des Herzens.

Unser Adama war hier also wie der biblische Adam vor ein Essensverbot gestellt worden, ohne diese Prüfung zu bestehen. Doch aus welchem Grund? Hatte er falsch daran getan, auf Enki zu hören? Etwa weil dieser ihm mit seinem Rat bewusst die Möglichkeit nehmen wollte, unsterblich zu werden, damit ihm Adama in seinem Tempel weiterhin zu Diensten blieb? Oder hatte Enki bloss Anus Willigkeit unterschätzt, Adama zu verzeihen, wiewohl er doch der Gott der Schläue und Klugheit war? Enki hatte doch bis dahin den Menschen stets hilfreich zur Seite gestanden und ihnen, da er selbst nur allzugut die Eifersüchteleien unter den Göttern kannte, auch desöfteren deren geheime Pläne verraten, wie zuletzt dem Utnapishti in der babylonischen Sintflutgeschichte. Hatte gerade diese anarchische Menschenfreundlichkeit die Schreiber der Genesis dann dazu veranlasst, Enki trotz seiner Weisheit als Schlange zu verdammen?

Mich erfasste nun eine gewisse Aufregung, nicht nur, weil hier einmal nicht nur von Eva, sondern dem eigentlichen Adam die Rede war: ich dachte bereits an all die Interpretationen dieser Stelle, die ich in einem wissenschaftlichen Aufsatz dazu vorlegen könnte.

Soares jedoch war von meinen Ansichten wenig begeistert. Er erachtete Enkis Rat für richtig – denn was den Göttern Nektar und Ambrosia war, das wäre für einen Sterblichen reines Gift. Worauf ich mit der Bemerkung konterte, dass himmlische Nahrung wohl auch für die Menschen der grösste mögliche Genuss wäre und Eva von ihrem paradiesischen Apfel ja nicht einmal Bauchweh bekommen hätte. Dagegen wandte Soares ein, dass dies allzu hedonistisch gedacht sei. Es gab im Garten Eden zwar einen Baum, dessen Früchte das Leben verhiessen, doch den Fruchtgenuss des zweiten Baumes, jenen der Erkenntnis, den hätten Adam und Eva doch mit ihrer Sterblichkeit bezahlt!

Für mich schien das von dieser Geschichte behandelte Problem eher bei Anu zu liegen. Obwohl er die höchste denkbare Autorität verkörpert, ist er bei weitem nicht so findig und gelassen wie Enki. Und wie alle jähzornigen und arroganten Charaktere nicht der hellste Kopf. Den weisesten aller Menschen als wertlos zu bezeichnen und dann nicht wissen, wie mit ihm umgehen? Das sind doch genau jene leeren Gesten von Macht und Männlichkeit, auf die ein schwacher Verwaltungsratsvorsitzender setzt, um seine eigentliche Unsicherheit zu überspielen. Dass er Adama darauf das Brot und Wasser ewigen Lebens anbietet, kommt aus derselben Ecke, mein lieber Soares! Anu ist vielmehr beeindruckt davon, wie geschickt Adama es geschafft hat, eben jene Fruchtbarkeitsgötter, die ihm die Schuld an der Dürre des Landes gegeben hatten, am Himmelstor für sich zu gewinnen. Deshalb beschliesst er spontan, ihn über eine Einladung zum Arbeitsessen zu einem der Ihren zu machen, der stets gültigen Maxime entsprechend, if you can't beat them, join them – or make them join you!

Soares sah mich gross an, wobei mir nicht ganz klar wurde, ob er nur mit meiner amerikanischen Geschäftsweisheit oder mit den Anspielungen auf Thaut nichts anfangen wollte. Lahm hielt er entgegen, dass es sich bei der Einladung zum Essen nicht etwa um das Angebot von Unsterblichkeit, sondern um simple Gastfreundschaft seitens der Götter handle. Auch stünde nirgends, dass Adama überhaupt Unsterblichkeit gesucht habe. Nein – zu glauben, man könne als Mensch mit den Göttern an einer Tafel sitzen, das wäre reinste Hybris, für die einjeder stets teuer bezahlt hat – vor einer solchen Dummheit habe sich Adama wohlweislich gehütet.

Und da wurde Soares mit einem Mal lebendig. Um einem Gott zu dienen, meinte er, verstiess Adama gegen die Gebote eines anderen: das sei seine Schuld. Für die er von Anu mit dem Tode hätte bestraft werden können, wenn nicht gar müssen. Einzig dass er danach seinen Kopf einzog und sich klug und bescheiden verhielt, rettete ihm selbigen: denn so wurde über Adama anstelle der Todesstrafe im Himmel eine lebenslängliche auf Erden verhängt. Die er sogar noch als Belohnung empfinden konnte. Denn wie aus dem Text an anderer Stelle hervorging, wurde er von den Göttern gesalbt und erhielt sogar Kleidung von ihnen: mithin mehr als bloss Feigenblätter wie Adam und Eva. Demut, Demut – das ist, was ihn vom biblischen Adam unterscheidet. Anders als der setzt sich Adama über keine Gebote hinweg: er befolgt sie und wahrt Zurückhaltung, selbst dann noch, wenn man ihm ein Leben in Aussicht stellt, wie es nur Unsterbliche geniessen können. Und dass Adama den Südwind verfluchte, nicht einmal das kann man ihm wirklich vorhalten. Ist denn der Schock nicht verständlich, seine Todesangst beim Kentern eines Bootes? Und verflucht Adama ihn überhaupt aus Wut und Schrecken – nicht eher, weil der Südwind damit verhindert, dass Adama die für Enki bestimmte Nahrung in dessen Tempel bringen kann?

Soares flogen bei diesen Sätzen Spuckbläschen von den Lippen. Adama steht doch für seine Schuld gerade: er leugnet nichts! Der biblische Adam hingegen findet für seinen rebellischen Verstoss bloss Ausflüchte und Entschuldigungen. Und um sich selber zu verteidigen, wälzt er alles auf seine Eva ab, meinte Soares, dem ich in meiner Arroganz soviel Menschlichkeit gar nicht zugetraut hätte.

Beide sind sie erste Menschen, ereiferte er sich, Adama ebenso wie Adam. Doch das Erbe, dass sie der ihnen nachfolgenden Menschheit hinterlassen, könnte unterschiedlicher nicht sein. Das betrifft auch ihr Bild Gottes. Adamas Gottheiten sind letztlich schwach, da jeder mit jedem im Widerstreit liegt und es der obersten Macht zwar nicht an Aggression, doch an eigentlicher Autorität fehlt. Erst in der Bibel gewinnt ein Gott unumstössliche Gestalt und unumstrittene Gewalt, die zwar ebenfalls rätselhaft und widersprüchlich bleiben, doch über allen und allem erhaben sind. Aber welch schlechte Figur macht Adam dabei! Und wie tief ist sein Fall! Im Garten Eden ist Adam unsterblich und unschuldig;

er ist rein, edel und gut und lebt in völliger Harmonie: er ist völlig frei vor Gott. Es mangelt ihm an nichts – selbst seinem einzigen Jammer, dem der Einsamkeit, wird auf bestmögliche Weise abgeholfen: durch Eva. Und was tut er? Noch das Allerletzte für sich beanspruchen! Ich meine, was ist denn schon ein Apfel? Für unsereins heute sicherlich eine grössere Delikatesse, wenn sie einmal auf dem Markt zu kriegen ist – doch für Adam damals, der nur die Hand danach austrecken musste? Ihm ging doch in seinem Paradies nichts ab! Aber statt gehorsam zu bleiben, im Bewusstsein, dass er alles Gott zu verdanken hat, was tut er, frage ich Sie?

Soares stippte mir mit dem Finger auf die Brust, einmal, zweimal. Als es ihm selber bewusst wurde, fuhr Soares mit der Hand kurz über mein Sakko, wie um die unsichtbare Delle darin wieder auszubügeln, und beruhigte sich wieder. Nun – vielleicht kann man es Adam nicht ganz verübeln; er hatte ja keinen Vergleich, keine Erfahrung, keinen Massstab, um zu bewerten, was das Paradies bedeutete. Er kannte ja nichts anderes! Adama hingegen – der hat mit seiner Sterblichkeit zu kämpfen, nicht nur auf dem Meer, sondern auch vor den Göttern. Dazu muss er auch noch ihren miteinander in Konflikt stehenden Bedürfnissen gerecht werden, will er nicht von vornherein untergehen. Und sich zugleich um seine Stadt und seinen Tempel kümmern: das sind Pflichten, sage ich Ihnen! Und im Unterschied zu Adam, der bloss die eigene Schlechtigkeit in sich entdeckt und in all der Zeit im Paradies nichts gelernt hat, ausser Ungehorsam Gott gegenüber, stellt Adama ein Musterbild der Tugend dar.

Adama muss aus dem, was ihm gegeben ist, das Beste machen. Denn er lebt in einer vielleicht nicht von Grund auf schlechten, das wäre zuviel gesagt, doch in einer unvollkommenen, oder besser: unvollendeten Welt, in der noch nicht alles fertig gebaut ist und seinen natürlichen und rechten Platz gefunden hat. Er muss seinen Verpflichtungen nachkommen, was nicht so einfach ist. Fahren Sie doch einnmal täglich hinaus aufs Meer, um zu fischen!, belferte Soares mich an – um sich gleich darauf wieder zu entschuldigen: Natürlich nicht Sie! Aber Sie verstehen, was ich meine? Um in einer solchen unvorhersehbaren Welt bestehen zu können, wo jederzeit ein Windstoss aus dem Blauen das eigene Boot kentern lässt, um da überleben zu können, bei diesen bedrängenden Verhältnissen von allen Seiten, da genügt es nicht, nur klug zu sein. Nein, man muss auch Integrität besitzen, Verlässlichkeit und Hingabe an seinen Beruf, der eine Berufung ist – ebenso wie Bescheidenheit den Mächtigen gegenüber. Stimmen Sie mir da nicht zu?

Das tat ich nicht. Dennoch war alles, was er sagte, verständlich, ja nachvollziehbar. Der biblische Adam ist alles andere als ein Held, versuchte Soares mich ein letztes Mal zu überzeugen. Er ist ein abschreckendes Beispiel, eine Warnung für alle. An ihm zeigt sich, dass der Mensch vor Gott sündig ist, voller Makel, selbstsüchtig und hinterhältig und beständig darauf aus, dessen Stelle einzunehmen. Während uns der Adama aus Dilmun zeigt, dass der Mensch auch edel, weise, verlässlich und demütig sein kann – wenn er den richtigen Lehrer erhält. Denn was anderes ist Enki für ihn als sein Lehrer, sein väterlicher Freund, Vertrauter und Führer? Der für ihn stets nur den besten Rat hat?

Ich belächelte Soares längst nicht mehr; über seine weit ausholenden Ausführungen hat sich zwischen uns eine Vertrautheit eingestellt, die mir dennoch ein wenig unangenehm war, weil sie mir die Zustimmung zu seiner Weltsicht abverlangte. Was mich hingegen an dieser Tontafel faszinierte, über die wir gebeugt sassen, während seine Frau uns wortlos Kaffee und Kekse auf den Tisch gestellt hatte, um sich darauf wieder scheu zurückzuziehen, war ihre Offenheit. Der Text umfasste alles, was Soares aus ihm herauslas, liess aber auch meine Interpretation zu. Mehr noch – er stellte zwischen seinen Zeilen vielschichtige Verhältnisse von Macht und Moral dar, die auch dann gültig waren, wenn man sie aus ihrem Sakralen in einen profanen Rahmen und vom Damals ins Heute übertrug, ohne daraus dabei eine eindeutige Anleitung zum gewissenhaften Handeln hervorging.

Was der Text auf den Punkt brachte, war einzig die conditio humana, deren existentielle Not man so oder so erklären konnte, ohne dass sich daran etwas änderte. Um trotzdem vorzuführen, dass der Mensch selbst aus einer Position der Unterlegenheit dem Südwind die Flügel brechen konnte. Dem Südwind die Flügel brechen ... War das nicht auch, was der Damm bewirkte? Das Meer zu stillen, um es dabei ansteigen und wie die Sinflut einst die Ufer überfluten zu lassen, um alles bisher gekannte Leben auszulöschen? Mit der Menschheit tabula rasa zu machen, weil sie wie weiland in den mesopotamischen Fluterzählungen durch ihre Überbevölkerung und den Lärm in den Städten den Göttern den Schlaf raubte. Oder wie in der Bibel, weil Gott die Gewalttätigkeit der von ihm erschaffenen Menschen in der Nachfolge Noahs voraussah, welche ihm damit ein unangenehmes Ebenbild seiner selbst vorhielten?

Ich behielt die Gedanken dazu für mich. Es war spät geworden und ich wollte Soares noch ein wenig zu Kontaktpersonen auf Dilmun befragen, ohne ihm dabei zu verraten, dass ich vorhatte, mich morgen dorthin bringen zu lassen. Im Falle, dass es mir gelänge, eine Besuchserlaubnis für die Insel zu erhalten, wen sollte ich dort ansprechen? Wer könnte mich durch die Ausgrabungen führen und mich mehr über Land und Leute erfahren lassen? Soares wand sich. Er wolle damit auf keine Weise irgendwie in Verbindung gebracht werden, alle offiziellen Kontakte würden mir von den hiesigen Stellen zugewiesen, doch wenn ich auf diesen oder jenen träfe, deren Namen er mir auf einen Zettel schrieb, könnte ich gerne einen Gruss von ihm ausrichten. Man würde sich an ihn sicherlich im Guten erinnern.

Dabei erfuhr ich Näheres über die Insel. Ich hatte sie mir bis dahin naiverweise als Ort vorgestellt, der seine Ursprünglichkeit bewahrt hatte. Dilmun war jedoch bereits 1919 de facto von Arabien annektiert worden, da man in der Insel das heilige Ursprungsland des arabischen Volkes sah; die einzige Autonomie, die man jetzt dem bloss noch nominellen Emirat zugestand, war eine Steuerbefreiung. Was den Scheich dazu veranlasste, dort ein Spielkasino zu errichten, das bis zur Grossen Krise die Kreuzfahrerschiffe angezogen hatte, die aus dem Roten Meer kommend zuerst den Oman und dann die anderen Emirate anliefen.

»Und Evita?« Ich setzte auf unsere gewonnene Vertraulichkeit. »Sie stammt von der Insel, nicht wahr?«

»Ja. Ihr Vater betreibt das Spielkasino. Immer noch – obwohl keine reichen Passagiere mehr landen und der Betrieb jetzt allein auf die Arbeiter ausgerichtet ist, die dort am Damm arbeiten. Die Insel ist zu einer einzigen Baustelle geworden, die alles aufreisst.«

Dabei beliess ich es. Als ich ihn schliesslich danach fragte, ob er noch weitere Ablichtungen des Textes habe, die ich für meinen Artikel erstehen könnte, oder ob er mir die hier vielleicht borgen dürfte, wand er sich erneut. Damit war der Zeitpunkt gekommen, mich zu verabschieden, doch hatte ich das Gefühl, mich erstmals mit jemandem verständigt zu haben und in Soares, wenn nicht einen Freund, dann zumindest einen Verbündeten gewonnen zu haben.

»Wir sehen uns ja morgen Abend bei Thaut wieder, dann sehen wir weiter.« Ich glaubte diese Lüge in dem Moment selber.

XX

Obwohl noch nicht Mitternacht, drang nur aus wenigen Häusern Licht. Mich zog ein Fenster an, wo ich unter einer Glühbirne einen Schatten hin und her huschen sah und bald den Maler erkannte, der für den Entwurf eines Tarnanstrichs am Damm zuständig war. Wie hiess er noch? Er hatte kurz von seiner Kunst erzählt und so beobachtete ich ihn nun von der Strasse aus bei der Arbeit an einem Gemälde, das in dem ansonsten kahlen Zimmer eine ganze Wand füllte.

Er hatte die Bretter weiss grundiert und setzte mit verschieden dicken Pinseln gerade schwarze Linien und Striche in die halb fertigen Figuren. Ein Pferd war da zu erkennen, ein offenbar totes Kind, Frauen mit entblössten Brüsten, dazwischen aber auch die Figur eines Malers und ein Modell auf einem Kanapee, ein gezeichnetes Fenster sowie eine gezeichnete elektrische Lampe an der Decke, deren Lichtkegel ausgespart blieb, ohne dass dies alles einer Perskeptive untergeordnet worden wäre. Es ergaben sich vielmehr unterschiedliche Blickwinkel, die eines gegen das andere stellten: das Licht des gemalten Fensters gegen den ausgesparten Kegel der Glühbirne, die Figuren des Malers und seines Modells gegen die Frauen. Die Tiefe eines Bildraums stand gegen die flache Geometrie des nächsten, alles drängte aneinander, sodass die auf dem Sofa zurückgelehnte, vielleicht schlafende Gestalt immer ungestalter schien: ihr Mund offen, auch ihre Brüste sichtbar, ihr Kopf in einen Arm geschmiegt, um dennoch den Eindruck einer Kalebasse oder eines Phallus zu erwecken.

Der Maler gestaltete gerade ihre Sinnesorgane, Augen, Mund und Zunge, Vulva, Hände und Finger, Nasenlöcher und Nippel, doch gerieten dabei ihre Hände zu Eutern und die Augen zu Spinnen, die Zunge eine Messerklinge, die Aureolen und die Nippel milchig schäumend – während eine der Frauen auf der anderen Seite des Gemäldes mit der Leiche ihres Kindes im Arm eine Leiter erkletterte und Blut ihr aus einer Wunde im Nacken über die Schulter floss und am Boden in Lachen zusammenrann, all das Flache miteins voll erscheinend, fleischig, ihr Körper rund wie eine Bombe, umringt von spitzohrigen Weibern, dazwischen ein Pferd sich aufbäumend, sein knochiger Schädel weit aufgerissen, die Läufe gespreizt, ohne dass ein Boden zu erkennen war, der dies alles hätte tragen können, als wäre dies alles nur ein Nachtmahr von monströsen Phantomen im Wohnzimmer, ein gemalter Fensterflügel in einem in Flammen stehenden Haus.

Da ich mir zusehends als Voyeur vorkam und nicht unabsichtlich entdeckt werden wollte, wiewohl der Maler – nachdem ich die Seiten meiner Kladde zurückgeblättert habe, finde ich seinen Namen: Gautier – sich nicht darum bekümmerte, ob ihm jemand von aussen zusah, als wäre dies seine stille Form des Protestes, machte ich mich auf zum Hotel.

Und wieder war da diese Stimme im Kopf, die zu sprechen anhob, für sich, als sässe sie mir im Ohr, als wäre mein Schädel ein knöcherner Hallraum, ohne dass sie wirklich etwas sagte, weil ich nie alles von dem begreife, was sie artikuliert; sie dreht sich immer nur wie eine Gebetsmühle, ob damals oder jetzt: *die Kohle faltet die bestickten Vorhänge im Wachs der Adler als Regen fallend Lachen in Flammenknäuel vereist der leere Himmel auf der Haut vom Haus zerrissen in einer Ecke in der Schublade hinten des Kastens seine Flügel speiend das Fenster über der Leere klackend das schwarze Tuch von Honig zerrissen vereist von Flammen des Himmels auf der abgezogenen Haut des Hauses in einer Ecke der Schublade das ver-*

gessene Fenster in der Mitte unendlicher Leere der schwarze Honig der zerrissene Vorhänge der Adler gefroren seine Flügel speiend in die Kohle des Lampenblaus den Kampf aufgebend seine Flügel an den Zufall.

XXI

Ich wollte zum Schwimmbad, im Dunkeln baden, im Wasser wach und nach ein paar Längen wirklich müde werden. Doch dieser Wunsch verriet natürlich eine Verdrängung. Wonach mich eigentlich verlangte, war Lili. War sie bereits zurück? Und so ging ich trotz der fortgeschrittenen Stunde zu ihrem Haus, sah auch dort Licht zwischen ihren Fensterläden hervorschimmern und fasste mir ein Herz. Ja, ich war aufgeregt. Ich klopfte leise genug an die Tür, dass es auch hätte überhört werden können, aber sie öffnete mir, in einen Kimono gehüllt, einen alles andere als erstaunten Ausdruck auf dem Gesicht.

Ich entschuldigte mich mit den erwartbaren Floskeln, worauf sie gleich abwinkte. Dennoch war meine Neugier auch anderweitig nicht selbstlos: ich wollte wissen, wie das Treffen mit Thaut abgelaufen war. Ihr Blick schien klarzumachen, dass es keines Alibis für mein Kommen bedurfte. Das überraschte mich so, dass ich dennoch daran festhielt. Um sie von selbst berichten zu lassen, verfiel ich auf eine unverfänglichere Frage.

»Wo ist eigentlich Ilu Enachim jetzt? Sie haben von Ihrem ehemaligen Chef kaum erzählt.«

»Das wollen Sie zu dieser späten Stunde von mir wissen?«, griff sie spöttisch meinen Vorwand auf. »Er hat ein Ehrengrab in Damman erhalten.«

Erwartete sie, dass ich ohne lange zu reden das tat, was ich mir schon die ganze Zeit wünschte? In meiner linkischen Scheu fügte ich bloss einfallslos hinzu: »Und woran ist er gestorben?«

»Eine interessante Frage«, erwiderte sie. »Was wollen Sie trinken?« Sie legte die Hand flach auf den Bauch, dass der Daumen an ihrer linken Brust zu liegen kam.

»Ein Glas Portwein, falls Sie das haben?« Ich starrte auf den länglich schmalen Bauchnabel, der sich unter dem leicht auseinanderklaffenden Kimono zeigte.

»Der junge Ilu wollte immer schon Ingenieur werden; er schloss alles, was man dazu an Ausbildung absolvieren kann, als Primus ab. Bloss geschäftlich war mit ihm kaum etwas anzufangen. Obwohl er zahlreiche Patente für Turbinen und Motoren erwarb und durch die Lizenzzahlungen über ein gehobenes Einkommen verfügte. Er baute sich zwar als Junggeselle eine prachtvolle Villa in Damman, ganz *nouveau riche*, wurde aber von seinen Partnern nach Strich und Faden übers Ohr gehauen. Die unzähligen Prozesse deswegen belasteten ihn zunehmend, nicht nur finanziell, auch gesundheitlich.«

Sie nahm die Flasche aus der Klappbar und goss mir ein. »Sie müssen meinen Aufzug entschuldigen«, meinte sie mit Blick auf das helle Licht. »Ich war nicht auf Besuch eingestellt.«

Ihr Mund wirkte blass und um die Augenwinkel zeichneten sich Krähenfüsse ab, was ich stets als anziehend empfunden habe, als verhiesse es Erfahrung im Lasziven.

»Einige Kalamitäten beim Dammbau erzwangen schliesslich seine Teilnahme an der Vorstandssitzung der EDIN Consolidated. Nach der langen Überlandfahrt mit der Bagdad-Bahn bestieg er in Antwerpen die Fähre nach London, wo am nächsten Tag die Versammlung stattfinden sollte. In einem an mich gerichteten Brief von unterwegs klagte er über Herzprobleme. Ich mass dem nichts bei, weil er ein rechter Hypochonder war. Mich als seine engste Vertraute und Sekretärin hatte er nicht mitgenommen, damit ich Thaut über die Schulter schauen konnte; er traute ihm aus guten Gründen nicht ganz. Zeugen, die mit an Bord waren, berichteten jedoch, er sei bester Dinge gewesen. Er hätte sein *Diner* am Kapitänstisch eingenommen, sich zur Nacht verabschiedet und noch darum gebeten, geweckt zu werden. Danach wurde er von keiner lebenden Seele mehr gesehen. Als die Fähre am nächsten Tag anlegte, war er nicht mehr an Bord.«

Lili schlang ihre Knie übereinander, die Füsse in Seidensandalen. »Man fand ein aufgeschlagenes, aber ungenutztes Bett mit sorgfältig aufgelegtem Schlafanzug. Im Schloss seines Koffers steckte noch der Schlüssel. Ansonsten fehlte jede Spur von Ilu, als sei er von einer Sekunde auf die andere verschwunden. ›Selbstmord‹, wurde sofort spekuliert. Aber ein Mann sagt nicht höflich ›Gute Nacht‹ und springt dann über die Reling. Oder?«

Ich wusste es nicht, wusste nur, dass mir der Hals gefiel, den sie mir unwillkürlich entgegenstreckte.

»Von da an blühten die Gerüchte. Litt er, was er sonst nie tat, unter Schlaflosigkeit und war deshalb an Deck gegangen, um fatalerweise über Bord zu gehen? War es ein Unfall? Indes, die See war spiegelglatt gewesen. Er hätte dazu schon, was mir völlig unwahrscheinlich vorkam, schlafwandelnd auf der Reling balancieren müssen.«

Ich verspürte ein Ziehen in den Lenden, als sie sich umdrehte, um sich selbst ein Glas einzuschenken, und dabei eine Brustspitze sich in dem glatten Stoff hervorhob.

»Dann wurde es immer seltsamer. Die *New York Times* konstatierte anfänglich, er sei Millionär gewesen. Zwei Wochen später wollte sie herausgefunden haben, dass er ›in extremen Nöten gelebt habe‹. Um dann nachzulegen, er sei ›pleite‹ gewesen, habe Schulden von 375 000 Talern, aber zählbaren Besitz von lediglich 10 000 Talern. Was hat Ihr Konkurrenzblatt denn darüber berichtet?« Ich hörte davon zum ersten Mal und fühlte mich ertappt. Mir wurde erneut bewusst, dass ich vor meiner Reise umfänglichere Recherchen hätte anstellen müssen. Dabei hatte ich vor ihr mit meinen journalistischen Abenteuern geprahlt, wofür ich mir nun dumm vorkam.

»Das war im Oktober vor fünf Jahren. Im Frühjahr darauf kam die Meldung, er habe in Kanada ›ein neues Leben‹ begonnen. Diesen wüsten Mutmassungen widersprach allerdings der Fund einer Leiche im Ärmelkanal, die zehn Tage nach Ilus Verschwinden auftauchte. Die Besatzung des Lotsenbootes konnte den Toten zwar nicht bergen – warum, wurde nicht klar –, nahm ihm aber einige Gegenstände ab, darunter ein Brillenetui, eine Pillendose und ein Taschenmesser. Sie wurden in einer Londoner Zeitung abgebildet, in der die Polizei um Hinweise ersuchte. Mir fiel sie erst Monate später in die Hände; sie wurde mir von einem der Verwaltungsräte zugesandt, dem die Meldung von Ilus ›Flucht‹ unwahrscheinlich erschien. Ich konnte sie eindeutig als seine Utensilien identifizieren und schrieb das auch zurück nach London, ohne dass dies einen Widerhall fand.« In ihren zusammengekniffenen Augen blitzte verhaltene Wut auf.

»Die Projektleitung hier musste aber schliesslich zugestehen, dass Selbstmord die wahrscheinlichste Todesursache blieb. Worauf ich Ilu hier ein Ehrengrab setzen liess. Umsomehr als ich bald herausfand, dass die Meldung über Ilus vorgeblich neues Leben in Kanada von Thaut lanciert worden war, um weiteren Erkundigungen über die EDIN vorzubeugen.« Sie blickte mich herausfordernd an, als wollte ich das Gegenteil behaupten. Um dann den Schlusspunkt zu setzen. »Die steckte bereits da in den roten Zahlen. Was Thaut für sich zu nützen verstand, um Ilus Thron einzunehmen. Und mich ab diesem Zeitpunkt von den täglichen Geschäften fernzuhalten. Wobei er nicht damit gerechnet hatte, dass die Londoner ihm einen Mann ihres Vertrauens beistellten, Neame. Der nun quasi als Geschäftsführer agiert.«

Sie schwieg, spielte mit den Händen, die Fingerspitzen am Daumen reibend, starrte zu Boden und fuhr mich dann mit einem Mal an. »Was erzähle ich Ihnen das überhaupt? Sie sind ein eigenartiger Mensch. Ich weiss nicht, ob Sie bloss naiv sind oder völlig realitätsfremd. Sie geben sich einmal so, einmal anders: aber wer sind Sie wirklich? Sie stören nur – haben Sie das noch nicht bemerkt? Ich weiss nicht, wie ich Sie einschätzen soll. Meinen Sie denn überhaupt irgendetwas ernst? Oder warum liegt Ihnen so sehr daran, allen und allem Ihre Sympathie zu bekunden?«

Vor den Kopf gestossen, wusste ich nicht, was darauf erwidern. Und verstand auch nicht, was sie zu ihren unvermittelten Anschuldigungen veranlasst hatte, einem Gefühlsausbruch, der sie plötzlich als verletzbar zeigte. Er brachte mich dazu, aufzustehen, zu ihrem Sessel zu gehen und ihre Schultern an mich zu drücken, ohne recht zu wissen, wie weiter, ausser endlich dem Verlangen nachgeben zu wollen, sie zu küssen, obschon dies genau das Verkehrte schien. Ich fühlte ihre Wange an meiner, die nicht nach Parfüm, sondern warm nach Staub und Schweiss roch, und war überrascht, mir keine Ohrfeige einzufangen. Sie drehte sich nicht weg; also drückte ich sie enger an mich, mit beiden Armen, was sie widerstandslos über sich ergehen liess. Damit war eine Grenze überschritten, aber ich dachte nicht mehr an eine Zurückweisung, hatte bloss noch den Wunsch nach einem Kuss, changierend wie das Licht in dem Weinglas, das sie in der Hand hielt, nun aber auf das Holztischchen setzte, wo ich es mit der nächsten Bewegung umwarf, ohne dass sie es beachtete. Ich konnte kaum glauben, plötzlich so weit gekommen zu sein, fühlte mich benommen, erstaunt, dankbar beinahe, und dann ihre Lippen voll auf den meinen, während sie sich ein wenig reckt, mir unabsichtlich das Knie in die Lenden stösst, mir dann aber durchs Haar fährt, meinen Kopf fest an sich presst; da ist so vieles jetzt, das ich tun will, aber ich halte mich zurück, um ihr nicht in diesen Kussmund zu beissen, während sie leicht aufstöhnt, sich um mich öffnet und mir in die Augen sieht. Ihre Hand zerrt an meinem Hemd, sie dreht sich, beugt sich dann wieder vor, der Kimono gibt die harte rosa Spitze ihrer linken Brust frei, doch ich brauche mehr Zeit, ich bin nicht steif, obwohl ich mir kaum vorstellen kann, noch erregter zu werden, und lecke über die Falten ihres Halses und zwischen ihrem Busen hinunter zu ihrem Bauch und weiter, durch den rauhen Busch zu ihrer dunklen Scham. »Hilf mir«, sagt sie, auf ihren Knien, an meinen Hosenknöpfen nestelnd. »Lass mich«, sage ich und hebe sie auf das Tischchen; sie sperrt sich kurz dagegen, wölbt sich dann jedoch zurück, stützt sich auf die Arme und breitet die Beine, dass ich darunter ihre Lingerie sehe, wie das die Modemagazine nennen, das Wort hat etwas Lächerliches, erscheint mir aber dennoch irgendwie sündhaft. Ich ziehe ihr die Sandalen aus, will an ihren kleinen Zehen beginnen, hinauf zu ihren Schenkeln, der schmalen, geschlossenen Scheide, deren Behaarung aus dem Höschen steht; es ist aus einem blauen, mit seidigen Spitzen besetzten Stoff, ein dunkler Fleck breitet sich darauf langsam von der unteren Naht her aus, als begänne sie zu menstruieren, doch egal, ob es Blut, Saft oder der Harz vom Baum der Erkenntnis ist: ich will es lecken, trinken, essen, um an diese Lippen zu gelangen, und spüre wieder eine leichte Spannung in meinem Glied, ohne dass sie sich auswächst, weshalb ich ihr Höschen zur Seite ziehe, um mit der Zunge in sie eindringen zu können, in das salzig Feuchte ihrer Lippen. Ich habe längst vergessen, wie eine Frau schmeckt, weiss aber, dass ich nun etwas Verbotenes koste, etwas Berauschendes und doch Saures, während sie die Luft anhält, um sie dann laut herauszupressen, als käme sie nicht aus der Kehle, sondern der Lunge, in einem Beben, das durch ihren Bauch zu spüren ist. Drücke ich nur ein wenig mehr auf den Venushügel, werden die Laute tiefer; wandert die Zunge rund um die geschwollenen Schamlippen, den Kitzler aussparend, der inzwischen hervorsteht, hört es erneut auf, also fülle ich meinen Mund mit ihrem Geschlecht, versuche mit der Zunge einen Ausgleich zwischen tief und leise zu finden, und merke, wie ihr Körper darauf eingeht, sie mir entgegenkommt, immer schneller. Ich war nie ein besonders guter Liebhaber, und indem mein Glied so wenig reagiert, bin ich frei, sie in ihrem Moment zu beobachten, zu merken, wie sie reagiert, wenn meine Zunge ihren Schlag verändert. Meine Beine verkrampfen sich und zwingen mich, die Stellung zu ändern, worauf sie mich am Schopf fasst und so fest an ihren Schoss presst, dass ich kaum mehr Luft bekomme; sie klammert sich an den Tischkanten fest, zieht ihre Beine hoch und drückt sie mir an die Ohren, dass ich nur noch mein Blut rauschen höre, sie schiebt sich hin und her, windet und schlängelt sich um mich, murmelt irgendein seltsames Volapük, die Zähne aneinanderschlagend, bis dieses Lallen in einem Klang aufgeht, einem verminderten *si* zwei Oktaven unter dem mittleren *do*, das in ihr anschwillt und wieder abebbt, anschwillt und wieder abebbt. Ich erwidere diesen Hall, indem ich meine allmählich wunde Zunge noch tiefer in ihre Scheide stecke; ihre Beine an meinen Wangen reibend und dagegen pressend, ist es, als hörte ich die Resonanz ihrer Organe; ihr ganzer Körper ein einziges Aufstöhnen. Ich bin hart jetzt, während sie nur noch wimmert, hohl und tief, bis ihre Schenkel von mir abfallen und sich mein Glied ergiesst, brennend schmerzhaft, ohne dass es die geringste Erleichterung brächte oder die Anspannung nachliesse. Der Tisch umgekippt, sie auf dem Rücken zwischen mir und dem Sessel, atmet sie aus, um schliesslich aufzulachen und mir zuzuflüstern: »Du hast eine teuflische Zunge.«

Ich will gehen, will bleiben, weiss nicht, was von beidem. Wir sitzen uns gegenüber, die Kleidung halbwegs wieder zurechtgerückt, nach der Intimität eines Akts, der keiner war, die Distanz zwischen uns merkbar unangenehm, sodass ein Gespräch nun einen neuen Boden bereiten muss. »Wie war es bei Thaut?«, frage ich.

»Bei Thaut«, sagt sie und zieht den Namen in die Länge. »Soll heissen, wie er auf die« – sie zögert, ob sie mich weiter siezen soll – »von dir in seinem Namen ausgesprochene Einladung reagiert hat?«

Ich nicke.

»Ungerührt, wie immer.« Sie lacht, erst mit einem bitteren

Unterton, dann wie von der eigenen Bemerkung erheitert, um sich zuletzt zu korrigieren. »Nein, nicht wie immer. Richtig ungerührt ist er erst seit jüngstem.«

Auf meinen verwirrten Blick lacht sie schallend auf und mustert mich dann aber streng. »Du willst sagen, dir ist noch nichts aufgefallen?«

»Was soll ich bemerkt haben?«, frage ich arglos zurück.

Sie spielt weiter Katz und Maus. »Nun, zumindest dass er im Rollstuhl sitzt, kann dir nicht entgangen sein.«

»Ja«, lüge ich. Ich habe ihn nur auf ein, zwei Photos so gesehen.

»Du hast offensichtlich auch keine besseren Augen als alle anderen«, meint sie spöttisch. »Und ich dachte, du hättest Thaut gesehen … Was glaubst du, weshalb man bei seinen wenigen öffentlichen Auftritten die Leute stets auf Abstand hält?«

Ich rate. »Aus Sicherheitsgründen?«

»Sieht dir das hier wie ein Land in Aufruhr aus? Oder wirkt es etwa, als hätten die Ordnungsorgane nicht alles im Griff?«

»Es ist wohl ein Respektsabstand, den man vor ihm einhalten will.«

»Was denkst du wohl, warum man ihn nur kurz auf die Bühne schiebt und dann Neame für ihn reden lässt, während er teilnahmslos danebensitzt? Und … zuhört.« Sie lacht erneut zynisch.

»Als Ausdruck seiner Autorität? Einer Macht, die nicht in Frage gestellt werden will? Weshalb sich die Grosskopferten, wie meine österreichische Mutter sie genannt hätte, überall so inszenieren?«

»Die Grosskopferten – das ist gut.« Ihr Lachen begann zu nerven. Lili stand auf, um das zu Boden gekippte Glas auf den Tisch zu stellen und mir erneut Portwein einzuschenken. Dann stellte sie sich ans Fenster, Rücken zu mir.

»Woher rührt wohl unser unbeirrbarer Glaube an ein mehr oder minder mysteriöses Ich«, hörte ich sie sagen. »Soweit ich sehen kann, haben wir alle mehrere Ichs, die wir zeigen. Oder nicht.

Wobei ich gestehen muss, dass ich manchmal, wie man so sagt, nicht ganz ich selbst bin.«

Ich fasste dies als Kommentar unserer Intimität auf, als Reue und Entschuldigung, und kam mir mit einem Mal erniedrigt vor, benützt und missbraucht.

Sie drehte sich um und raffte ihren Kimono zusammen. »Ich komme mir eher als Person vor, der manches zustösst. Als wäre ich ein Fisch im Wasser. Der abgetrieben wird, aber versucht, seinen Platz in einem Wirbel zu halten. Ohne dass er die Strömung beschreiben könnte.«

Sie sagte das in weichem Ton, ohne dass ich ihr die Verletzlichkeit, die sie dadurch zum Ausdruck brachte, abnahm. Worauf sie hinzufügte: »Thaut hat das nur allzugut verstanden. Wenn er von seinem natürlichen Temperament redete und der ihn beherrschenden Passion, die sich ganz auf den Damm richtete.« Ihre Stimme klang jetzt wieder anklagend. »Weil er wusste, dass da trotzdem nichts Simples und Kontinuierliches ist, das man Ich nennen kann – vielmehr ein Bündel unterschiedlicher Empfindungen und Haltungen, Eindrücke und auch Reaktionen auf etwas, das sich schneller ändert, als man es sich versieht. Weil alles im Fluss ist.« Sie überlegte, als wisse oder wolle sie nicht weiter. »Weshalb wir alles dieses Fluide auf den Körper projizieren – verstehst du, was ich meine?«

Wozu diese elaborierte Art der Abfuhr? Ich sah sie mit zusammengekniffenen Augen an, bereit, nach ein paar weiteren Floskeln zu gehen.

»Es ist, materielle Wesen, die wir nunmal sind, der Körper, an dem wir unser seltsam flüchtiges Ich festmachen. An seiner Lust und seinem Leid.« Was sollte dieses plötzliche Pathos? »Er steht für uns. Als Figur. Und in Thauts Fall auch als Statussymbol. Er ist der Repräsentant des Dammbaus, des ganzen Unternehmens. Und er muss es bleiben, sonst fällt hier, auch angesichts der kritischen Lage an den Grenzen, alles in sich zusammen.« Sie blickte mich durchdringend an. »Das reicht weit über persönliche Antipathien hinaus; es geht schliesslich um das Gemeinwohl.«

Sie kam zu meinem Sessel. Sie stand so nahe vor mir, dass ich wieder ihre Haut riechen konnte, süsslich jetzt, blickte auf mich herab und fuhr mir kurz übers Haar wie einem dummen Jungen. »Was ich dir jetzt erzähle, sage ich zu deinem Besten. Aber nur, wenn du mir dein Wort gibst, dass ich nicht mit dem Journalisten rede. Sondern mit dem Mann, der in dir steckt. Versprich, dass es unter uns bleibt. Unter uns allein. Du verrätst sonst auch mich.«

Ich erwiderte nichts darauf, zog sie nur an mich, mein Schwanz mit einem Mal hart, zu spät, da sie sich aus der Umarmung löste, um im Zimmer hin und her zu gehen.

»Thaut ist –«, sie zögerte noch einmal »– tot.«

Ich war zu überrascht, um darauf zu reagieren.

»Hast du ihn denn überhaupt je zu Gesicht bekommen?«

»Nein«, musste ich eingestehen.

Sie stiess trocken Luft aus. »Dann wären dir der glasige Blick und die wächserne Haut aufgefallen.« Sie kniff mit der Hand die Augenbrauen zusammen. »Ich war bei der Testamentsverlesung dabei. Die, typisch Thaut, mit dem monumentalen Satz begann: ›*Um auch vor der Geschichte mit meiner Person zu bestehen, bin ich – oder ich war vielmehr (denn das ist das Tempus, in dem ich von jetzt an von mir sprechen muss)*.‹ Arrogant bis zum, auch für ihn unvorhersehbaren Ende. Das Ganze in einem Ton, als würde er ohnehin weiterleben, komme, was wolle.«

»Nur mit einem hat er nicht gerechnet.« Sie setzte sich auf die Lehne ihres Stuhls, dass mein Blick an ihren gelben Seidensandalen hängen blieb und dann auf die breiten Fugen zwischen den Bodenbrettern fiel. »Nämlich, dass man seine letzten Anweisungen ad personam auslegen würde.«

Sie zog sich eine Zigarette aus ihrem silbernen Etui, warf es mir in den Schoss, zündete sie sich an. »*Was uns von den Tieren unterscheidet, ist unsere Neigung, vorwärts zu schauen. In Erwartung der Zukunft. Nur das erlaubt uns, Pläne zu schmieden und an ihr zu bauen. Und nur dadurch wird aus unseren isolierten Erfahrungen und Erkenntnissen das kontinuierlich Ganze eines Lebens. Die Erwartung verbindet die Momente der Vergangenheit mit der Gegenwart und darüber hinaus mit den folgenden Generationen.* Mit diesen Worten leitete Thaut sein Testament ein. Das er, wie ich ihn kenne, mehr aus Selbstverliebtheit denn aus wahrer Notwendigkeit wohl schon vor Jahren niedergelegt hat.«

Sie paffte nur, die Zähne auf dem Mundstück herumkauend. »Thauts Genie bestand darin zu erkennen, dass wir die Ziele unserer Erwartungen stets mit Personen verbinden. Die uns zu unseren Taten antreiben und fordern. *Und so hoffe ich denn, dass das von mir verwirklichte Unterfangen über meinen Tod hinaus inspirieren und mein persönliches Beispiel vorbildlich bleiben wird.* Der eitle, überhebliche alte Sack! Aber mit einem hatte er zweifellos recht: er hatte den gesamten Dammbau so auf sich zentriert, dass nach seinem Tod alles in sich zusammenzufallen drohte wie die Mauern von Jericho.«

Wenn sie den Rauch ausstiess, kniff sie die Lider zusammen, dass er ihr nicht in die Augen stieg. »Weshalb wir in der Not auf die anfänglich völlig aberwitzige Idee kamen, ihn weiterzuleben lassen.«

Sie fixierte mich. Ich bemühte mich, mir nichts anmerken zu lassen.

»Damals war ich noch Teil des inneren Zirkels. Ich teile also die Verantwortung dafür – was der einzige Grund ist, weshalb ich hier noch geduldet werde. Wer auf die Idee kam, ist jedoch egal. Und Saul wusste dann, wie sie umzusetzen war. Er kannte jemanden in Damman, der noch in der Lage war, Körper einzubalsamieren – so wie man das in Dilmun jahrhundertelang gemacht hatte. Mit all den Pflanzen, die auf der Insel wachsen. Eine letzte Ölung sozusagen, die Thaut gefallen hätte. Nur, dass der Kopf extra behandelt werden musste. Weshalb er seitdem auf den Fotos stets einen hochgeschlossenen Kragen trägt. Und einen breitkrempigen Hut, der einen Schatten über seine Augen wirft. Es brauchte das Fingerspitzengefühl einer Frau, um das alles halbwegs lebensecht zu arrangieren.«

Sie fuhr mir mit dem Zeigefinger über die Lippen. »Ja – wir dachten auch erst, man würde diesen Spuk sofort durchschauen. Doch als wir dann nicht mehr umhinkamen, Thaut wieder einmal in der Öffentlichkeit vorzuführen, taten des Kaisers neue Kleider ihren Dienst. Ich meine, der Abstand, den wir vor den Leuten einhielten, konnte gar nicht gross genug sein, um nicht zu sehen, dass er sich nicht regte. Erstaunlicherweise aber genügte seine reine Präsenz, gleich wie starr sie ist, um dem Zweck zu genügen: seine Autorität aufrechtzuerhalten. Den Anschein von Moral und Anstand. Wobei ich bis heute nicht weiss, ob es wirklich niemand merkt – oder ob es bloss keiner wahrhaben will. Nicht einmal Gerüchte darüber scheinen im Umlauf zu sein, nicht wahr?«

Ich nickte. Ich hatte bislang nicht die geringste Andeutung darüber vernommen und war deshalb bass erstaunt. Wobei sich mir schon die ersten, mich betreffenden Fragen aufdrängten. Um Zeit zu gewinnen, erwiderte ich: »Du willst also sagen, ihr habt Thaut mumifiziert?«

»Nicht mumifiziert. Das hätte ihn schrumpfen und faltig werden lassen. Sondern einbalsamiert. Wobei die Wangen offenbar das grösste Problem darstellten: weshalb man ihm irgendein Wachs in die Haut injizierte. Genau weiss ich es nicht. Saul kümmert sich um seinen Zustand. Das Gesicht glänzt nun jedenfalls wie von einem leichten Schweissfilm überzogen. Dass er nicht faltig verschrumpelt wirkt, ist wichtig. Es ist der Eindruck des Lebensechten, der über den Tod hinwegtäuscht.«

Sie lachte erneut zynisch. »Es ist wie mit Gott. Der ist auch schon lange tot. Und doch ist er noch da, glauben viele noch an ihn.«

»So? Tun Sie das?« Mir war das ›Sie‹ wieder unwillkürlich über die Lippen gekommen, ohne dass ich Lust hatte, es zu korrigieren. Ich fühlte mich an der Nase herumgeführt und gab ihr die Schuld dafür, ob zu Recht oder nicht. Zugleich stellte es den Anlass auf den Kopf, der mich die letzten Tage in diesem Arbeitslager hier festgehalten hatte. Neame hatte mich also aus eigenem Antrieb hergeschickt.

»Doch wozu sollte ich nach Evita suchen?«, fragte ich Lili geradeheraus.

Sie verstand den Gedankengang dahinter, ohne dass ich mehr erklären musste. Das liess mich jetzt vollends misstrauisch werden. Was war ihre Rolle in diesem Spiel?

»Sie weiss zuviel. Solange Thaut noch am Leben war, war das kein Problem, konnte er alles abstreiten oder mit dem Mantel des Schweigens bedecken. Jetzt steht er dem ohnmächtig gegenüber. Seine Eva kann jetzt gewissermassen ungestraft mit der Schlange reden. Oder besser: den Baum fällen. Die Mauern seines Paradieses, aus dem sie längst geflüchtet ist, zum Einsturz bringen, wenn sie will. Die Frage ist weniger wie, denn ob sie das tun wird. Ein Auftritt von ihr und diese sorgfältig inszenierte Illusion löst sich in Luft auf. Und mit ihr der Weiterbau am Damm. Das Konsortium der Bauträger sähe sich einem Skandal noch nie dagewesenen Ausmasses gegenüber, auf den es reagieren müsste. Angesichts der Krise überall hiesse das, den Bau einzustellen. Nicht zuletzt, weil er von Steuern finanziert wird. Die wiederum von der öffentlichen Meinung abhängen.«

Sie löschte ihre Zigarette in meinem Portweinglas aus. »Es ist wie mit Gott und seiner Genesis. Indem Thaut ihre Hintergründe offenlegte, konnte er sie für die Zwecke dieses Monumentalprojektes instrumentalisieren. Beginnt man jedoch den Gott darüber zu hinterfragen und ihn als blosse Wachsfigur zu entlarven, wird er unweigerlich in der Sonne dahinschmelzen. Da hatte Thaut zweifellos recht: es bedarf einer Person als Symbolgestalt, um Erwartungen auf sie projizieren zu können und uns den Glauben an eine Zukunft zu erhalten. Obwohl wir wissen, dass diese Figur illusorisch ist. Dennoch konkretisiert sich an ihr der blosse Glaube zu den greifbaren Realitäten unserer Welt.«

Inwieweit ich ihr das glaubte, war gleichgültig; dennoch appellierte sie an mein Verständnis. »Es ist ohnehin eine Frage, wie lange das alles noch dauern kann. Zuletzt war Thauts Kopf ein paar Tage verschwunden. An seiner Stelle fanden wir ein Erpresserschreiben, das in Havilah abgestempelt war. Saul konnte das noch stillschweigend regeln. Aber es bleibt natürlich fraglich, wie lange das so weitergehen kann. Wir hoffen, es hinauszuzögern, bis sich die Krisensituation an der Grenze entschärft und wir Thaut dann endlich zu Grabe tragen können. Um inzwischen einen Nachfolger aufzubauen. Für den Neame schon aufgrund seines Alters nicht mehr in Frage kommt«, meinte sie mit leichtem Triumph.

Ich ging nicht darauf ein, weil mich diese Scharaden anwiderten. All diese taktierenden Spielzüge der Macht hinterliessen in mir einen bitteren Geschmack im Mund, der sich mit dem ihrer Musch, den ich immer noch auf der Zunge hatte, ätzend vermischte. Trotzdem war mir schon da bewusst, dass ich besser keine Animosität ihr gegenüber aufkommen lassen durfte. Deshalb versuchte ich mich aus dieser Verstrickung mit der naheliegendsten Frage zu lösen, die bislang nicht einmal angesprochen worden war.

»Woran ist Thaut gestorben?«

Sie erhob sich von meiner Armlehne und setzte sich wieder in ihren Stuhl. »Er hat«, sagte sie, als müsse sie sich jetzt auf einmal Wort für Wort überlegen, »mit der Post ein kleines Fläschchen Weihwasser erhalten. Es wirkte echt. Das Bleisiegel ›Unserer Lieben Frau von Lourdes‹ war darauf und der Schraubverschluss mit Wachs überzogen. Das wurde ihm zum Verhängnis. Ohne die Versiegelung hätte er die Flasche wohl nicht geöffnet. Es war die reine Neugier. Er muss binnen einer Minute tot gewesen sein. Der Rosengeruch des Inhalts aber hielt sich noch tagelang.«

Sie schwieg, um mich dann noch einmal um Geheimhaltung zu bitten, als wäre sie sich meines Wortes nicht sicher. Ich versicherte ihr meine Diskretion; aber ich bin, wie sie sehr wohl wusste, auch Journalist.

»Der Militärarzt in Damman, der bei der Untersuchung hinzugezogen wurde, konnte weder Hautblasen noch eine Schädigung der Lungen und Augen oder Schaum vor dem Mund entdecken«, fuhr sie fort. »Er konnte nur feststellen, dass irgendetwas, das Natrium und Chlorin enthielt, sein Nervensystem gelähmt hat und seine Haut bläulich anlaufen liess. Auf die Erkundigungen, die er darauf beim Oberkommando des Heeres anstellte, haben wir jedoch bis heute keine Auskünfte erhalten.«

Sich leicht in den Handrücken beissend, fügte sie hinzu: »Genausowenig wie wir, trotz umfassender Nachforschungen, bis heute den Absender des kleinen Paketes eruieren konnten. Es war zweifellos ein gezielter Terroranschlag. Der auch dazu führte, dass wir uns seitdem gegenseitig verdächtigen. Obwohl niemand hier an solch ein Nervengas gelangen könnte.«

14

Ich wurde darauf zusammen mit meiner Kompagnie strafversetzt, zurück nach Abadan. Offenbar war das Gas zunächst an Schweinen getestet worden; sie haben zwar Haare wie wir, doch keine Schweissdrüsen und auch ihre Haut ist anders. Deshalb stellte man uns in eine alte Fabrikhalle und hiess uns, mit den Fingern kurz die Masken zu lüften, um zu testen, ob wir am Geruch drei verschiedene Gase unterscheiden könnten. Uns sagte man bloss, es handle sich um biologische Reizstoffe: Phosgen roch wie frischgemähtes Gras, Lewisit nach Geranien, Gelbkreuz wie ranziger Knoblauch. Danach schickte man uns in Gruppen in eine Gaskammer, in der wir durch ein Glas beobachtet wurden.

Das erste Mal befahl man uns, die Masken ganz abzunehmen und Namen, Rang und Dienstnummer vor dem Exit aufzusagen. Das nächste Mal mussten wir es länger aushalten und auch die Hemden ausziehen, wobei da manche bereits Panik überfiel. Der Mandäer, den man ob seiner Dunkelhäutigkeit ausgewählt hatte, zeigte mir später die weissen Stellen, die auf seinem Rücken, dem Bauch und den Armen zurückgeblieben waren. Ihm ging es weder schlechter noch besser als den meisten von uns: mein Gesicht quoll auf, es juckte tagelang unerträglich, meine Augen Schlitze, aus denen ich kaum noch sehen konnte, und nachts konnte ich vor Schüttelfrost kaum schlafen.

Da der Feind unter Kampfbedingungen jedoch nicht stillhält wie eine an den Pflock gefesselte Ziege, wurden mit uns auch Feldversuche in der Wüste unternommen. Man besprühte uns von oben herab mit blauem Regen, den wir als Gelbkreuzgas erkannten. Dann mussten wir zwei Meilen marschieren, um mit dem Lkw zurückgeschafft zu werden, und hatten dann noch vier Stunden in voller Ausrüstung, die dicken Gummimasken weiterhin aufgesetzt, auszuharren. Die ersten Auswirkungen des Gases merkten wir an unseren Gürtelschnallen, die schnell schwarz anliefen. Die zwei Kleidungsschichten, die wir trotz der Hitze trugen, erwiesen sich nur teilweise als Schutz. Wo wir am meisten schwitzten, an den Genitalien, Achselhöhlen, Unterarmen und Händen und natürlich im Gesicht und Nacken, bekamen wir ›Schmuseflecken‹. Sie wurden ebenso violett wie der Rücken, auf dem sich das X der Hosenträger eingeätzt hatte. Penis und Hodensack waren wie verbrannt und nässten; es bildeten sich darauf grotesk grosse Blasen, desgleichen auf dem Unterschenkel, von den Zehen bis zum Knie. Sie wurden mit Vaseline bestrichen und von den Krankenschwestern bandagiert, vor denen meine Scham schlimmer war als die Übelkeit und der anhaltende Brechreiz. Die ballonförmigen Blasen heilten nur schwer ab; kaum dass eine aufbrach und ausrann, bildete sich darunter bereits die nächste.

Nachdem wir so im Umgang mit Kampfgasen Erfahrung gewonnen hatten, durften wir uns für eine Spezialeinheit melden. Wir wurden dazu gedrängt und gleichzeitig mit der Aussicht auf höhere Bezahlung, Ausgangsprivilegien und der Ausbildung zum Offizier gelockt – wobei wir auch froh waren, der ewigen Gleichförmigkeit des normalen Militärdienstes zu entkommen. Es erschien mir, trotz der erlittenen Unbilden, immer noch aufregender, und ich fühlte mich seltsamerweise gerade deshalb unsterblich.

Die erste Aufgabe unserer Einheit war das Entsorgen schadhaft gewordener Bomben und Granaten. Man händigte uns dafür wenigstens gummierte Schutzanzüge aus, in denen wir alles auf einen Fischkutter verluden, das komprimierte Gas aus den lecken Behältern triefend, zähflüssig wie warme Melasse. Das Boot im Meer versenkt, schwamm es dann in dicken Schichten auf, die wir mit dem Flammenwerfer abfackelten; einen Tag später war der Strand vor der Stadt voll mit toten Fischen.

Danach wurden wir einer Fliegerstaffel zugeteilt. Der Grenzwall war da noch nicht in Bau und so hatten sie alte Doppeldecker umgebaut, um damit die Züge der Flüchtlinge von der Luft aus zu besprühen. Man erzählte uns dabei vom Wunder von Ypres und wie es sich an der Mesopotamienfront wiederholte und in dem damaligen Weltkrieg zu einem schnellen Waffenstillstand und in der Folge zur Unionsbildung beigetragen hatte. Noch während eines stundenlangen Beschusses mit Gasgranaten hatte sich der Wind gelegt und der giftige Nebel stand wabernd über dem Boden, als man von den Schützengräben aus die Sonne durchbrechen sah, die das Gesicht der Jungfrau Maria gelb und gross in den Rauch zeichnete, ein Kreuz darunter. Tausende von Soldaten auf beiden Seiten mitsamt ihren Heeresleitungen sahen es, ebenso wie kurz darauf die Türken und Engländer vor Basra. Das war vor vielen Jahrzehnten, aber man berief sich immer noch darauf.

DRITTER TAG

XXII

Drei Tage und Nächte waren es, die mein Schicksal beschlossen, als fehlten ausgerechnet sie zum letzten Akt der Schöpfung. Indem ich sie in der leeren Kladde, die mir der Postenkommandant im Tausch gegen meine Armbanduhr überlassen hat, nachzeichne, wird mir bewusst, wie sehr die Wirklichkeit durch blosses Reden geschaffen wird: es geschieht, was gesagt wird. Je nachdem, was mit wem besprochen wird, bestimmt, was dann eintritt, selbst wenn es sich davor in Umschreibungen und Abschweifungen ergeht. Als lebten wir in steten Möglichkeitsformen zwischen dem Sollen und dem Wollen, die – sobald wir uns für eine entschieden haben – den Lauf der Ereignisse ein für allemal festlegen. Der Glaube, man könne selbstbestimmt handeln, ist ein *confidence game*. Da ist nichts Festgeschriebenes, keine Hand, die alles lenkt: einzig unser Wille, der weniger frei ist, eher in ständiger Reaktion auf eine sich unablässig verändernde Umwelt steht. Um dann jedesmal etwas Unwiderrufliches in die Welt zu setzen. Ich sagte, er meinte, ich erwiderte, er erklärte, wandte sich ab oder zu, urteilte und tat. Als formte sich unsere Existenz erst über all diese Konversationen aus, mit denen wir beständig versuchen, einander auf die jeweilige Weltsicht umzustimmen. Die Natur bleibt davon völlig unbeeinträchtigt. Sie ist einfach nur da wie der Sand und das wenige, das daraus wächst: Wüste, Wind, Licht und Dunkel, und irgendwo ein Meer, ein Fluss, ein Wald. Und wir kaum mehr als Affen auf zwei Beinen, die von den Bäumen heruntersteigen, um durch ihre Mimik und Gestik zu verraten, was sich hinter ihren Worten verbirgt. Wir erschaffen die Welt, in der wir leben, durch unser Reden; sie ist eine Fiktion, in der es bloss Abbilder unserer selbst gibt, die wir einmal so, einmal anders gegenüberstellen, die dabei aber dennoch real werden, unumstösslich im Nachhinein. Bloss erschreckend weniges dessen, was man sagt, damit etwas geschieht, erlaubt einem hernach zu sehen, dass es gut war: es wird nur Abend und dann wieder Morgen. Und doch ist hinter all den Chimären und dem Ungefähren unseres Redens etwas, das wir glauben konturieren zu können, irgendein scheinbar ahnbares Ziel, ein Fluchtpunkt oder eine undeutliche Figur, der wir nachgehen, als könne sie uns ins Klare führen: sie ist so offensichtlich in ihrer Bedeutung wie der Name Evita und dennoch so ungreifbar wie die Person dahinter, der ich unwillkürlich gefolgt bin. Es ist ein Suchverlauf, den ich in seinen Irrungen und Wirrungen möglichst wahrheitsgemäss wiederzugeben mich bemühe, Abschnitt für Abschnitt, soweit sie mir noch erinnerlich sind, dabei auf die allzu kursorischen stenographierten Eintragungen in meinem Notizbuch zurückgreifend, um letztlich einzusehen, dass alles nur eine Montage von Szenen bleibt, deren eigentliche Zusammenhänge schwerlich ganz erkennbar werden, da sie ihrerseits höheren Fiktionen eingeordnet sind, gesellschaftlichen, politischen, geschichtlichen, die bestimmen, was wirklich ist. Sodass ich mir dabei vorkomme wie Evita, die voller Naivität in ihren Magazinen nach Schlüsselwörtern suchte, nach einzelnen wiederkehrenden Phrasen, die Werbeseiten und Berichte miteinander verknüpfend, wie um all das kaleidoskopisch sich darin Präsentierende über die einzelnen bunten Glassplitter zu erfassen. Jeder Strichpunkt gleichsam ein Lachen über sich selbst ausdrückend – und jeder Gedankenstrich einen Sprung voraus. Dabei ist meine Geschichte schlussendlich abwegig, umsomehr als der Anlass, der mich in diese Region gelockt hat, unschuldig war. Was hätte harmloser sein können, als sich für Ausgrabungen zu interessieren? Doch die sich daraus ergebenden Verwicklungen und Verstrickungen stellen mich nunmehr als schuldig dar. Bloss das Interesse an den Quellen und Wurzeln der alttestamentarischen Erzählung über die längst als überholt geltenden Ansichten über die Ursprünge der Welt und unseres Glaubens hatte mich auf völlig willkürliche Weise in Konfrontation mit einer Gegenwart gebracht, die sich trotz allem noch davon ableitet. Ohne diese auch nur in Frage gestellt zu haben, allein im Rückbezug auf ihre Grundlagen, die selbst wieder nur Texte waren, geriet ich absichtslos in etwas, dem ich jetzt nicht mehr entkommen kann. Als läge mein Vergehen darin, dass ich das Band von den Anfängen an wieder neu abspulen wollte, um dabei der Schnitte und Montagen, all der Geschichtsklitterung auf seiner Tonspur gewahr zu werden, der Instrumentalisierungen des Dammbaus und der manipulierten Bibelauslegungen Thauts. Nein, auch das trifft es nicht ganz. Ich war vielmehr als argloser und unbeteiligter Zuschauer in eine Geschichte geraten, die grösser war als meine eigene und sie darüber auslöschte. Als dürfe man sich nicht einmal am Rande mit ihr befassen, als führe schon die Beobachtung, wie sich Geschichte abspielt, ins Prekäre, als liefere einen das bereits der Anklage aus, weil man dann erkennt, wie sehr sie von Zufällen regiert und von den egoistischen Eingriffen Einzelner beherrscht wird. Dagegen aufzubegehren scheint vergeblich – obschon auch die Sätze auf den vorgedruckten Linien dieser Kladde hier dieselbe Art von Text darstellt wie die Erzählungen, welche die Welt zu dem haben werden lassen, was sie ist. Meine Geschichte ist nicht nur abstrus, sie ist auch absurd: was habe ich denn getan, bei welchem Gott auch immer, um derart den Umständen ausgeliefert zu werden? Doch versuche ich dabei, indem ich meine Geschichte als Apologie aufzeichne, sie nicht gleichzeitig auch umzuschreiben, als fände sich irgendwo eine Stelle, von der an sie sich anders hätte abspielen können? Ja. Denn es gibt viele Stellen, an denen dies hätte geschehen können. Aber dazu hätte ich wissen müssen, wohin sie führt. Wäre das so unmöglich gewesen? Nicht, wenn ich mehr Rückgrat bewiesen hätte. Nein, auch das ist falsch. Denn jedesmal, wenn ich versuchte, selbstbestimmt zu handeln, geriet ich in Auflehnung gegen die vorherrschenden Zustände, in meiner naiven Arroganz ein reiner Tor, um so Stück für Stück den Boden unter den Füssen zu verlieren. Es gibt keinen Weg aus ihr, den man für sich beschreiten könnte; meine Geschichte ergab sich erst im Zusammenwirken mit all den Wegweisungen der anderen. Und da war ich machtlos und trotz aller Intelligenz nicht klug genug, um geschickt ausweichen zu können. Mir bleibt jetzt nur noch, im Nachhinein das Zwangsläufige daran zu konstatieren.

Meine Geschichte lässt sich nicht mehr verändern, auch nicht in dieser notgedrungen fiktionalisierten Wiedergabe: denn wie anders liesse sie sich mit der Schrift darlegen? Und das gilt auch für die Geschichte. Auch die Historie, wenngleich sie zahllose Möglichkeiten hatte, anders zu verlaufen, ist das, was sie nun ist. Welchen Lauf hätte die Welt wohl genommen, wenn der Oberbefehlshaber der britischen Flotte zusammen mit französischen und russischen Diplomaten davon abgesehen hätte, im Juli 1914 eine türkische Delegation an Bord seines Schlachtschiffes zu empfangen, um mit ihnen zu essen, zu trinken, zu rauchen und zu reden, sie zu unterhalten, Worte zu wechseln, Gedanken auszutauschen und sie schliesslich ins Bild zu setzen und ins Vertrauen zu ziehen, kein Blatt vor den Mund mehr nehmend, bis tief in die Nacht hinein debattierend, um derart schliesslich jenes Geheimabkommen zu schliessen, das dem Bündnisangebot der Deutschen, deren Gold und Waffenlieferungen zuvorkam? Und selbst diese Entente noch wäre aller Voraussicht nach besiegt worden. Denn ohne den dadurch eingeräumten Zugang zum Schwarzen Meer, um von dort aus die Armee des Zaren verpflegen und die am Kaukasus erhobenen Truppen an die Front schaffen zu können, hätten die Russen den Krieg gegen die Zentralmächte verloren. Die Briten wiederum behielten durch diese Absprache die

Kontrolle über den Suezkanal, um so Truppen aus ihren Kolonien in die Schlacht schicken zu können, was aber ohne die Türken an der österreichisch-ungarischen Front am Ende kaum den alle rettenden Waffenstillstand herbeigeführt hätte. Und ohne dieses Konklave hätte auch das osmanische Reich weiter seine afrikanischen Besitzungen verloren, in Schulden steckend, industriell rückständig und politisch instabil, wie es damals war. So jedoch behielt es die arabischen Territorien jenseits der islamischen Stätten bis hin zum Jemen und dem Persischen Golf, wo damals nur Gerüchte über eine klebrig schwarze Flüssigkeit kursierten, welche bald danach überall die Kohle ersetzte. Im Zuge dessen hätten die Türken wohl kaum ihre radikalen Reformen unternommen, wiewohl diese auch durch die nationalistischen Tendenzen der Araber, Armenier und Griechen erzwungen wurden – und hätte es auch jenen historischen Firman nicht gegeben, der ihnen eine Autonomie unter dem osmanischen Souverän zugestand. Nur dadurch behielt der Sultan Mehmed V. seinen Rang als Kalif, ein Titel, der seinen Ahnen vier Jahrhunderte zuvor zugesprochen worden war, um aufgrund dieser Autorität darauf die von Ibn Saud angeführte Rebellion in Zentralarabien niederzuschlagen, einem Fanatiker, der seinen Anhängern versprochen hatte, den reinen Urzustand des Islam wiederherzustellen. Wir erschaffen uns die Welt, in der wir leben, allein durch Unterredungen, Predigten und Diskurse, die eins zum anderen führen, selbst über alle Gewalt hinweg, die all diesem Reden handgreiflich Nachdruck verleiht. Denn allein durch solche Verkettungen von Worten und Taten konnte darauf auch die Grosse Glaubensreform im Nahen Osten und der Arabischen Halbinsel durchgezogen werden. Und es wären auch meine Eltern nicht von Österreich nach Jerusalem ausgewandert, das da noch als Hort der Toleranz galt – bis Abdallah und sein Heer gegen die dortigen Sektierer einmarschierte und den sich ausbreitenden Rassen- und Glaubenskampf unter seine Kontrolle brachte. Und ohne diese Besprechungen an Bord eines Schlachtschiffes vor der norwegischen Küste damals, deren weitreichende Folgen nicht abzusehen gewesen waren, wäre es auch nie zur Planung eines Dammes gekommen, um den Persischen Golf trockenzulegen. Dennoch wäre die Krise an den äusseren Grenzen Europas unabwendbar geblieben, die Erwärmung der Welt und die Unbillen des Wetters mit seinen Dürren und Fluten samt den daraus folgenden Völkerwanderungen nicht aufzuhalten gewesen, da es trotz all unserem Reden, Taktieren und Agieren etwas gibt, das uns alle umfasst und das wir gemeinhin Natur nennen: die unsere und die ausserhalb unserer. Ihr bleiben wir ausgeliefert.

15

Die Heeresleitung hatte festgestellt, dass Bomben aus dem Himmel in besonderer Weise dazu geeignet scheinen, Furcht und Schrecken zu verbreiten. Jeder Mensch hat Angst vor dem Tod. Doch lässt sie sich noch zu blankem Horror steigern, kommt die Drohung einer vollständigen Auslöschung des eigenen Körpers hinzu, als würden wir letzten Endes doch nicht an das Schicksal, die Güte Gottes und die Auferstehung glauben. Zweifellos stellt dies einen instinktiven Ausdruck unseres Selbstschutzes dar, dessen Wurzeln tief in uns stecken.

Nach den ersten Erfahrungen an der Grenze begann man so systematisch mit Flächenbombardements, die unter Freischärlern wie Flüchtlingen grösstes Entsetzen hervorriefen. Sie kauerten sich auf dem Boden, ob im Gelände oder ihren Lehmhäusern, und der Bombenhagel machte ihnen bewusst, dass sie nun aus der Welt gerissen, zerstückelt und verstreut würden. Was sie auslöschte, kam dabei aus einem Himmel, der bis dahin Gott und den Wolken vorbehalten war. Und der Tod, der da aus dem Blauen kam, verschlang alles, nicht länger nur Einzelne, die man danach bergen und bestatten konnte, sondern alle und alles: denn das, was zuvor das Leben zur Gänze ausgemacht hatte, wurde jetzt binnen einer Viertelstunde völlig vom Erdboden getilgt.

Zu den Erfahrungen mit den Grenzdörfern kamen jene mit den Flüchtlingslagern hinzu, die sich im Vorderland aufbauten und drohten, zu permanenten Siedlungen zu werden. Die Luftangriffe wurden mit 250 kg Sprengbomben sowie Feuerbomben gemacht, welche etwa ein Drittel der Kampfmittel ausmachten. Zuerst attackierten drei Junkers, nach deren Abwürfen sich überall dichter Rauch ausbreitete. Die darauf folgenden Doppeldeckerstaffeln konnten hernach zwar keine einzelnen Ziele mehr ausmachen, aber ihre Bomben einfach mitten drinnen abladen. Für die 250er war es ein Leichtes, die festen Behausungen auszuradieren; den Rest erledigten die Brandbomben, welche die Zeltreihen in Flammen aufgehen liessen.

Anfangs wurde darauf Rücksicht genommen, dass die meisten Bewohner, einer Messe oder eines Festes wegen, sich ausserhalb ihrer Lager befanden. Oder man kündigte das Kommen der Flugzeuge an, damit sie sich zu Fuss noch rechtzeitig ausserhalb des Zerstörungsradius bringen konnten. Bald aber wurde darauf verzichtet und zusätzlich Gas eingesetzt: die Kunde davon sollte sich weitestmöglich verbreiten und höchstmögliche Abschreckung erzielen. Doch dabei geschah etwas, mit dem keiner gerechnet hatte.

Der Tod, egal, ob er beim eigenen Sterben auf einen zukommt oder ob man in innerer Angst vor ihm verharrt, ist wohl die isolierteste Erfahrung, die es gibt. Kündigt er sich an, weiss jeder, dass er aus dieser Welt der Ereignisse und Erscheinungen verschwinden, seine Familie, Vereine und Gesellschaft verlassen, jedwede Zugehörigkeit verlieren wird: niemand ist einsamer und hilfloser als dann, wenn er vor dem Tod steht.

Stellt man sich ihm jedoch kollektiv gegenüber und in Aktion, geschieht etwas Überraschendes: denn nichts verstärkt die eigene Lebendigkeit mehr als seine unmittelbare Nähe. Was für uns im Alltag so selbstverständlich ist, dass wir uns dessen kaum bewusst sind, nämlich einer Gruppe, einer Menge von Menschen anzugehören, rückt dabei ins Zentrum und verleiht einem so das Gefühl, als Masse unsterblich zu werden. Es ist dann, als würde das Leben selbst, ja das Unsterbliche der gesamten Gattung Mensch vom Tod Einzelner nur noch mehr genährt, als wüchse diese Masse in einer überschäumenden Woge von Gewalt immer weiter an.

Da das Oberste Heereskommando deshalb erkennen musste, dass die Bombardierungen mit Sprengbomben bloss den Widerstand erhöhten, den man uns an der belagerten Grenze entgegenbrachte, und den Durchhaltewillen von Menschen bestärkten, die ohnehin schon mit dem Rücken zur Wand standen, wurden schliesslich Gasgranaten aus der Luft abgeworfen.

Sie zeigten den erwünschten Effekt: der Tod, der zuvor blitzartig alles zerstört hatte, mittlerweile aber so erwartbar geworden war, dass man sich dagegen mit unterirdischen Tunneln und Unterkellerungen glaubte wehren zu können, wurde nun schleichend und äusserst schmerzhaft. Das Gas drang überall ein, auch in die verborgensten Löcher. Die Kleidung konnte davor, wie wir am eigenen Leib erfahren hatten, nicht schützen. Und die Symptome waren so schlimm, dass der Fleischfrass einiger Granaten genügte, um die Leichen so abstossend werden zu lassen, dass keiner sich einen solchen Tod wünschte, jeder alles tat, um ihm zu entgehen, und sei es, sich gegen die eigenen Leute zu wenden.

Das wiederum nützte ein Sonderkommando des Geheimdienstes aus, das mit uns in Hendijan stationiert worden war. Wir kümmerten uns um das Gas, sie sich um die Befragung der Überlebenden und ihren möglichen Einsatz später als Spitzel, desöfteren auch als *agent provocateur*. Zu diesem Zweck wurde der Mandäer dem Sonderkommando überstellt.

XXIII

Anfänge lassen sich erst im Rückblick bestimmen und dabei immer weiter zurückverlegen, bis hin zu den Anstrengungen Einzelner – oder ihrer Untätigkeit. Lilis Eröffnungen gaben dem Lauf der Ereignisse an diesem Rand der Welt eine andere Wendung. Die ich hätte durchschauen können, wenn ich unvoreingenommener, unbeteiligter, weniger selbstbezogen gewesen wäre. Wie aber seine eigene Natur überwinden? Wo jenen archimedischen Punkt finden, von dem aus sich das aushebeln liesse, was wir gemeinhin Schicksal nennen? Ich dachte damals noch, mich entziehen zu können, wenn ich mich nach Dilmun aufmachte, das weit genug von den Sackgassen dieser Stadt entfernt schien. Denn was ich von Lili erfahren hatte, womit sie mich letztlich bloss belastete, hätte mich dazu veranlassen müssen, die einzelnen Puzzleteile zu einem ganz anderen Bild zusammenzusetzen.

Hätte ich dabei einen anderen Ausweg für mich entdeckt? Im Nachhinein ist auch dies zu bezweifeln, weil ich da schon zu sehr in die Situation verstrickt war, um mich so einfach lösen zu können: auch ohne Lilis Einlassungen wusste ich schon zuviel, als dass man mich einfach ziehen gelassen hätte. Und so gestaltete sich auch der Abschied von ihr im Ungewissen. Es war das letzte Mal, dass ich sie gesehen habe.

Aufgewühlt setzte ich mich, es war bereits nach Mitternacht, auf die Bohlen des Schwimmbads. Ich starrte aufs Wasser, ohne Ruhe zu finden, und ging bald aufs Zimmer. Mein heimlicher Teilhaber lag wieder auf dem anderen Bett; ich bemühte mich, ihn nicht zu wecken, und horchte auf sein Schnaufen. Schliesslich fiel ich in einen unruhigen Schlaf, aus dem mich das Klacken der Tür aufschreckte: er war wieder gegangen. Für mich aber war es höchste Zeit zum Treffen mit Abharah. Mein Gepäck liess ich im Zimmer. Ich nahm bloss, für den Fall des Falles, in einem Beutel etwas Wäsche zum Wechseln und die Zahnbürste mit. Es sind die Vorbereitungen, die einen verraten.

Der alte Mann stand beim Prellbock, eine Taschenlampe in der Hand, mit der er mir ins Gesicht leuchtete. Schlaftrunken noch liess ich mich hinreissen, Abharah bereits jetzt die erste Hälfte des Geldes zu übergeben, und bezahlte Hamed mehr, als er sich erwartet hatte, um mich seines Stillschweigens zu versichern. Dann gingen wir zu einem Lastwagen, wo er mich hinten unter die Plane der Ladefläche kriechen hiess. Er hatte Ziegel geladen, aber einen Durchschlupf freigelassen, durch den ich mich zwängte, mit dem Anzug Dreck und Staub abstreifend. Ich war aufgeregt, stellte aber fest, dass ich wirklich nicht der Einzige war, der aus dem Lager geschleust werden sollte, ohne dass ich im Finsteren erkannte, um wen es sich handelte. Dass es nicht wie erhofft Evita war, merkte ich an dem Grunzen, mit dem mein Gegenüber die Füsse einzog, um mir Platz zu machen.

Wir fuhren los, das Getriebe bei jedem Gangwechsel laut krachend, die Hände über dem Kopf, um die Ziegel über uns zurückzuhalten. Beim Kontrollposten des Lagers hielten wir. Mein Herz klopfte; ich hörte Stimmen, ohne Worte auszumachen. Nach schier endlosen Minuten fuhr der Wagen wieder an. An der Strassenkreuzung merkte ich, dass wir nach rechts abbogen und schliesslich zu den Serpentinen kamen, hinauf und wieder hinunter, während es in den Ösen und Schlitzen der Plane langsam grau wurde. Der nächste Kontrollposten öffnete die Ladeklappe. Hinter den vorgeschobenen Ziegeln bekam ich fast keine Luft mehr.

Mir wurde erst da bewusst, was ich zu tun im Begriff war, während mein Nachbar, der mir mit angezogenen Beinen gegenübersass, einen Koffer in den Armen, erstaunlich ruhig blieb. Der Posten gab sich mit dem Blick auf die Ladung zufrieden. Danach mussten wir noch zwei weitere Kontrollen passieren, die uns jedoch nach kurzem Halt durchwinkten. Jedesmal aber war die Angst so stechend, dass ich auch danach keine Erleichterung verspürte.

Nach einer guten Stunde hielten wir erneut; die Ziegel wurden beiseite geräumt und Hamed winkte mich heraus. Wir befanden uns auf einer Mole. Er sah sich verstohlen um und bedeutete mir dann, die Planke hinunter zu einem vertäuten Fischkutter zu laufen. Während Abharah den Lastwagen wendete und weiterfuhr, drängte er mich in die Kajüte und schloss die Tür.

Es war noch kühl, aber die Sonne stand bereits gross und glosend über dem Meer und brannte durch die Verglasung auf den Wangen. Vor mir brach die rote Steilklippe der Küste ab, die sich im Osten senkte und völlig flach wurde; sie verschwamm zwischen dem Gegenlicht und der bleisilbernen See, aus der Dunst aufstieg, um sich an der Felskante oben zum Nebel zu verdichten. Hamed zog einen Brotfladen aus der Jackentasche, riss ihn entzwei und ich verschlang gierig meine Hälfte. Seine Anwesenheit war mir unklar; niemand sonst war an Bord. Ich würde ihn noch als Übersetzer brauchen, meinte er. Wann es losginge? Gleich, gleich, beschwichtigte er mich. Ich blickte durch das Bullauge in der Tür: wir lagen zwischen einem guten Dutzend Frachtkähnen vor der Einfahrt in das breite Schleusentor, dessen äussere Wand sich leicht ins Offene hinaus krümmte. Die Aufbauten verdeckten jedoch die Aussicht auf den Rest.

Wir warteten schweigend. Hamed spielte mit fünf Steinen das Knöchelspiel; ich musterte wieder und wieder die schmierige Kajüte, die nicht mehr als ein Gehäuse über einem Steuerruder war, ohne irgendeine Karte zu entdecken. Ein fast ätzender Fischgeruch stieg mir in die Nase; auf der spitzen Deckfläche des Bugs lagen Holzkisten und ein Anker an seinem säuberlich eingerollten Tau. Und mit einem Mal fiel die Angst von mir ab, stieg ein Gefühl der Erwartung in mir auf, das mich etwas schwindlig machte, sodass ich unwillkürlich vor mich hinzusummen begann. Wir hörten, wie Leben in die anderen Schiffe kam und sie nach und nach ablegten, hinaus aufs Meer, mit Steinen und Zement beladen.

Ich hielt die Warterei kaum noch aus, ging immer wieder die paar Schritte in der Kajüte auf und ab. Endlich, nach mehr als einer Stunde, kam der Lastwagen zurück, die Ladefläche nun leer. Dann trat Abharah durch die Tür, hinter ihm ein Mann, dessen Gesicht mir bekannt vorkam. Mein einziger Gedanke war, dass er gekommen war, um mich festzunehmen. Dann erkannte ich in ihm jenen Soldaten in Zivil, der mit den anderen an meinem Mittagstisch gegessen hatte, nun aber eine Uniform anhatte. Als er sich mit einem angedeuteten Nicken neben mich auf die Bank setzte, sah ich auf seinem Rücken roten Ziegelstaub, den er sich nicht hatte abklopfen können, und begann mir etwas zusammenzureimen.

Hamed löste die Taue und wir legten ab, als letztes Schiff. Als Abharah nach Backbord drehte, konnte ich endlich hinaus aufs Deck. Den Fahrtwind hart und salzig im Gesicht, blickte ich auf den Damm: die Fahnen der Gischt an seinem Fuss, die jede Woge zum Flattern brachte, die zunehmend steilere Wölbung der Wand. Er ragte so massiv und weit über mir auf, eine einzige glatte Schicht von grauem Beton. Nur in der Verjüngung der Perspektive gegenüber dem Meer wirkte der Wall zusehends unerheblicher; er ging am Horizont unter wie eine Klammer in den Zeilen der See, ein Komma in einem zu langen Satz.

Nach der von der Schleuse durchschnittenen Felszunge und ihrem grob abgehauenen Gestein setzte das Bauwerk ein, die Brücke über diese künstliche Schlucht sich verlängernd zu der Fahrbahn auf seiner Oberkante. Eine Kolonne von Lastwagen war auf ihrem Weg hinaus, alle fünfhundert Meter ein Bunker mit breiten Schiessscharten. Ein ganzes Stück weiter kragte die dreieckige Gefechtsplattform aus, unter der wir gerade vorbeiliefen, ein Vogel über dem Kutter kreisend.

Der Soldat war schweigend neben mir an die rostige Reling getreten, Hamed holte die als Fender dienenden Autoreifen ein, über uns die see- und himmelwärts gerichteten Geschützläufe. Unsere Augen blickten an der Krümmung dieser Festungsmauer hoch, die über unseren Köpfen an die metallisch glänzende Kuppel des Himmels stiess. Er schien von diesem Wall gleichsam oben gehalten, während dieses Firmament steuerbords längst zersetzt wurde von einem Glast, in dem Himmel und Ozean sich vermischten, ihre Grenze verwischt von dieser Brache aus Dünung und Licht, dass miteins überdeutlich wurde: dies ist eine von uns inmitten gleissender Leere geschaffene Höhlung, Grundmauer und Gewölbe eines überdimensionierten Doms, den wir mit Jahr und Tag zu errichten uns versteifen, ungeachtet der Vergeblichkeit eines solchen Unterfangens aberwitzige Vorstellungen eines Paradieses in die Wirklichkeit umsetzend. Es war, als sähe ich unsere Welt von aussen und wie sie trotz aller Monumentalität verloren ist im Weiten, die Sonne unbeirrbar über sie hinwegziehend, ihr Mittag die Schatten hinter dem Ringwall bald wieder auflösend im Nichts.

16

Nachdem wir mit den Kampfgasen genügend Erfahrung gewonnen hatten, wurde ich mit meiner Kompagnie an die äussere Grenze nördlich von Bandar Abbas verlegt. Die Meutereien hatte man inzwischen in den Griff bekommen, indem man Militär aus entfernten europäischen Ländern, sogar aus Russland, zum Fronteinsatz schickte. Es handelte sich zumeist um Miliz, aber auch Polizei war darunter – ingesamt rund 120 000 Mann, die ohne uns als Kerntruppen jedoch verloren gewesen wären. Wir setzten vor allem sie zum Bau der Sanddrachen ein, da die Arbeit daran fast zum Stillstand gekommen war, weil die Grenze von immer grösseren Wanderwellen überrannt wurde.

Da bei Nacht der Gaseinsatz durch die Fliegerstaffeln natürlich kaum Erfolg hatte, wurden wir mit Flammenwerfern ausgerüstet. Benzin allein fackelt zu schnell ab; deshalb war man darauf verfallen, es mit überall erhältlichem Palmöl anzureichern, um so Temperaturen von über 2000 Grad Fahrenheit zu erreichen. Dazu verschlang es rundum allen Sauerstoff, sodass sich unsichtbare Wolken von Kohlenmonoxid bildeten, die schwerer als Luft waren und in der nächtlichen Windstille der Wüste über dem Boden waberten. Die nachfolgenden, vom Angriff verschont gebliebenen Migranten kamen darin um, weil sie es nicht mehr aus der Lunge pressen konnten. Es war, als würde Lotan nun statt gegen uns auf unserer Seite kämpfen.

Die Verbrennungen, die dieses Palmölgemisch hervorruft, sind schlimmer als die von Feuer. Die Körper überziehen sich damit wie mit flüssiger Magma und werden schwarz wie Teer. Wasser vermag diesen Brand nicht zu löschen; er lässt sich nur mit einer Decke ersticken, aber da hat es sich schon so tief in die Haut gefressen, dass die Wunden kaum mehr verheilen. Es war schaurig, damit im Dunkeln gegen die Gruppen von Menschen vorzugehen, die sich, weil sich das schnell herumgesprochen hatte, mit irgendwelchen Schilden dachten schützen zu können. Wir sahen immer nur ihre Silhouetten, bis sie vom Feuer erfasst wurden, glühende und breit von Russ durchzogene Rauchwolken, in denen sich die Nacht zu ballen schien, die schmerzverzerrten schreienden Gesichter darin ausgeleuchtet. Sie versuchten vor einem Brand davonzulaufen, den sie auf dem Rücken trugen, lebende Feuerfackeln, welche die Geröllwüste rings um sich erhellten: sie rannten in alle Richtungen, oft genug hilfesuchend auf uns zu. Wir konnten ihnen mit unseren Bajonetten nur die letzte Barmherzigkeit erweisen, um die anderen in diesem Hof der Hölle suchen zu gehen, ihrem Wimmern folgend.

Da die Migranten jedoch zunehmend ihr Heil in der Menge suchten, waren wir auch damit bald überfordert. Deshalb wurde der Befehl ausgegeben, zuerst dafür zu sorgen, dass jene, die unversehrt geblieben waren, nicht in dem Tumult durchbrachen, und uns erst danach um die Brennenden zu kümmern, die manchmal noch Hunderte von Metern weit liefen, als brächte ihnen das Linderung. Die meisten fanden wir deshalb erst bei Anbruch des Tages, wo wir sie mit einem Gnadenstoss von ihren Qualen erlösten.

Keinen von uns liess das kalt, die Neulinge am allerwenigsten. Die kommandierenden Offiziere statuierten deshalb an denen, die nicht rigoros genug vorgingen oder sich gar vor diesem Dienst zu drücken versuchten, Exempel; sie liessen sie an einen Pfahl binden und vor versammelter Truppe abfackeln.

Es ist unglaublich, wie weit zu gehen man bereit ist, solange die Kommandostruktur klar ist und die Verantwortung für sein Tun ein Befehlsgeber übernimmt. Als Soldat hat man gelernt, mit dem Tod umzugehen und auch mit dem eigenen zu rechnen, als würde man mit dem Eintritt ins Heer ein nur mehr auf Abruf lebender Toter: damit verdient man ja seinen Sold. Sich dagegen aufzulehnen wird umso undenkbarer, je länger man der Armee angehört. Alles dreht sich dann nur noch um Disziplin; sie gibt einem Haltung und Sinn. Mit den ersten Meutereien an der inneren Grenze war jedoch etwas aufgebrochen, das danach nur behelfsmässig wieder in Reih und

Glied gebracht werden konnte. Es zeigten sich nun überall Risse, welche die Sinnhaftigkeit des ganzen Gefüges in Frage stellten.

Da war ein Bub, etwa so alt wie ich damals, als der Ararat ausbrach. Jemand hatte sich seiner erbarmt, wofür er dann zur Rechenschaft gezogen wurde. Weil es mir oblag, den Report dafür zu verfassen, suchte ich den Arzt im Militärspital auf, in das der Junge geschafft worden war; wäre er inzwischen an seinen Verbrennungen gestorben, hätte man die absehbare Disziplinierung des in Gewissensnot geratenen Gefreiten möglicherweise auf sich beruhen lassen können. Aber es hiess, dass er noch um sein Leben kämpfe.

Der Arzt führte mich in den Saal, wo der sedierte Junge lag; man wechselte gerade seine Bandagen. Das Ölgemisch war ihm über die Schultern gelaufen und hatte das dünne Fleisch über den Knochen fast aufgelöst. Was sich mir aber einbrannte, war der Umstand, dass sich in den wenigen Tagen im Hospital bereits ein Narbengewebe zwischen Kinn und Hals und Brust gebildet hatte, das der Doktor nun durchtrennte, damit der Bub überhaupt noch den Kopf bewegen konnte. Ich werde nie vergessen, wie er dabei, trotz des Morphiums, schrie. Es zeigte mir, dass ich auch auf meine Weise gelähmt worden war und bei der Befehlsausgabe nur noch zu Boden starren konnte, ohne den Kopf mehr drehen zu können, um Nein zu sagen: ich war im Nicken festgewachsen.

XXIV

Mein Eindruck vom Damm ist auch von dem gefärbt, was sich kurz darauf ereignete. Zunächst war da der gedämpfte Knall einer Explosion; er hörte sich an wie eine ferne Felssprengung irgendwo hinter dem Brückenkopf. Danach ein zweiter und ein dritter, lauter bereits. Dann keimte eine Wolke auf. Sie entwickelte sich wie eine überbelichtete Stelle im Negativ einer Photographie, erst hellgrau, um sich immer dunkler durchzufressen; sie stieg in einer Säule über dem Wall hoch, um sich schliesslich gerade und gelblich zu verbreiten und an ihren Enden abzuregnen.

Wir starrten gebannt auf dieses Feuerwerk im Hellen, das weniger glitzerte denn grobkörnig den Anfang des Damms überdeckte. Hamed plapperte aufgeregt und ich drehte mich zu dem Soldaten, der schweigend auf die Wolke starrte. Beide Hände um die Reling geklammert, schaute er zu, wie sie sich mit dem Wind nun gen Osten ausbreitete, über den unsichtbar hinter dem Wall liegenden Hafen hinweg, als Abharah aus der Kajüte schoss und ihn an den Schultern packte. Mit einem Ruck wurde er von dem Eisenrohr gerissen und unter heftigem Fluchen zum Heck gezerrt. Der Soldat liess Abharahs Schimpftiraden und Hiebe vor die Brust über sich ergehen, ohne sich zu wehren, obwohl er ihn mit einem Faustschlag schnell zur Besinnung hätte bringen können.

Gerade als es aussah, als würde er ihn mit dem nächsten Stoss über die hintere Rampe ins Meer befördern, liess Abharah abrupt ab und marschierte tief atmend zurück in die Steuerkabine. Der Bug unseres Kutters hob sich und wir nahmen nun volle

Fahrt auf, während ich jeden Moment erwartete, irgendwo in der Staumauer einen Riss sich auftun, zu einer Bresche auswachsen und all das Meer darin abrinnen zu sehen.

Hamed ging in die Kajüte, kurz darauf auch der Soldat, der nur seine Uniformjacke glattzog. Ich stierte weiter auf die Wolke, die sich die Klippen entlang in Richtung Damman frass, und Wortwechsel drangen an mein Ohr, die ich weder zu übersetzen noch zu deuten verstand, während der Kutter immer noch parallelen Kurs zum Damm hielt. Dann wurde Hamed zu mir hinausgeschickt. Als ich ihn über den Grund der Auseinandersetzung aushorchte, sagte er bloss, dass es um das Ziel der Reise gehe. Wir landen nicht mehr in Dilmun? Doch, doch. Aber der Soldat wolle alles Weitere bestimmen. Wer ist das denn? Ein Lieutenant namens Atam. Worauf ich in die Steuerkabine treten wollte, Abharah mich aber wieder hinaus an Deck scheuchte. Mehr als die gespannte Stimmung konnte ich nicht wahrnehmen, der Lieutenant neben ihm, Körperhaltung aggressiv.
    Wir passierten mehrere Gefechtsplattformen, auf denen jetzt aufgeregte Soldaten auszumachen waren; sie richteten ihre Geschütze auf uns und die Kähne, die wir überholt hatten, sodass Abharah den Abstand zum Wall vergrösserte. Doch es geschah nichts weiter.
    Nach einer guten Stunde kam hinter der Krümmung das Ende des Damms in Sicht. Er lief in seinen Baustufen auf die Südspitze Dilmuns zu, die riesigen Gesteinsquader mit ihren Fugen nun unter dem Beton sichtbar, und endete als breite Aufschüttung an einer weissen Landzunge. Die arabische Küste war da gerade noch ockerfarben im Dunst zu erkennen, die Explosionswolke davon nicht mehr zu unterscheiden.

Vor uns breitete sich eine Gipswüste aus, deren Ufer die vom Damm kommende Fahrbahn entlangführte. Sie lag nur wenige Meter über dem Meeresspiegel und erstreckte sich bis zu einer kalkigen Felskuppe in ihrer Mitte. Je weiter wir nach Norden liefen, desto mehr glich diese Erhebung einem Busen, nahm die Insel die Silhouette einer liegenden Frau an, die nach Süden blickte. Unterhalb ihres Bauches, da, wo ihre Scham war, suchte ich die zahllosen Tumuli zu erkennen, von denen Captain Durands ehemaliges Survey berichtete: sie übersäten sie wie Blattern, was Dilmun den Beinamen ›Toteninsel‹ eintrug. Vom Flugsand überweht und ineinander übergehend, wirkten die Grabhügel nun wie flache Dünen oder als hätte die Sinflut, als sie sich davon zurückzog, ihr letztes Wellenspiel auf diesem Land hinterlassen.

Wir folgten einer Fahrrinne, die zwischen Inselchen hindurchführte. Hamed deutete auf einen Haufen von Austernschalen, die von den Perlenfischern stammten, für welche die Insel seit alters her berühmt war. Das kupfergrüne Meer warf mancherorts Blasen und Hamed erklärte, dass darin Süsswasser von dem kaum zehn Meter tiefen Meeresgrund aufblubberte, was der Insel auch den Namen Thnain Bahr, ›zwei Seen‹, gegeben hatte.

Dieses unterseeische Süsswasser holten die Perlentaucher in Lederschläuchen herauf und konnten so wochenlang bei ihrer Arbeit bleiben. Ich musste an Gilgamesh denken, wie er hier bei dem einzigen Überlebenden der Götterflut vergeblich das ewige Leben gesucht hatte. Dieser hatte ihn aber schliesslich angewiesen, sich wie die Perlfischer einen Stein um die Beine zu binden und ins Meer zu springen, um stattdessen die ›Blume der ewigen Jugend‹ heraufzutauchen, welche den Verfall des Alters wieder unsichtbar machen konnte; doch die war ihm dann von einer Schlange gestohlen worden.

Ringsum war die See durchbrochen von der Gischt über Untiefen und Riffen; dahinter zeichnete sich die Küste Katars als hellbrauner Strich ab. Ich verstand nun, weshalb man den Damm nicht von dort aus zur persischen Seite hatte hinüberlaufen lassen. Das wäre zwar kürzer gewesen, hätte aber verhindert, dass Schiffe – nach einer erst mühsam durch den Sand Katars zu schneidenden Schleuse – weiterkamen: dazu war das Meer hier überall zu flach. Und ich dachte, dass irgendwo hinter diesen Wellenkämmen die verfallenden Betonruinen von Doha standen und da ein Hafen war, der manchmal von internationalen Schiffen angelaufen wurde.

Über uns stand noch immer derselbe Vogel im Wind, tiefer jetzt, das Gefieder schwarz. Sein Flug blieb in den ewig selben Schleifen befangen; er zirkelte erst um unseren Kutter, zog dann zum Horizont hinaus und kam dann wieder zurück, um weiter über uns zu kreisen. Einzelne Vögel, erzählte Hamed, folgen einem Schiff oft weit hinaus aufs Meer, auf den Beifang wartend. Sind sie jedoch zuviele Tage ohne einen Fang draussen, werden sie schwächer und lassen sich auf der Reling nieder. Sie werden ganz zutraulich, nicht weil sie Menschen mögen, sondern weil sie merken, dass sie sterben und dabei nicht allein sein wollen; sie würden verdursten, gäbe man ihnen nicht eine Schale Wasser.

Hinter der Kuppe änderte sich die Landschaft schlagartig. Die Insel wurde nun von dem breiten Dach eines Palmenwaldes bedeckt, das mit seinem satten Grün umso artifizieller wirkte, als es an einer genau begrenzten Linie endete: die Dattelplantagen reichten bloss so weit, wie die Bewässerungsrinnen im Inneren und die Abholzungen am Rand es zuliessen. Nur die Asphalttrasse, auf der die Laster rollten, führte ungebrochen weiter nach Norden.

Abharah stellte sich neben mich und deutete auf den langen Sandstrand unterhalb der Trasse. Das Ufer links hinter uns hiesse ›die Strömung wäscht Adelige an Land‹, übersetzte Hamed; das rechts vor uns ›die Strömung wäscht Gemeine an Land‹. Wenn die Einheimischen jemanden auf See verloren, suchten sie den Strand an unterschiedlichen Stellen ab, je nachdem, welchen Rang er in ihrer Gesellschaft einnahm; denn die Strömung separiere die fetten Körper der Reichen von den mageren der Armen. Es war nicht zu sagen, ob Abharah sich an mich wandte, zum Zeichen, dass die Stimmung an Bord sich wieder normalisiert hatte, oder er eine indirekte Drohung aussprach. Durch die offene Tür sah ich den Lieutenant neben dem Steuerrad stehen.

Bald darauf verlangsamte Abharah die Fahrt, bis wir nur noch leicht vorandrifteten und über eine Sandbank glitten. Hatte ich in dem klaren Wasser davor gerade nach unten geblickt, war vom Schatten, den die Bordwand hätte werfen müssen, nichts zu erkennen gewesen. Er formierte sich erst nach und nach, als wir in das milchig trübe Wasser über der Untiefe gerieten, sodass auch mein Kopf darin sichtbar wurde, dunkelgelb umkränzt; der Sand reflektierte nun das Licht, einzelne fahle Strahlen aufgelöst zu einer seltsamen Aureole. Mir fiel Evita ein, ohne dass mir mehr klar war, ob sie nun das Ziel oder den Vorwand dieser Fahrt darstellte; ich verdrängte es lieber wie dieses Schiff das Wasser, bloss um vorwärtszukommen, irgendwie, irgendwohin.

Nach der Umrundung der nächsten Landspitze kam an Steuerbord die Baustelle der Dammverlängerung in Sicht. Man hatte eine Reihe von Plattformen verankert, von denen dicke Röhren ins Wasser führten. Dort legten die Kähne vor uns jetzt an. Offenbar wurde da die Schwefelsäure in den Untergrund verklappt, die – wie der Ingenieur mir erläutert hatte – den Kalkboden aufquellen liess und zu einem Fundament verdichtete, das fest genug war, um darauf eine Staumauer errichten zu können.

Wir aber drehten nach Backbord ab, in eine sich öffnende Bucht, die rund um die Hauptstadt der Insel lag, Manama. Sie bestand aus einer Ansammlung von Bretterbuden beiderseits einiger flacher Palastfronten, welche von einem völlig deplatziert wirkenden Gebäude aus der Gründerzeit überragt wurden. Mit seinem Spitzgiebel und den Säulen einem römischen Tempel nachempfunden, musste dies das Spielkasino sein.

Als wir an der Pier anlegten, kam Abharah nicht aus seiner Kabine. Ich öffnete die Tür der Kajüte, um meinen Waschbeutel zu holen, und sah, dass der Lieutenant ihm eine Pistole in den Bauch drückte. Überrascht zuckte er zusammen, als wollte er sie im nächsten Moment auf mich richten. Er musterte mich unschlüssig, machte dann aber eine kurze Kopfbewegung, die mich hinauswies. Ich beeilte mich, auf die Pier zu springen, obwohl ich ihm dabei schutzlos den Rücken zudrehte, um gleich weiterzugehen, immer schneller, bis ich unwillkürlich ins Laufen geriet. Ich glaube immer noch, obwohl Atam mir oft genug das Gegenteil beteuert hat, dass nicht viel fehlte und er auf mich geschossen hätte. Erst am Ende des langen Piers wandte ich mich um, sah Hamed mir nachlaufen und den Kutter wenden und erneut Fahrt aufnehmen.

17

Krieg ist eine Form von gesellschaftlicher Brutalität, Bestialität jedoch Grausamkeit um ihrer selbst willen. Als Mittel dient sie keinem Zweck, nicht einmal mehr der Abschreckung. Von den sieben Jahren, die ich nun beim Heer meinen Dienst tat, waren die letzten zwei von solch sinnlosen Gewaltanwendungen gezeichnet gewesen, Menschen gegenüber, die vor ebenso blinden Naturgewalten flüchteten, ohne dass sie noch etwas bewirkten. Wer sich vor Hunger und Seuchen retten muss, den wird ein noch grausamerer Feind nicht zurückhalten, denn dann liegt in der Flucht das einzige Leben, das einem noch bleibt.

Der Mandäer versuchte mich einige Male zu überreden, an der Masbütä teilzunehmen, der von seiner Religion praktizierten Taufe. Er glaubte daran, dass die Menschen in einer von Finsternis beherrschten Welt lebten und erst nach mehreren Wachtstationen in das Reich des Lichtes gelängen. Den letzten Schritt in dieses Jenseits würde ein Bote ankündigen, der alle Seelen aus dem irdischen Dunkel in die Sonne führte und dabei das Weltende hervorriefe. Als Anhänger des Johannes liess er sich taufen, wann immer er konnte; das Untertauchen vergab ihm seine Sünden, heilte von Krankheit und vertrieb die Dämonen. An irgendein fliessendes Wasser, eine Quelle, einen Fluss zu treten hiess für ihn, einen Augenblick lang im Leben innezuhalten, um danach klar und frisch von Neuem beginnen zu können.

Es war in den Gesprächen mit ihm, dass die Idee eines Anschlags aufkam. Die Gründe dafür waren so vielfach, dass etwas Derartiges, je mehr wir darüber redeten, uns schliesslich unumgänglich erschien: um das Schwert gegen den Aggressor zu richten, als Protest und Rebellion, für den Mandäer auch als Auslöser des Weltendes, das mittlerweile allseits sichtbar seinen Anfang genommen hatte, und als Aufruf. Jeder dieser Gründe, der sich erst nur in Gedankenspielen ergab, dann immer verbissener wurde, erschien schliesslich zwingend genug für eine solche Tat.

Der Mandäer erzählte dabei von der Stadt Morg Bozorg, die irgendwo an der chusistanischen Grenze läge, hinter hohen Mauern, die sich dort Meilen um Meilen ununterbrochen dahinziehen, hier und da von Türmen überragt. An ihrem Fuss seien mehrere Lager aufgeschlagen, elende und weniger elende Zelte inmitten von fahnengeschmückten Pavillons der Reichen, die alle hofften, durch eines der vielen grossen wie kleinen Tore eintreten zu können. Sie würden jedoch nur selten geöffnet, ohne dass man wüsste, wann: ob heute, in drei Monaten oder fünfzig Jahren. Von Zeit zu Zeit schlug man gegen ihre eisernen Tore, ohne dass die sich auftaten, weshalb man glauben könne, Morg Bozorg sei längst nicht mehr bewohnt, sähen nicht all die Nomaden, Bettler, verschleierten Frauen, Kriegsleute und Scheichs an manchen Abenden, so das Licht günstig ist, von dort Rauch aufsteigen wie aus vielen Weihrauchkesseln.

Ich habe sie selbst gesehen, sagte der Mandäer, zwei zitternde, spiralförmig graue Rauchsäulen, die sich in die unbewegte Luft erhoben, als versprächen sie eine nahe Glückseligkeit. Sonst bemerkte man kein Lebenszeichen von Morg Bozorg, weder Stimmen noch Musik, kein Hundegeheul und keine Wachen, nicht einmal Neugierige hinter den Zinnen der Mauer, sodass es sich auch um einen von der Sonnenglut verursachten Brand handeln konnte oder einen, der von Räubern entfacht worden war, die heimlich durch Tunnel gekrochen oder über die Mauer geklettert waren, um eine längst tote Stadt zu plündern. Doch schien dies unwahrscheinlich, weil zuletzt die Kunde die Runde gemacht hatte, dass ein Wanderer, der noch nie etwas von Borg Mozorg gehört hatte, dort eines Abends Zuflucht gesucht und geklopft hatte, wobei ihm geöffnet worden war.

Die Geschichte fasste die Situation zu Beginn der Mauerbauten an unserer Grenze gut zusammen. Und was er von dem Rauch erzählte, brachte uns auf das nötige Mittel. In dem Laboratorium in Abadan kannte der Mandäer einen Chemiker, der an der Herstellung neuer Kampfgase arbeitete, die bereits durch einzelne Tropfen einen schnellen, humaneren Tod bewirken könnten. Er versuchte auch, sie an das Palmölgemisch zu binden, um Minen und Brandbomben zu entwickeln, die bei der Explosion über ein ganzes Gebiet herabregnen könnten.

XXV

In Dilmun war ich noch jemand gewesen, einer, über den noch nicht entschieden worden und dessen Rang unklar war und dem man deshalb noch mit vorsichtigem Respekt begegnete, weshalb ich glaubte, über einen gewissen Handlungsspielraum zu verfügen. Obschon ich mich bereits da in Geiselhaft gefühlt hatte, war ich dennoch in meinem Handeln frei geblieben, wäre vieles möglich gewesen.

Auf dem langen Marsch zu diesem Aussenposten jedoch liess man mich merken, dass ich zum Paria geworden war; in den stumpfen Augen der Zwangsarbeiter, die mit Schaufeln ihre Gruben aushoben, war ich auf meiner Bahre nicht mal mehr einen kurzen Blick wert. Hier nun ist selbst das nackte Leben kaum mehr meines. Atam und ich beteiligen uns zwar an den wenigen täglichen Arbeiten, Kartoffeln schälen, Wasser aufkochen, und ergehen uns in Plänen einer Flucht. Doch angesichts der sich rings um uns ausbreitenden Wüste ist unser Tun längst aussichtslos geworden.

Der Hufschlag eines Pferdes hallt gerade von der Lehmterrasse wider. Kein Windhauch ist zu spüren, selbst die Sonne scheint stillzustehen, so langsam zieht sie über den Himmel. Man hat uns auf uns selbst zurückgeworfen; was weiter mit uns geschehen wird, ist unklar: letztlich erwartet uns wohl bloss noch der Tod. Wie wir ihn erleiden werden, ob kurz oder langsam und qualvoll, darum kreisen unsere Gedanken allzu oft. Nur das Schreiben lenkt davon ab. Es ist ein Gefühl feiger Befriedigung.

Was mich zunächst von der Insel erfasste, war die schweisstreibende Feuchtigkeit des Vormittags über ihr. Der stetig wehende Nordwind legte sie nass um einen, sodass ich die Jacke auszog und die Ärmel aufkrempelte. Es roch nach Salz und verrottendem Seetang. Dunkelbraune Männer in Lendenschurzen ritten auf ihren Eseln, einige wuschen einen Lastwagen an einem der tiefen Bewässerungskanäle, welcher die Strasse säumte, und unverschleierte grossgewachsene Frauen schritten mit gertengeradem grazilem Gang einher. Niemand aber erwiderte unseren Gruss. Von unten sahen die raschelnd aneinanderreibenden Palmen um den Hafen staubig und grau aus. Und was ich für Bretterbuden gehalten hatte, waren Hütten, die aus ihren Wedeln geflochten waren; nur im Stadtkern standen Häuser, weissgetüncht und fensterlos. Das Basarviertel war noch unbelebt, als begänne der Tag erst gegen Abend.

Wir kamen an dem verbarrikadierten Gebäude der BAPCO vorbei, die schon vor Jahrzehnten aufgehört hatte, Erdöl zu fördern. Aber auch danach sicherte sie den englischen Einfluss auf der Insel: engster Berater des lokalen Herrschers war einer ihrer ehemaligen Angestellten, Ron Henderson, der mittlerweile das Spielkasino leitete. Über den Scheich von Dilmun hatte ich in Vorbereitung für meine Reise etwas in einem Zeitungsartikel gefunden. Das Photo zeigte einen kleinen Mann in den späten Fünfzigern mit gepflegtem schwarzem Bart und wachen Augen, Seine Hoheit Sir Sulman bin Hamad Isa Al-Khalifa, Knight Commander des Hohen Britischen Ordens von St. Michael und St. Georg, neben ihm Henderson, einen Kopf grösser, distanziert eine Zigarre rauchend.

Ich spielte immer mehr mit dem Gedanken, mich abzusetzen, hatte jetzt aber Abharahs Kutter als Transportmöglichkeit verloren. Mir blieben nur die Namen, die Soares mir genannt hatte. Dennoch hielt ich weiterhin daran fest, etwas über Evita Thauts Verbleib in Erfahrung zu bringen, um das Alibi meines nicht genehmigten Ausflugs zur Insel aufrechtzuerhalten. Vielleicht bekäme ich dadurch ja irgendetwas in die Hinterhand. Das war der Raum der Möglichkeiten, die sich mir darboten, eins zum anderen führend, in immer weniger werdenden Verzweigungen. Dabei aber liess ich völlig ausser Acht, dass ich am besten getan hätte, einfach umzukehren, einen der leer zurückfahrenden Lastwagen zu bitten, mich nach Damman zu bringen, und mich dort pflichtschuldig bei den Behörden zu melden.

So entschied ich mich dafür, zuerst Henderson aufzusuchen, um ihn über Evita auszufragen. Ich fand das Kasino jedoch – auch das hätte ich mir denken können – um diese Tageszeit geschlossen vor. Ein Halbwüchsiger war gerade dabei, mit dem Besen von dem imposanten Treppenaufgang den mehligen Sand zu kehren, der in der feuchten Luft an den Säulenkapitellen verkrustete und die Gesichter der Karyatiden unkenntlich machte.

Hamed redete mit ihm, worauf er wortlos zur Rückseite des Gebäudes deutete.

»Ich kann ihre Sprache nicht«, entschuldigte sich Hamed.

Ich rollte mit den Augen; was sollte ich dann mit ihm als Übersetzer?

»Hier spricht keiner Esperanto«, bemühte er sich, seine Nützlichkeit zu betonen, »doch alle verstehen mein Arabisch. Es ist aber so, dass ein altes, wie sagt man, Malpermeso? Ordonojn?, den Inselbewohnern verbietet, Worte in den Mund zu nehmen, die nicht einheimisch sind.«

Im ersten Moment erschien mir das wie eine unglaubwürdige Ausrede; doch hatte bereits Captain Durand ein solches, von oben verordnetes Tabu erwähnt. Es sollte offenbar die eigene Stammeszugehörigkeit gegenüber all den fremden Händlern herausstreichen, die sich nicht erst seit den Portugiesen auf der Insel niedergelassen hatten, obwohl ich dachte, dass es inzwischen längst obsolet geworden sein müsste. »Da sie einem kaum je antworten«, fügte Hamed schulterzuckend hinzu, »weiss ich auch nicht mehr, ob jetzt Re oder Do bei ihnen Ja heisst. Oder Nein.«

Beim Hintereingang kauerten zwei Männer, die bei meinem Anblick keine Anstalten machten, sich aus dem Schatten zu erheben. Der Menschenschlag hier unterschied sich von dem der Küste; die Gesichter waren weniger schmal und rauh, die Züge runder, die Haut heller, glänzend alterslos.

Gleich angezogen und einen Turban um den Kopf, richtete der Wächter zu meiner Rechten seine milchigen Augen auf mich. Wie ihn jetzt fragen, ob Henderson da war, wenn nicht zu sagen war, ob die Antwort Ja oder Nein bedeutete?

Ich ignorierte ihn, drückte erst gegen die prachtvoll geschnitzte Holztür und versuchte dann ebenso vergeblich, sie aufzuziehen. Sie sahen mir nur teilnahmslos dabei zu.

Hamed merkte meine Ratlosigkeit und nahm mich beiseite. Wir setzten uns auf einen der steinernen Schächte, mit denen die unterirdischen Kanäle ausgeräumt werden konnten, die den Palmgarten bewässerten; ich hörte es darin gurgeln.

»Da ist noch etwas, das du über die Leute wissen musst. Es gibt hier zwei Varios von Menschen. Der eine Tipoj sind die Adeligen, die von den alteingesessenen Familien abstammen. Was nicht heisst, dass sie auch reich sein müssen. Umso wichtiger ist ihnen die Ehre. Deshalb halten sie auch Lügen für unter ihrer Würde. Der andere Tipoj sind die Gemeinen, Nachfahren von Händlern, die sich niedergelassen haben, ehemalige Sklaven oder Mischlinge. Die aber wollen Fremden gegenüber ebenfalls als Adelige gelten. Sodass sie, kaum dass sie den Mund aufmachen, die Unwahrheit sagen. Weshalb die Adeligen alles daransetzen, nicht mit ihnen verwechselt zu werden. Und einem arrogant die Wahrheit ins Gesicht werfen, gleich wie beleidigend sie ist.«

Erfand er das bloss? Woher wollte Hamed das wissen, wenn er nicht einmal ihre simpelsten Antworten verstand?

»Das weiss bei uns jeder. Wir kennen die Leute dieser Insel nur allzu gut. Die sind so herablassend, dass sie keiner mag.«

Ich betrachtete die beiden Männer, die meine Blicke nicht erwiderten, die Hände um ihre knöchellange rot-blaue Kandura geschlungen. Welcher Kaste sie zuzurechnen waren, war nicht zu sagen.

»Kannst du an ihrer Kleidung erkennen, ob es Adelige sind?«

Er schüttelte den Kopf. »Sie zeigt nur, wo sie arbeiten – im Schatten oder in der Sonne. Für seine Ehre will auch hier keiner schwitzen.«

Ob der blöden Bemerkung und dieser ganzen absurden Situation brach ein Lachen aus mir, was zur Folge hatte, dass die beiden Wächter mich feindselig anstarrten. Worauf ich beide Hände hob, wie um mich vor ihnen geschlagen zu geben. Das hiess nun wohl, weiter müssig zu warten, bis sich Henderson zufällig zeigte oder jemand zu uns herauskam; wir waren ja durch die Fenster gut zu sehen. Aber nichts rührte sich.

Da kam mir ein Gedanke. »Überbring ihnen meine ehrerbietigen Grüsse«, trug ich Hamed auf. »Und frag dann einen von ihnen, ob er ein Adeliger ist.«

»Wozu?« Hamed war ihre gehässige Haltung ebenso unangenehm wie mir. »Wir werden trotzdem nicht erfahren, wer von ihnen lügt.«

»Geh schon.«

Hamed klopfte sich den Staub von seinen Schuhen, um ihnen klarzumachen, dass auch er sich herabzulassen verstand, und redete sie auf Arabisch an. Er wandte sich zuerst an den Linken und deutete auf mich. Worauf ich ein gemurmeltes ›Do‹ hörte und dem Wächter zunickte.

Hamed kam übertrieben gemessenen Ganges wieder zurück. »Und? Bist du jetzt klüger? Kannst du jetzt sagen, ob der da ein Adeliger ist?«

»Nein«, gab ich ihm recht. »Aber ich weiss jetzt, dass Do ›Ja‹ heisst.«

Hamed verzog skeptisch die Augen.

»Nach dem, was du mir erzählt hast, kann ein Adeliger auf die

Frage nur mit Ja antworten. Ebenso wie ein Gemeiner, der uns mit einem Ja angelogen hätte.«

»Bei Allah!«, rutschte es Hamed heraus, was ihm neuerlich feindliche Blicke seitens der Wärter eintrug, die einem anderen Glauben anhingen. »Das ist gut!«

Er überlegte. »Aber wenn wir sie jetzt fragen, ob Henderson im Haus ist, merken wir trotzdem nicht, ob sie uns anlügen.«

Ich blickte auf meine Uhr; es war fast genau 10. »Wir könnten einen von ihnen fragen, ob es jetzt 10 Uhr ist. Dann erfahren wir, ob er lügt.«

»Von denen hat doch keiner eine Uhr. Ich bezweifle, dass sie genau wissen, wie spät es ist.«

Da hatte er auch wieder recht; Logik bringt einen nur so weit. »Was weisst du von Henderson?«

»Nichts.« Doch dann flüsterte er mir zu. »Es heisst, dass er Leute foltert, sobald sie im Verdacht stehen, dem Scheich nicht wohlgesinnt zu sein. Abharah hat von einem erzählt, dem man Papier zwischen die Zehen steckte und es anzündete, um ihn zum Reden zu bringen.«

Das hätte ich jetzt am liebsten mit den Wächtern gemacht. Aber mir fiel plötzlich das Gespräch mit dem chinesischen Jesuiten ein und ich versuchte mich zu entsinnen, wie er über zwei Ecken hinweg seine Schlüsse gezogen hatte. Wie jetzt die richtige Frage für die da finden?

Falls sie behaupteten, dass Henderson sich bereits im Kasino befand, wäre nicht zu sagen, ob einer von ihnen log. Und wer. Dem half die an einen der beiden gerichtete Frage ab, was sein Kollege sagen würde, wollte ich von ihm erfragen, ob Henderson im Haus wäre. Egal, was er antwortete, wir würden die Wahrheit erfahren – auch wenn er uns anlog. Es käme auf das Gleiche heraus. Denn der eine wusste vom anderen ja, ob er log oder nicht. Ich dachte nach. Log der andere, würde der eine wahrheitsgemäss Nein sagen und damit ein Ja zu erkennen geben; sagte der andere hingegen die Wahrheit, würde der Lügner ebenfalls mit Nein antworten. So zeigte sich die Wahrheit eben in umgekehrter Weise. Was aber, wenn beide logen? Es war, als müsste man sich in zwei steinerne Statuen zugleich eindenken, um sie die Orakel aus ihrem Mund gegenseitig auslegen zu lassen: dabei drehte sich einem alles im Kopf.

Um ungestört darüber nachdenken zu können, spazierte ich, dem unterirdischen Kanallauf folgend, in den Hain; er endete unter der Böschung einer mehrere Meter tiefen Lehmmauer, die den Flugsand zurückhielt. Dahinter führten schmale Stufen zu dem ursprünglich offenen Boden hinab. Die Felsplatten am Grund bildeten sanfte Absätze, die im Schatten einzelner Palmkronen hie und da mit Graspolstern bedeckt waren. In den Mulden des kalkigen Gesteins lagen kleine Teiche von kristallklarem Wasser, das an den tiefsten Punkten aufquoll, um dann in Rinnsalen über die flachen Kanten zu fliessen. Sie wurden an ihrem Ende jedesmal in ausgeschachtete Bewässerungskanäle geleitet, die unter der Mauer in alle Richtungen führten, aber halb mit Schlamm verstopft waren.

Der Garten dieser Einfriedung erinnerte unwillkürlich an den Tag, als im Mythos von Dilmun Enki frische Quellen aus dem Mund der Erde flossen und über das neu gewonnene Land hinwegströmten, damit die Stadt Wasser bekam und auf den Feldern die Gerste wuchs. Oder, wie es in der Bibel über die Zeit hiess, als Gott Erde und Himmel schuf, es aber noch keine Feldpflanzen gab: das Wasser stieg bereits aus der Erde und tränkte den Boden, sodass Gott den Menschen aus diesem Schlamm formen und ihm den Lebensatem in die Nase hauchen konnte, denn die Kühle, die von diesem Grund aufstieg, war köstlich; sie legte sich einem angenehm über das Gesicht und ich hätte mich am liebsten hinunter an diese Quellen gesetzt.

Stattdessen begab ich mich zurück zum Hintereingang des Kasinos, das man an der Mauer dieses Paradieses errichtet hatte, um den Gästen eine Erquickung zu bieten, sie zu animieren, sich mit dem Spiel um Geld in dieses Eden einzukaufen; obschon nun kein Betrieb mehr herrschte, hockten dort weiterhin die Torwächter.

»Geh noch einmal zu ihnen«, wies ich Hamed an, »und zeig ihnen dieses Geldstück.« Ich zog meine Brieftasche umständlich aus der Jacke, damit es alle sahen. »Du fragst zuerst den einen, ob einer von ihnen ein Adeliger ist. Darauf den anderen. Wobei ich nur hoffen kann, dass einer mit Re antwortet, Nein. Worauf du den anderen fragst, ob Henderson im Haus ist. Und ob sie uns nun endlich zu ihm vorlassen. Falls er da ist.« Ich war es mittlerweile müde.

Wider Erwarten hörte ich den linken Wächter mit einem trotzigen Emporrecken ›Re‹ sagen und Hamed das Geldstück aus der Hand reissen. Ich schritt nicht ein; ich hatte, was ich wollte. Hätte er zu den Adeligen gehört, wäre seine Antwort nicht negativ ausgefallen: also zählte er zu den Gemeinen. Da sein Nein folglich gelogen war, musste der andere, der mit starblinden Augen dem Wortwechsel reglos zugehört hatte, deshalb ein Adeliger sein. Und er war es nun, der sich aus der Hocke erhob, einen Schlüssel aus der Falte seiner Kandura zog, die Tür aufsperrte und hinter sich wieder ins Schloss fallen liess.

Mir ist gerade klar geworden, dass Atam und ich nunmehr in die Rolle dieser Wächter geschlüpft sind. Die Justiz wird, falls man uns nicht vorher wie Hunde erschiesst, uns beide auf ähnliche Weise befragen und einen gegen den anderen ausspielen, um herausfinden, ob einer von uns lügt, und so zu Antworten kommen, die sie für die Wahrheit hält. Die unsere, das sind diese Aufzeichnungen von meiner Hand und wie Atam sie mir diktiert, in aller Aufrichtigkeit, um Rechenschaft darüber abzulegen, was uns an dieses Ende der Welt gebracht hat. Doch sind diese Zeilen für mich, für uns allein gedacht? Schreibe ich nicht bereits jetzt schon diesen skrupellosen Blick von aussen mit? Denn an diesen Sätzen wird auch das Gericht seine Version der Ereignisse festmachen, seine Erzählung. Und geht nicht auch sie, selbst beim grössten Bemühen, in Fiktion über, wenn ich mich all der Details und des Wortlauts der vielen Gespräche zu entsinnen versuche, die sich sicherlich jedesmal ein wenig anders dargestellt haben, als sie von der Gegenseite aufgefasst wurden? In den Augen der Anklage werde ich mich immer wie der Kreter darstellen, der vorgibt die Wahrheit zu sagen, indem er behauptet, dass all die anderen Kreter lügen. Was nicht wirklich ein Paradoxon ist. Denn selbst wenn ich wirklich ein solcher Lügner wäre, heisst das nicht, dass ich immer lügen würde. Vielleicht nur manchmal. Sonst wäre diese Behauptung ja falsch: auch ein Kreter kann zumindest einmal die Wahrheit sagen. Und selbst wenn ich behaupten würde, dass alles, woran ich glaube, falsch ist, so wäre zumindest dieser mein Glaube wahr. Anders ist es mit all diesen Sätzen. Oder bloss dem einen hier: Dieser Satz ist falsch. Er kann nur dann falsch sein, wenn er auch wahr ist. Selbst wenn er gelogen wäre, würde er immer noch eine Wahrheit ausdrücken. Sie haben daher keine Veranlassung, diesem Satz zu glauben. Dennoch tun Sie es: sobald Sie ihn lesen. Ich bin kein Lügner, aber ich schreibe. Und alles Geschriebene wird geglaubt, und sei es nur, um die Lüge darin zu entdecken. Wievielen Lügen sind wir aufgesessen, um diese bittere Wahrheit niederschreiben zu können?

XXVI

Henderson öffnete uns die Tür, einen ungehaltenen Ausdruck im Gesicht, der eine gewisse Freundlichkeit annahm, kaum dass er meinen westlichen Aufzug sah. Das Erste, was mir an ihm auffiel, war sein fast lippenloser, wie mit dem Messer ins Gesicht geschnittener Mund. Doch was sagt Physiognomie schon über einen Menschen aus? Oder werden wir auch innerlich die, die wir äusserlich zu sein scheinen? Hager unter seinem weissen Polyesterhemd, das er in seine unterhalb des Gürtels schlotternde Hose gestopft hatte, aufpolierte Brogues an den Füssen und goldene Manschettenknöpfe in den Ärmeln, rückte er sich mit seinen langen schmalen Fingern den Krawattenknopf zurecht und bat uns herein, ohne nach unserem Anliegen zu fragen.

Wir stiegen eine Treppe hinauf in den ersten Stock, wo die Fenster einen weiten Blick über die Palmenhaine erlaubten. In seinem Büro stand ein langer Schreibtisch mit einem Telephon und einem leise rauschenden Radio aus Bakelit; auf seinem Aktenschrank drehte sich ein sirrender Ventilator. Er bat mich, auf der Polstergarnitur Platz zu nehmen, ohne Hamed zu beachten, der in einer Ecke stehen blieb.

Henderson rief etwas hinaus, schob die Papiere auf dem Schreibtisch zu einem Stapel zusammen und setzte sich auf den Sessel mir gegenüber. Womit er helfen könne? Ich erwiderte mit dem Satz, den ich mir zuvor zurechtgelegt hatte: dass ich hier sei, um mich in Thauts Namen nach Evitas Verbleib zu erkundigen. Er schaute fragend, die wässrig blauen Augen in völligem Kontrast zum Schwarz der schmalen Augenbrauen und der Geheimratsecken; offensichtlich färbte er sich die Haare. »Haben Sie denn keine Ahnung, was vorgefallen ist?«

Ich runzelte die Stirn, einen Blick haltend, in den sich alles lesen liess.

Eine junge Frau stellte Teller und Schalen mit weissem Quark und Datteln auf den Tisch. Er wartete, bis sie wieder gegangen war, und erklärte dann, dass es vor wenigen Stunden beim Damm zu einer gewaltigen Explosion gekommen sei.

»Ah ... Ja, wir haben auf der Überfahrt einen dumpfen Knall gehört und eine Rauchwolke aufsteigen sehen. Wir dachten aber nur, dass vor der Schleuse wieder ein Felsriegel gesprengt worden wäre.« Ich gab mich ahnungsloser, als ich war.

In dem Moment wurde im Rauschen des Radios die Stimme eines Sprechers laut, die aber bald wieder in schrillen Interferenzen unterging:

... mit einer Durchsage. Es macht gerade das Gerücht eines furchtbaren Unglücks am Damm die Runde, dessen Wahrheit noch bezweifelt wird. Bevor Genaueres zu sagen ist, wird nach der Quelle dieser Hiobsbotschaft geforscht; Dr. Thaut hat sich deshalb bereits zum Damm begeben. Zu sagen ist bislang nur, dass eine anfängliche Panik von den Ordnungskräften schnell in den Griff bekommen wurde. Dr. Thaut ist ...

Henderson vesuchte den Sender besser einzustellen, gab aber bald auf. »Ich habe per Funk eine Meldung aus Damman erhalten. Man will dort nicht ausschliessen, dass es zu einem Anschlag auf die Staumauer gekommen ist, ohne dass man Einzelheiten bekannt geben will. Stattdessen hat man mich angewiesen«, sagte er mit leicht verächtlichem Unterton, »auf ›verdächtige Bewegungen‹ zu achten.« Er liess die Formel im Raum stehen, auf meine Reaktion wartend. Ich sah ihn weiter unverwandt an. »Das alles ist noch inoffiziell.« Er fasste mich erneut ins Auge. »Stellen Sie eine verdächtige Bewegung dar?«

»Nur, wenn es verdächtig erscheint, dass ich an Ihre Türe geklopft habe.«

»Ja«, erwiderte er vielsagend, ohne dass ein Satz daraus wurde. Er schob mir die Datteln hin und machte mir vor, wie sie zu essen seien. »Dass Thaut Sie hergeschickt hat, erscheint mir eher ungewöhnlich als verdächtig.«

Statt einer Antwort tunkte ich eine Dattel in die gestockte süssliche Schafsmilch.

»Wir haben es hier nicht gerne, wenn man drüben glaubt, uns Anweisungen erteilen zu können.« Er spuckte den Kern in die hohle Hand. »Das ist eine Frage des Prinzips. Bloss weil wir unseren Teil zum Dammbau beitragen, heisst das noch nicht, dass die Autonomie des Scheichs dadurch aufgehoben würde.«

»Wohl um seine Autorität nicht in Frage zu stellen, hat man mich gebeten, diskret Erkundigungen nach seiner Tochter Evita einzuholen«, versuchte ich es diplomatisch.

»Evita? So hat nur Thaut sie genannt. Eigentlich heisst sie Hava.« Er sprach ihren Namen mit einem tief im Rachen liegenden Anlaut aus, der ihm etwas Harsches gab. »Sie können ihm ausrichten, dass es ihr gut geht.« Ich glaubte in seinem Gesicht mehr als nur Genugtuung aufblitzen zu sehen. »Doch verraten Sie mir, weshalb Thaut Sie und nicht einen seiner Günstlinge geschickt hat?«

»Um Diskretion zu gewährleisten, nehme ich an. Es hat sich so ergeben, als er erfuhr, dass ich an den Ausgrabungen auf der Insel interessiert bin. Ich soll darüber einen Artikel für den *New York Herald* verfassen.«

»Und da findet er niemand Diskreteren als einen Zeitungsreporter?« Henderson zischte abschätzig. »Für Berichte über die Insel nützt Ihnen eine Genehmigung Thauts wenig. Sie benötigen dafür die Erlaubnis des Scheichs. Und meine.«

»Selbstverständlich werde ich nichts ohne Ihre Zustimmung unternehmen. Aber ich habe mich noch gar nicht vorgestellt. Mein Name ist Ostrich. Ich bin Althistoriker an der Universität in Toronto, spezialisiert auf das Umfeld des Alten Testaments.«

»Sind Sie dafür nicht zu jung?« Er lachte über den billigen Kalauer.

Ich stimmte höflich ein, um dann von mir abzulenken. »Offenbar war wohl die Tochter des Scheichs etwas zu jung für Thaut«, erwiderte ich, sozusagen von Mann zu Mann.

»Frauen werden überall bereits in jungen Jahren verheiratet. Das ist nichts Ungewöhnliches. Dennoch muss man der Psychologie des Menschenschlages hier Rechnung tragen. Wissen Sie, warum Hava Thaut sitzengelassen hat?«

Ich war überrascht, es so offen deklariert zu hören. Denn nach all dem, in das Lili mich einweihte, hatte ich mir Evitas Verschwinden mittlerweile durch die Scharade um seinen Leichnam erklärt. Davon schien Henderson offenbar keine Ahnung zu haben. Hatte Evita denn nichts darüber berichtet? Aus Angst vor irgendwelchen Repressalien, obschon sie sich auf der Insel in Sicherheit wähnen müsste? Oder hatte Lili mich angelogen? Doch warum hätte sie das tun sollen?

Während mir solche Fragen durch den Kopf gingen, deutete Henderson mein Erstaunen anders. »Es gibt hier etwas, das sich ›Ome‹ nennt. Es drückt das grosse Unbehagen darüber aus, jemandem verpflichtet zu sein. In jemandes Schuld zu stehen, ohne sie tilgen zu können. Damit geht ein Gefühl der Ehrlosigkeit einher, das zu ertragen den Leuten hier allgemein schwerfällt. Umso mehr, wenn man die Tochter eines Scheichs ist.«

Seine leichte Distanziertheit mir gegenüber schwand allmählich, offenbar weil er wenig für die Bauleitung übrig hatte.

»Ich habe lange gebraucht, um diese Mentalität zu begreifen. Letztlich aber erleichtert sie einem die Abläufe auf der Insel. Es gibt keine verlässlicheren Arbeiter als die Menschen hier, solange sie glauben, Vorleistungen in der einen oder anderen Form abarbeiten zu müssen. Sie denken, sich damit in eine Position zu bringen, um diesen indirekten Tauschhandel am Ende für sich entscheiden zu können. Das hat die Bauleitung sehr gut für sich auszunützen verstanden. Ilu Enachim hat der Insel Krankenhaus, Schule und Strassen geschenkt. Und Thaut im Zuge dessen Hava bei sich aufgenommen.

Doch hat Thaut nicht mit dem gerechnet, was das Gegenstück zu Ome darstellt: Abiman. Es drückt den eigenen Stolz aus, dessen Missachtung Folgen hat. Das ist nicht als kleinliche oder verletzte Eitelkeit zu verstehen. Vielmehr ist es ein Ausdruck von Stärke. Und zugleich der moralischen Verachtung, wird einem nicht gebührend Respekt entgegengebracht. Oder ein einmal geschlossener Ehepakt verraten.«

Henderson merkte selbst, dass er sich mit seinen Urteilen über Thaut und seine Ehe etwas weit vorgewagt hatte, und kam mir deshalb mit einer allgemeinen Anekdote. Zuvor brachte die Bedienstete jedoch den Tee, der nach Kardamon roch, was Henderson nicht passte. Er wies sie herrisch in ihrer Sprache zurecht, worauf sie ihm im gleichen Tonfall Kontra gab. Ich verstand den Wortwechsel natürlich nicht; dennoch drängte sich mir der Eindruck eines intimen Verhältnisses zwischen Henderson und seiner Bediensteten auf. Oder war dies eine Demonstration eben jenes Abimans, von dem er eben gesprochen hatte?

»Ich hatte einmal mit einer Frau aus einer adeligen, aber verarmten Familie zu tun. Sie hiess Chandara. Und lebte unter eher elenden Umständen mit einem Gatten, den sie jedoch genug respektierte, um seinen Bruder und dessen ewig nörgelnde Angetraute bereitwillig in ihrer Hütte aufzunehmen. Unter den beengten Verhältnissen waren Zwistigkeiten natürlich unvermeidlich. Bei einem solchen Streit brachte ihr Schwager darauf seine Frau um. Ob es ein Unfall oder Totschlag im Affekt war, konnte nie wirklich festgestellt werden.

Als ich darauf mit einem Polizisten erschien, geriet Chandaras Gatte in Panik. Um seinen Bruder zu retten, fiel ihm nichts anderes ein, als Chandara des Mordes zu bezichtigen. Ich sehe sie heute noch vor mir, wie sie sich daraufhin aufrichtete, steif vor kalter Verbitterung den Mord gestand und sich schweigend abführen liess. Dem Gesetz gemäss wurde sie zum Tod verurteilt. Als dann aber der Tag ihrer Hinrichtung festgesetzt wurde, überkam ihren Mann endlich Reue und er versuchte zu intervenieren. Doch vergeblich. Sie war nicht mehr bereit, ihr Geständnis zurückzunehmen. Unversöhnlich trat sie so zum Schafott, ihn keines Blickes würdigend. Nur um damit vor allen ihr Abiman zu bekunden.«

Falls diese Anekdote Evitas Ausbruch aus der Ehe mit Thaut erklärte, so fehlte mir jedoch jede Kenntnis des Grunds für einen solcherart verletzten Stolz. Henderson sah mich amüsiert an. »Dabei jetzt, Havas Weg zurück zum Anfang zu verfolgen?«

»Ja«, gestand ich, in der Erwartung, die einzelnen Schritte geschildert zu bekommen oder zumindest ein paar Puzzleteilchen zu erhalten, um endlich ein klareres Bild von Evita zu erhalten.

»Da kann ich Ihnen auch nicht helfen. Niemand spricht darüber. Der Scheich am allerwenigsten. Doch würden Sie Thaut besser kennen, stellte sich die Frage gar nicht.«

Spielte Henderson mit diesem vieldeutigen Satz etwa auf Thauts Ableben an, im Versuch, herauszufinden, ob auch ich davon wusste? Er liess sich in seinen Sessel zurücksinken und strich mit der Hand über die Lehne. »Ich habe Thaut noch gekannt, als er bei Ilu Enachim anfing. Wo Ilu reserviert und diszipliniert war, letztlich ein Realist, gab Thaut sich als Visionär. Der Bau aber schreitet jetzt nur deshalb voran, weil Ilu die Basis dafür gelegt hat. Thaut ist der Propagandist geblieben, der er stets war; ein Schwätzer, der die Leute mit seinen hohen Idealen für sich einzunehmen versteht. Der bewunderswert mit Sprache umgeht, ja. Um allen alles zu versprechen. Dabei aber auch hinter ihren Frauen her ist. Er hätte einfach bei seiner Lili bleiben sollen und sich nicht auch noch an Hava vergreifen. Die wird ihm das bald nicht mehr verziehen haben; in ihrem Alter glaubt man noch an die ewige Liebe.«

Es klang weniger anklagend denn bedauernd. »Und nun schickt er Sie als seinen Leporello?«

»La donna é mobile …« Ich musste selber grinsen – und merkte, wie damit das restliche Misstrauen zwischen uns ausgeräumt wurde, als genüge ein gemeinsamer kultureller Hintergrund, um in der Fremde ein ›wir‹ gegenüber dem ›sie‹ entstehen zu lassen.

Aus dem Funkempfänger drangen jetzt erneut Meldungen, die sich überlagerten, sodass wir konzentriert zuhörten, ohne mehr als einzelne Sprachfetzen zu vernehmen:

Zentrale! Was ist denn los! Sind Sie … Der Damm ist am Brückenkopf gebrochen … gesprengt … Der Hafen brennt. Alle Einsatzkräfte …

»Die Lage ist offenbar ernster als gedacht.« Wieder sah mich Henderson nachdenklich an. »Es kommt nicht oft vor, dass wir hier unangekündigt Besuch erhalten. Ich muss Sie deshalb um Verständnis bitten, dass ich – zumal unter diesen aussergewöhnlichen Umständen – gezwungen bin, Sie um Ihre Papiere zu bitten.«

»Die musste ich im Hotel in Havilah abgeben.« Das entsprach der Wahrheit.

»Ich bin bloss zu einem Tagesausflug hier. Und heute Abend bei Thaut eingeladen«, sagte ich entschuldigend und froh über meine alte Lüge.

Er stellte sich zum Schreibtisch und betätigte, während es mich kalt und heiss überlief, die Wählscheibe des Telephons, erhielt aber keine Verbindung. »Die Leitungen sind alle besetzt. Dann müssen wir die Formalitäten eben später klären.«

Er überlegte. »Ich muss mich angesichts der Situation jetzt um den Damm kümmern. Aber ich kann Sie ein Stück mitnehmen.

Sie wollen ja die Ausgrabungen besichtigen, nicht wahr? Die liegen auf dem Weg.«

»Vielen Dank. Ich komme dennoch nicht darum herum«, wandte ich vorsichtig ein, »etwas über Evitas Verbleib in Erfahrung bringen zu müssen. Ich kann schlecht mit leeren Händen wieder bei Thaut auftauchen ...«

Wieder bedachte er mich mit einem vieldeutigen Blick. »Nun – ich kann Ihnen darüber auch nichts Genaueres berichten.«

Kann oder will? Ich wusste noch immer nicht, ob ihm zu glauben war. Es war schwer, bei ihm zwischen den Zeilen zu lesen: deshalb versuchte ich es mit der Methode von vorher. »Wissen Sie, wer darüber Auskunft geben könnte?«

»In die familiären Angelegenheiten des Scheichs werde selbst ich nicht eingeweiht. Aber Sie können es zu Ihrer Beruhigung gerne versuchen. Obwohl ich es für aussichtslos halte. Ich muss ohnehin zu Seiner Hoheit, um ihm meinerseits Bericht zu erstatten.« Um sarkastisch anzufügen: »Uns beiden ergeht es offenbar ähnlich.«

Können, wollen, müssen, sollen; das ganze Leben scheint bloss aus diesen Modalverben zu bestehen, ohne dass ein Mögen und Dürfen dabei wirklich vorgesehen wäre.

XXVII

Hamed still und brav auf dem Rücksitz, fuhren wir in Hendersons Kombiwagen aus der Stadt. Auf einer Piste ging es hinaus in die Dattelplantagen, die zusehends verwilderten: Buschwerk und Kletterpflanzen rankten sich um die dicken Stämme und Strünke, Blätter und Wedel zwischen Schuppenrinden und Wurzeln, Gras und Blüten am Boden, alles drängte gegenseitig ins Licht und machte sich den Platz streitig.

Der Chevrolet schlingerte nach jedem Schlagloch, während hinter jeder Kurve noch grössere und wunderbarere Bäume zu erblicken waren, ein Chaos im Wachsen, dichte, beinahe schon dunkle Wände von Laub, die in der Luft zu schweben schienen, grüne Katarakte in der Tiefe ringsum, dass einen bei diesem Anblick beinahe Schwindel erfasste. Durch das offene Fenster glaubte ich die vibrierenden Koloraturen einer Flöte zu vernehmen, immer wieder aufsteigende, sich unablässig wiederholende Linien, eine bald monoton werdende Nänie in Des-Moll, bis ich merkte, dass es sich um Vogelgesang handelte. Und dann tat sich in diesem Urwald ein Amphitheater auf, das in der Sonne lag, die Stämme nunmehr weiss wie Säulen, die Kronen sich zu Triumphbögen schliessend, die Höhe des Himmels darüber jede menschliche Hybris erniedrigend.

Umso beeindruckender war das Bauwerk davor, das zur Hälfte aus einem Tell gegraben worden war. Mehrere Terrassen aus hellem Kalkstein bildeten übereinander ein zikkuratähnliches Fundament, auf dem sich die gut erhaltene Mauer eines herrschaftlichen Gebäudes erhob. Henderson liess uns nach einem Blick auf seine Uhr aussteigen und sagte, er würde uns in einer Stunde etwa wieder abholen.

»Das ist die bronzezeitliche Tempelanlage, welche die Archäologen dem mythischen Herrscher Adama zuschreiben. Neben dem Eingangstor des Palastes befindet sich ein Raum, in dem man mehrere darauf hinweisende Siegel entdeckt hat. Hinter der Halle wiederum befindet sich eine Kammer, in der Tontafeln mit Keilschrift zum Vorschein kamen«, erläuterte er. »Sie kennen sich da ja besser aus als ich.« Damit fuhr er davon.

Hamed verzog sich in den Schatten, während ich das Gelände abging. Vom Tempel selbst war hauptsächlich der Opferaltar und die Blutrinne erhalten, die auf einen ausgeräumten Bewässerungskanal zulief. Von dort führte ein mit Dallen ausgelegter Weg zum Eingang des Palastes, der von einem Paar Wächterskulpturen flankiert wurde, wie ich sie vor Thauts Villa gesehen hatte, Mischwesen aus Löwe, Adler, Stier und Mensch.

Das Tor selbst musste, wie die Schwelle verriet, massiv gewesen sein. Rechts davon ging es in einen Raum, in dem Emissäre auf ihre Audienz hatten warten müssen, welche nicht nur aus dem Zweistromland und dem Oman gekommen waren, sondern auch schon aus Indien. Dahinter öffnete sich der an den Säulenbasen erkennbare Thronsaal. Er endete an einem Innenhof, von dem es zu den Kammern ging, wo die Schreiber gearbeitet hatten. Ihr Dienst umfasste profane wie sakrale Aufgaben, die Buchführung über Steuereinnahmen und Geschäftskorrespondenz ebenso wie das Kopieren und Komponieren von Ritualtexten als einziger Form von Literatur damals. Es waren noch die steinernen Ränder in der Mauer sichtbar, auf denen die Regalbretter gelegen hatten, und ich sah mich unwillkürlich am Boden um, ob nicht noch irgendein Fragment zurückgeblieben war.

Für seine Zeit war der Palast gross gewesen. Er konnte durchaus mit kontemporären Anlagen in Mesopotamien konkurrieren; der Handel mit Perlen, Datteln und Kupfererzen hatte den Herrscher reich genug gemacht, um ihn auch in einem Mythos weiterleben zu lassen. Ich ging durch Räume, in denen überall Stichgräben angelegt worden waren, einmal sogar bis zu einem Brunnen hinunter, in dem nun wieder Wasser floss, und da wurde mir zum ersten Mal bewusst, dass all die Texte, mit denen ich mich in meinem akademischen Beruf abgab, hier einmal ihr normales Umfeld gehabt hatten. Ja, mehr noch: dass sie noch nicht Verlautbarungen von Göttern gewesen waren, als die sie sich später darstellten, sondern ihnen bloss in den Mund gelegt, unsere ureigensten Vorstellungen des Göttlichen in Worte fassend. Eine letztlich selbstverständliche Einsicht, die jedoch die Frage aufwarf, weshalb man solch selbstverfasste Fiktionen als göttlich auszugeben vermochte. Und wie.

Sah man in der Erfindung des Schreibens etwas derart Magisches, dass blosse Schriftzeichen genügten, um sie als göttlich ausgeben zu können, den Lippen von Statuen entsprungen? Und was davon entnahmen die Priester, die ihre Texte gleich Illusionskünstlern komponierten, ihrem Alltag? Waren sie sich ihres Lügens denn nicht selber bewusst geworden – oder gab es für sie eine Art der Fiktion, die jede Wirklichkeit als Wahrheit überstieg? Der herrschaftliche Priester hier war immerhin noch selber zum Fischen aufs Meer hinausgefahren, ein Mann von Schrot und Korn also, bodenständig und naturverbunden. War es somit die Natur, ihre da noch unüberblickbaren und undurchschaubaren Phänomene, die uns all diese Lügen über vermeintlich Göttliches aufgedrängt hatte?

Ich lehnte mich an die meterdicke übermannshohe Mauer. Die Luft im Thronsaal flirrte vor Hitze, und bis auf die repetitiven Klanglinien des Vogels, der weniger passioniert denn schlecht gelaunt schien, war es still. Seltsam, Adama hier nun verorten zu können. Und dabei beschlich mich der Gedanke an Ninti, aus der die biblische Eva hervorgegangen war, und an Ninhursanga, die Herrin über die Einöde hier, und ich versuchte mir vorzustellen, welche Frauen wohl dafür einmal Modell gestanden hatten, grossgewachsen, geraden Rückens ihre Sandalen auf den Sand setzend, unnahbar, nur die Sprache ihnen *eine Stimme verleihend, die gleich den Vogellauten im Grün aus der Dämmerung kam oder dem Schwarz der Nacht dann, wenn sie sich auszogen und ihre Nacktheit ein Geschenk war an den Mann, das Vollendetste, auf das er seinen Blick werfen konnte, das Flackern der Öllampe über ihre Haut huschend, Linien und Bögen hervorhebend, ihren Körper schattierend, ihn erst wirklich und dennoch ungreifbar machend, der Duft von Narden und Hennablüten davon ausgehend und den Raum erfüllend, feucht von der landein wehenden Brise, das Haar nass von Tropfen der Nacht, diese Schönheit Scham hervorrufend, Schüchternheit, ein schmerzliches Bewusstsein eigener Unzulänglichkeit gegenüber einer Vollkommenheit, in der alles auf dieser Erde sich darzustellen vermochte, die Augen graue Tauben an einer Wasserlache, die Locken das Rascheln des Laubs im Wind, der Nabel ein Mond, eine Herde von Ziegen rund um einen Granatapfelbaum, ein Hirte dahinter mit seinem Krummstab,* der mich durch die Ruinen unverwandt anstarrte, Hamed neben ihm, der auf ihn einredete, ohne beachtet zu werden: ich hatte wieder zu tagträumen begonnen, blickvergessen, im Selbstreden verloren.

Ertappt bei einem dieser Aussetzer, die mir manchmal realer erschienen, lebendiger als die Wirklichkeit, setzte ich meinen Rundgang fort. Hinter dem Flugsand, den die Jahrhunderte über Adamas Tempelpalast zu einem Hügel aufgehäuft hatten, erstreckte sich seine Stadt, die Grundmauern der Häuser mancherorts durch frische Sondagen freigelegt. Captain Durands Ausgrabungen waren schon eine Weile her; wer also hatte die jüngsten Ausgrabungen betrieben, bei denen die neuen Tontafeln und wohl auch Thauts Cherubime zum Vorschein gekommen waren?

Bei seiner Rückkehr fragte ich Henderson danach. »Die Dammleitung natürlich. Ein paar Leute dafür abzustellen fällt bei denen nicht ins Gewicht.« Und wer war der Grabungsleiter gewesen? »Thaut liess es sich selbstverständlich nicht nehmen, Schliemann zu spielen. Er musste ja nichts weiter tun, als die Grabung dort fortzusetzen, wo sie die Engländer begonnen hatten. Entdeckt aber hat bloss der Lehrer was.«

»Soares, der von der Volksschule?«

»Ich weiss nicht mehr, wie er hiess. Ist auch egal. Er durfte jedenfalls nur Nebenarbeiten übernehmen – stiess dafür aber auf das einzig wirkliche Neue. Sind Ihnen in den Häusern die Löcher im Boden aufgefallen?«

Ich bejahte, obwohl ich mir nicht sicher war, was er meinte.

»Da entdeckte man Töpferware; zwei aufeinanderliegende flache Schalen. Sie enthielten jedesmal etwas, das zunächst wie eine knöcherne Halskette aussah, sich dann aber als Schlangenskelett entpuppte. Und dazu einzelne Perlen – für welche die Insel damals berühmt war.«

»Eine Schlange und eine Perle unter dem festgestampften Lehmboden eines Hauses?«

»Ja, irgendsoetwas in der Art.«

Die Perle als Gilgameshs aus dem Meer getauchte Blüte des Lebens; die Perle, die Kleopatra später in Essig auflöste, um daraus das Elixier ewiger Jugend zu bereiten; die Perle, die Gilgamesh von einer Schlange gestohlen worden war – eine Schlange, die sich seitdem jedes Jahr häutet, zum Zeichen unablässig sich erneuernder Jugend; eine Schlange als fleischgewordene Blüte des Lebens. Weshalb man beides, Perle und Schlange, als Talisman und Grundstein im Boden vergrub, auf dass das Haus samt seinen Kindern und Kindeskindern gesegnet sei, es nie untergehen möge, ewig florieren könne. Das war alles unschwer nachvollziehbar. Zugleich aber keimte dabei ein Gedanke auf, der ein anderes Licht auf die Schlange im Garten Eden warf und ihr Dasein erklärte, ihre Frage ebenso wie ihre Antwort. Doch bevor ich ihn klar fassen konnte, unterbrach mich Henderson.

»Alle Leitungen ans Festland, auch die vom Damm hier, sind momentan gekappt. Zumindest kriege ich nur über Funk Verbindung – aber bloss zu den Militärs. Die mir keine Auskünfte erteilen wollen. Es herrscht überall ein ziemliches Chaos. Ein paar Lastwagenfahrer haben erzählt, dass sich in Damann drüben eine rosa Wolke ausbreitet. In der jeder, der mit ihr in Berührung kommt, qualvoll umkommt. Sie sollen dort wie die Fliegen sterben. Der ganze Hafen liege voller Leichen. Ich frage mich aber, woher sie das wissen wollen. Die sind doch schon vor der Explosion losgefahren – sonst wären sie ja nicht mehr über die Brücke gekommen. Und da waren sie schon viel zu weit draussen.«

Er schüttelte den Kopf. »Die können so was gar nicht gesehen haben. Aber was immer dort auch los ist – ich muss dem Scheich berichten. Was ungut ist. Weil dazu heute ein Festtag ist. Da will der Scheich noch weniger mit solchen Dingen belästigt werden.«

Nachdem Henderson sich als gesprächig erwies, hakte ich noch einmal nach. »Und Sie können mich jetzt mit zu ihm nehmen?«

»Sie wollen also wirklich unbedingt wissen, wie es Hava geht und wo sie steckt?« Er schien mein Interesse nicht glauben zu können.

»Ich bin sicherlich nicht als Thauts Postillon d'Amour gekommen«, erwiderte ich. »Und Sie selbst haben wirklich keine Ahnung, wo Evita stecken könnte?«

Henderson war von Zweifeln an seiner Person wenig angetan. »Das habe ich Ihnen bereits gesagt.«

Ich liess es dabei bewenden.

»Es gibt ohnehin keinen Grund mehr zur Eile. So wie die Dinge stehen, kommen Sie heute eh nicht mehr von der Insel.«

Henderson dachte laut nach. »Egal, was am Festland geschehen ist: der Schiffsverkehr ist vorerst unterbrochen. Und über den

Damm gelangt vorerst niemand mehr. Dazu muss ich noch Ihre Personalien prüfen, auch da führt leider kein Weg drum herum. Sie müssen also damit rechnen, meine Gastfreundschaft noch eine Weile in Anspruch zu nehmen.«

Allmählich wurden mir die Implikationen der Situation bewusst. Ohne Pass und Passierschein, nur mit dem, was ich am Leib trug, befand ich mich jetzt gleichsam im Niemandsland. Wo man mir zwar noch gutwillig begegnete, aber bloss bis auf Widerruf. War ich zuvor in Havilah keinen Schritt vorwärts gekommen, so verlor ich auch hier, endlich am Ziel meiner Wünsche angelangt, allmählich den Boden unter den Füssen.

Henderson fasste mein Schweigen als Ungehaltenheit auf. Er versuchte, mich versöhnlich zu stimmen. »Haben Sie schon vom Baum der Erkenntnis gehört, der auf der Insel wächst?«

Überraschenderweise hatte ich das nicht.

»Es ist zwar ein Umweg, aber ich zeige Ihnen den Baum gerne. Obwohl Sie sich nicht zuviel erwarten sollten.«

Zuviel? Ich hatte es mittlerweile aufgegeben, etwas zu erwarten, ja, zu hoffen begonnen, dass nicht noch mehr geschähe.

Der Palmenwald erstreckte sich bis zu Einfriedungen, die schon halb überweht worden waren. Jenseits davon waren im gleissenden Sand zu beiden Seiten der Piste nun Gräber zu erkennen, erst in Gruppen von zehn Fuss hohen, kreisrunden Hügeln, dann mehr und mehr. Darunter befanden sich auch grössere, einige bis zu zwanzig Fuss hoch. Sie standen immer dichter beisammen, die Grundfläche des einen Hügels den Rand des nächsten bereits überdeckend, Meile um Meile, soweit das Auge reichte, ohne dass ein Ende abzusehen war. Die Grabstätten waren so zahlreich, dass sie einer Laune des Windes glichen, obschon jeder Hügel einen Bau von Menschenhand darstellte, Tonnen von Kalkkies über jede der aus Stein errichteten Totenkammern geschüttet, bis diese gänzlich davon bedeckt waren.

Die Gräberfelder überlagerten den Horizont und gingen nur allmählich in Dünen über. In der Inselmitte lief die Wüste dann um die Bergkuppe zusammen, die den Namen Jebel Sanga trug. An der Piste wiesen Markierungen auf alte, längst versiegte Ölquellen, daneben manch verrostetes Bohrgerät und anderer Schrott, bis auf der Kuppe die Verästelungen eines Baumes sichtbar wurden.

Einmal auf dem Hügel, bot sich ein weites Panorama dar, das sich am Horizont in einem Glarren auflöste. Es verbarg das arabische Festland und das Meer vor unseren Blicken, als gäbe es auf der Welt nur noch diese Insel und ihre zwei Hälften, die fruchtbare und die unfruchtbare.

»Der Baum ist eine Art Mimosengewächs«, erklärte Henderson, »und sicher nicht älter als ein paar Jahrhunderte. Dennoch hält man ihn für den letzten Baum, der übrig geblieben ist vom Paradies, dem einst von der Göttin Ninhursanga gepflanzten Garten Eden. Das wirkliche Wunder ist jedoch, woher er sein Wasser zieht. Denn die Bohrungen haben gezeigt, dass der Wasserspiegel hier in einer Tiefe von hundert Fuss liegt – weshalb es heisst, die Wurzeln würden weiterhin vom Gott Enki getränkt.«

Seine Borke war aschgrau und rissig und die Äste dornig; flaumig grüne Spreiten sassen an den Zweigen, die Fiederblättchen paarweise hintereinander, dazwischen in gelben Ähren herabhängende Blütenstände. Von nahem besehen stellte sich der Baum jedoch als arg mitgenommen heraus; einige seiner tragenden Äste waren abgerissen, die Bruchstellen verkrustet von Harz.

Hamed zeigte auf einige verkohlte Kleidungsstücke, die auf seiner Seite vom Geäst hingen. In den Astkehlen steckten verbrannte Zweige. Er zog einen heraus und reichte ihn mir; er roch nach Weihrauch. »Ich habe von Ritualen gehört«, meinte Henderson und deutete auf ein tiefes Brandloch in der Borke, »ohne bislang jedoch zu erfahren, wofür sie gedacht sind.«

XXVIII

Auf dem Rückweg durch die Hügelfelder bogen wir in ein kleines Tal. Nur ein einzelner überhoher Tumulus säumte da noch die Piste, nach einer Meile gefolgt vom nächsten, Königsgräbern gleich entlang eines allmählich ansteigenden Prozessionsweges, der an einer Mauer aus Muschelkalk endete. »Das ist die Sommerresidenz des Scheichs, Hava Majal, der Palast des Windes.«

»Heute ist ein hoher Feiertag, an dem traditionellerweise ein Majli stattfindet, eine Art Ratsversammlung der wichtigsten Familien und Stämme der Insel. Da sind gewisse Umgangsformen angesagt. Am besten, Sie folgen meinem Beispiel.« Henderson instruierte mich. »Und falls der Scheich Sie zum Festessen einladen sollte, rate ich Ihnen, höflich abzulehnen, sonst kommen wir nie mehr weg.«

Aus dem Torraum traten zwei Wächter, einen Turban über ihrer Kandura und einen verzierten Dolch im Gürtel. Henderson redete mit ihnen, worauf einer von ihnen auf mich zeigte. »Sie finden Ihren Aufzug unpassend.«

Ich sah an mir herab, meinem zerknitterten Anzug und den staubigen Schuhen, und gab ihnen recht. Man brachte mir einen Umhang und bedeutete mir, ihn über die Schulter zu werfen, worauf sich beide angrinsten.

Einmal durch das Tor, fiel der Blick zuerst auf die hohen Lehmkegel der Taubenschläge. Sie bildeten die Ecken eines maurischen Sommerpalastes, durch dessen Spitzbögen oben die stete Brise eines Meeres wehte, welches man nicht sehen, aber hören konnte, den Schlag der Wellen an den Strand, ein Geruch nach Salz und Tang sich in der Luft ausbreitend wie Tinte in Wasser. An der Auffahrt waren bereits mehrere Automobile abgestellt; Henderson parkte neben einem Brunnenbecken, in dem einige fette Karpfen träge verharrten, silberne Schuppen glitzernd unter dem grünen Algenschleim.

Wir schlossen uns der Reihe von Honoratioren an, die sich langsam vorwärts bewegte, um einzeln vom Scheich in Empfang genommen zu werden. Wir waren die einzigen Weissen; Hamed hatte sich inzwischen verdrückt. »Neben Scheich Sulman stehen seine Söhne«, sagte Henderson. Beide waren sie grösser und schlanker als er, mit den typischen rundlichen Gesichtszügen des Völkchens hier. Den einen entstellte jedoch eine Narbe, die ihm von der Stirn über die rechte Wange lief.

»Das ist sein ältester Sohn Zajid. Er hat vor zwanzig Jahren eine Rolle bei der Vertreibung der saudischen Truppe gespielt, die sich in der Oase im Süden einnisten wollte«, flüsterte Henderson. »Der andere, der feiste Kerl daneben, das ist Sajid. Von ihm halten Sie sich besser fern. Er ist schwer berechenbar. Ein Tunichtgut, der sich hauptsächlich mit der Jagd und mit Frauen abgibt.«

»Jagd?«

Henderson deutete auf die Wüste hinaus. »Gazellen. Ich habe ihm dafür einmal einen jungen grönländischen Geierfalken zum Geschenk gemacht, einen prächtigen Vogel aus dem Kopenhagener Zoo, reinweiss, bis auf die pechschwarzen Gefiederspitzen. Seitdem lässt er mich in Ruhe.«

Die wortreichen Begrüssungen verhiessen eine längere Wartezeit. »Worin besteht denn eigentlich Ihre Aufgabe auf der Insel?«

Henderson sah mich erneut an, als könne er so viel Unwissenheit nicht glauben. »Ich war zuletzt bei der Ölgesellschaft verantwortlich für ein Programm zum schulischen und technischen Fortschritt auf der Insel. Als die Vorkommen dann ganz versiegten, übertrug mir der Scheich die Leitung des Kasinos. Das generiert weiterhin einen grossen Teil seines Einkommens – obwohl es nicht mehr so gut läuft wie noch vor wenigen Jahren. Im Grunde bin ich also bloss ein Beamter des hiesigen Kalifats.«

»Und was haben Sie mit der Polizei zu tun?«

»Ich habe mitgeholfen, sie aufzubauen. Und als Chef des Kasinos befehlige ich auch eigene Sicherheitsleute.« Der unerwartet schneidende Tonfall verbot jede weitere Nachfrage. Wobei mir plötzlich in den Sinn kam, dass ich den Spielsaal nicht gesehen hatte. Ich fragte mich deshalb, mit welchen Gücksspielen das Kasino Geld machte. Roulette für die Arbeiter? Eher Würfel und Karten. Das hiesse kleine Summen, und deshalb umsomehr Betrieb. Und damit Sicherheitsleute, um die üblichen Samstagabendraufereien im Griff zu halten.

Hendersons Begrüssung durch Scheich Sulman fiel kurz, aber vertraut aus. Ich merkte, dass auch von mir die Rede war, hörte das Worte ›Archäologe‹ heraus, aber keine Erwähnung Thauts. Da wir die Letzten waren, nahm er Henderson beiseite und beide verschwanden in einem der Räume, während ich etwas ratlos stehen blieb, an eine der Säulen des Innenhofs gelehnt, wo sich die Gäste in Grüppchen ergingen.

Blühende Granatapfelbäume umstanden das Wasserspiel einer Fontäne. Das obere Stockwerk jedoch wurde durch die kunstvoll geschnitzten Arabesken der Jalousien dem Blick neugieriger Augen verschlossen; dahinter mussten die Gemächer der Frauen liegen. Irgendwo darin war wahrscheinlich Evita. Ohne dass es möglich schien, direkt nach ihr zu fragen, weil man mir das wohl als grobe Unhöflichkeit, wenn nicht gar als Ehrverletzung ausgelegt hätte. Ganz davon zu schweigen, dass ich ihre Sprache nicht verstand. Also einfach stehen bleiben, in der fernen Hoffnung, sie möge sich zeigen? Immerhin könnte ich später dann behaupten, hier gewesen zu sein und etwas über sie gehört zu haben. Dazu müsste ich aber jemand in ein Gespräch verwickeln, um ihn nebenbei über sie auszuhorchen. Ewige Winkelzüge. Während Evita vielleicht oben stand und mich durch das Gitter beobachtete, ohne zu wissen, wer ich war und was ich wollte. Aber in meiner lächerlichen Verkleidung wurde ich ohnehin ignoriert, als hätte ich die Krätze. Was interessierte mich überhaupt eine Frau, die ich nicht kannte und von der selbst noch das wenige, das ich über sie gehört hatte, zu bezweifeln war? Was sollte es mir, ob sie nun Thauts Ziehkind oder seine zweite Frau war? Dass sie töpferte, seltsame Listen anlegte und Zeitungsartikel nach wiederkehrenden Omen absuchte, verschiedenfarbige Augen hatte, mondsüchtig war, an Personen angeblich eine farbige Aura wahrnahm, ausgerissen war oder nicht und Hava oder Evita hiess? Konnte es so jemanden überhaupt geben?

Das Problem löste sich von selbst, zumindest oberflächlich. Henderson kehrte mit dem Scheich zurück und nach und nach scharten sich die lokalen Würdenträger um die beiden. Um die Konversation aufrechtzuerhalten, hatte Henderson offenbar fallen gelassen, dass ich die Explosion im Hafen miterlebt hatte; er forderte mich nun auf, zu berichten, was ich gesehen hatte.

Ich tat das erst in dürren Worten, um die Nachfragen, die er mir übersetzte, mit einer sich blutrot auf Damman senkenden Wolke auszuschmücken. Jede Erwähnung Thauts weiterhin ausklammernd, fügte ich hinzu, ich hätte in Havilah auch viel von der Tochter des Scheichs und ihrem aufopfernden Einsatz für die Armen dort gehört; ich hoffte deshalb, ihr wäre nichts zugestossen.

Die Formulierung war umständlich genug, um als höfliche Besorgnis aufgefasst werden zu können. Trotzdem durchbohrten mich der Scheich und seine Söhne mit Blicken, um mir zugleich zu verstehen zu geben, dass es mir nicht zustünde, mich direkt an sie zu wenden. Zajid, der mit der Narbe, fragte deshalb Henderson, als müsse er für mich bürgen, ob ich denn überhaupt einer sei, der die Wahrheit sagte? Was er darauf antwortete, übersetzte

Henderson mir nicht; es fiel jedenfalls länger aus als ein blosses Ja oder Nein.

Dennoch fühlte ich mich in Hendersons Begleitung sicher genug, um den Spiess umzudrehen und mich kurzerhand an die Umstehenden zu wenden, die schweigend zuhorchten. Immerhin kannte ich inzwischen die Worte für Ja und Nein. Ich wusste nur nicht, ob zu den Gästen des Scheichs auch ›Gemeine‹ zählten. Die vorsätzlich logen, falls Hameds Einschätzungen zu vertrauen war – woran ich ebenfalls noch Zweifel hatte.

Hendersons warnenden Blick missachtend, wandte ich mich nun mit derselben Frage an einen älteren Würdenträger, dem die Zurückhaltung ins Gesicht geschrieben war. »Wenn ich Sie frage, ob Sie stets die Wahrheit sagen, würden Sie da mit Ja antworten?« Überrascht zuckte er zusammen. Aber er begriff genau, worauf ich hinauswollte. Um zu zeigen, dass er über solchen Dingen stand, antwortete er mit ›Re‹: Nein. Alle lachten. Auch sein Nebenmann, dem ein arrogantes Do über die Lippen kam, Ja, als sei es das Selbstverständlichste der Welt.

Der ältere Herr, dem dieser Wortwechsel mehr als unangenehm war, musste demnach zu den Gemeinen gehören. Er hätte meine Frage wohl allzugerne bejaht. Da er bei diesen hiesigen Umgangsformen jedoch offenbar nicht anders konnte als lügen, musste seine Antwort negativ ausfallen.

Als hätte ich nichts begriffen, meiner übertriebenen Sorge weiter Ausdruck verleihend, wie das bei einem Fremden durchgehen mochte, wandte ich mich erneut an ihn. Ob er mir denn sagen könne, ob sich die Tochter des Scheichs im Palast in Sicherheit befände? Er kam in dem Kreis nicht um eine Antwort herum. Mit einem Seitenblick zu den Söhnen des Scheichs, die ihn finster ins Auge fassten, presste er ein ›Re‹ heraus: Nein. Was also, aller Logik zufolge, hiess: Evita war hier.

Mich überkam das Gefühl eines innerlichen Triumphes, das ich verbarg, so gut ich es vermochte, um gleichsam erleichtert ein

›dio volo‹ auszustossen. Es klang ehrlich genug, um die Stimmung zu retten, die zu kippen drohte. Besser man sah mich als harmlosen Trottel, statt hinter meiner Fragerei andere Motive zu vermuten. Obschon ich in dem Moment merkte, dass Henderson mich durchschaute.

Was ich damit herausgekitzelt hatte, war jedoch weniger, wo sich Evita befand, als dass die Wirklichkeit sich nur erschloss, wenn man Wahrheit und Lüge gegeneinander ausspielte und sie beidesmal auf einen Ausgangspunkt zurückbezog. Dass sie sich erst in gegenseitigen Projektionen zeigten. Und dabei letztlich selbstreferentiell blieben. Eine Selbstbespiegelung. Wenn ich Sie jetzt fragen könnte, ob Sie stets die Wahrheit sagen, was würden Sie denn sagen, na?

Darüber begriff ich miteins auch den Sinn der Fragen, welche die Schlange im Paradies an Eva gerichtet hatte: »Hat Gott wirklich gesagt: Ihr dürft von keinem Baum des Gartens essen? Gott weiss vielmehr: sobald ihr davon esst, gehen euch die Augen auf; ihr werdet wie Gott und erkennt Gut und Böse.« Mir zumindest waren die Augen aufgegangen. Nicht etwa, indem ich die Antworten darauf verstanden hätte, sondern indem ich sie auf dieselbe rückbezügliche Weise stellte. Nach dem Wissen der anderen fragend. Und es über sie dann wechselseitig in Frage stellend. Um am Ende zu erkennen, dass es bis dahin weder gut noch böse gab, sondern bloss Ignoranz. Eine Wertung als richtig und falsch sich erst von aussen einstellt, sie letztlich eine Zuschreibung bleibt: vom Blick Gottes aus. Der selbst nur eine Tautologie ist. Eine Setzung. An die man glauben konnte oder nicht. So wie ich an die Existenz Thauts. Oder Evitas.

XXIX

Hier kümmert man sich nicht um uns; wir bleiben uns weitgehend selbst überlassen. Sich von diesem Aussenposten heimlich fortzumachen hiesse ohnehin nur, qualvoll im Nirgendwo der Dasht zu verdursten. So geben wir uns mit dem brackigen Wasser zufrieden, das wir mit dem Eimer aus dem Brunnen des Forts ziehen. Wir vermischen es mit einer Handvoll Mehl und backen dann die Fladen im Sand, eine Schaufel glühender Holzkohle darüber. Doch die Vorräte schwinden allmählich. Bäume für Feuerholz gibt es nirgends; die verdorrten Kameldornbüsche zum Anschüren haben wir längst überall zusammengetragen. Ob demnächst Nachschub eintrifft, weiss niemand. Bloss Schnaps gibt es genug; doch davon kriege ich Kopfweh. Das Essen ist ärmlich; manchmal besteht es bloss aus einer Konservendose. Dafür schmeckt es umso intensiver; auf unseren ausgelaugten Zungen der Geschmack von Rauch, schwarz verbrannter Kruste, etwas Salz: das ist unser Brot. Es schmeckt, als hätte es nie etwas anderes gegeben. Seltsam, dass man sich trotzdem nie eines Geschmacks entsinnt. Nur ob er gut oder schlecht war. Nicht jedoch, wie – selbst wenn es einem so schlecht schmeckte wie in Havilah. Nicht einmal an den Geschmack des Festes im Palast des Scheichs erinnere ich mich; bloss dass er ausserordentlich war.

Mein in ihren Augen seltsames Verhalten hatte dazu geführt, dass ich als eine Art Kuriosum, einem Mohren unter Weissen gleich, zum Bankett gebeten wurde. Man wollte mich wohl genauer in

Augenschein nehmen und weiter aushorchen. Ich akzeptierte die Einladung gerne, gerade weil sie Henderson ungelegen kam. Ich hoffte, mich ihm dadurch irgendwie entziehen zu können; eine genauere Kontrolle meiner Umstände durch ihn wollte ich tunlichst vermeiden. Falls alles eine weitere ungute Wendung nahm, zählte ich auf die Leute, die Soares mir notiert hatte; einer von ihnen könnte mir sicherlich helfen, von der Insel wieder wegzukommen, glaubte ich da noch.

Soweit auszumachen war, drehte sich das Gespräch der Ratsversammlung um den Reichtum, den man sich vom Dammbau erhoffte, und was man damit anstellen wollte. Es war von einem nadelförmigen Wolkenkratzer die Rede, mit dem man es dem alten Doha gleich machen wollte, um die im Verfall begriffenen Dynastien der Nahajans in Abu Dhabi, der Maktums in Dubai, der Sabahs in Kuwait und der Thanis in Katar zu übertrumpfen.

»Das sind Fehden«, hatte mir Henderson zuvor erläutert, »wie unter den Borgia, Medici und Sforza im alten Italien. Die sich alle auch gegen die Saudis richten – weshalb sie Thaut als ihren grossen Protektor umschmeicheln. Aber natürlich insgeheim auch gegen ihn agieren. Haben Sie von dem gescheiterten Anschlag gehört?«

Ich verneinte.

»Da hat sich einer das Rectum voll mit Sprengstoff gestopft, um ihn zu beseitigen, sich aber bloss selber in die Luft gejagt. Ich musste mir die Sauerei dann anschauen, weil man mich beizog – ohne dass am Ende klar geworden wäre, wer den Attentäter dazu angestiftet hatte. Es war ein Katari, der in eine der hiesigen Familien eingeheiratet hat. Ich konnte Thaut damals nur mit grösster Mühe davon überzeugen, dass ein solcher Anschlag nicht im Interesse der Insel sein könnte. Aber es fehlte nicht viel und er hätte seine Drohung wahrgemacht, die Insel mit seiner Miliz zu besetzen.«

Wir begaben uns in einen fensterlos dämmrigen, dadurch aber kühlen Saal und setzten uns an die Festtafel, Henderson zur Rechten, der feiste Sajid zu meiner Linken. Die Ecken dieses alten arabischen Baus wurden von halben Säulen gebildet, die sich in den einander überspannenden Vorwölbungen von Muqarnas verzweigten, abstrakten Ästen gleich, die von ihren Stämmen zu einer Krone ausgriffen, welche die Decke über uns zierte.

Nach einer endlosen Reihe von Vorspeisen wurden Schüsseln voller Couscous und Lammfleisch aufgetragen. Wir assen mit blossen Händen, Hirsebällchen formend, Fleischstückchen aus der Brühe fischend, Fett von den Fingerspitzen leckend. Sajid, der seinen Turban abgelegt hatte, ölige Locken darunter, fragte mich über Henderson, wo ich denn die Bekanntschaft seiner Schwester gemacht hätte. Ich antwortete wahrheitsgemäss, noch nie die Ehre gehabt, jedoch bloss das Beste über sie und ihre Familie gehört zu haben. Ob er mir das abnahm, war nicht zu sagen.

Dann kam der Höhepunkt des Festes. Eine Reihe von Domestiken marschierte mit Tellern ein, die sie uns einzeln vorsetzten. Ich war etwas vorschnell und hob die Tonhaube darüber ab, als Sajid mir auf die Finger klopfte. Darunter hatte ich einen kleinen Vogel gesehen, der auf dem Rücken lag, gerupft und ohne Beine, Kopf und Schnabel aber noch dran.

Henderson beugte sich zu mir. »Das ist die grösste lokale Spezialität, ein Ortolan.«

Ich musste ein mehr als erstauntes Gesicht gemacht haben, das ihn amüsierte. »Ein Singvogel. Selbst wenn Sie noch nie einen gesehen haben sollten, haben Sie ihn sicher schon gehört.« Er pfiff die ersten Takte von Beethovens 5. Symphonie. »Das ist sein Lockruf.« Um darauf zu erklären: »Man fängt ihn in Netzen, wenn er nach Süden zieht. Dann stechen sie ihm die Augen aus. Ohne Schmerz auch kein Genuss.«

Ich liess ihn weiterreden. »Er weiss so nicht mehr, wann es Tag und wann Nacht ist, und frisst ständig. Sie mästen ihn mit Hirse.

Und sobald er fett genug geworden ist, ertränken sie ihn in Palmwein. Danach wird er in speziellen Töpfen in Fett gegart. Mit ein wenig Salz und Pfeffer, aber samt Knochen, Blut und Organen.«

Die Diener waren inzwischen wieder zurückgekommen und überreichten jedem von uns ein breites, kunstvoll besticktes Tuch. »Sie müssen es sich über den Kopf ziehen. So inhalieren sie erst seinen Duft, bevor Sie ihn essen.« Ich sah den anderen zu, wie sie es sorgsam über ihre Turbane breiteten und darunter verschwanden. Nur noch die Hände standen heraus, mit denen nun die Hauben von den Tellern genommen wurden.

Sajid griff hinter meinem Rücken Hendersons Arm, zum Zeichen, dass er mir etwas übersetzen solle. »Unsere Seele, meint Seine Exzellenz, ist wie das Aroma dieser Fettammer; sie bleibt unter unserem Tuch, ohne sich zu verflüchtigen.« Hendersons Ton blieb völlig nüchtern. »Derart gehen ihr Geruch und ihr Geschmack ineinander auf. Während wir gleichzeitig unsere Gesichter vor Gott verbergen, wenn wir den blinden Vogel verzehren. Denn auch die menschliche Seele ist ja nicht ohne Makel.«

Mir war nicht ganz klar, was damit ausgedrückt werden sollte, aber ich nickte, als wäre ich für diese Weisheit dankbar.

»Sie dürfen den Kopf natürlich abbeissen und beiseite legen. Das ist keine Schande. Alles andere aber müssen Sie essen.«

Er übersetzte mir weiter Sajids Rede, der mir das Tier offenbar am liebsten in den Mund gestopft hätte. »Nehmen Sie den Ortolan langsam in den Mund. Und nach dem ersten himmlischen Rausch des Fettes, erst danach, fangen Sie an, ihn zu kauen. Ganz langsam.«

Damit verschwand Hendersons Kopf unter der Serviette. Die Blicke des Scheichs auf mich gerichtet, tat ich es ihm nach und nahm den Vogel vom Teller. Ich hielt ihn mit Fingerspitzen.

Zu meiner Rechten hörte ich ein fast schon orgiastisches Stöhnen. Wohl vom Fett in seinem Mund. Ein feines Knacken war zu vernehmen; Henderson war jetzt am Zerkauen.

Ich beugte mich vor und legte meinen Kopf leicht zurück, froh, dass mich keiner dabei sah, führte den Vogel an meine Lippen und öffnete den Mund. Meine Zähne fanden seinen Nacken. Als ich ihn durchbiss, gaben seine Knöchelchen gleich nach, worauf ich das Köpfchen des Vogels auf den Teller gleiten liess. Mich schauderte unwillkürlich. Das ist das rechte Wort. Es war kein Ekel, eher ein fasziniertes Grausen, während der Körper des Vogels nun auf meiner Zunge lag, gerade so gross, um den ganzen Mund zu füllen, weich und doch fest genug, um noch das Skelett darin spüren zu können, einen Moment lang, bevor ich die Lippen schloss und der warme Strom seines Fetts mir am Gaumen entlang in die Kehle rann, üppig und delikat zugleich.

Und dann begann auch ich zu kauen. Der erst leicht an Haselnüsse erinnernde Geschmack gemahnte bald an Wild, das wenige an Blut und Fleisch und die Organe, Lunge und Herz, süsslich bitter wie alter Honig. Ich kaute und kaute, bis ich den Mund voller Knochensplitter hatte, die am Gaumen kratzten und stachen, wie um alles Köstliche wieder abzuschaben, einem realen Sarkasmus gleich, bis ich den Vogel schliesslich hinunterschluckte und nur sein Nachgeschmack zurückblieb, blasser, fader und sich mit meinem eigenen Blut mischend.

Ich zog mir die Serviette wieder vom Kopf. Der Scheich am Ende der Tafel hatte als Einziger keinen Teller vor sich, als wollte er sich dem Genuss dieses Vogels vor allen anderen nicht einmal unter einem Tuch überlassen, oder eher: sie bei ihrer tierischen Gier beobachten. Ich ignorierte seinen Blick und griff nach meinem Becher Palmwein. Mit einem tiefen Schluck wusch ich mir den Geschmack des Vogels aus dem Mund. So ist es mit vielen Dingen, die intensiv sind, doch schlecht werden, sobald sie zu lange dauern.

Auch Henderson war mittlerweile fertig geworden und flüsterte mir ins Ohr. »Ich hasse diese zeremoniellen Essen. Das haben Sie mir eingebrockt. Aber der Vogel war gut.« Er wischte sich die Lippen ab. »Sie sollten übrigens nicht glauben, dass Sie den Scheich täuschen konnten. Er weiss genau, wer Sie geschickt hat. Anders wären Sie nicht auf die Insel gekommen.«

Verstohlen sah er auf seine Uhr. »Vielleicht aber ist es ein Glück, dass er Sie für Thauts Emissär hält. Er könnte Sie sonst auch in Gewahrsam nehmen. Falls er das nicht ohnehin vorhat.« Er warf ein Auge auf Sajid, der sich mit einem letzten Schmatzen das Tuch vom Kopf riss. »Nehmen Sie sich in Acht. Man könnte Sie als nützliche Geisel sehen.«

Da überkam mich zum ersten Mal Angst. Mir wurde in aller Deutlichkeit bewusst, dass ich nun zwischen allen Stühlen sass.

»Man wird es nicht wagen, einen Reporter des *Herald* festzusetzen.« Ich merkte selbst, wie hilflos das klang.

Henderson verzog nur die Stirn. »Hier werden ohnedies alle Berichte zensuriert. Die zuerst durch meine Hände gehen. In der unklaren Situation jetzt allzumal. Das gilt umso mehr für ausländische Zeitungen. Hier gelten sie nichts.«

Meinte er mit dem ›sie‹ nun die Zeitungen oder mich? So oder so war ich völlig auf mich allein gestellt. Niemand wusste, dass ich mich auf der Insel befand. Und alle etwaigen Nachfragen würden in Havilah enden, wo man nur mein spurloses Verschwinden feststellen würde.

Ich wechselte lieber das Thema.

»Wie kommt man eigentlich darauf, einen solchen Vogel zu kredenzen?« Es kam mir vor wie das Essen, das man Adama vorgesetzt hatte. Dabei war es das letzte richtige Mahl, das ich gehabt habe.

»Es war das traditionelle Festessen der Osmanen. Mit dem am heutigen Jahrestag auch die Unabhängigkeit von ihnen gefeiert wird.« Da Sajid uns nun zuhörte, ging Henderson darauf nicht näher ein, um sich nicht auf lange Reden darüber einzulassen.

Die Diener brachten nun Kaffeekannen aus Messing und gossen den zum Ritual gehörenden bitteren Kaffee ein. Henderson winkte ab. »Sie kommen jetzt besser mit. Ich muss mich hier entschuldigen und in Erfahrung bringen, was es Neues zur Lage am Damm gibt. Über die es aber bloss offizielle Verlautbarungen geben wird.«

Henderson erhob sich und ging zum Ende der Tafel, um sich von ›Sir Suleiman‹ zu verabschieden; ich tat es ihm nach. Als er sich darauf zum Gehen wandte, fasste der Scheich mich am Arm und äusserte einige kurze Sätze.

»Sie haben nun erreicht, was Sie wollten. Sie bleiben hier«, informierte mich Henderson. Um nach einigem Zögern anzufügen: »Keine Sorge. Ich werde Sie abholen lassen.«

Ich bedankte mich bei ihm mit ehrlicher Erleichterung und gab ihm die Hand. Er drückte sie nicht.

Zurück auf meinem Platz war ich ein Gast, der zwar reden durfte, aber die Antworten nicht verstand. Die Diener stellten brennendes Sandelholz auf den Tisch und brachten Wasserkaraffen und Schüsseln, damit wir uns die Hände reinigen konnten, über die sie dann Rosenwasser spritzten. Das war offenbar das Zeichen, dass die Tafel nun aufgehoben wurde, und so trat die Runde nach gegenseitigen Wangenküssen den Heimweg an. Mich liess man weiter am Tisch; ich gehörte nun nirgendwo mehr dazu.

Ein Domestike führte mich später eine Wendeltreppe hoch in das obere Stockwerk. Auf einer Bank in einer der tiefen Mauernischen sass der Scheich; er bedeutete mir, ihm gegenüber Platz zu nehmen. Das Fenster war von einer kunstvoll gedrechselten Mashrabija verschlossen, durch die nur wenig Sonne drang, in den geometrisch verzerrten Mustern des Schattens ein Tonkrug. Er wies auf die Innenseite des Ganges, der zur Gänze von solchen hölzernen Persianen gebildet wurde, wie um mir etwas zu zeigen. Ich fühlte mich durch diese Holzgitter beobachtet, ohne dass zu sagen war, ob sich dahinter auch wirklich Augen auf uns richteten.

Der Scheich schenkte mir in einen Becher ein und ich trank

von einem Wasser, das wie mit Kampher versetzt war, scharf, leicht bitter und kühl im Mund. Er studierte mich, zog mir den Umhang über meinem verknitterten Jackett zurecht, streifte wie zur Prüfung mit seinen Fingern darüber und seufzte dann unmerklich, als wartete er, dass ich ihn ansprach. Allein ich wusste nicht, womit, und wagte es auch nicht, völlig unsicher geworden. Er zog an der Shisha, die er neben sich stehen hatte und von der ein Geruch nach Zimt aufstieg. Jeder Zug blubberte in dem Glasgefäss darunter, der danach ausgeblasene Rauch Schemen ins Licht zeichnend, das durch die Mashrabija fiel.

Ich merkte, wie mir etwas zu Kopf stieg, ob vom Tabak oder vom Trank, und ich allmählich das Gefühl bekam, ausser mir zu sein, mir zu entgleiten in diesen über mich hinweggehenden Blicken, als wäre dies die letzte Gelegenheit, einen Satz zu formulieren, den ich nicht über die Lippen brachte. Mir wurde heiss, wie von zu viel Blut. Um eine Brise an der Wange zu spüren, rückte ich näher an die Persiane und starrte durch ihre Ranken. Wenn ich die Augen zusammenkniff, was mir immer schwerer fiel, konnte ich durch die geschwungenen Schlitze den Strand unterhalb des Palastes erkennen, das Meer, wie es sich davor laut brach, dass es wehtat in den Ohren, um dann flach und träge über den glitzernden Sand zu waschen. Schliesslich nahm ich eine Gestalt auf dem weissen Strand wahr, die über ihn zu wandeln schien, ob fort oder hin zu mir, weiss ich nicht; sie war allein und verhüllt, doch das mochte auch langes dunkles Haar sein. Sie schien ein Gefäss in der Hand zu halten, in der rechten oder linken, um Wasser ins Meer zu giessen oder es daraus zu schöpfen, sie beugte sich, an ihrem Ohr ein vogelartiger Schmuck, oder war es ein Vogel, der im Wind stand, es überkam mich wie ein Déjà-vu, ohne dass ich etwas Derartiges je zuvor erlebt hätte. Die Sonne stand um die Figur und bildete eine Aura, deren Farbe unkenntlich blieb und dennoch etwas Bekanntes hatte, ein Nachbild, als hätte ich auf Hellrotes oder Hellgrünes geblickt, das mich blendete, sodass ich die Lider unwillkürlich schloss und sich in ihrem Schwarz eine leuchtende Silhouette abzeichnete, zum Greifen nahe und dennoch unfassbar.

Der Scheich fixierte mich, er fächelte sich mit der Hand seinem Gesicht zu, ich hörte ihn ›Hava‹ sagen, und da spürte ich eine Enge um den Hals. Mein Bauch verkrampfte sich, mit einem Schlag überkam mich eine derartige Übelkeit, dass ich zu würgen begann, fest die Zähnen zusammenpresste und nicht anders konnte, als aufzustehen. Ich wollte rennen, aber die Beine waren zu weich, ich merkte, dass ich leicht taumelte, und riss mich zusammen, so gut ich es noch vermochte, Schritt um Schritt, bis ich nicht mehr an mich halten konnte und mich übergab in die offene Hand, die ich mir vor den Mund presste, das Erbrochene durch die Finger quellend, die Wendelreppe hinunter, auf deren glatten Stufen ich fast ausgerutscht wäre, um irgendwie hinaus ins Freie zu finden und mich neben dem Eingang auszukotzen wie ein Hund, gespreizt und lechzend.

XXX

Ich beugte mich vornüber und kropfte. Es war, als erstickte ich, bis ich schnappartig wieder Luft bekam; eigenartigerweise war das Erste, was ich tat, mit den Schuhen Sand über das ausgespiene Essen zu scharren. Und da stand Hamed neben mir; ich war nie froher, nicht gänzlich allein zu sein. Er nahm mich beim Arm und ging mit mir zu einem Baum, wo ich mich hinhockte, den Rücken am Stamm, um mich ein zweites Mal ächzend zu übergeben. Dann verschwand Hamed und ein unseliges Gefühl der Verlassenheit breitete sich in mir aus, bis er endlich zurückkam und mir aufhalf. Ich stützte mich auf ihn und liess mich willenlos führen; mit seiner Hilfe legte ich mich auf einen Eselskarren, den er aufgetrieben hatte. Alles drehte sich in mir, drückte auf den Leib. Ich muss ohnmächtig geworden sein; ich kam erst wieder zu Bewusstsein, als wir durch die Dattelhaine fuhren. Hamed stachelte den Esel an und die Schlaglöcher des Weges rüttelten mich wach genug, um mich wenigstens aufsetzen zu können.

In diesem Dämmerzustand gelangte ich zurück in die Stadt. Ich fühlte mich so kraftlos und fiebrig in der Hitze, dass mir egal war, wohin er mich brachte; mir war alles recht. Hamed redete auf mich ein, ohne dass ich anfangs etwas verstand, bis ich begriff, dass er über einen der Diener des Palastes jemanden gefunden hatte, der uns mit einem Boot zurück zum Festland bringen könnte. Er hielt im Schatten einer Gasse vor dem Hafen und wollte Geld. Erschreckt suchte ich den Waschbeutel, den ich mitgenommen hatte, bis ich merkte, dass Hamed ihn bei sich hatte, das Portemonnaie jedoch nach wie vor in meiner Anzugjacke steckte. Ich schüttelte den Kopf und rieb mir das Gesicht, um wieder klarer zu werden. Ich versuchte zu überlegen, die nächsten Schritte abzuwägen, und sah dennoch nicht weiter als bis zu den Hütten und der Pier dahinter.

Hamed wartete nicht; er ignorierte, dass ich ihm nachrief. Natürlich wollte er längst zurück, ihm war alles zu unübersichtlich geworden. Auch ihn drängte es nach Hause, zu seiner Familie, seinen Freunden, seinen Geschäften: ist es nicht das, was uns ein Gefühl der Sicherheit verleiht, selbst wenn sie sich als trügerisch erweist? Denn was er wie ich fürchten musste, war das, was nach der Explosion geschehen sein konnte, nicht nur an der Küste, sondern auch in Havilah. Es war nicht zu sagen, wie weit sich die Wolke ausgebreitet hatte: Ungewissheit beunruhigt uns am meisten, obwohl wir eigentlich froh sein müssten, Schrecken so lange wie möglich ausweichen zu können. Ich hatte nirgendwo einen Zufluchtsort, meine Heimat war zu weit weg, ich wusste nicht einmal recht, wo jenseits des Horizonts sie überhaupt lag. Als gäbe es bei einem Meldezettel jetzt nichts mehr zu nennen und anzukreuzen, nur noch die Leere zu unterschreiben, in die ich geraten war, körperlich zu schwach, um mich darin noch zu behaupten.

Ich blickte auf meine Uhr, es war kurz vor vier, und Hamed stand draußen auf der Pier, als sich ein breiter Schatten über die Gasse und die Buden ausbreitete und dunkel weiterglitt. Ich sah auf und erblickte die Nase eines Zeppelins, die leicht gegen den Wind erhoben war, die Rosette, in der das Tragskelett zusammenlief, dann die Kabine, aus der Gesichter in Uniformmützen herabstarrten, nahe genug, um einzelne Züge zu erkennen, der erst völlig lautlose Luftzug zunehmend vom Motorengeräusch der Propeller dahinter übertönt, bis auch die Heckflossen sichtbar wurden. In seiner schwerelosen Macht ähnelte der Zeppelin einer Erscheinung Gottes, die gleichgültig und gelassen über unseren Häuptern hinwegzog, die Demonstration von etwas Übergeordnetem, das alle Gesetze ausser Kraft zu setzen schien, angsteinflössend in seiner ungreifbaren Massivität, als wäre in der glitzernden Hülle ein Himmel zusammengepresst worden, der jeden Moment platzen und seine Gaswolke auch über uns herabbringen könnte.

Ich raffte mich von dem Karren auf und ging Hamed nach, der wie alle anderen auf der Mole dem Zeppelin nachstarrte. Er fuhr hinaus, schwebte jenseits der Stadt und den Palmkronen eine Weile über dem Damm, eine ominöse Silhouette, die nicht zu einem Punkt schrumpfen wollte, umkehrte und wieder zurückkam, sein Schatten auf der Meeresbucht einem durch die Dünung stechenden, flachen Torpedo gleich, der unbeirrbar nach einem Ziel suchte. Es hingen keine Lasten an ihm; also war der Zeppelin auf Patrouille, einem Suchflug; das war mein nächster Gedanke. Er musste auch den anderen gekommen sein, denn offenbar trieb er den Preis dessen, was Hamed mit einem jungen Fischer verhandelte, in exorbitante Höhen.

Unter diesem Eindruck von Bedrohung hatte ich nur eins noch im Sinn: möglichst fort und davon, so schnell es ging, hinüber zu der Küste im Osten, nach Katar. Ich machte Hamed das unzweifelhaft klar. Er nickte und redete weiter mit dem Fischer, den er zu kennen schien, der mich jedoch umso misstrauischer ansah. Ein blosses Ja oder Nein genügte da nicht. Also zeigte ich ihm ein Bündel Geldscheine, worauf er sich freundlicher anstellte. Ich machte das Zeichen für Trinken und der Fischer bedeutete mir, in seine Dhau zu steigen. Dort goss er mir aus einem Kanister warmes Wasser in die Hand, das ich gierig hinunterschluckte.

Wir legten ab und ich sah mich auf dem Boot um. Neben den Rudern lagen Steinquader und Stricke, doch kein einziges Netz, es war also wohl ein Perlentaucher und einer, der aus Damman stammte, denn den Namen hörte ich mehrmals, worauf ich nach Katar hinüberdeutete. Beide nickten, ohne mir weiter Beachtung zu schenken, Hamed dabei, ihm beim Setzen der Segel zu helfen.

Wir nahmen gerade Kurs in die Bucht hinaus, als ein Kanonenboot hinter der Landzunge hervorkam. Wir segelten weiter, aber da hielt es schon auf uns zu. Wir wurden angerufen und gezwungen, beizudrehen und zur Inspektion an Bord zu kommen. Ich konnte keine Papiere vorweisen, doch alles Reden half nichts; der Offizier wies mit dem Lauf seiner Maschinenpistole unter Deck. Und so wurde ich in eine Kabine gestossen, in der bereits Atam sass, seine Geschichte und die meine nunmehr dieselbe.

18

Es wird gerne übersehen, dass jede Familie einmal von irgendwoher gekommen ist und sich ihrer Herkunft noch lange erinnert – so wie man es auch bei mir und vielen anderen Rekruten vergass, ohne dass wir dies taten, gleich wieviele Jahre wir schon Dienst an fremden Grenzen schoben. Der Chemiker hatte noch Angehörige in Beludschistan, die all ihr Erspartes zusammengelegt hatten, um seinem Neffen die Fahrt nach Abadan zu ermöglichen, in der Hoffnung, er könne dort zu einem besseren Leben antreten: um Monate später zu erfahren, dass der junge Mann beim Grenzübertritt umgekommen war, und über Umwege dann auch, auf welche Weise.

Das Verlangen nach Rache kann zu einem Fluch werden, den uns der Glauben abzuwehren lehrt. Als Vergeltung berechtigt ist sie allein, wenn sie Ausgleich für ein geschehenes Unrecht schafft – damit wurden vom Heereskommando ja unsere immer unmenschlicheren Strafmassnahmen begründet. Sie dürfen jedoch nur die Verantwortlichen treffen. Und das war, nach allem, was wir wussten, die Leitung des Dammbaus, welche die Errichtung der inneren Grenze in Fortsetzung des nördlichen Brückenkopfes betrieb.

Jedenfalls erwähnte der Chemiker dem Mandäer gegenüber einmal in einem unbedachten Moment, er habe die Vergeltung für seinen Neffen jenem Gott überlassen, der seine schützende Hand über den Damm hielt, als Gottesurteil, ohne dass wir recht schlau daraus wurden, da wir nur wenig über diesen Bau zu hören bekamen. Die Bitterkeit des Chemikers aber liess diesen schliesslich zu einem willigen Gehilfen für die Pläne des Mandäers werden, der auch mich mit in sie hineinzog, wohl oder übel: sie entsprachen meinen inneren Überzeugungen, auch wenn ich mich mit den Mitteln, sie umzusetzen, nie ganz anfreunden konnte.

Doch je konkreter die Vorbereitungen Gestalt annahmen, desto weniger vermochte ich mich ihnen noch zu entziehen: die Linie, ab der ich in den Augen des Gesetzes Schuld auf mich lud, war allzu schnell überschritten.

Verstrickt darin, konnte ich so nicht mehr zurück, wollte ich nicht, im wahrsten Sinne des Wortes, auch meine Haut verlieren. Ich war kein Selbstmörder, auch wenn daraus schliesslich ein Himmelfahrtskommando wurde. Denn da ahnte ich noch nichts von den eigentlichen Hintergründen. Ich wurde bloss darin eingeweiht, dass im Bauhafen der Schleuse in Damman ein Lastkahn anlegen würde, dessen Fracht mehrere Fässer eines neu entwickelten Gas-Öl-Gemisches umfasste; es sollte von da zu den Truppen nach Bandar Abbas gebracht werden. Meine Aufgabe war es, einen Zeitzünder an Bord zu schmuggeln, der es erlauben würde, mich rechtzeitig abzusetzen, bevor das Schiff auslief.

Um dies zu bewerkstelligen, trat ich den mir nach all den Jahren zustehenden Heimaturlaub an. Ich setzte nach Damman über, unter dem Vorwand, auf dem dort besser ausgebauten Landweg schneller nach Hause zu gelangen. Die Reisegenehmigung liess einen kurzen Aufenthalt in Havilah unauffällig erscheinen, zumal ich dort den Kinovorführer kannte, den es ebenfalls aus meiner Heimat in dieses Lager verschlagen hatte. Ich stieg im Hotel ab, mein Musikinstrument wies mich ungeachtet der Uniform vor neugierigen Augen als Gast aus, und ich hatte einige Zeit damit zu tun, einen Weg zu finden, um ungesehen am Bauhafen auf den Lastkahn zu gelangen und den Koffer mit dem Zünder zu deponieren.

Abharahs Kutter hätte mich dann, nach einem Umweg über Dilmun, zurück nach Damman gebracht, um von dort daraufhin wirklich die Heimreise anzutreten, ohne dass ein Verdacht auf mich gefallen wäre. Was auch gelungen wäre, hätte der Zeitzünder die Fässer nicht einen ganzen Tag zu früh zur Explosion gebracht.

Das war kein Konstruktionsfehler, davon bin ich jetzt überzeugt. Zum einen hatte der Mandäer den Mechanismus so gebaut, dass ich nur noch einen Schalter betätigen musste, um ihn scharf zu machen, und er war für seine Sorgfalt bekannt. Zum anderen war gezielt nach meiner Person gesucht worden, wie ich merkte, als ein Patrouillenboot unseren Kutter aufbrachte, mit dem ich in schlecht improvisierter Abänderung aller Pläne nach Katar zu flüchten vorhatte. Dass Ostrich sich an Bord befand, war nicht abzusehen. Mich an die Behörden zu verraten, dazu war nur der Mandäer in der Lage gewesen. Doch da er dies schon lange zuvor hätte tun können, drängt sich die Frage auf, weshalb man nicht zuvor eingeschritten war, um mich samt meinem Koffer als Corpus Delicti festzunehmen.

Die einzige Antwort, die ich darauf finde, ist, dass dies alles von langer Hand geplant war und der Mandäer mich nur als Strohmann benutzte. Soll heissen, dass das Sonderkommando, dem der Mandäer angehörte, einen Anschlag auf die eigenen Leute mit mir als Handlanger durchgezogen hatte, um die Angst auch weit hinter die Front zu bringen und die Bestialität der Grenzeinsätze vor der Öffentlichkeit damit zu rechtfertigen. Ausser das Heereskommando wollte sich damit direkt gegen Thauts Projekt stellen, was ich jedoch weniger glauben, letztlich aber nicht ausschliessen kann. Wie ich selbst feststellen konnte, stand Thaut mit den Generälen auf bestem Fuss, verdienten sie über gemeinsame Vorhaben aneinander. Möglicherweise war er ihnen darüber jedoch zu einflussreich geworden, sodass sie mit dem Anschlag weniger das für sie nützliche Dammprojekt als ihn selbst zu Fall bringen wollten.

Dass die Explosion einen Tag zu früh erfolgte, mag hingegen die Absicht verraten, sie mit dem Feiertag auf Dilmun zusammenfallen zu lassen und sie derart dem Emirat unterzuschieben. Das sind jedoch alles Überlegungen, die ich solange für mich behalten will, bis ich vor einem Richter stehe.

VIER MONATE SPÄTER

XXXI

Die Anfälle von Sumpffieber, die mich nach dem Transport die ersten Wochen ans Bett fesselten, haben sich inzwischen gelegt. Sie haben mich derart ausgezehrt, dass sich die Haut nun über den Knochen spannt. Auch sind meine Augen entzündet vom ewigen Wind morgens und abends, dem Salz und Staub in der Luft. Die Lidränder sind ganz rot, und es gibt keine Salbe, um sie abzuheilen. Das brackige Wasser aus dem Brunnen macht, glaube ich, alles noch schlimmer, und meine Wangen zucken in einem dauernden Tick. Beim Erwachen sind die Augenwinkel verkrustet, die ersten Minuten noch linde, bis sie wieder zu brennen und zu beissen beginnen. Heute versuche ich es mit ein wenig Öl, wenn ich ungesehen in die Küche komme; Fett wäre vielleicht besser.

Manchmal stehen mittags dunkle Luftsäulen in dem Flirren über dem Salzsee. Sie gleichen Rauchsäulen von grossen Feuern, denke ich mir jedesmal. Doch da die Gegend unbewohnt ist, sind es wohl nur Tromben, welche die Hitze über den Staubflächen aufsteigen lässt und dann fast unbeweglich in der Luft hält. Offenbar ist das Verlangen nach anderer Gesellschaft, auch bei unserem stumm gewordenen Dutzend von Soldaten, das Sehnen nach dem Leben in der Stadt, einem Dorf mittlerweile so gross geworden, dass wir uns gern solchen Sinnestäuschungen überlassen.

Das kleine Fort bietet Überblick auf das Terrain. Es wurde aus Blöcken errichtet, die aus der Salzkruste des Sees geschnitten und auf eine Anhöhe geschleppt wurden, welche von Steinpfeilern umkränzt wird. Vom Wind zu bizarren Formen ausgeschliffen, stellt ihr Karmesinrot fast das einzig Farbige zwischen dem monotonen Weiss des Salzsees vor uns und dem Grau der Wüste hinter uns dar. Gegenüber ist auf einem Hügel noch die runde, aus Basaltbrocken aufgeschichtete Grundmauer eines Aussichtsturms zu erkennen, der irgendwann unter Xerxes diese Gegend bewacht haben mochte.

Das Reduit besteht aus drei fensterlosen Innenräumen, in die nur durch seitliche Luken etwas Licht dringt. Es wird von einem schmalen Wehrgang mit Schiessscharten nach allen Seiten umlaufen; angeschlossen daran liegt ein Pferdestall und das Küchenhäuschen. Der Boden ringsum ist mit grauen Muschelschalen übersät, die wie Schneckenhäuser eingerollt sind oder sich zu spitzen Spiralen aufdrehen und unter den Stiefeln zerbröseln.

Auf der Ebene darunter, dort, wo die Dasht-e Namak beginnt, markiert ein Mauerkreuz den Kopf der Landepiste, an deren anderem Ende ein zerrissener Windsack auf einem Holzpfahl hängt. Einen wirklichen Schutz vor dem Sand und Salz bietet das Mauerkreuz den Motoren wohl kaum; seitdem die Besatzung hier stationiert wurde, ist aber ohnehin kein Flugzeug gelandet, seit mehr als einem Jahr. Wir haben nur manchmal eines im Erkundungsflug draussen über dem Salzsee hinwegbrummen und eine Schleife über uns ziehen gesehen, kurz mit dem Flügel wackelnd. Danach verschwand es wieder über der Wüste.

An diesem Mauerkreuz vorbei verläuft ein ausgetretener Pfad, der ebenfalls Gott weiss wie alt sein mag. Unzählige Verzweigungen führen zu den offenen Flächen hinaus, wo seit jeher Salz abgebaut und mit Kamelen ins Hinterland verbracht wurde, bis die moderne Technik diese mühsame Art der Gewinnung selbst für die Beduinen nicht mehr lukrativ machte und die hinter uns liegenden Grenzwälle die Karawanenzüge schliesslich gänzlich unterbanden. In diesen rechteckig mit Spaten ausgestochenen Tagbrüchen steht knietief Wasser, wie auch in den Quelllöchern ringsum. In manchen ist es giftig grün und gelb und rot gefärbt, von irgendwelchen Mikroben, die darin kopfgrosse Kuppeln bilden, welche sich beim Austrocknen zu einer Art Kalksinter verfestigen.

Sie stellen das einzige Leben ausser unserem dar, so man dabei von Leben sprechen kann. Nein, denn da ist noch ein Falke, der manchmal über uns kreist, wobei ich mich frage, welche Beute er hier findet. Und ein Wüstenfuchs, kein Fenek, sondern grösser und sein Schwanz buschiger. Er stattet uns in manchen Nächten Besuch ab, um in unserem kargen Müll zu wühlen. Seine Spuren sind jedoch immer erst morgens zu erkennen. Nur einmal wagte er sich näher an das Küchenhäuschen, aus dem das Licht der Öllampe drang, sodass wir seinen Umriss sahen, bis er uns roch und davontrabte. Und manchmal sind da kleine, schwarz-weisse Vögel, die Steinschwalben genannt werden; ihr Gezwitscher durchdringt die Stille und den Wind dann wie die Erinnerung an etwas in der Ferne Verlorenes.

Meine Aufzeichnungen sind mehr oder minder abgeschlossen; Atam will seinen Worten nichts mehr hinzufügen, und mir fällt kaum noch etwas ein, was in dieser Kladde noch ergänzt werden müsste. Solange mein Bleistift über das Blatt gleiten und ich überlegen konnte, wie mit dem nächsten Satz den Ablauf der Ereignisse erfassen, verging die Zeit – um jetzt in diesen Zeilen stillzustehen. Alles dazwischen jedoch, das, was Natur ist, bleibt ausgespart, als wären wir nie je in der Lage, die Gesamtheit unserer Erfahrungen und der Welt um uns zu erkennen. Als lebten wir allein im Bestreben, den gewaltsamen Veränderungen des Daseins auszuweichen, alten Gewohnheiten und Vorgegebenem folgend, bis uns das Versäumte und Verdrängte einholt.

Wie diese Seiten nennen? Sie sind eine Darlegung der Ereignisse, in denen Atam involviert und von denen ich betroffen war, eine Verteidigungsschrift und eine Gedächtnisstütze für den Tag, an dem wir einem Richter vorgeführt werden. Was immer fraglicher scheint. Die Tatsache, dass man uns an diesen Ort verbracht und nicht in einem Gefängnis in Haft genommen hat, besagt bereits einiges. Doch was? Es drängt sich der Schluss auf, dass man sich unserer stillschweigend entledigen möchte, ohne dass wir bei einem offiziellen Prozess in Erscheinung treten. Dann vermag wenigstens diese Kladde Auskunft über uns zu geben, wiewohl dies wahrscheinlich ohne Belang mehr sein wird. Da ist niemand, der mich vermisst. Atams Familie wird wohl auch nie etwas von ihm erfahren, was ihn aber weniger zu kümmern scheint, weil er weiterhin glaubt, all dies sei Teil seines Auftrags. Er scheint immer noch auf den Befehl zu warten, der ihn zurück zu seiner alten Kompagnie beordert. Und wem diese Kladde überlassen? Welcher der Soldaten wäre vertrauenswürdig genug, von wem könnte ich mir erkaufen, dass er sie verlässlich weitergibt? Ich besitze nichts mehr, das jemanden zu solchen Heimlichkeiten verführen könnte, die, wenn sie aufflögen, ihm nur Unbill einbrächten. Und wem wäre sie dann zu übergeben? Dem *New York Herald*. Doch wie? Über einen zufälligen Reisenden, der angesichts der verschärften Lage völlig unwahrscheinlich ist. Und wieder: was würde es mir bringen? Obwohl es vielleicht meine letzte Rettung ist, im Falle einer Haft, dass die Welt von den Ereignissen erführe und meinem Unbeteiligtsein am Anschlag auf den Damm.

XXXII

Atam kauert im Schatten. Oder er zieht sich ins Innere auf sein Strohlager zurück, um an die Decke zu starren. Ihm geht der Tabak ab; er versteht aber ihn einzutauschen, indem er den Soldaten Geschichten erzählt, Legenden aus seiner Heimat, was immer, während ihre Neugier auf das, was ich zu erzählen hätte über Amerika, die Sehenswürdigkeiten und Besonderheiten dort, erlahmt ist, ja zu Misstrauen aufgrund der von mir geschilderten Errungenschaften geführt hat. Was ich sonst an Wissen anzubieten hätte, interessiert keinen; es ist irrelevant geworden. Und von der Situation auf der Arabischen Halbinsel, in Havilah, Damman und auf Dilmun, über die ich zu berichten versucht habe, will keiner etwas hören, um nicht in unsere Probleme hineingezogen zu werden.

Nachts höre ich manchmal, wie er masturbiert. Mir ist längst alle Lust abhanden gekommen; ich hätte nur Lilis Körper vor Augen, ohne dass mir die Erinnerung daran eine Verlockung bescheren würde. Einmal niedergeschrieben, ruft sie vielmehr mein Versagen und ein Gefühl völliger Trostlosigkeit wach. Mit der Leere der Tage, der Dürre der Landschaft, dem kargen trockenen Essen ist jedwede Sehnsucht abstrakt geworden, so blass wie alles Vergangene, das nun immer irrealer erscheint angesichts der Eintönigkeit und Unausweichlichkeit unserer Lage. Es ist ein Nachleben bereits zu Lebzeiten, ein Purgatorium, in dem es nichts mehr zu bereinigen gibt, nur noch zu sühnen.

Einzig im Licht morgens und abends fühle ich mich als der, welcher ich war, eigentlich bin oder sein könnte, ohne dass ich wüsste, was davon. Die Dämmerung vor dem Tagesanbruch, wenn die Luft noch frisch ist, fast kühl, nimmt auch der Landschaft ihre Unwirtlichkeit. Sie zeichnet im Süden die blasse Kontur eines Gebirges an den Horizont, hinter dem ein noch ferneres Meer liegt, bis die Sonne in ihrer Grellheit jeden Gedanken an eine Rückkehr wieder auslöscht. Dann setzt binnen nicht einmal einer Stunde die Hitze ein, die einem alles Denken aus dem Schädel trocknet und den Körper hohl werden lässt, eine dünne Röhre, in der sich jedes Ich verflüchtigt wie das bisschen Feuchtigkeit, das man von der Dasht aufsteigen sieht. Dieser staubige Schleier ist nur um weniges undurchsichtiger als der Blick nach Norden. Zwar sind dort in dem lichten Flimmern über der Salzkruste in den ersten Minuten des Lichts einzelne, weit entfernte Berggrate erkennbar, schwach gestrichelten Linien gleich, doch sobald die Sonne auch nur eine Handbreit am Himmel steht, verschwinden sie wieder.

Erst abends, wenn sich die Sonne auf die ausgetrocknete Salzfläche senkt, in dieser halben Stunde vor Untergang, erhält die Landschaft neuerlich Schatten, Tiefe und warme Farben, eine begreifbare Dimension, so etwas wie Wirtlichkeit. Sie erscheint dann fassbar und gangbar; doch auch das bleibt ein leeres Versprechen. Denn je tiefer die Sonne fällt, desto mehr Wind kommt auf, der einem Staub und Salz in die wunden Augen weht, um sich nach ihrem Versinken jedesmal zu einem Sturm auszuwachsen; er bläst die ganze Hitze des Tages über die Dasht in die Wüste hinter uns, dass es einem den Mund davon aufreisst.

Wenn diese Berge im Norden von der letzten Sonne ausgeleuchtet werden, erscheinen sie wie Scharten in der kalkweissen Mauer der Kimm, Durchbrüche, Pässe und Übergänge. Doch wohin? In ein zentrales Asien, in dem die politische Lage noch unüberschaubarer und unklarer ist als am Golf, und das dennoch den einzigen Ausweg böte.

Die Soldaten erzählen, dass es irgendwo in der Mitte des Salzsees eine Insel gäbe, bestanden mit Bäumen, Vögel um eine offene Wasserstelle, Flamingos gar. Dort würden zeitweise Nomaden leben, obwohl sie ihrer bislang noch nie ansichtig geworden wären, dazu sind die Patrouillen in die Wüste hinaus so selten wie kursorisch. Das ist das einzig Gute hier: der Mangel an Disziplin, der uns einen Freiraum lässt, welchen zu beschränken unnötig ist, weil wir an diesen Ort gezwungen bleiben. Die Einöde rund um uns stellt ein einziges offenes Gefängnis dar, in dem wir uns freiwillig an der Arbeit unserer unfreiwilligen Wächter beteiligen, da sonst nichts zu tun und jede Abwechslung und Ablenkung von der Monotonie der Stunden willkommen ist.

Ich bin nach den ersten Wochen einmal hinausmarschiert, aus blossem Lagerkoller, sah mich aber bald um, ob man mir nicht nachkäme. Die Blicke in meinem Rücken spürend, vergrösserte sich die Distanz im steilen Licht schnell, sodass schon nach einer halben Stunde der Hügel des Forts eine Tagesreise weit entfernt zu liegen schien. Ich folgte dem Pfad, der zu den ›Augen‹ führt: kleinen kreisrunden Löchern in der Salzkruste, der mineralgelbe Rand um das heiss austretende Wasser der Iris um eine Pupille ähnlich. Die Soldaten benützten sie, um in dem schwefeligen Nass ihre Füsse oder sonstige schmerzhafte Stellen zu baden. Meinen Augen nützte es nichts; sie brannten bloss unerträglich. Aber ich ging mit diesem Brennen weiter, fühlte mich zum Fort wie an einem unsichtbaren Gängelband zurückgezogen, die Schritte immer schwerer fallend, bis mich eine elendige Einsamkeit überkam und ich umkehrte wie ein geschlagener Hund, der hechelnd zu seinem Herrn zurückkehrt. Unter den Soldaten hatte ich dann ein aberwitziges Gefühl von Heimat, von Geborgenheit und Verbundenheit, ich war derart erleichtert, unter Menschen zu sein, dass ich fast aufschluchzte.

XXXIII

Ich habe mich mit einem der Soldaten angefreundet, einem noch keine zwanzig Jahre alten, etwas unbedarften Burschen, der Amaru heisst. Der überraschende Umstand, dass er aus Dilmun stammt, hat uns einen Anknüpfungspunkt geboten; meine Nachfragen kommen seinem Heimweh entgegen. Er erzählt mir bereitwillig von seiner Familie, den Orten und Gebräuchen. Nur über die gesellschaftlichen Verhältnisse, den Scheich und seine Söhne, schweigt er sich aus, ebenso wie darüber, ob er dort nun zu den Adeligen oder den Gemeinen gehört. Nachdem die Insel an sich nun als Gesprächsthema erschöpft ist, nütze ich seine Auskunftsbereitschaft jetzt, um etwas über seine Sprache zu erfahren, und lege mit seiner Hilfe Wortlisten an, um sie zu erlernen.

Es stellt für mich mehr als blossen Zeitvertreib dar: ich brauche einen Freund. Dazu berührt es meine beruflichen Interessen an der Geschichte Dilmuns, obwohl sie angesichts meiner Lage belanglos geworden sind. Was ich dabei in Erfahrung bringen kann, ist jedoch umso erstaunlicher. Seine Sprache hat offenbar eine Ursprünglichkeit bewahrt, die im Gegensatz zu den künstlichen Bezügen zwischen unseren Worten, ihrer Lautung und Bedeutung, eine Form des Denkens wiederzugeben vermag, wenn nicht gar das Denken selbst. Was sich zuerst wie ein blosser Dialekt anhörte, erweist sich so bei näherem Studium als beinahe wissenschaftliches Theorem, das aus einer einzigen Silbe eine ganze Welt zu erschaffen vermag – als läge das, was wir sonst ›Gott‹ nennen, in der Wurzel eines Wortes. Es ist, als liesse sich aus einer

Formel zugleich mit der Sprache auch eine Vernunft und eine Religion ableiten, aus einer inneren Idee heraus ein Körper mit seinen Gliedern, die Grammatik eine Inkarnation der Materie, deren Vokabular die Dinge samt den Beziehungen zwischen ihnen in aller Logik und Zwangsläufigkeit abbildet. Ah! Wie bei der Beschäftigung mit solch einem Thema meine Gedanken Klarheit erlangen, ich mit einem Mal wieder schlüssige Sätze aufs Blatt zu bringen verstehe.

Derart erscheint Amarus Sprache wahrhaftig paradiesisch, gleichsam auf natürliche Weise der Insel entsprungen. ›Wort‹ heisst *Aru* und von ihm leitet sich alles Sprechen ab: 1 *Aruña* – Sprache haben; 2 *Arsuña* – zu sprechen beginnen, aber auch beichten und bezichtigen; 3 *Arsjaña* – wenn Kinder zu babbeln beginnen; 4 *Aruniña* – beredt sein; ... 44 *Arsusiña* – sich beklagen, betteln. Die verneinende Vorsilbe lässt jedoch daraus eine Lüge werden, *Kh-ari*.

Sie zählen *Ma*, *Pa* – eins, zwei. *Ma* ist ihnen der elementare Ausdruck jedweder Form der Liebe, der in seiner Verdoppelung zur Mutter wird, *Mama*; und *Pa* benennt jegliche Art der Trennung, die sich dann im Vater verkörpert, *Papa*. Zusammen bilden *Ma* und *Pa* den Begriff *Mapa* als vorgestellte Vereinigung aller Unterschiede. Wird *Ma* jedoch dem Begriff für ›Wort‹ angehängt, bezeichnet dies die Nacht, *Aru-ma*.

So entsteht eine Sprache, die der Mitte der Insel erwachsen ist wie der eine Baum auf dem Jebel Sanga, ihr Stamm sich in Ästen und Zweigen und Blättern entfaltend, um schliesslich von der Erde aus den ganzen Himmel zu umfassen.

Der Baum selbst wird *Ali* genannt. Auch von ihm aus ergibt sich ein Feld von Hunderten Wörtern, die ich der Reihe nach in meiner Kladde hinten auflistete, von der letzten Seite Blatt um Blatt zurück, als vermöchten sie die weisse Leere nach meinen Aufzeichnungen zu füllen:

1 *Aliña* – wachsen und pflanzen; 2 *Alsuña* – keimen; 3 *Alsjaña* – als Bäumchen aufspriessen; 4 *Alisiña* – ein mit Bäumen bestandenes Stück Land; 5 *Aliasiniña* – einen Wald bilden; *Altaña* – sich zu enfalten beginnen; 6 *Aliriiña* – kräftig zunehmen; 7 *Alikhaña* – sich zweiteilen ... 24 *Alirpayaña* – sich verbreiten; 25 *Althapiña* – sich konzentrieren, eine Krone bilden.

Daraus leiten sich wiederum eine Reihe von Wörtern ab, welche die Kultivation von Pflanzen benennen: 26 *Aliaña* – kultivieren; 27 *Aliyaña* – einen Garten anlegen; 28 *Aliriña* – Gärtner sein; ... 39 *Alichjaña* – säen; 40 *Aliyhayaña* – veredeln; eine Liste von Begriffen zur Feldarbeit: 41 *Alliña* – beackern; 42 *Allsuña* – graben; 43 *Allsjhaña* – ernten; ... 52 *Alltapiña* – anhäufen.

Und davon stammen dann die Begriffe des Handels und Handelns ab: 53 *Alaña* – kaufen; 54 *Alakhaña* – aus zweiter Hand kaufen; ... 69 *Aljsuña* – mit allem fertig sein; verkaufen.

In logischer Erweiterung benennt diese Wortwurzel auch die Idee der Flucht, ausgehend von den Vögeln und Tieren, wenn sie fern der Früchte des Ackers weilen, um schliesslich die Vertreibung aus dem Paradies zu bezeichnen: 70 *Alisiña* – ihnen nach draussen folgen, sie als Herde zusammentreiben; 71 *Alissuña* – verjagen; 72 *Alispayaña* – verstossen; ... 78 *Haltaña* – flüchten, fliehen; 79 *Halacaña* – trennen, fallen lassen; 80 *Halaraña* – befreien, retten; 82 *Halantaña* – sich befreien, aber auch sich in den Abgrund stürzen.

XXXIV

Eigenartigerweise habe ich keine Träume mehr. Oder vielleicht erinnere ich mich morgens nur nicht mehr an sie; der Schlaf hier ist ein ins Leere Fallen. Anfangs bin ich noch desöfteren wach geblieben, um den Himmel zu betrachten, die Milchstrasse so hell, dass sie blendet, die Sterne derart klar, dass ich bedauerte, nur die Pleiaden und den Grossen Wagen zu erkennen, und von ihm aus noch den Polarstern.

Wie weit die Sterne wohl entfernt sein mögen, der eine vom anderen, und sie alle von mir? Sie sind hier so nahe, dass nachvollziehbar wird, weshalb man aus ihrer enormen Nacht einmal sein eigenes Schicksal herauslesen zu können dachte; aber sie bleibt ebenso unbegreiflich wie offenkundig, die Sterne ihr etwas einschreibend, das zu entziffern, aber nicht zu verstehen ist.

Jedoch auch die Nähe täuscht. Einmal glaubte ich, den Mars auf mich zukommen zu sehen, grösser werdend; es war nur ein Soldat, der sich nach seinem Austritt eine Zigarette angezündet hatte.

Sie haben mir erzählt, dass in manchen Nächten die Lampen oder Fackeln von Spähern am Horizont zu entdecken sind, welche eine Route durch die Dasht markieren sollen, mit Pfählen, Stöcken, Dosen, Flaschen, Steinen, was immer sie zur Hand haben. In gerade noch überblickbaren Abständen würden sie mit diesen Baken den Weg für einen Wanderzug abstecken. Doch jedesmal, wenn eine Patrouille dann aufbrach, kam sie zurück, ohne etwas gefunden zu haben.

Atam meint, dass es sich bloss um Sterne handelt, die an der Kimm aufgehen und in der Luft über dem Salzsee funkeln. Mir aber haben diese Bakenträger der Wüste eine Hoffnung gemacht, die mich, selbst wenn sie völlig illusorisch sein sollte, nicht mehr loslässt und mich fortlockt. Ich habe dabei das Bild von diesen römischen Schrittzählern im Kopf – ihr lateinischer Name will und will mir nicht einfallen –, welche einst Distanzen bestimmten und Wege vorgaben.

Wäre es wirklich so absurd, dass Schieber einen Pfad über den Salzsee markieren, um Menschengruppen jenseits der gesetzten Grenzen ins Land zu bringen? Nein; doch ist dieses Jenseits, wenn es nicht einmal für die Patrouillen erreichbar ist, zu weit entfernt für mich. Andererseits sind die Patrouillen lax. Sie warten hier nur auf die Barbaren. Keinem der Soldaten, ihrem Sergeanten am wenigsten, ist jedoch daran gelegen, in Unternehmungen verwickelt zu werden, die noch grössere Entbehrungen und Anstrengungen mit sich bringen würden als das Leben im Fort. Und dazu soll die Salzkruste an manchen Stellen trügerisch wie dünnes Eis sein, sie unter den Füssen splittern und man dann spurlos untergehen.

Um meine Schuhe und den Anzug für die Verhandlung zu schonen, habe ich mir eine alte Uniform geborgt und geflickt und gehe barfuss, obwohl einem das Salz die Sohlen verbrennt. Meine Augen sind etwas besser geworden. Amaru hat mir wilde Kamillenbüsche gebracht; ich bade meine Augen mit einem Sud ihrer Blüten. Und der Koch beschäftigt sich inzwischen damit, einen kleinen Garten anzulegen, indem er einen Flecken Erde zwischen den Steinpfeilern regelmässig mit unserem schmutzigen Brauchwasser giesst, in der Hoffnung, es würde Gras wachsen oder sonstige im Sand vergrabene Samen aufkeimen. Bislang ist dort nur Lehm.

Weshalb eine Kompagnie hier stationiert wurde, ist letztlich unklar. Ihr Auftrag ist es, als Vorposten der Grenze nicht nur die

Migrationsrouten abzublocken, sondern auch darüber zu wachen, ob es Truppenbewegungen gibt, die eigentlich nur von den verbündeten Persern oder Russen ausgehen könnten. Mir scheint dies auch deshalb ein sinnloses Unterfangen, weil der riesige Salzsee mit der ihn umgebenden Wüste ein Niemandsland bildet, eine leere Zone, durch die niemand, auch kein Heer, vorzustossen vermöchte oder nur mit solch grossem Aufwand, dass man die Vorbereitungen dazu auch anderweitig entdecken würde. Doch eine Grenze muss offenbar bewacht und besetzt werden, sonst gilt sie nicht als solche, sondern als offen und eroberbar. Es ist also ein symbolischer Dienst an einer irrealen Linie, die eine abstrakte Grösse wie einen Staat, diese Union, ein Abendland zu erhalten vorgibt. Und so warten wir hier und warten, in Erwartung von etwas, das aller Voraussicht nach nie kommen wird, aber nie gänzlich ausgeschlossen werden kann. Denn gelangte so nicht auch der Perserkönig Kambyses bis in die Ägyptische Wüste, um mit seinem Heer dann in den Dünen zu verdursten und unter ihrem Sand begraben zu werden? Aber da ist diese Chimäre der Bakensetzer, welche weniger die Soldaten als mich auf dem qui vive hält.

Wie menschenleer die Gegend ist, zeigte sich auf einem Kontrollgang in den Westen, dem anzuschliessen man mir nach einigem Zögern erlaubte. Ich bin schon so Teil des Tagesablaufes, dass ich manchmal meine, dazuzugehören. Drei Stunden Fussmarsch entfernt stiessen wir auf die Lehmhütten einer verlassenen Siedlung, in der, wie der hinterbliebene Hausrat zeigte, vor nicht allzu langer Zeit noch Menschen gelebt hatten: Töpfe, Krüge, Feuerholz, zerschlissene Teppiche und Tücher, als würden die Bewohner einmal zurückkehren wollen. Doch der Sand, der sich um die Hütten und vor den Türen angehäuft hatte, sprach dem Hohn, ebenso wie der völlig vertrocknete Brunnen. Die nun seit Jahren anhaltende Dürre und die immer heisser werdende Wüste hatte das Wasser so tief sinken lassen, dass die Menschen mit ihren Schaufeln nicht mehr an es herankamen; auch der Brunnen unseres Forts muss mittels Dynamit immer tiefer gesprengt und stetig ausgeräumt werden.

Wie die verlassene Siedlung heisst, weiss man nicht, aber ich konnte durch meine Fragen den Namen unseres Aussenpostens erfahren, der mir bislang verschwiegen wurde: Agoza. Was der Name bedeutet, vermag keiner zu sagen; er wäre immer schon so auf den alten Karten verzeichnet gewesen.

Welchen Unterschied es macht, zu wissen, wie der Ort heisst, an dem man sich befindet: als würde er erst dadurch greifbar. Als gäbe es einem Sicherheit, zu wissen, wo genau man ist, wiewohl sich an der Abgeschiedenheit und Unwegsamkeit dadurch nicht das Geringste ändert. Doch so könnte ich zumindest irgendwann einmal sagen, dort, in Agoza, wurde ich festgehalten, um damit meinem Los eine Wirklichkeit in den Augen anderer zu verleihen: als würde ein Name die Wahrheit bezeugen. Dabei bleibt er ein blosser Bezugspunkt auf der Landkarte, die mit ihren eingefärbten Flächen bloss darüber hinwegtäuscht, dass wir uns im Nirgendwo befinden. Dennoch wäre ich froh, eine Karte zu besitzen, um mich recht verorten zu können, einen Überblick der Entfernungen zu gewinnen und mir Marschlängen ausrechnen zu können. Aber der Einblick in die Militärkarten bleibt mir verwehrt. Ich konnte nur herausfinden, dass sie in dem kleinen Stahltresor in der Kammer aufbewahrt werden, auf deren Tür das Wort Kommandantur steht, als würde sie ebenfalls erst durch diese Kreideschrift wahr: denn von Disziplin und Hierarchie ist hier, wie gesagt, wenig zu merken.

So starre ich auf die Ebene hinaus, über den braunen Streifen unter der Reduit auf die weisse Breite des Salzsees, hinter der nichts zu erkennen ist, auch die Berge nicht, die dort sein müssen.

XXXV

Heute habe ich mich entschlossen. Ich habe dem Koch eine Wasserflasche und Brot entwendet, mir Atams Uhr genommen und einen Rucksack aus dem Stall geholt. Ich habe daran gedacht, ein Pferd zu stehlen, und mehrfach versucht, mir eines der Tiere vertraut zu machen, aber ich kann weder reiten, noch verstehe ich mich sonst auf den Umgang mit ihnen; sie mögen offenbar meinen Geruch nicht. Trotzdem werde ich es versuchen, selbst wenn es ohne Reitpferd noch aussichtsloser scheint. Lieber alles daransetzen, als weiter dahinzuvegetieren, ohne zu wissen, was aus mir wird. Und mir Tag für Tag immer Schlimmeres auszumalen. Die Kladde lasse ich Atam da, den ich nicht in meinen Plan eingeweiht habe. Wir haben zwar unzählige Male darüber gesprochen, doch war er stets dagegen.

Ich habe von einem Plan geschrieben; ehrlicher wäre gewesen, ihn als von vornherein aussichtslosen Fluchtversuch zu bezeichnen. Doch engen alle Benennungen ein. Selbst blosses Reden darüber gibt schon einen Handlungsrahmen vor und schränkt bereits im Geiste ein, was zu tun möglich wäre, unabhängig davon, ob sinnvoll oder nicht. Doch ich bereue nichts. Es ist besser als abwarten.

XXXVI

Vor Mitternacht versuchte ich es trotzdem noch einmal im Stall, aber die Pferde blieben widerspenstig. Ich schlich mich wieder hinaus, bevor sie laut wurden und die Soldaten alarmierten, die statt in dem Reduit lieber in Zelten schlafen, um den Hügel herum verstreut. In völliger Dunkelheit zog ich los, mich an den Pfad zu den Wasseraugen haltend, seine Rinne mit den Schuhen ertastend. Anfänglich schien es, als müsse das Geräusch meiner Schritte überall zu hören sein und den Wachposten wecken; ich hoffte nur, dass er wie immer auf seiner Warte eingenickt war.

Die innere Aufregung meiner Flucht legte sich auch dann nicht, als ich sah, dass sie unbemerkt geblieben war und die Weite den letzten Schimmer aus den Schiessscharten verschluckte. Die Stille gleichsam überlaut, das Blut in den Ohren pochend, überfiel mich Angst; dass ich nun völlig auf mich allein gestellt war, machte mich kurzatmig, trieb mich aber zugleich an, weiter und weiter, als könnte ich sie mit einem forcierten Marsch hinter mir lassen. Es war, als würde ich, der ich ein schlechter Schwimmer bin, in hektischen Bruststössen über eine grosse Tiefe hinweg zu einem anderen Ufer wollen, das sich nirgends abzeichnete – bis sich der Körper ausgelaufen hatte und ein Gefühl des Sich Ergebens, Sich Schickens einstellte, beinahe der Gleichgültigkeit.

Als die Sichel des Mondes darauf schmal über der Dasht aufstieg, wurde es nicht sehr viel heller. Ihr Glanz jedoch genügte, daran hatte ich nicht gedacht, um vor mir die Sternbilder um Polaris unsichtbar zu machen, sodass ich für meine Richtung auf eine grobe Schätzung angewiesen war. Ich marschierte auf der fahl schimmernden Salzkruste, jeder Schritt wie in gefrorenem Harsch, unter den unmerklich sich drehenden Konstellationen über mir, ihren rätselhaft skelettierten Figuren, die Nacht so ... durchsichtig, dass in ihren Flächen unterschiedliche Schattierungen des Dunkels erkennbar wurden, für die ich mir eigene Bilder ausdachte, auf seltsame Weise in mir nachhallend, dass auch ich ein Rätsel bin, das sich lösen wird, wenn ich in diesem Grossen aufgehe, und eine Weile lang schien es völlig unerheblich, ob jetzt oder später, ob qualvoll oder nicht. Ich weiss nicht, wieso, aber mir kam ein spanisches Wort in den Kopf, deletreo, ohne dass ich diese Sprache recht beherrsche. Ob seiner Ähnlichkeit mit delete nahm ich zuerst an, es bedeute auslöschen, bis ich auf de-lettrieren verfiel, ohne dass es einen Unterschied machte, denn was da keilförmig in die Nacht gezeichnet war, blieb ganz für sich; wenn es einen Sinn barg, dann würde er vom Zergliedern in einzelne Silben wieder getilgt – aber ich vermag den Gedankengang jetzt nicht mehr ganz zu erfassen. In dieser Nacht jedoch war es das Zeichenhafte des Himmels, jeder meiner Schritte hin zu ihm, während sich hinter mir langsam der Tierkreis hervordrehte, seine Sternbilder in einem zusammenhängenden Band, welches sich in der Helle vor mir an ebenjenem Punkt zu schliessen schien, auf den ich zulief: dass mit dem allmählichen Einsetzen der Dämmerung wirklich zu glauben war, er könne zu dem glosenden Ball der Sonne aufgehen. Bei Tagesanbruch stellte sich jedoch alles als Trug heraus – denn vor mir zeichnete sich die Linie eines Grates ab, auf dem ich im ersten Licht das Fort erkannte. Ich hatte in den Stunden der Nacht bloss einen langen, vergeblichen Bogen zurück geschlagen.

Derart geriet ich nun wirklich ins Laufen, den Widerstand der Beine überwindend, deren Muskeln längst müde geworden waren, die Schenkel sich verhärtend, die Füsse unsicherer auftretend, die Knöchel immer öfter einknickend, von meinen Schuhen nur schlecht gehalten: in einer Weite, die keine Orientierungspunkte mehr bot; ich konnte sie mir nur selber setzen, indem ich auf meine Uhr blickte, den Winkel des Stundenzeigers zur Zwölf halbierte und so den Norden bestimmte. Es blieb nichts anderes als zu gehen, ich hatte mich entschieden, ich musste Distanz zum Fort gewinnen, wo man meine Abwesenheit bald bemerken würde, wobei mir mein nächtlicher Irrlauf insofern zupass kam, als er die Suche nach mir erschweren würde. Ich musste möglichst bald zu den Bergen finden, deren Silhouetten jedoch in der staubigen Luft, die der Wind aufwehte, und in der grellen Reflexion des Salzes unsichtbar blieben.

Jeder Schritt über die Dasht knirscht, raspelt und schabt, ohne Abdrücke zu hinterlassen. Die Salzkruste formt Sechsecke, unaufhörliche Muster von Hexagonen, fast geometrisch genau, als versuche die Natur abstrakte Ordnungen herauszukristallisieren, oder als könne sie umgekehrt nicht anders, als davon abzuweichen und manchmal nur ungefähre Rauten, Rechtecke oder Kreise zu bilden, oder als vermöchten wiederum wir nicht anders, als letztlich stets irgendwo unregelmässig werdenden Formen eine abstrahierte Regelmässigkeit zuzuschreiben: ich weiss nicht, es war das Einzige, an das ich während dieses Marsches zu denken vermochte, diese drei Gedanken in einer Endlosschleife wiederholend. Desöfteren öffnete sich in der Mitte dieser sich durch zentimeterhohe Ränder absetzenden Sechsecke ein Loch, so gross wie das, welches der Daumen mit dem Zeigefinger bildet, darin das mineralische Innere der Salzschicht, kleine Prismen und Quader, deren Exaktheit bei näherem Betrachten erneut trügerisch war, mir aber deutlich machte, dass das, was über diese Hexagone hinwegirrte, ich, diese Ungestalt von Kopf und Rumpf, Armen und Beinen, ebenfalls symmetrisch war, schnitt man alles der Länge nach einfach durch. In diesem kreisrund ebenen Horizont der Dasht spiegelte sich der Himmel in Mustern wider, welche an Atams Beschreibung der Feenkreise erinnerten, Termitennester, die im Steppengras ebenfalls solche sechseckigen Waben hinterliessen, als wohne dem Lebendigen wie dem Leblosen derselbe Drang zu einem Regelwerk inne, wie wir es mit unseren Bauten errichten, um letztlich davon unterdrückt zu werden, uns ihnen unterordnend, ob in den geometrischen Konstruktionen eines Damms oder der Hierarchie eines Staates, eines Heeres, einer Gesellschaft, in deren Nischen allein mehr eine lebenswerte Existenz möglich ist, zumindest mir, der ich mich den Gesetzen ihrer Macht nie recht anzupassen verstanden habe, um mich ihnen nun auch hier ausgesetzt zu finden, mein Ich ein Gehen über Kristallgitter, meinem Schatten nach, der sich mit den Stunden von links nach rechts drehte, immer kürzer werdend, bis ich mittags auf ihm stand, ohne zu merken, wie sehr ich schwitzte, weil die Hitze den Schweiss sogleich auftrocknete, sein salziger Film sich auf meinem Rücken ausbreitete, schorfig und krustig mich dieser Salzfläche anverwandelnd. Meine Augen brannten wieder und die Kehle wurde immer dürrer, die Zunge klumpig grob, aber ich sparte mit dem Wasser und gönnte mir bloss kleine befeuchtende Schlucke. So ging ich gegen diese Ebene an, die sich vor mir einer Mauer gleich aufzuwölben schien und immer blendender wurde, ich ging in diesem Gehen auf, wiewohl jetzt im Nachhinein diese blinde Anstrengung in all ihrer Pein kaum mehr nachvollziehbar ist, weil sie jedes Zeitgefühl aufhob; ich ging und ging und trat doch nur auf der Stelle, mich vor dem Wind behauptend und dem Brand des Lichts, gegen das ich mir den Stofffetzen, in den ich das Brot gewickelt hatte, um die Augen band, sodass ich nur mehr das abgeschliffene Leder meiner Schuhkappen sah. Trotzdem empfand ich dabei fast so etwas wie Glück, ein benommenes Rauschen im Kopf, ein Gefühl blossen Daseins, halb taub und halb verlangend, ein Ich, von dem bloss die Haltung eines Gangs mehr übrig war, leicht nach vorne gekrümmt, die Nase vom Salz angeschwollen und durch den Mund nun atmend. Niemals zuvor war ich selbstbestimmter gewesen – um nun bloss noch aus reinem Trieb zu bestehen, einem sprachlosen Wollen hin zu einem unabsehbaren Ziel: so habe ich mich erfahren, all die Mäntel und Gesichter abgelegt, darunter die verbrannten Wangen und die brennende Stirn, aufgerissene Lippen, der Mund vertrocknet und die Kehle sehrend, ein schlafwandelnd vorantaumelnder Mensch, gottverlassen auf der Flucht, jenseits aller Grenzen, hin zu einem imaginären Garten Eden, alles Wirkliche nur noch eine Erinnerung an Schriften und Aufschriften, den Damm und seine Explosion, selbst den Anblick Evitas, so es denn ihrer war, fiebrig von der Sonne, die Flammenschwerter ihrer Cherubim hinter mir gleich apokalyptischen Reitern, nach denen ich mich immer wieder umdrehte.

Ich ging im Licht, bis es auch noch die letzten Muster im Salz auflöste, das Land entstanden aus Stäuben des Lichts, Kalk, zu einem Brand gelöscht, und ich in diesem unmenschlich Reinen, das weisser war als diese Seite in meiner kaum zur Hälfte beschriebenen Kladde, in der jeder Satz einen Schritt weiter darstellt, fort von diesem Anfang von Allem, der umgrenzt endlos war wie die Sonne über mir und der erste Satz der Genesis, der besagt, es werde Licht: der Akt der Schöpfung ein Wort, welches als Licht hervorgeht, das erste Ausgesprochene in seinem Infinitiv, ebenso unhörbar wie unaufhörlich, die Farben und alles damit aus seinem weissen Akkord lösend, bis das Dunkel sich in diesem Glast öffnet und ihn schwarz zersplittert wie Glas, Myriaden Strahlen von Licht in der Leere nun, gebrochen, abgelenkt und wieder und wieder reflektierend, Licht in einer Nacht, die sich nicht mehr umfassen lässt, für jedwedes Ding ein eigenes Licht als Manifestation einer Materie, die es ausformt, das Dunkel allem eine Tiefe leihend, obschon sie trügerisch bleibt, ein Schattenspiel, welches der Mittag auf seine Oberflächen brennt, Licht die Welt dann überfliessend wie Wasser und sich schliesslich verfestigend gleich Flocken zu Schnee und Staub zu Erde, ein Stäuben der Sonne, feiner als Mehl, wie bei dem zufälligen Blick in die Bäckerei auf einem meiner Gänge durch Havilah, das Licht durch den Fensterladen fallend, auf den Tisch und die gekneteten Teigklumpen, Abdrücke von Fingern darauf, Mehlstaub überall, auch auf dem Gestell mit den bereits gebackenen Fladen, Krumen am Boden, bleiche Laibe, ihr Geruch füllte warm den Raum, Brot wie Manna, das die Israeliten in der Wüste genährt hatte, ein Regen davon, der auf sie wie von fernab irrlichternden Engeln herabfiel als Nahrung, licht und körnig wie der Raureif zuhause im Garten meiner Eltern, aufdampfend in der aufgehenden Sonne, fein auf meinen Fingerspitzen, so substanzlos auf der Zunge und geschmacklos wie eine Hostie in der Messe, Manna, weiss wie Koriandersamen, die winzigen Harztröpfchen der Tamarisken, die Abscheidungen der Schildläuse, Mehltau auf den Blättern, seidig wie Blütenblätter, es hungerte sie danach, sie sammelten es in Körben, es war schwerer als Luft und leichter als Sand, manche bückten sich danach, andere hielten ihre Hände auf, was nicht aufgelesen wurde, schmolz wieder in der Sonne, doch presste man es auf einem flachen Stein zusammen, liess es sich über einem schwachen Feuer backen, wo es aufging, wabig von Leere, bis man in seine Kruste biss und es zerbröselte, denn es liess sich nicht bewahren, es begann zu verrotten, madig dick zu werden wie stehendes Wasser, braun zu faulen wie jeder Apfel, der Frucht des Paradieses gleich, da selbst das Licht die Nacht nicht zu verleugnen vermag, der es entsprungen ist, dem Dunkel des Schosses, aus dem es entstand, so wie der Himmel über Eden bloss blau war, weil dahinter die Finsternis des Weltalls lag, dessen man gewahr wurde, sobald man aus dem Paradies vertrieben war, jenseits seiner Mauern, welche diese Leere in der Höhe hielten, auch die Seraphim nur verkörpertes Licht, das sich unter seiner Kuppel in flammende Schreckgestalten verwandelte, in verstossene, erdwärts fallende Engel, die ihre Flügel verloren, sich ihre Nahrung zusammenstahlen und mit den Menschen kopulierten wie Hunde, untergriffig mit ihnen raufend, wie Jakob es am eigenen Leib erfuhr, sein Hüftgelenk zerschlagen, jede Reinheit für immer korrupt, wozu also noch nach ihren Namen fragen, wenn man sie einmal von Angesicht zu Angesicht gesehen hat, wie ich Neame und Saul und all die anderen.

In der Mitte des Nachmittags dann tauchte im Glarren etwas Graues vor mir auf und behauptete immer dunkler seine Stelle. Ich hielt darauf zu, euphorisch im Glauben, nun den ersten Ausläufer eines Gebirges erreichen zu können; doch es rückte nicht näher, es erhielt bloss eine flache Kontur. Mein Schatten war wieder länger geworden: auch er hatte anfänglich in diese Richtung gewiesen, einer Kompassnadel gleich, bis er in eine andere Richtung zu zeigen begann, zurück, ab von diesem Grat, auf den sich die Sonne allmählich herabsenkte, das Blau des Himmels auslaugend, das Salz rot färbend. Während sie nur noch ein paar Finger über dem Horizont stand und einen felsigen Hügel silhouettierte, der aus der Ebene hervorragte, geriet ich wieder ins Laufen, als würde mir erst jetzt bewusst, dass sich die Erde von der Sonne wegrollte, und so rannte ich gegen ihre Drehung an, gleichsam bergauf, als könnte man über ihre Kante gelangen, um nicht von der Finsternis begraben zu werden.

Doch es war nur eine Insel, die aus dem Salzsee stand, und war ich erst nur stehengeblieben, so erschrak ich nun, weil mich von dort ein wirrer Trupp von Soldaten anzustarren schien. Sie liessen mich herankommen, bis sich ihre reglose Starre als mannshohe Kakteen herausstellte, sodass ich in aberwitziges Gelächter ausbrach. Ich fand eine sandige Stelle zwischen den rauhen Felsblöcken und setzte mich, holte die Wasserflasche und das Brot aus dem Rucksack, besann mich aber noch eines Besseren und begann, mit dem Küchenmesser die Nadeln am Ansatz eines Kaktus abzuschneiden, um an das Fruchtfleisch zu gelangen, von dem ich mir Wasser und saftige Bissen versprach, doch war es derart holzig und trocken, dass ich das Kauen bald aufgab und den bitteren Brei ausspuckte. Ich teilte meinen Brotfladen und dann noch einmal und ass, konnte mich jedoch beim Trinken nicht länger zurückhalten und leerte die Wasserflasche in gierigen Zügen. Die Erschöpfung holte mich ein, ich zitterte vor Müdigkeit und meine Zähne klapperten; dennoch legte ich mich nicht hin, sondern bestieg noch den Hügel im letzten Dämmerlicht. Von dort gewahrte ich in weiter Ferne eine unregelmässige Linie über dem Horizont, die von dem Gebirge, das ich erreichen musste, ebensogut aber auch von einer Wolke oder der Bank eines aufziehenden Sturms stammen könnte. Oder hatten wir an den klaren Tagen vom Fort aus bloss die Silhouette dieser Insel erblickt, deren Felsgrat ein Stück weiter östlich ein weiteres Mal aus der Salzkruste aufstieg?

XXXVII

Sie haben mich dort oder woanders, ich weiss es nicht mehr, aufgelesen. Ich habe kaum noch Erinnerungen daran, mir drehte sich alles, ich hatte unerträgliche Kopfschmerzen, sah alles unscharf, gleichsam versetzt, vorher und nachher nicht zu unterscheiden, und darin beugte sich Amaru über mich, oder war es Atam, ein Gewehrlauf, wiehernde Pferde, ich taumelnd oder am Boden liegend, von unten auf das Nest einer Steinschwalbe starrend, das sie aus dem losen Geröll gebaut hatte, ein steinerner Kelch, der sich leer dem Licht darbot.

Ich bin immer noch so schwach, dass ich mich nur kurz von meinem Strohlager erheben kann. Meine Flucht festzuhalten hat meine Kräfte aufgezehrt. Warum lag mir daran so viel? *Halacaña,* trennen, fallen lassen; *halantaña,* sich befreien und in den Abgrund stürzen. Ich vermag mich bloss noch auf einzelne Momente zu konzentrieren, ein paar Sätze zu formulieren, ohne recht unterscheiden zu können, was Gedanke und was Wirklichkeit war. Wenn ich die Seiten dieser Kladde durchblättere, wie um einen Anfang zu finden, und an Stellen hängen bleibe, die nun beinahe wirken, als hätte nicht ich sie niedergeschrieben, wird mir allein bewusst, dass ich an Ereignissen teilhatte, die um eine Mitte kreisten, welche alles bestimmte, und die sich dennoch nur als Hohlform offenbarte.

Da ist ein Gedanke, den ich wieder und wieder wiederholt habe, bis er sich auf das Wesentliche abschliff, auf ein paar Sätze, die ich zu behalten vermag, um die zentrale Figur darin zu beschreiben: Thaut. Als wäre es bei meiner Reise nach Damman jemals darum gegangen, ihn zu charakterisieren. Oder als müsste ich nun einen druckreifen Text verfassen für eine Reportage über Havilah, die nie erscheinen, allein in meiner Vorstellung in Blei gesetzt wird, ohne dass ich an den Fahnen dann noch etwas zu korrigieren wüsste: »Für Führer wie Thaut ist die wichtigste Eigenschaft weniger administrative Kompetenz oder persönliches Charisma als die Fähigkeit, ihre Widersacher mit finsterer Possenreisserei zu lähmen und die etablierten Sitten durch verlogene Chuzpe zu untergraben, von den Schmeicheleien ihrer Speichellecker bestärkt. Egal in welchem politischen System sie sich hochgearbeitet haben, sie hebeln deren Rechtsgrundsätze aus, unter dem Vorwand, nur so etwas vorwärtsbringen zu können. Ihre Kritiker stellen sie als nörgelnde Kleingeister hin, die man ignorieren oder denen man besser ganz den Mund verbieten sollte; Loyalität ist ihnen wichtiger als die Wahrheit. Sie behaupten bloss, für ein Volk zu sprechen und seine Wünsche zu verstehen, um sich dann als gute Zaren, unbestechliche Prinzen, Lichtgestalten nationaler Erneuerung und Retter in Zeiten von Krisen und Umbrüchen auszugeben.«

So, wie es dasteht, wirkt es platt, keine Zeitung würde es drucken, genauso wenig wie Atams Bericht, den ich in eine Form zu bringen versucht habe. Doch diese Sätze im Kopf aufzusagen verleiht mir eine seltsame Widerstandskraft. In Thaut sieht sich eine Hierarchie und Macht verkörpert, die im Gegensatz zu jeder persönlichen Freiheit und dem Ausdruck meiner selbst steht: welche sich an ihm und seiner starren Autorität bloss abzuarbeiten vermögen. Wie um sich daran zu profilieren. Und dabei am Ende zu scheitern. Nein, bereits von Anfang an.

Denn versuche ich meine Chronik der Tage zu überblicken, bleiben nur bittere Erkenntnisse. Ich bin unzweifelhaft Geheimnissen auf die Spur gekommen und dadurch auf die eine oder andere Weise in den Augen der Machthaber zum Mitwisser geworden, den man deshalb als Sündenbock in die Wüste geschickt hat. Um ihn, wiewohl unschuldig, nach Bedarf für irgendetwas schuldig erklären zu können. Ohne dass ich das Innerste dieses Geheimnisses wirklich begriffen hätte; ich habe es bloss gestreift, mich von seinen Oberflächen ablenken lassen, alle Begegnungen mit den in Thauts Dunstkreis auftretenden Personen letztlich zu wenig durchschaut. Um dann irgendwelche Winkelzüge zu versuchen, mit denen ich mich bloss selbst in die Irre führte. Als wäre ich nichts als ein Schauspieler meiner selbst gewesen. Ein *imposteur*, wie Lili mich nannte, ohne dass ich es wahrhaben wollte, weil ich lieber als nonchalanter *rastaquouère* hatte auftreten wollen. Um für beides zu unbedarft zu sein. Und dann wieder nicht klug und geschickt genug. Weil zu sehr von mir eingenommen.

Doch ist da auch die Einsicht, dass kein Geheimnis an den Menschen ist, kein wirkliches Enigma, das lösbar wäre – allein Fassaden, in die wir etwas hineingeheimnissen. Weil wir dahinter so gerne etwas vermuten möchten, das allem einen Sinn verleiht. Um einen solchen in der Not schliesslich für verloren zu erklären, dem verlustig gegangenen Paradies gleich, als dessen Vertriebene wir uns darstellen, um uns die bittere Wahrheit nicht eingestehen zu müssen: nämlich dass es einen göttlichen Sinn nie gegeben hat, nie geben kann. Um selbst dann die eine unumstössliche Wahrheit nicht erkennen zu wollen: dass da nur Ohnmacht ist. Uns und der Welt gegenüber. Was eine Moral vorgäbe, an die wir uns trotz aller Bitterkeit halten könnten. Auch wenn sie die Wahrheit eines zum Tode Verurteilten ist. Denn das sind wir, von Geburt an. Stattdessen jedoch fabrizieren wir die aberwitzigsten Mythen und geben uns ihnen hin, sie für umso wahrer haltend, je weiter zurück in der

Zeit sie liegen. Obwohl schon bei ihrer Entstehung zu erkennen ist, dass stets nur eine Dämmerung über dem ersten Land gelegen hat, in deren Grauen wir ein Versprechen erkennen wollten. Weil wir die Wahrheit nicht auszuhalten vermögen, unsäglichen Trostes bedürftig.

Die Genesis. Was als Versuchung Evas durch die Schlange gilt, besteht allein in der Wiederholung der Sätze Gottes und Evas durch sie, hinter welche sie ein Fragezeichen oder eine Verneinung setzt: »Hat Gott wirklich gesagt: Ihr dürft von keinem Baum des Gartens essen?« Und: »Nein, ihr werdet nicht sterben.« Die Schlange umschlingt Eva damit, sie umschliesst sie mit diesem in sich selbst kreisenden Wortwechsel, der sich in Fragen und Verneinungen aufspaltet, um sie dann wieder zu einem zusammenzufügen, auf die gleiche Weise, wie Gott auch die Welt erschuf: »Es wurde Abend und es wurde Morgen: erster Tag.« Am ersten Tag erschuf Gott also den Tag – und er nannte das Werk, den Tag zu erschaffen, das Werk des ersten Tages. Um am zweiten die Wasser von den Wassern und von dem Licht die Sonne, den Mond und die Sterne zu scheiden, genauso, wie er aus seinem zweigeschlechtlichen Ebenbild Mann und Frau entstehen liess, gegenseitige Spiegelungen immer weiter verschiebend, bis all diese Tautologien zu einem Teufelskreis gerieten. Denn auch da wusste Gott von Anfang an, dass Eva den Apfel essen würde. Um hierauf sagen zu können: »Sehet, der Mensch ist geworden wie wir; er erkennt nun Gut und Böse.«

Dabei ist mir bewusst geworden, dass auch alles, was auf diesen Seiten steht, sich auf ein Paradoxon von sechs Worten reduzieren lässt: DIESER SATZ KANN NIE BEWIESEN WERDEN. Wenn dieser Satz nicht wahr ist, ist aber auch unwahr, dass er nie bewiesen werden kann. Folglich *kann* er bewiesen werden. Was bedeutet, dass das, was er sagt, wahr sein muss. Denn wäre er falsch, würde dies einen Widerspruch in sich darstellen: folglich kann er nur wahr sein. Womit ich gerade bewiesen habe, dass es mit diesem Satz seine Richtigkeit hat. Da der Satz also wahr ist, muss auch das, was er besagt, wahr sein: was heisst, dass er niemals bewiesen werden kann. Doch wie kommt es dann, dass ich ihn gerade bewiesen habe?

Ich habe tagelang über diesen Absatz nachgedacht, um ihn ebenso kreisend wie der Satz in sich. Als Amaru zu mir ans Lager kam, um mich wieder zu Wortlisten seiner Sprache zu ermuntern, wurde mir mit einem Mal bewusst, wo der Trugschluss meiner Folgerungen liegt: nämlich in der Vorstellung des *Beweisbaren*. Weil es sich nur schlecht definieren lässt. Denn es gibt keine *Beweise* in einem absoluten Sinn, für nichts. Weil wir nicht Gott sind. Thaut schon gar nicht. Wir können letztlich bloss von *Wahrscheinlichkeiten* sprechen. Weil nie auszuschliessen sein wird, dass morgen die Sonne einmal nicht aufgeht, die Erde plötzlich um sich zu kreisen aufhört oder ein Trupp kommt, um mich vor einen Richter zu führen oder mir im Knien eine Kugel in den Hinterkopf zu schiessen. Wenn sich etwas beweisen lässt, dann allein in einem bestimmten System. Dem System T. Dessen Wahrheitsfindung und Rechtsprechung bestimmt, ob etwas falsch oder wahr, recht oder unrecht war. Nur so wird eine Beweisführung wirklich definierbar. Erst dann ist das System korrekt in dem Sinn, dass alles in ihm Beweisbare einer Wahrheit zugeordnet werden kann. Es fügt meinem Satz zwei Worte hinzu: DIESER SATZ IST NICHT BEWEISBAR IM SYSTEM T. Damit hat man es nicht mehr mit einem Paradoxon zu tun, sondern vielmehr mit einer Wahrheit, die für mich von Belang ist und auch Sie interessieren mag. Ob so oder so: die Wahrheit ist dann, dass der Satz oben ein wahrer ist, der bloss im System T nicht beweisbar wird, in dieser Zeit, in diesem Reich, in meiner Lage oder in Ihrer. Weil er von vornherein relativ ist. Wie meine relatio der Ereignisse auf diesen Seiten, in meinem eigenen System T. Meine ratio in der Zwangsläufigkeit der hier geschilderten Geschehnisse. Ich vermag bloss darauf zu bestehen, dass dies keine Geschichte ist, sondern die Geschichte. Kein Buch, sondern meine Wahrheit. Eine Kladde. Das andere als Schmierheft bezeichnen werden. Obschon sie meine Klausur darstellt, meinen Strich unter alles.

ÜBER MARTIN SCHNEITEWIND

Im frühen Herbst 2015 bekam ich eine Mail; Absenderin war Margit Geyer. Der Name sagte mir zunächst nichts. Frau Geyer erinnerte mich an »unsere gemeinsame Zeit in Marburg an der Lahn« – vor über vierzig Jahren. Sie habe, schrieb sie, einige Wochen in derselben Studenten-WG gewohnt wie ich. Zu dieser Zeit habe sie auch Martin Schneitewind kennengelernt. Bis zu seinem Tod vor einem halben Jahr seien sie zusammen gewesen, von einigen Unterbrechungen abgesehen. Sie hätten sich in den vergangenen Jahren oft über mich unterhalten, Martin habe immer mit Hochachtung von mir gesprochen, jedes meiner Bücher habe er sich besorgt. Sie habe das damals wohl nicht richtig mitgekriegt – vermutlich wegen der »bekannten Turbulenzen in der WG« –, aber aus seinen Erzählungen zu schließen, seien Martin und ich die »besten Freunde« gewesen. Dennoch, schrieb sie, habe sie Sorge, ich könnte sie abblitzen lassen, wenn sie mir per Mail mitteilte, worum sie mich bitte. Von Angesicht zu Angesicht wirke sie überzeugender. Außerdem sei die Geschichte, die sie ihrer Bitte unbedingt vorausschicken müsse, damit ich die Dringlichkeit nicht unterschätze, zu komplex, um sie etwa am Telephon zu erzählen. Ob wir uns treffen könnten. Sie habe über meinen Verlag erfahren, dass ich im Oktober auf der Buchmesse sei. Sie lebe inzwischen in Frankfurt.

Natürlich erinnerte ich mich an Martin Schneitewind, und meine Erinnerungen waren gemischt, im Ganzen aber überwog das Negative. Was Frau Geyer mit den »bekannten Turbulenzen in der WG« meinte, darüber war ich mir nicht sicher. Eine Ahnung hatte ich. Zu ihrem Namen fiel mir, wie gesagt, nichts ein. Die »besten Freunde« jedenfalls waren Martin Schneitewind und ich ganz gewiss nicht gewesen. Was allerdings, wenn ich es bedenke, doch auf meiner und nicht auf seiner Zurückweisung gründete. – Ich war eifersüchtig auf ihn gewesen. Weil er so viel Glück hatte. Jeder denkt sich doch, einmal würde ich gern einem Glückskind begegnen. Nur, um zuzusehen, wie das Glück waltet. Aber wenn man dann tatsächlich einem solchen begegnet ...

Einer aus unserer WG, Carlo Schröder, hatte ihn mitgebracht. Ob er ein paar Nächte bei uns schlafen dürfe. Carlo war von Schneitewind in der Mensa angesprochen worden, sie hatten sich unterhalten, und Carlo war begeistert gewesen – und zugleich entgeistert darüber, wie es möglich sei, »dass zwei Menschen, die sich doch gar nicht kennen, in so vielem übereinstimmen, in Meinungen, Gefühlen, Naturgedanken, Musikgeschmack und und und ...« – erzählte mir Carlo noch in derselben Nacht. So aufgeregt war er, dass er nicht einschlafen konnte. Martin komme gerade aus Italien, stellte ihn Carlo vor, er habe einige Jahre in Mailand gelebt, habe als Sportreporter beim *Corriere della Sera* gearbeitet. – Martin Schneitewind stand dabei und nickte.

Nach einem Tag bereits waren wir alle angesteckt von Carlos' Begeisterung; so begeistert waren wir von Martin Schneitewind, dass wir vorschlugen, er solle bei uns einziehen. Fünf Zimmer hatten wir, waren aber nur zu viert. Ein Zimmer war unbesetzt, das hatte sich so ergeben. Es war das kleinste Zimmer, das obendrein in den Hof hinausging, und der Hof war trist und düster. Nichts war in dem Zimmer, kein Bett, kein Stuhl, kein Tisch, kein Schrank, nicht einmal ein Lampenschirm, nur die nackte Glühbirne, keine Vorhänge. Martin schlief auf dem Boden in seinem Schlafsack. Er bat um nichts. Er war mit allem zufrieden.

Irgendwann fragte Inge, der wir das schönste Zimmer überlassen hatten – gute vierzig Quadratmeter, Stuckdecke, kleiner Balkon –, ob er mit ihr tauschen wolle, der große Raum lenke sie ab. Sie war mitten in ihrer Abschlussarbeit, außerdem sei das »Gästezimmer« das ruhigste – was allerdings nur während der schulfreien Zeit der Fall war, der Hof schloss auf einer Seite an einen Schulhof an, und ab dem Herbst würde der Lärm von den Schülern unerträglich sein.

Inge hatte sich in Martin verliebt. Aber wir alle hatten uns in ihn verliebt. In ein Glückskind verliebt man sich. Wer nicht, der ist irr. Inge und Martin gingen eine Beziehung ein, die von Anfang an sehr eng war und ihrem Ende zu sehr heftig. Vielleicht wollte Frau Geyer daran erinnern, wenn sie von »den bekannten Turbulenzen« sprach. Das Gästezimmer wurde Inges und Martins gemeinsames Schlafzimmer, Inges großes Zimmer ihr gemeinsames Arbeitszimmer. Inge besorgte einen Schreibtisch, den stellte sie ihrem gegenüber. So saßen sie und schauten einander an und versuchten zu arbeiten und arbeiteten dann doch nicht, sondern verzogen sich in ihr schattiges Schlafzimmer, wohin Inge ihr Bett geschoben hatte. Martin hatte sich inzwischen immatrikuliert. Behauptete er. In welchem Fach er inskribieren würde, das wolle er sich noch überlegen; es gebe so viel, was ihn interessiere.

Er besaß nichts. Als er bei uns einzog, besaß er nichts. Er kam mit dem, was er am Leib trug, und dem zusammengerollten Schlafsack an einer Schnur über dem Rücken, und ich vermute, auch den hatte er geschenkt bekommen oder samt Schuhen, Hemd und Hose zusammengeklaut. Seine Taschen waren leer. Nicht eine Mark war an ihm zu finden. Kein Buch hatte er mitgebracht. Nicht einmal einen Kugelschreiber. Er schnäuzte sich mit Klopapier. Er hatte einen Schnupfen. Was ihm übrigens gut stand. Zu mir sagte er, er wünsche sich, Schriftsteller zu werden, ich solle aber mit niemandem darüber sprechen, es klinge so angeberisch, und er wolle nicht angeben. Ich sagte: »Ich will auch Schriftsteller werden.« Da drückte er mir mit beiden Händen die Hand und raunte: »Einer von uns zweien wird es schaffen, ich hoffe, du wirst derjenige sein, vielleicht schaffen wir es ja gemeinsam.« Das war mir unangenehm, aber ich drückte dann doch seine Hände auch, weil ich mir plötzlich klammherzig vorkam, als eine verzagte Natur, kleinmütig. »Alle hier wissen, dass ich Schriftsteller werden möchte«, sagte ich, versuchte einen Punch in meine Stimme zu legen, als wäre ich wie er, zuversichtlich, energiegeladen, einer von denen, die der Welt in die Augen sehen. »Du kannst es den anderen ruhig sagen, die werden sich freuen. Wir beide sind Schriftsteller, was gibt es daran zu verbergen!« Nein, das sei Seines nicht, sagte er, es könne so herauskommen, als wolle er mir den Rang ablaufen. »Hier gibt es keine Ränge«, sagte ich, und da war ein Knoten in meinem Hals und der Wunsch in meinem Herzen, dass er mich umarme. Was er prompt tat. Er war einer, der sich aufs Herzlesen verstand. Er kenne die Menschen besser, sagte er und strich mir über den Nacken.

Nach diesem Wortwechsel, der nicht länger als zehn Minuten gedauert hatte, fühlte ich mich ihm so nahe, wie sich Carlo ihm nahe gefühlt hatte nach ihrem ersten Gespräch in der Mensa und wie sich ihm Inge nahe fühlte – und hatte mich doch vor zehn Minuten noch gegen ihn gesträubt. Nun glaubte ich ihm jedes Wort und drückte seine Hände, bevor er meine noch einmal drückte; ich tat es, wie er es getan hatte. Weil ich so sein wollte wie er.

Später erfuhr ich, dass er Inge anvertraut hatte, er wolle Historiker werden, und dass er sich »über die Maßen« überrascht gezeigt und gefreut habe, als sie sagte, sie auch. Er habe vorgeschlagen, dass sie, sie beide, ein kleines Autorenkollektiv bilden – gemeinsam forschen, gemeinsam diskutieren, gemeinsam schreiben, gemeinsam veröffentlichen –, er könne sich vorstellen, dass zum ersten Mal in Deutschland ein Lehrstuhl mit zwei Personen besetzt werde, eine neue Zeit an der Universität, *The Times*

They Are A-Changin' ... Und dass er auch ihre Hände gedrückt habe, erfuhr ich. Auf diese besondere Weise: ihre Hand zwischen seinen beiden, wobei er die Finger leicht krümmte, sodass man den Eindruck hatte, von zwei sanften Rechen gestreichelt zu werden.

Zu Carlo sagte er – das erwähne ich der Vollständigkeit halber –, er wolle Arzt werden – wie er; Florian erklärte er, am politisch wirksamsten sei, auf längere Frist berechnet, der Beruf des Pädagogen, darum wolle er Lehrer für Deutsch und Sozialkunde werden. Florian war als Einziger von uns politisch organisiert, er war ein Funktionär im *Marxistischen Studentenbund Spartakus* – und natürlich wollte er Lehrer für Deutsch und Sozialkunde werden, der lange Marsch durch die Institutionen.

Noch etwas fällt mir ein: Jedem von uns gab er von Anfang an einen Kosenamen, eine Verlieblichung des wirklichen Namens, zu Inge sagte er »Ixe«, zu Carlo »Caro«, zu Florian »Floh«, zu mir »Mischa«. Keiner von uns nannte ihn anders als »Martin«.

Ich werde auf die Zeit in der Wohngemeinschaft und die »bekannten Turbulenzen« noch zu sprechen kommen. Zunächst waren wir alle glücklich. Am zweiten Abend lud uns Martin zum Essen ein, nicht in die Mensa, nein, in ein Lokal, das er kannte, dort hänge ein Spielautomat, sagte er, der werde unseren Abend finanzieren. Und so war es: Während wir anderen uns an einen Tisch setzten, bestellte der Herr Schneitewind beim Wirt fünfmal Bratwurst mit Sauerkraut und Salzkartoffeln, fünf Schoppen Wein, borgte sich von Carlo ein Markstück, drückte es in den Automaten, bediente die Stopptasten, die Anzeige wies vier Kleeblätter auf, und die Münzen ratterten in den Metallbecher ...

Ich traf mich also mit Margit Geyer in Frankfurt. Ich nächtigte, wie immer während der Buchmesse, in der Villa Orange in der Hebelstraße. Frau Geyer kam zu einem späten Frühstück, die Autorenkollegen und die Verlagsleute waren schon unterwegs zur Messe. Wir waren allein.

Sie war Mitte fünfzig, schätzte ich, groß, sportlich, gebräunte Haut. Die Augen beherrschten ihr Gesicht, rund waren sie, nicht oder nur wenig geschminkt. Und ich erkannte sie. Nur ihr Name hatte mir nichts gesagt.

»Fiep?«, fragte ich. So war ihr Kosename. Verliehen von Martin Schneitewind. Natürlich erinnerte ich mich an sie.

Eines Tages hatte er sie in die WG mitgebracht. Ausgehungert war sie, dünn wie ein Strich, nicht älter als fünfzehn, abgehauen von zuhause.

»Naiv war ich, viel zu naiv für mein Alter«, erzählte sie. Sie wollte bei der RAF mitmachen. »Ich wusste nicht einmal, was die drei Buchstaben ausgeschrieben bedeuteten, und als Martin es mir erklärte, wusste ich nicht, was eine Fraktion ist. Aber mitmachen wollte ich, ›Schweine umnieten‹ wollte ich, die Revolution wollte ich, und als mich Martin fragte, ob ich wisse, was eine Revolution sei, und ob ich ihm wenigstens eine Revolution aus der Geschichte nennen könne, da habe ich ihn wahrscheinlich angesehen, als wäre ich soeben aus einem UFO ausgestiegen.«

Martin erzählte uns, er habe Fiep unten an der Lahn aufgegriffen, sie habe »Potential«. Ich vermutete damals, sie stehe unter Schock – unter einem Dauerschock. Oder unter Drogen. Ja, Drogen habe sie auch genommen, erzählte Fiep. Sie hatte so eine Art, sich langsam zu bewegen und um sich zu blicken, als werde sie verfolgt, die Augen große Kugeln und rund wie der Mund. Sie erzählte nichts, machte nur Andeutungen, das heißt, manchmal rutschte ihr etwas heraus. Ich reimte mir zusammen, dass sie in einem Heim aufgewachsen war. Wenn ihr etwas rausrutschte, sah sie zu Martin hinüber. Der hob ein wenig die Hand und senkte sie langsam, als wolle er sagen: Sachte, langsam, noch nicht! Sie war ganz auf ihn ausgerichtet.

»Es stimmt schon«, erzählte sie, als wir im Frühstücksraum der Villa Orange saßen, »und stimmt auch wieder nicht, ich war in einem Heim, aber aufgewachsen bin ich dort nicht. Ich bin gleich nach der Schule dorthin und habe als Hilfe gearbeitet, in Heidelberg. Ich wollte nichts werden. Ich fand das spießig, wenn jemand etwas werden wollte. Als ich alle meine Schuljahre beieinander hatte, habe ich das Gymnasium abgebrochen und bin von zuhause ausgezogen und habe in dem Heim angefangen zu arbeiten. Ich habe geputzt und gekocht und die Betten gemacht und gewaschen und gebügelt. Ich habe behauptet, ich sei zuhause geschlagen worden. Das bin ich nicht. Das ist aber gut angekommen. Zuhause habe ich gesagt, ich arbeite dort, ich will auf eigenen Füßen stehen, das war ihnen recht.«

In dem Heim hatte Fiep Martin Schneitewind kennengelernt. Das war, bevor er nach Marburg gekommen war. Was er in dem Heim gemacht hatte, was für eine Funktion er gehabt hatte, ob überhaupt eine, das wusste sie nicht, hatte sie ihn auch nicht gefragt.

»Unsere gemeinsame Welt hat erst in Marburg begonnen. In Heidelberg haben wir nur manchmal Kaffee miteinander getrunken, und wenn es mir beschissen ging, hat er mich ein bisschen getröstet.«

Irgendwann sei er aus dem Heim verschwunden. Er war aber der Einzige, der dort lieb zu ihr gewesen war, Arschloch sei die normale Anrede dort gewesen, darum sei sie auch davon und habe ihn gesucht, habe erfahren, dass er in Marburg sei, und habe ihn dort zufällig auf der Straße getroffen. »Himmelsfügung.« Und da habe er sie mitgenommen, zu uns, in die WG.

Martin war fast doppelt so alt wie Fiep. Eine Zeit lang schlief er mit beiden, mit Inge »Ixe« und mit Margit »Fiep«. Das wollten aber beide nicht. Deshalb die Turbulenzen. Ich, »Mischa«, war zu dieser Zeit nur noch selten in der WG, ich hatte eine neue Freundin, und die bewohnte ein gemütliches Zimmer mit Zimmerpflanzen und einem mannshohen Fernsehkasten mit einem Schwarz-Weiß-Bildschirm in DIN-A4-Größe. Auch Carlo »Caro« und Florian »Floh« mieden unsere Wohnung in der

Frankfurter Straße am Beginn zum Südviertel. Ich nehme an, die wirklich schweren Turbulenzen zwischen Inge, Fiep und Martin sind uns erspart geblieben.

Fiep hatte ein dünnes Kuvert mitgebracht. Als ich danach griff, zog sie es zurück. Dies seien die ersten zehn Seiten von Martins Roman.

»Ist er also doch Schriftsteller geworden«, sagte ich.

»Nein«, sagte sie, »ist er nicht, eigentlich ist er das nicht, nein.«

Ob er Lehrer gewesen sei, fragte ich. Oder Historiker? Oder Arzt?

Sie nickte und lächelte in sich hinein. »Armer Martin«, sagte sie. Und nach einer Gedenkminute: »Lesen Sie diese ersten zehn Seiten! Ich komme in einer Stunde wieder und bringe den Rest. Wenn Sie wollen. Wenn nicht, würde es mir sehr leid tun. Wenn aber ja, erzähle ich Ihnen die ganze Geschichte.«

Mir kam diese Inszenierung gekünstelt und obendrein ungeschickt vor, und sie ließ so gar kein Spielfilm-Feeling aufkommen, was offensichtlich beabsichtigt war. Zugleich aber rührte mich die Verlegenheit dieser Frau, über die ich, als wir uns das letzte Mal sahen, gedacht hatte, sie wird nicht lange leben, und so spielte ich mit. Wenn ich mich jetzt daran erinnere, schäme ich mich, ich muss ihr arrogant und herablassend erschienen sein. Der Eindruck wäre grundfalsch gewesen. Ich sah mich in eine Rolle gedrängt, aus der ich mich nicht herauswinden konnte. Und das – ja! –, das erinnerte mich an Martin Schneitewind und an die Gefühle, die seine Anwesenheit in mir ausgelöst hatte. Und nicht nur in mir. Keine guten Gefühle.

Wir taten nicht, wie Fiep vorgeschlagen hatte. Ich wollte kein Richter sein.

Ich sagte: »Wenn Martin einen Roman geschrieben hat, dann weiß ich, dass er gut ist.« Es wäre ein Misstrauen gegenüber meinem verstorbenen Freund, salbte ich nach, und schäbig wäre es obendrein, wenn ich erst diese zehn Seiten würde prüfen wollen.

Sie nahm meine Hand in ihre beiden Hände – wie er es getan hatte, die Finger leicht gekrümmt – und antwortete, nichts anderes habe sie erwartet, und eilte hinaus zu ihrem Auto, um den Rest des Manuskripts zu holen.

Und ich saß da, und mir war ein bisschen schlecht, ich kam mir heroisch vor und feige, kam mir besser vor, als ich war, und schlechter, als ich war; war bereit, für eine höhere Sache meine kleinen Eigeninteressen hintanzustellen – zum Beispiel zur Messe zu fahren, wo immerhin ein neuer Roman von mir vorgestellt wurde –, zugleich verachtete ich mich, wie ich mich nach jeder gemeinsamen Stunde mit Martin Schneitewind verachtet hatte, weil ich hilflos zusah, wie mir jeder Charakter ausgetrieben wurde. Es war, als hätte ich ihm gegenübergesessen und nicht seiner Lebensgefährtin. Und hatte ein Bedürfnis nach Abwehr in mir, nach Revolte, Rebellion, nach Freiheit – wie ein Lakai.

Fiep erzählte. Sie erzählte auch von Dingen, die ich eigentlich hätte wissen müssen und auch wusste; erzählte von Martin Schneitewind wie von einem mir fremden Mann – womit sie, ob willentlich oder nicht, mir zu verstehen gab, dass sie selbst auch nicht an die Version der »besten Freunde« glaubte.

Martin Schneitewind wurde 1945 in Straßburg geboren. Sein Vater war Deutscher, seine Mutter Französin. Als Elsässer wuchs er zweisprachig auf, und zwar nicht nur innerhalb der Familie, sondern auch auf der Straße, in jedem täglichen Bereich, sogar in der Grundschule, wo laut Gesetz eigentlich nur Französisch gesprochen werden durfte. Seine Eltern ließen sich scheiden, da war er zehn. Offensichtlich wollte ihn weder seine Mutter noch sein Vater haben. Er kam zur Großmutter, von der er lange Zeit nicht wusste, ob sie die Mutter seines Vaters oder seiner Mutter war.

Die Großmutter lebte im pfälzischen Kallstadt. Sie besaß dort ein Gasthaus und führte in jeder Beziehung ein strenges Regiment. Das Gasthaus war dreihundert Jahre alt, ein stattliches Fachwerkhaus, es war bekannt in der Gegend und weit darüber hinaus. Sogar aus dem kulinarisch verwöhnten Elsass kamen die Gäste, manche von Luxemburg her, Taufgesellschaften aus Worms, Hochzeitsgesellschaften aus Heidelberg bestellten schon ein halbes Jahr vorher den Extraraum, den »Jägersaal«, wo ein Dutzend Geweihe hingen und ebenso viele Jagdhörner, manche so alt wie der Hof. In jedem Sommer war eine reiche amerikanische Familie zu Gast, die nirgendwo anders wohnen wollte als hier, einer der Söhne, ein gelbblonder, habe der Großmutter prophezeit, er werde eines Tages ein mächtiger Mann werden, und dann werde er ihr Gasthaus in Amerika maßstabsgetreu nachbauen lassen. Über fünfzehn Angestellte befahl die Großmutter; bis zu Beginn des Krieges waren an das Gasthaus noch eine Metzgerei und eine Brauerei angeschlossen gewesen, die hatten ihre Brüder geführt, beide waren im Krieg gefallen.

Nach einem Jahr wurde Martin in Kallstadt vom Gymnasium verwiesen. Fiep wusste nicht, was der Grund war. Er besuchte von nun an die Hauptschule und arbeitete in der Gastwirtschaft mit. Aber wie es scheint, habe auch die Großmutter Martin nicht haben wollen. Als er noch nicht dreizehn war, schickte sie ihn zu ihrer Nichte in die italienische Schweiz, ins Tessin.

Die Nichte nannte sich Jochebed. So hieß die Mutter von Moses. Ihr Name von Geburt war Martha. Sie gehörte der Freikirche der Siebenten-Tags-Adventisten an und war in der Familie in den Schatten gestellt worden, wahrscheinlich aus diesem Grund. Martin hatte bis dahin von ihrer Existenz nichts gewusst. Sie lebte mit ihrem Mann und ihren zwei Söhnen und fünf weiteren Familien in der Nähe von Bellinzona. Die Generation vor ihnen hatte während des Krieges ein Grundstück gekauft und darauf in einem Halbrund Häuser und Gärten errichtet, einfach, freundlich, hell. Zusammen waren sie dreiundzwanzig Getaufte und ein Dutzend

Kinder. Sie lebten von dem, was sie anbauten, und von Gelegenheitsarbeiten; sie waren bei den Nachbarn angesehen, galten als fleißig, fromm und zuverlässig. Viel zu tun haben wollte man mit ihnen allerdings nicht.

Von Anfang an habe Martin mit großer Begeisterung an den Gebets- und Bibelstunden teilgenommen. Er habe nichts lieber getan, als in der Bibel zu lesen, vor allem im Alten Testament, aber auch in den Evangelien; die Reisen des Paulus habe er im Atlas nachgezeichnet. Er begehrte Taufbewerber zu werden, an seinem fünfzehnten Geburtstag wurde an ihm die Gläubigentaufe vollzogen; das heißt, er wurde nach dem vorbildlichen Tun von Johannes dem Täufer mit dem ganzen Körper unter Wasser getaucht.

Man beschloss, Martin eine Theologieausbildung zu finanzieren, in Bogenhofen bei St. Peter am Hart in Oberösterreich nahe der Grenze zu Bayern, das war die erste Adresse. Er sollte Prediger werden.

Dann war er neunzehn und lief davon.

Er nahm das Geld, das für ihn zusammengelegt worden war, und fuhr mit dem Zug nach Italien. Er habe das Meer sehen wollen, sonst nichts. Das Geld habe er zurückgeben wollen. Nur wenige Tage habe er von seiner Familie fernbleiben wollen.

Er kam aber nicht bis zum Meer. Schon auf der italienischen Seite des Lago Maggiore sei er ein anderer gewesen, sei er wieder der geworden, der er gewesen war. Die deutsche Sprache fiel ihm wieder ein und die französische, er unterhielt sich im Zug mit Touristen, die fragten ihn, ob er aus Baden komme beziehungsweise aus dem Elsass, der Akzent verrate ihn. Da lachte er. Sie kenne niemanden, sagte Fiep, der sich so schnell neuen Gegebenheiten anzupassen vermochte, wie Martin das konnte. Dies sei während ihrer gemeinsamen Zeit immer ihre große Angst gewesen: dass er sich zwischen Einschlafen und Aufwachen in einen anderen Menschen verwandle, in dessen Leben sie keinen Platz mehr habe.

In Mailand blieb er hängen.

»Buchstäblich«, sagte Fiep. »Nämlich an der Angel einer Frau.«

Er lernte Elena Albertini kennen und zog bei ihr ein. Sie war reich, das heißt, ihre Eltern waren reich. Sie tat nichts, war klein, ein bisschen mollig, und sie lachte gern, sie wohnte in einem Apartment über zwei Stockwerke im Navigli-Viertel, der Kühlschrank war wie von Zauberhand immer bis oben gefüllt, und sie wurde schwanger. Sie heirateten, das Kind starb nach der Geburt, im selben Jahr trennten sie sich, blieben aber befreundet, und Martin war weiterhin ein gern gesehener Gast im Haus ihrer Eltern.

Das Haus ihrer Eltern war eine Villa mit Türmchen und Balkonen, Veranden und Terrassen, einer Empfangshalle, in die man ein Einfamilienhaus hätte stellen können; über den Betten waren Baldachine, das Personal trug nur Schwarz und Weiß, und im Keller lagerten Weine, für deren Wert man einen zweiten Tennisplatz im Park hätte anlegen können.

Elena Albertini war eine Nichte oder Großnichte oder sonst irgendwie Verwandte von Angelo Rizzoli, dem berühmten Filmproduzenten, Verleger und Besitzer der RCS Media Group, zu der die Tageszeitung *Corriere della Sera* gehörte. Ihr Vater war einer der Chefredakteure der Zeitung. Er und seine Frau liebten Martin. Sie behandelten ihn auch nach der Scheidung von ihrer Tochter weiter wie ihren Schwiegersohn, mehr: wie ihren Sohn behandelten sie ihn. Signore Albertini verschaffte ihm eine Anstellung bei der Zeitung, in der Abteilung Sport. Martin sprach ein eigenwilliges Italienisch, in den Ohren der Redakteure klang es seltsam archaisch. Das machte seine Artikel auffällig und unvergleichbar, und dagegen war nichts einzuwenden.

Martin war zufrieden, er wohnte zur Miete in einer hübschen Maisonette nicht weit vom Museum für Naturgeschichte; über ein eigenes Badezimmer verfügte er nicht, aber das störte ihn nur wenig, wenigstens einmal in der Woche war er ja bei seinen Ex-Schwiegereltern zu Besuch, dort gab es ein Dinner, das für zwei

Tage ausreichte, und vorher nahm er ein Bad. Seinetwegen hätte das Leben so weitergehen können.

Und dann kam es zu der vielleicht folgenschwersten Begegnung in Martin Schneitewinds Leben.

In der Via Solferini, in dem Ehrfurcht gebietenden Palazzo, »die Kathedrale« genannt, von wo aus die Redaktionen des *Corriere della Sera* seit fast hundert Jahren über die Geschehnisse im Land und in der Welt berichteten, und dort ausgerechnet in der Sportabteilung arbeitete ein Mann, der es längst nicht mehr nötig gehabt hätte, für eine Zeitung Reportagen zu schreiben, dessen Reportagen aber die Auflage regelmäßig in die Höhe schnellen ließen; der über Fußball schrieb, als wäre er eine praktische Anwendung der Metaphysik; der über den Radrennsport und seine Helden schrieb, als würden diese in einer Reihe stehen mit Kriegshelden, Religionsstiftern und Nobelpreisträgern; ein Mann, der eigentlich leitender Redakteur im Feuilleton war und unter dessen Führung die Kulturberichterstattung des *Corriere* eine Qualität präsentierte, wie sie bis dahin in Italien nicht gekannt worden war – immerhin war niemand Geringerer als der Schriftsteller Eugenio Montale sein Vorgänger – und nie wieder erreicht werden würde und tatsächlich bis heute nicht erreicht wurde; ein Mann, den in Italien jedes Schulkind kannte, der weltberühmt war, berühmt für seine Kurzgeschichten, die mit den Erzählungen von Franz Kafka verglichen wurden und die Albert Camus ins Französische übersetzt hatte; der vor allem aber berühmt war für seinen 1940 bei Rizzoli Editore erschienenen Roman *Die Wüste der Tataren*: Dino Buzzati.

Dino Buzzati war 1968, als ihn Martin Schneitewind kennenlernte, zweiundsechzig Jahre alt. Seit vierzig Jahren arbeitete er für den *Corriere*; weder Weltruhm noch Reichtum hatten vermocht, ihn zu verführen, diese oftmals als stumpfsinnig empfundene Treue zu brechen. Jeder hätte verstanden, wenn er sich in ein

Privatleben als Schriftsteller zurückgezogen und nur noch nach Lust und Laune für die Zeitung gearbeitet hätte, wie es sein Kollege Montale tat, nachdem sich der Erfolg eingestellt hatte. Diese Unverdrossenheit, am Uneinsichtigen festzuhalten, stellt in der *Wüste der Tataren* den Hintergrund aller Empfindungen dar und zeichnet eine Atmosphäre von existentieller Ausweglosigkeit, wie wir sie aus dem etwa zur gleichen Zeit erschienenen Roman *Der Fremde* von Albert Camus kennen, dort allerdings in einem realistischen Ambiente. Der junge Offizier Giovanni Drogo befehligt auf der abgeschiedenen Festung Bastiani einen Trupp von Soldaten, die dorthin geschickt worden waren, um die Zivilisation bei einem eventuellen Angriff der Tataren zu verteidigen. Der Befehl scheint sinnlos. Die Weite jenseits der Grenze gibt nichts Lebendiges preis. Es ist nicht einmal erwiesen, dass es die Tataren dort draußen gibt. Niemand hat sie je gesehen. Gegen seine anfängliche Absicht, nur für kurze Zeit auf diesem Außenposten zu bleiben, verbringt Drogo hier sein Leben. Es ist dies nicht Treue aus Überzeugung oder gar aus Liebe zum Vaterland. Was Treue genannt wird, ist Konsequenz der Einsicht, dass Pflicht immer Lebenspflicht bedeutet und dass es dazu keine Alternative gibt, weil Pflicht und Schicksal nicht voneinander zu trennen sind. Der Leutnant Giovanni Drogo in dieser Tatarenwüste fragt nicht ... – ebenso wie sein Autor Dino Buzzati nicht gefragt hat. Nie gefragt hat.

Auch nicht gefragt hat, als Mussolini zwar nicht wie Hitler die Zeitungen zwangsweise gleichgeschaltet, aber immerhin die Pressefreiheit so weit eingeschränkt hatte, dass sinnvoller Journalismus kaum mehr möglich war. Der glanzvolle Reporter Buzzati war ein durch und durch unpolitischer Mensch. Der Schriftsteller und Dichter Buzzati aber erzählte Geschichten, in denen der Bedrückung ein Ausdruck verliehen wird, wie ihn eine noch so kämpferische Reportage nicht gestalten könnte. So in seiner berühmtesten Erzählung *Das Haus mit den sieben Stockwerken* oder in den Kurzgeschichten *Dunkel, Es fängt mit »L« an* und vor allem in *Der verwandelte Bruder*. – So oder so ähnlich versuchten Freunde und Liebhaber von Buzzatis Literatur den Meister zu entschuldigen und von dem Vorwurf reinzuwaschen, er habe sich mit den Faschisten arrangiert. Er selbst äußerte sich nicht dazu.

Wer diesem eleganten Herrn begegnete, zum Beispiel in den Gängen der »Kathedrale«, der musste den Eindruck haben, er leide. Er grüßte nicht oder nur mit einem angedeuteten Kopfnicken, und niemals hat er sich mit den anderen Redakteuren und Journalisten gemein gemacht, dass er sich etwa nach Redaktionsschluss zu einem Glas Wein oder zu einem Whisky hätte einladen lassen. Er lebte in einem großen Bürgerhaus, in dem zwar auch seine Schwester und deren Mann wohnten, aber er lebte allein. Seit dem Tod der Mutter lebte er allein. Seit dem Tod der Mutter – so eine weitere Legende – habe ihn niemand mehr lachen sehen, sein Mund sei eng und schmal geworden und zum Kinn hin abgesunken. Mit der Mutter hatte er zusammengelebt bis in sein fünftes Jahrzehnt hinein. Sein Leid, sagte man, gründe aber nicht in der Trauer um die Mutter, ihren Tod habe er durchaus auch als Erleichterung empfunden; sein Lebensmissmut rühre daher, weil ihm nichts mehr einfalle. Seine großen literarischen Erfolge lagen dreißig Jahre zurück, keines seiner späteren Werke erreichte die Qualität von *Die Wüste der Tataren*.

Immer weiter zog sich Dino Buzzati aus dem gesellschaftlichen Leben zurück. *Es* zog ihn zurück. In Wahrheit nämlich wünschte er die Abgeschiedenheit nicht. Im Gegenteil. Er litt darunter, er sehnte sich nach der Rückkehr zu den Menschen – zur Buntheit, zum Lauten, zum Gelächter, zu den derben Witzen, zu Hingabe, zur Liebe. Aber er schaffte es nicht.

Und dann war er eines Tages auf dem Weg zur Toilette, die sich ein Stockwerk unterhalb seines Büros befand, und da sah er einen jungen Mann von der anderen Seite des Ganges auf sich zukommen. Er war ungefähr gleich weit von der Stiege entfernt wie er und ging in etwa dem gleichen Schritttempo. Es war also vorauszusehen, dass sie gemeinsam über die Stiege hinuntergehen würden, vorausgesetzt, der junge Mann bewegte sich nicht an ihm vorbei in die Richtung seines Büros, das hinter dem Archiv lag. Das hoffte Buzzati. Es wäre ihm unangenehm gewesen, neben jemandem über Stufen zu steigen, zu intim, womöglich im Gleichschritt, wozu die Stufen einen ja zwangen. Tatsächlich aber geschah es genau so.

Der junge Mann ging neben Buzzati über die Stiege, nickte, lächelte, machte weder Anstalten, ihn vorzulassen noch ihn zu überholen. Später erklärte Martin Schneitewind – niemand anderer war der junge Mann –, er habe gedacht, wenn ich ihm vorgehe, könnte es der vornehm gekleidete Herr als rücksichtslos empfinden, wenn ich aber ihn vorlasse, wird er sich denken, jetzt mustert er mich von hinten, und das wäre ihm noch unangenehmer. Also ging er neben ihm. Und im Gleichschritt. Und ging weiter neben ihm auf dem Weg zur Toilette, denn auch er wollte dorthin. Nun drehte es sich darum, wer als Erster die Klinke in die Hand nähme und niederdrückte. In diesem Fall wusste sich Martin Schneitewind keinen Rat. Er wartete. Und Dino Buzzati wartete ebenfalls. So standen sie einander gegenüber und schauten zu Boden. Da hörten sie Schritte. Ein Dritter kam, pfeifend, der genierte sich nicht, er öffnete die Tür, bat die beiden mit einem fröhlich kumpanenhaften Knurren herein, pfiff weiter und stellte sich vor das mittlere Urinal, sodass für Signore Buzzati und Martin Schneitewind die beiden Schalen rechts und links frei waren.

Martin Schneitewind habe ich nun gar nicht als einen Mann kennengelernt, der sich beim Pinkeln vor anderen geniert hätte – allerdings als jemanden, der sich die Marotten, Phobien und Eigenheiten anderer kraft seiner ausgeprägten Empathie blitzschnell anzuverwandeln vermochte, und zwar so perfekt, dass noch jeder geglaubt hatte, er habe nicht nur einen Gleichgesinnten, sondern eine Art *alter ego* vor sich. Er konnte sich in diesen vornehmen Herrn hineinversetzen, wie man so sagt, und er habe keinen Zweifel gehabt, dass er es mit jemand Besonderem zu tun habe. Tatsächlich war ihm Signore Buzzati bisher noch nicht begegnet, und das, obwohl er ja in derselben Abteilung arbeitete; Buzzati war anwesend abwesend, und nur ausgewählte Redakteure trafen sich mit ihm zu Besprechungen.

Als der Dritte fertig war, blieb Martin eine winzige Weile vor der Schale stehen, dann sagte er: »Verzeihen Sie, Signore, ich warte draußen.«

Sofort nachdem er wieder im großen Schreibbüro war, erkundigte sich Martin nach dem Herrn und erfuhr in wenigen Minuten, was er für den Moment brauchte.

Martin setzte alles daran, dass er zu einer Redaktionssitzung der Sportabteilung eingeladen wurde, an der auch Dino Buzzati teilnahm. Sein Ex-Schwiegervater machte es möglich und versorgte ihn gleich noch mit weiteren Informationen über den geheimnisvollen Herrn.

Martin benahm sich bei der Redaktionssitzung sehr geschickt, gab sich eben nicht nur begeistert von den Vorschlägen des berühmten Kollegen, sondern kritisierte sie auch – was sich sonst niemand getraute –, aber eben auf eine Weise, die grundehrlich klang, wenngleich naiv, sodass er bald der Star dieses Nachmittags war, zu dem sich in der abschließenden Kaffeerunde die Redakteure und Reporter drängten, um ihn auszufragen – ein Deutsch-Franzose in einer italienischen Zeitung war damals eine Sensation, und dann auch noch einer mit Intelligenz und Charme ... – Signore Buzzati beorderte den Volontär zu sich in sein Büro.

So lernte Martin Schneitewind den Dichter kennen. Und die beiden freundeten sich an. Und diese Freundschaft war von Anfang an nicht symmetrisch. Für Dino Buzzati war sie ein letztes Aufblühen an Menschlichkeit, eine schon beinahe märchenhafte Erlösung aus Starre, Dürre und Vereinsamung. In dem jungen

Mann sah er sich selbst vor vierzig Jahren; und der junge Mann – alles andere hätte mich gewundert – erklärte ihm, dass auch er Schriftsteller werden wolle, dass er sich mit allen Mitteln in die Sportredaktion des *Corriere della Sera* reklamiert habe, nur um ihn, den verehrten Dichter und Erfinder von Erzählungen wie *Ein Haus ist eingestürzt*, *Die Denkschrift* und *Angst in der Scala*, kennenzulernen – in größter Eile hatte er sich einen Band mit Erzählungen und einem informativen Nachwort beschafft. Vor allem aber wolle er von ihm lernen, wie man einen Roman wie *Die Wüste der Tataren* schreibe. Und – und hier zeigt sich das Empathie-Genie des Herrn Schneitewind in seiner Reinheit und Dreistigkeit – er könne und wolle sich diese Lehre nicht anders vorstellen, als dass er Zeuge würde, wie so ein Roman entsteht. Kurz: Signore Buzzati solle noch einmal einen Roman schreiben. Womit er die Wunde des Schriftstellers getroffen hatte, die Wunde, die nach Heilung verlangte.

Es war so, dass sich Dino Buzzati nichts mehr wünschte, als noch einmal das Glück zu erfahren, das die Schöpfung eines Romans für einen Autor bedeutet.

Dino Buzzati schrieb. Schrieb wieder. Saß bis zu fünf Stunden jeden Tag an seiner Schreibmaschine. Aber er konnte nicht mehr. Es fiel ihm nichts mehr ein. Es fiel ihm nichts ein, was seinem eigenen kritischen Verstand auch nur genügt hätte; und es fiel ihm nichts ein, was Martin Schneitewind auch bei rücksichtsvollster Nachsicht für gutheißen konnte.

Das Verhältnis zwischen den beiden drehte sich um. Dino Buzzati lieferte seinem Freund jeden Tag eine Seite, mehr nicht, oftmals nur eine halbe. Und Martin Schneitewind korrigierte, formulierte um, strich zusammen oder baute aus. Manchmal blieben von der Vorlage nur wenige Worte stehen, und die auch nur, weil Martin nicht respektlos sein wollte. Sie trafen sich regelmäßig zum Abendessen in Buzzatis Haus, saßen bis Mitternacht auf der

Terrasse und besprachen den Plot und die Charakteristik der Personen. Meist redete Martin, Buzzati hörte ihm zu; er war fasziniert von der archaischen Sprechweise – schließlich hatte sich Martin die italienische Sprache ja in vielen, vielen Gesprächen über biblische Themen angeeignet.

Aber anders als Martin befürchtet hatte, drückte den Meister die Tatsache, dass ihm selbst nichts mehr einfiel, nicht tiefer in seine Depression, sondern im Gegenteil: Es bereitete ihm Freude zu sehen, wie sein Schüler ihn überflügelte. Sie beide waren Anverwandlungskünstler – Martin Schneitewind wurde zu Dino Buzzati, Dino Buzzati zu Martin Schneitewind. Der alte Schriftsteller identifizierte sich mit dem jungen, der junge spürte dem Genie des alten nach.

Am Ende war ein Roman geschrieben; und der hatte den Titel: *Sotto la Parete del Paradiso* – »Unter der Wand des Paradieses«.

Frau Geyer – Fiep – versicherte mir, der Roman sei ganz das Buch von Martin. Es enthalte nicht einen Satz, der von Dino Buzzati stamme. Zwar sei die eine oder andere Person von Buzzati entworfen, der eine oder andere Handlungsstrang von ihm vorskizziert, aber geschrieben habe den Roman Martin, allein Martin Schneitewind.

»Woher wissen Sie das?«, fragte ich. Wir siezten uns. Sie war ein-, zweimal ins Du gerutscht; ich hatte es nicht aufgenommen.

»Weil er es mir erzählt hat«, antwortete sie.

»Sehen Sie«, sagte ich, »das genau ist mein Problem ...«

»Sie glauben ihm nicht«, unterbrach sie mich. »Das war *sein* Problem. Die Menschen glaubten ihm nicht. Das heißt, wenn sie ihn kennenlernten, glaubten sie ihm alles, aber wenn sie meinten, ihn zu kennen, glaubten sie ihm nichts mehr.«

»So ähnlich«, sagte ich.

Sie stand auf, nahm das Manuskript vom Tisch, zögerte einen Augenblick, dann drückte sie es mir gegen die Brust. »Das lasse ich Ihnen hier«, sagte sie. »Ich habe mich erkundigt, Sie sind noch zwei Tage in Frankfurt. Ich komme übermorgen um die gleiche Zeit hierher. Bis dahin haben Sie den Roman gelesen ...«

»Das habe ich sicher nicht«, sagte ich. »Ich habe nur sehr wenig Zeit.«

»Wenn Sie anfangen, hören Sie nicht auf, bis Sie durch sind«, sagte sie. Und ging.

Sie hatte nicht recht. Frau Geyer hat mir zu viel zugetraut. Vor allem hatte sie mir zugetraut, Französisch zu können. Das Manuskript war nämlich auf Französisch geschrieben. Ich kann aber kein Französisch. Ich traf sie zu unserem verabredeten Termin. Sie entschuldigte sich. Sie und Martin hätten in den letzten zwanzig Jahren bis zu seinem Tod in Straßburg gelebt. Er habe zunächst vorgehabt, den Roman bei einem französischen Verlag herauszubringen, deshalb habe er ihn ins Französische übersetzt.

Die erste Fassung, die – so Frau Geyer – zur Gänze von Martin Schneitewind stammte, diese Fassung war wegen Martins doch mangelnder Kenntnis der italienischen Sprache recht unbeholfen gewesen und einem dritten Leser nicht zumutbar, schon gar nicht einem Verleger. Also hatte Buzzati den Text überarbeitet. Wobei er inhaltlich nichts verändert habe. Nur die Sätze habe er schöner gemacht. Einfacher gemacht. Richtig gemacht. Seine Arbeit sei die eines Lektors gewesen, nicht mehr und nicht weniger. Dieses Manuskript, abgetippt von einer Sekretärin, habe Buzzati schließlich seinem italienischen Verleger gegeben. Und der Verleger sei sehr glücklich damit gewesen! Für Martin sei klar gewesen, dass der Roman unter ihrer beider Namen erschienen werde. *Sotto la Parete del Paradiso – Dino Buzzati & Martin Schneitewind*. Erst vor wenigen Monaten war bei Mondadori in Mailand der Roman *Il Libro dei Nomi di Battesimo: la giusta Guida al Nome giusto* des Autorenduos Fruttero & Lucentini erschienen. Dass zwei Schriftsteller gemeinsam an einem Buch arbeiten, war von der Kritik als überaus interessant und zukunftsreich bezeichnet worden. Martin habe es zwar nicht als gerecht empfunden, dass ihre beiden Namen in gleicher Größe und in der für ihn nachteiligen alphabetischen Reihenfolge auf der Titelseite stehen würden – zuerst habe er gar gedacht, Dino Buzzati werde lediglich am Schluss des Buches in einer Danksagung erwähnt –, dann aber habe er sich damit abgefunden; immerhin würde ihm der berühmte Name ein riesengroßes Tor zur Literaturszene öffnen, und das nicht nur in Italien, sondern in ganz Europa, in der ganzen Welt.

Aber Martin, so erzählte Frau Geyer weiter, habe sich geirrt. *Sotto la Parete del Paradiso*, so habe ihm der Verleger erklärt, werde ein Roman von Dino Buzzati sein, von Dino Buzzati allein – seit vielen Jahren endlich wieder ein neuer Buzzati! Der Schriftsteller habe den Verleger vorgeschickt, um es dem Freund beizubringen. Man werde Herrn Schneitewind ein breites Honorar auszahlen, sein Name allerdings scheine in dem Buch nicht auf, nicht einmal in einer Danksagung, da könnte mancher auf dumme Gedanken kommen. Darüber werde nicht verhandelt, erklärte der Verleger. Das sei definitiv. Falls Signore Schneitewind rechtliche Schritte überlege, könne er ihm sehr schmerzhafte Folgen versprechen, und das sei nicht allein in einem übertragenen Sinn gemeint, sondern auch in einem durchaus physischen – abgesehen davon, dass eine Klage nicht die geringste Chance habe.

Martin glaubte nicht, dass Dino Buzzati gleich dachte wie sein Verleger. Dino war sein Freund! Er konnte es nicht glauben. Er wollte mit ihm sprechen. Aber er wurde nicht vorgelassen, weder bei ihm zuhause noch im *Corriere*. Im *Corriere* wurde ihm gekündigt. Und ebenfalls gedroht: Er solle sich nie wieder blicken lassen. Auch bei den Albertinis wurde er nicht mehr eingeladen, ohne Angabe von Gründen. Er stand vor der geschlossenen Tür.

Da sei er eingebrochen.

In der Nacht sei er in das Verlagsgebäude eingedrungen und

habe das Manuskript mitgenommen. Von gestohlen könne nicht die Rede sein, schließlich sei es ja *sein Roman* gewesen. Wie er dabei vorgegangen sei, das habe er ihr im Einzelnen nicht erzählt, sagte Frau Geyer. Obwohl sie ihn öfter danach gefragt habe. Sie hatte geahnt, dass irgendetwas dabei vorgefallen war. Er wolle nicht daran denken, habe er ihr immer wieder geantwortet. Der Verlag habe keine Anzeige erstattet. Und die Öffentlichkeit habe davon nie erfahren.

Martin habe Italien verlassen. Mit dem Manuskript seines Romans im Gepäck.

»Sie glauben mir nicht«, sagte Frau Geyer.

»Doch«, sagte ich, »ich glaube Ihnen.«

»Das sagen Sie, weil Sie Martin eine kriminelle Handlung zutrauen, habe ich recht?«

»Ich weiß nicht, wie gut Sie ihn kannten«, sagte ich.

»Mit Sicherheit besser als Sie«, konterte sie.

»Mit Sicherheit«, gab ich zu. »Das heißt aber nicht, dass Sie alles über ihn wissen. Vielleicht wissen Sie manches über ihn nicht, was ich weiß.«

»Wissen Sie, worüber ich erschrocken bin?«, fragte sie nach einer Weile und sagte es mir auch gleich: Sie habe meinen Roman *Die Abenteuer des Joel Spazierer* gelesen. »Ich bin erschrocken, weil ich dachte: Das ist er. Das ist Martin. Damals lebte er noch, als das Buch erschien. Aber es ging ihm nicht gut. Er hat sich ganz auf mich verlassen müssen, in allem. Ich habe ihm Ihr Buch nicht zum Lesen gegeben. Der Protagonist des Romans ist wie er. Gut, Martin ist kein Mörder. Jedenfalls nicht, dass ich es wüsste. Aber er hat diesen Charakter, brutal und charmant, ein Lügner und ein Dieb, aber liebenswürdig, umwerfend liebenswürdig. Haben Sie die Figur des Joel Spazierer nach ihm geschrieben? Sagen Sie es mir!«

»Nein, natürlich nicht«, empörte ich mich.

Aber es war gelogen. Ich hatte Martin Schneitewind für diese Figur als Vorbild genommen, das ist die Wahrheit. Ich spürte, wie mein Gesicht kalt wurde. Noch einmal log ich: »Ich habe Martin vergessen. Er hat nichts mit einer Romanfigur von mir zu tun. Ich schwöre es Ihnen, wenn Sie wollen.«

Aber nun war doch ich an der Reihe, ihr zu erzählen, was ich wusste und was sie nicht wusste.

Tatsächlich habe ich einige Bücher von Dino Buzzati erst über Martin Schneitewind kennengelernt. Obwohl dieser seltsam biegsame Mensch gar nichts besaß, nicht eine müde Mark, brachte er hin und wieder Geschenke mit. Für Inge »Ixe« eine alte Haarspange aus Schildpatt, für Carlo »Caro« ein Zigarettenetui mit einem eingebauten Benzinfeuerzeug, für Florian »Floh« eine Che-Guevara-Mütze, angeblich aus Bolivien – und für mich, »Mischa«, einen Band mit Kurzgeschichten von Dino Buzzati. Dass er den Dichter persönlich kannte, erzählte er freilich nicht. Ich las die Erzählungen zunächst mit Widerwillen, eben weil sie mir Martin geschenkt hatte – ich befand mich damals in einer Situation, vergleichbar einem Süchtigen: Ich wollte mich von ihm befreien, kam aber nicht von ihm los.

Dann las ich die Geschichte, die da heißt *Die Laus im Pelz*. Sie erzählt von der Beziehung zwischen zwei Männern, wobei der eine den anderen als einen guten alten Freund sieht, der andere sich partout nicht erinnern kann, ihn überhaupt zu kennen. Mit Unterwürfigkeit und Schmeicheleien erobert sich der eine die Nähe zum anderen, schließlich zieht er bei ihm ein, am Ende übernimmt er im Haus des »Freundes« und auch in dessen Betrieb jede Regie. – Es war, als hätte Buzzati diese Geschichte dem Vorbild des Signore Schneitewind nachgeschrieben; was nicht sein kann, denn die Erzählung datierte auf das Jahr 1954, war also seit gut zehn Jahren auf dem Markt, bevor die beiden sich kennengelernt hatten.

An einem Abend, als er und ich allein waren, fragte mich Martin, was ich von den Erzählungen hielt. Da habe ich allen Mut zusammengenommen und habe es ihm gesagt ...

So begeistert und verliebt wir alle in den ersten Wochen waren, so bedrückend empfanden wir schon bald Martins Gegenwart. Sowohl bei Carlo als auch bei Inge, am wenigsten vielleicht bei Florian zeigte sich das gleiche Symptom wie bei mir: Sie liebten ihn, und sie hassten ihn. Sie wollten ihn allein für sich und waren eifersüchtig, wenn ein anderer auch nur mit ihm sprach; zugleich aber wünschten sie, sich von ihm freizumachen. In der Nacht hörten wir Inge schreien, weil sie sich im Bett stritten. Wenn sie das Zimmer verließ, um sich in ihrem Arbeitszimmer auf die Couch zu legen, schlich entweder ich oder Carlo zu Martin in die Kammer, um ihn »zu trösten« – ihn, der von uns allen am wenigsten des Trostes bedurfte. Oft genug lauerte ich darauf, dass Carlo oder auch Florian aus der Kammer schlich, damit ich nachfolgen könnte. Bevor Martin Schneitewind zu uns gekommen war, waren wir glückliche Freunde gewesen. Nun sprachen wir kaum noch miteinander. Wir buhlten um seine Nähe. Es war entwürdigend. Und wir verachteten uns dafür. Als Fiep bei uns einzog, wurde alles noch schlimmer.

Und nun endlich meinte ich, meine Feigheit zu überwinden, und fragte ihn: »Hast du diese Geschichten von Dino Buzzati gelesen?«

»Nein«, gab er zu, »diese nicht. Welche, rätst du mir, soll ich lesen?«

»Ich werde sie dir vorlesen«, sagte ich. Und ich las ihm *Die Laus im Pelz* vor.

Als wir am nächsten Abend nach Hause kamen, war er weg. Und Fiep auch. Wir warteten bis spät in die Nacht hinein. Wollten schon die Polizei anrufen.

Er hatte sich nicht von mir, nicht von Inge, nicht von Carlo, nicht von Florian verabschiedet. Er war gegangen, wie er gekommen war. Mit nichts. Nur seinen Schlafsack nahm er mit. Inge brach zusammen. Sie weinte und schrie und versuchte, sich die Pulsadern aufzuschneiden. Sie machte sich Vorwürfe, sie sah alle Schuld bei sich, sie wollte ihn suchen und ihn um Verzeihung bitten. Carlo zog sich ganz in sich zurück, auch er gab sich die Schuld daran, dass Martin uns verlassen hatte, wie ein Kind war er, ein Kind, dessen Eltern sich hatten scheiden lassen, er habe erst gestern zu ihm gesagt, er gebe ihm keine Zigaretten mehr, er könne Schnorrer nicht leiden. »Das hätte ich nicht zu ihm sagen dürfen!«, jammerte er. »Warum nur habe ich das zu ihm gesagt! Warum nur!« Auch Florian machte sich Vorwürfe. Er habe sich zu wenig um ihn gekümmert, habe immer nur an die Weltrevolution gedacht und so weiter.

Da klärte ich sie auf. Von Buzzatis Erzählung sagte ich nichts. Ich sagte: »Wegen mir ist er weg. Ich habe ihn eine Laus im Pelz genannt. Einen Blutsauger. Einen Vampir. Einen, der andere ausnützt. Einen Ausbeuter. Einen, der uns gegeneinander aufbringt und ausspielt und unsere Freundschaft zugrunde richtet. Einen Seelendieb.«

Die Wohngemeinschaft hielt nicht mehr lange. Inge ist bald ausgezogen, Carlo hat die Universität gewechselt, hat sich in Würzburg eingeschrieben, Florian ist nach Dortmund, und ich bin zurück nach Österreich. Wir haben keinen Kontakt mehr. Bis heute nicht.

Nicht weil ich nachfassen möchte, sondern weil mich Fiep gebeten hat, *alles* zu erzählen – die einzige Möglichkeit, ihren Mann zu rehabilitieren, vor ihr, vor seinen Freunden, vor der Welt, vor sich selbst, sei Rücksichtslosigkeit; wer einen Menschen einem anderen Menschen nicht zumute, der bereite ihm den schlechtesten Ruf –, ja, weil sie mich *inständig* bat, weil sie mir mit »dem Vorrecht ihrer Gefühle« befahl, *wirklich alles zu erzählen:*

Als wir zwei Tage später wieder am Abend von der Uni kamen,

war unsere Wohnung ausgeräumt. Nichts war mehr da. Ich meine: *nichts*. Wer auch immer sich die Mühe gemacht hatte, er hatte sich große Mühe gemacht. Und er musste Helfer gehabt haben. Und er musste sich einen Lkw ausgeliehen haben. Er hat vermutlich eine Firma beauftragt, so etwas können in so kurzer Zeit nur Profis. Alle Möbel waren weg, alle Bücher, alle unsere Kleider und unsere Wäsche, sogar die Rasierschaber im Bad waren weg, die Handtücher, Seife, Zahnbürsten und Zahncreme, Shampoo, Klopapier, Kamm, Nagelbürste, Deo. Auch der schäbige Teppich im Flur war weg. Die Töpfe in der Küche und das Geschirr und das Besteck. Die angebrochene Weinflasche. Der halbe Kasten Bier. Der Kühlschrank samt Inhalt. Das Aspirin. Die Pflanzen in Inges Zimmer. Meine Gitarre. Meine Mundharmonika. Meine Olivetti-Reiseschreibmaschine und die Schreibmaschinen der anderen. Die Hefte mit meinen dichterischen Versuchen. Die Poster von Lenin und Marx von Florians Zimmerwänden. Seine Stereoanlage. Seine Plattensammlung und seine Kakteen. Die Che-Guevara-Mütze aus Bolivien. Alle unsere Schuhe. Carlos Hanteln. Sein Expander. Seine zweifarbigen Cowboystiefel. Inges Schminksachen. Außerdem waren alle Lampenschirme abmontiert und die Vorhänge abgehängt. Und natürlich war auch unser weniges Geld weg.

Durch vierzig Jahre hatte *Sotte la Parete del Paradiso*, das italienische Manuskript, Martin Schneitewind begleitet. Bei allen seinen Umzügen nahm er es mit. Er las darin nicht. Es sah es sich nicht einmal an. Es war eingewickelt in mehrere Lagen Packpapier. Immer mehr Einzelheiten der Handlung vergaß er. Schließlich erinnerte er sich nur noch sehr vage an den Inhalt und die Personen. Mit niemandem sprach er darüber. Lange auch nicht mit Fiep.

Sie lebten in Straßburg, geheiratet haben sie nie. »Die freie Übereinkunft war die letzte Bastion unserer Unbürgerlichkeit«, so drückte sich Fiep aus. Sie fuhr jeden Tag mit dem Bus nach Kehl, wo sie am Gymnasium Französisch unterrichtete (in derselben Schule, aus der Martin einst geflogen war). Martin war französischer Staatsbürger, erst bewarb er sich ebenfalls um eine Lehrerstelle an einer staatlichen Grundschule in Straßburg, aber es fehlten ihm alle bürokratischen Voraussetzungen; schließlich nahm er einen Posten bei der Stadt an, erst in der Betriebsstelle, die für die Wasserversorgung zuständig war, dann als Kommissär beim elsässischen Gesundheitsamt, wo er die Milch der Bauern aus der Umgebung von Straßburg kontrollierte. Über die Jahre verbesserte er sich, besuchte Kurse, stieg in der Behörde auf und war endlich deren Leiter, als er in die Pension ausschied.

Irgendwann besuchte ihn ein junger italienischer Literaturwissenschaftler, der eine Biographie über Dino Buzzati schreiben wollte und erfahren hatte, dass Martin Ende der sechziger Jahre mit dem Dichter befreundet war. Auch mit ihm sprach er nicht über die gemeinsame Arbeit an dem Roman – die ja, seiner Meinung nach, gar keine gemeinsame Arbeit gewesen sei. Er erzählte, Buzzati und er hätten sich hauptsächlich über Sport unterhalten. Und er setzte eine Legende in die Welt: Sein Freund Dino habe vorgehabt, eine poetische Lebensbeschreibung des äthiopischen Marathonläufers Abebe Bikila zu schreiben, des Olympiasiegers von 1960 in Rom und 1964 in Tokio, das Manuskript der ersten Fassung müsse irgendwo sein ... wenn es Dino nicht vernichtet habe ... was er aber nicht glaube, zu sehr habe er daran gehangen ... Martin habe sich köstlich amüsiert, als er später die Arbeit zugeschickt bekam und las, welche Vermutungen der Literaturwissenschaftler anstellte, was Inhalt und Verbleib des Abebe-Manuskripts betraf und ob Buzzati die Geschichte vielleicht in Terzinen geschrieben habe, wie Dante seine *Divina Commedia*, aus anderen Quellen sei nämlich zu erfahren gewesen, der Dichter habe sich am Ende seines Lebens mit dem Gedanken getragen, ein Versepos zu schreiben.

Erst eineinhalb Jahre vor seinem Tod erzählte Martin seiner Lebensgefährtin von »seiner einzigen literarischen Produktion«.

Alles, was sie mir erzählt habe, habe er ihr erzählt. Es wäre schade, habe er gesagt, wenn das Manuskript verloren ginge. Sicher müsse es überarbeitet werden.

Fiep ermutigte ihn dazu. Er meinte, die effektivste und erfreulichste Art einer Überarbeitung wäre, den Text nicht bloß in seine Muttersprache zu übertragen, sondern ihn von Grund auf neu und in Französisch zu schreiben. Wobei er ihm dann einen anderen Titel gab: *Tauth*.

Als ich mit der Lektüre ans Ende gekommen war, da meinte ich, sämtliche Romane, die ich je gelesen hatte, ließen sich in zwei Kategorien einteilen, nämlich in diesen und in alle anderen. Raoul Schrott hatte mir per Mail eine vorläufige Übersetzung geschickt. Er hatte sich während seiner Arbeit mit Margit Geyer in Verbindung gesetzt. Er hat sie in Frankfurt besucht, und sie hat ihm alle Unterlagen zur Verfügung gestellt, die ihr Mann hinterlassen hat und die den Roman betreffen, eine Kiste voll. Während der Lektüre, schon bald nach den ersten Seiten, dachte ich mir nicht mehr den Mann dazu, der dies geschrieben hatte; was ich las, fegte die Erinnerung an Martin Schneitewind weg.

Zwischendurch, wenn ich mir einen Espresso aus der Maschine laufen ließ oder als ich der Nachbarin öffnete, die mich fragte, ob ich nach ihrer Post schauen könne, sie würde für drei Tage nach Südtirol fahren – da stand er wieder in mir auf, dieser merkwürdige, irrlichternde Mann, von dem ich geglaubt hatte, ich würde ihn kennen, der mich jetzt angrinste, als wollte er sagen: Was bildest du dir eigentlich ein! Hast ein paar Monate an meinem Leben teilgehabt und glaubst, du hast mich durchschaut. Bist du einer, bei dem ein paar Monate genügen, um auf ein ganzes Leben hochzurechnen? Ich bin so einer nicht! Dann setzte ich mich wieder an den Laptop und las weiter, und das Gespenst verschwand, wurde von den Gespenstern aus der Geschichte, die er vor langer Zeit geschrieben hatte, vertrieben. Und in der Nacht, als ich nur noch wenige Seiten vor mir hatte, war er plötzlich wieder da; ich sah ihn vor mir, sein Gesicht abgewandt, ein in sich gesunkener alter Mann, der ein gutes Drittel seiner Existenz als halb zufriedener, halb nörgelnder Beamter in einer langweiligen Behörde verbracht hatte, als hätte seine eigene Jugend, die wilde, ein anderer gelebt, ein wilder Hund, wie man bei uns zu jemandem sagt, der sich vor niemand und nichts fürchtet, ein Abenteurer, wie er im Buch steht.

Es ist die Gleichzeitigkeit von absolutem Fremdsein und hautnaher Intimität, die dieses einzigartige Werk ausmacht; es ist, als ströme es einen Geruch aus, das Aroma einer Blume, über die man nichts weiß, nicht, ob sie giftig ist, nicht, ob sie heilen kann, deren Duft einen aber betört. Der Roman hat Charisma. Es mutet seltsam an, einem literarischen Erzeugnis eine Eigenschaft zuzurechnen, die allein für einen Menschen gilt. Charisma ist die Unberechenbarkeit von Anziehung und Abstoßung. Beim Lesen war mir, als schaue er mich an – er, und damit meine ich nun nicht den Autor, ich meine den Roman. Als wäre der Roman selbst ein Wesen, ein lebendiges Ding, das will, dass ich, der Leser, mich ihm ausliefere. Das klingt merkwürdig, irrational. Manchmal bringt die Literatur den Zauber in die Welt zurück.

Das italienische Original habe sie unter den Sachen ihres Mannes nicht gefunden, versicherte mir Margit Geyer, sie nehme an, dass Martin es vernichtet hat. Er habe wohl alle Spuren von Dino Buzzati verwischen wollen. Ich bin glücklich, dass ich Raoul Schrott gewinnen konnte, Martin Schneitewinds Roman aus dem Französischen ins Deutsche zu übersetzen. Er weiß viel mehr als ich über die Hintergründe der Geschichte, die der Autor uns erzählt, die historischen wie die mythologischen Hintergründe. Raoul hat Erstaunliches gefunden, darüber berichtet er in seinem abschließenden Kommentar. Für seinen Enthusiasmus bei diesem Unterfangen danke ich ihm.

Michael Köhlmeier, September 2017

EDITORISCHE NOTIZEN

Das Typoskript trägt den handschriftlichen Titel *THAUT*; der Autor oder ein Abschlussdatum ist darauf nicht vermerkt. Es beginnt – um zumindest einen Eindruck vom Original zu geben – mit dem Satz: *Les vagues déferlèrent contre le rempart et se brisèrent sourdement. Le silence entre les lames était plus long que celui entre mes souffles, et en respirant je me calmais, pour tomber enfin dans un sommeil où les deux s'unirent.*

Der Wohlklang des vorgeblich italienischen Titels – *Sotto la Parete del Paradiso* – ist im Deutschen nicht wiederzugeben. Wörtlich heisst dies ›Unter der (Berg- oder Zimmer-)Wand des Paradieses‹ in einer für Dino Buzzatis Werk typischen Doppelbedeutung des Potemkinschen wie Sublimen solcher Orte, denen der Dammbau allerdings eine manifeste Konkretheit verleiht. Ob er jemals für diesen Roman vorgesehen war, muss dahingestellt bleiben. Da darin jedoch sowohl Mauern wie das Paradies zentrale Themen darstellen und zudem in XXXVI von *une fois chassé du paradis, au-delà de ses murs* die Rede ist, erschien für die deutsche Ausgabe ›An den Mauern des Paradieses‹ ein ansprechenderer Titel als das abstrakte ›Thaut‹.

Michael Köhlmeier gab mir Schneitewinds Typoskript, damit ich ihm Auskunft über den Inhalt gebe und seine literarischen Qualitäten einschätze. Ich las mich bald fest und bot ihm darauf an, es zu übersetzen – ohne dass ich Näheres über den auch ansonsten völlig unbekannten Autor wusste oder hätte wissen wollen.

Ein Text entwickelt seine Stärken oder Schwächen von sich aus; welche Person dahintersteckt, erschien mir stets peripher, da sie ohnehin bloss eine *persona* darstellt, eine Schauspielermaske, ›durch die hindurch‹ – in der lateinischen Bedeutung des Begriffs – ›es tönt‹. Woher dieses literarische Sprechen kommt, ist rätselhaft genug, um seit der Antike von der Figur der Muse verkörpert zu werden, für die jeder Dichter bloss ein Sprachrohr darstellt, ohne dass sich am inspirativen Wesen des kreativen Aktes bis heute viel geändert hätte.

Diese Hohlform mit einer Schriftsteller-Biographie auszufüllen halte ich für eine unsägliche Vermarktungspraxis, die ein Buch über einen, meist noch überzeichneten, Lebenslauf interessant zu machen versucht, es damit aber bloss auf tönerne Füsse stellt. Biographisches lässt sich stets nur schwer und dann höchst fragwürdig aus einem Roman herausfiltern. Zudem löst sich das Schreiben ja vom rein Privaten und Subjektiven, um daraus etwas Exemplarisches hervorgehen zu lassen: das uns aufgrund seines symbolischen Gehaltes, nicht seiner biographischen Indiskretionen wegen beschäftigt.

Auch als Übersetzer bin ich froh, mich unvoreingenommen an einen Text machen zu können, um seinen Sätzen, nicht seinem Autor gerecht zu werden. Ihnen versucht man treu zu bleiben, indem man sich im selben Mass hintanstellt wie ihren Verfasser, um möglichst passgenau in ihre Maske schlüpfen und in einer anderen Sprache dasselbe sinnliche und sinnhafte Konstrukt wiedergeben zu können.

Das Typoskript ist unlektoriert; Schneitewinds eigene Überarbeitungen beschränken sich auf handschriftliche Korrekturen, die jedoch ab der Mitte etwa aufhören (was die letzten Arbeiten daran auf die Zeit kurz vor seinem Tod 2009 datieren würde). Dennoch war nur wenig sprachlich zu glätten oder zu verdeutlichen; es sind dies stets grenzwertige übersetzerische Eingriffe, die sich hier jedoch im Rahmen hielten.

Dies gilt umso mehr, als sein Französisch weniger der manchmal arabesken Rhetorik der romanischen Literaturtradition anhängt, sondern vielmehr substantieller deutsch bleibt: wenn seine Sätze einmal ungelenk wirkten, dann weil sich dahinter ein Gedankengang verbarg, den er selbst aus seiner eigentlichen Muttersprache ins Französische zu übertragen haben schien. Auch aus diesem Grund halte ich eine Mitautorschaft Buzzatis an dem nun vorliegenden Text für unwahrscheinlich; die wenigen davon nachweisbaren Spuren scheinen sich wenn, dann allenfalls auf die vorgeblich italienische Fassung erstreckt zu haben, die von Schneitewind erneut, wenn, dann vollständig überarbeitet worden sein muss.

Um einen Text für die Übersetzung zu erschliessen, muss man oft auf seine Kon-Texte zurückgreifen. Deshalb seien manche davon im Folgenden angeführt, insofern sie für die Lektüre informativ sind. Dabei erstaunt, wie selbst noch aus den uralten Quellen und disparaten Vorlagen (und trotz der mittlerweile mindestens zehn Jahre zurückliegenden Abfassungszeit) dieses Romans etwas entstehen konnte, das sich wie ein Kommentar der Gegenwart und ihrer politischen Problematiken liest: als hätten die Musen recht damit, dass ihre Eingebungen Überzeitliches und oft auch Zeitloses zum Ausdruck zu bringen vermögen.

I – Die spanische Ausgabe des Life-Magazins vom 9.2.1959 mit ihrer Schilderung des Todesfalls der 22-jährigen mondsüchtigen Pastorentochter Else Flothmeier aus Philadelphia bildet eine der vielen Vorlagen Schneitewinds. Das Magazin fand sich in zwei mit Zeitungsartikeln und Büchern in mehreren Sprachen, Krimis ebenso wie Fachliteratur, prall gefüllten Pappschachteln im Keller seines Hauses. Die Aufarbeitung dieser offenkundigen Quellen wäre eine Dissertation wert, obwohl ein solches Unterfangen letztlich nur zu demonstrieren vermöchte, dass jedes literarische Werk auf einem Kaleidoskop von Materialien beruht, die es auswertet, um ihnen dann eine kohärente Symbolik abzugewinnen.

II – Die Darlegungen rund um ›Bill Stumps Stone‹ (siehe auch VII) entsprechen den Tatsachen; er wurde jedoch nicht 1888, sondern 1838 im Grave Creek Mound entdeckt, ein Jahr nach Erscheinen von Charles Dickens' Pickwick Papers.

Die den Film kommentierende Stimme gibt – wie dann auch in VI, XIII und XV – adaptierte Abschnitte aus Georg Güntsches *Panropa* (Köln 1930) wieder. Dieser Roman bezieht sich seinerseits auf das breit publizierte Projekt des Münchner Architekten Herman Sörgel, das Mittelmeer durch einen Damm in Gibraltar trockenzulegen. Die betreffende Studie dazu, Wolfgang Voigts *Atlantropa – Weltbauen am Mittelmeer. Ein Architektentraum der Moderne*, Hamburg 1998, findet sich in Schneitewinds Materialiensammlung.

Dieses auch durch einen Spielfilm Anton Kuttners (*Ein Meer versinkt*, 1936) und einen Roman John Knittels (*Amadeus*, 1939) bekannt gewordene Vorhaben hatte nicht nur den Deichbau in *Faust II*, sondern auch Bruno Tauts *Alpine Architektur* von 1918 zum Vorbild.

Anspielungen auf Goethes *Faust* sind in Schneitewinds Roman nicht zu entdecken. Als utopisches Friedensmanifest propagiert letztere Schrift jedoch einen ›Weltbau‹, der die Bergspitzen zwischen den Schweizer Alpen und dem Apennin durch betonierte Überbauten in einen gigantischen Park verwandeln sollte. Der Name – nicht die Biographie – des Stadtplaners Bruno Taut mit seinen Grosssiedlungen in Berlin, der 1938 im Exil vor den Nazis starb, scheint dabei Schneitewind eine seiner Hauptfiguren suggeriert zu haben.

2 – Der Mythos um Adammu lässt sich in dieser Form aus den Schrifttafeln KTU 1.100 und 1.107 ablesen (vgl. dazu Marjo A.C. Korpel und Johannes C. de Moor, *Adam, Eve, and the Devil – A New Beginning*, Sheffield 2015). Zusammen mit der Aufarbeitung

ähnlicher Quellen lässt dies auf ein intensives, wohl an der Uni Marburg vorgenommenes alttestamentarisches Studium seitens des 2009 verstorbenen Schneitewind schliessen. Es muss akribisch genug gewesen sein, denn seine Auslegungen werden durch modernere Studien auf seinem Fachgebiet vielfach bestätigt.

IV – Durands Stein, der erstmals die Identifikation Dilmuns mit Bahrain erlaubte, wurde dort 1878 in der mittlerweile zerstörten Medresse der Daud-Moschee entdeckt; er selbst wurde im Zweiten Weltkrieg vernichtet.

V – Eingelegt in das Typoskript finden sich die durchgestrichenen Seiten 59 bis 61, die von Schneitewind danach paraphrasiert worden sind:

»Soares übersetzte mir die Passage, als wäre die Übertragung neben ihm nicht zu lesen gewesen:

– *Mein Bruder, was tut dir weh?*
– *Mir tut die Schädeldecke (abu) weh!*

Also brachte sie den Gott Abu zur Welt, den Gott der Baumkronen, welcher alles Grüne aus dem Kahlen spriessen lässt.
– *Mein Bruder, was tut dir noch weh?*
– *Mir tun die Wurzeln der Haare (siki) weh!*
Also brachte sie Nin-siki-lay zur Welt, die Göttin der Haare, welche uns die Fülle ihrer Pracht schenkt.«

»Offenbar waren die Menschen damals schon auf ihr Äusseres bedacht und Kahlköpfigkeit ein Übel, für das man sich göttliche Abhilfe erhoffte.« Er fuhr sich unwillkürlich über sein glatt am Schädel klebendes Haar.

– Mein Bruder, was tut dir noch weh?
– Meine Nase (giri) tut mir weh!
Also brachte sie Nin-giri-du zur Welt, die Göttin, die Nasen schafft.

»Hier ist die Tontafel schadhaft. Welche Rolle die Göttin der Nase genau spielte, ist also nicht mehr zu sagen. Wir wissen nur, dass sie dann den Gott der Heiler zum Mann nahm. Aber damit ist die Liste von Enkis Lamentationen noch lange nicht zu Ende.«

– Mein Bruder, was tut dir noch weh?
– Mein Mund (ka) tut mir weh!
Also brachte sie Nin-ka-si zur Welt, die Göttin des Mundes,
welche ihn mit Bier füllt und so alles Verlangen stillt.
– Mein Bruder, was tut dir noch weh?
– Meine Kehle (zi) tut mir weh!
Also brachte sie Na-zi zur Welt, die Göttin der Kehle,
welche darüber wacht, dass alles glatt läuft.

»Das ist eine recht eigenartige Vorstellung, meinen Sie nicht?« Er erwartete nicht wirklich eine Antwort darauf. »Sie betrachtet das Sich-Verschlucken und Verkutzen quasi philosophisch. Um so einen Gott für die rechte Reihenfolge der Dinge im Leben entstehen zu lassen.«

– Mein Bruder, was tut dir noch weh?
– Mir tut der Arm (a) weh!
Also brachte sie A-zimu-a zur Welt, die Göttin der Arme,
welcher wir unseren guten Arm verdanken.

»Und dann kam die entscheidende Stelle, zu der es mittlerweile Hunderte Seiten von Fachliteratur gab, welche deren Bedeutung für die Bibel erschloss.«

Schneitewinds Darlegungen zum sumerischen, üblicherweise als ›Mythos von Enki und Ninhursanga‹ bezeichneten Text als Vorlage für einzelne Passagen der biblischen Genesis entsprechen ebenfalls mehr oder minder dem heutigen Kenntnisstand. Für eine moderne akademische Bearbeitung dieses Mythos mit stellenweise abweichenden Lesarten sei auf Pascal Attingers Übersetzung in *Erzählungen aus dem Land Sumer*, hrsg. von Konrad Volk (Wiesbaden 2015), hingewiesen.

VIII – ›Der erste amerikanische Kaiser‹ bezieht sich auf den in London geborenen Joshua Abraham Norton, der sich am 17. September 1859 zum Kaiser der Vereinigten Staaten erklärte. Bei seinem Tod 1880 in San Francisco trug ihn fast die gesamte Stadtbevölkerung in einer über drei Kilometer langen Prozession zu Grabe; es stellt dies immer noch das grösste Begräbnis dar, das San Francisco bislang gesehen hat.

X – Drei Namen aus der Liste der Salpeterminen – Kerima, Bellavista und Slavia – geben chilenische Salitreras wieder. Dies, ebenso wie die geographischen Schilderungen des Romans mit seiner Kordillere und dem Hochnebel, legen eine Inspiration durch die in der Atacama zu besichtigenden Geisterstädte der ehemaligen Salpeterminen nahe. Die Nachlassverwalterin, Margit Geyer, hat in diesem Zusammenhang mir gegenüber erwähnt, dass Schneitewind nach seinem nie abgeschlossenem Theologiestudium in Tübingen durch Südamerika gereist ist, eine Zeit lang zusammen mit einem amerikanischen Jugendfreund, dessen Familie ursprünglich aus Kallstadt stammte, wo sie im Sommer mehrmals urlaubte. Er und sein Freund hätten sich nach einem Besuch Cuscos irgendwo im peruanischen Urwald zerstritten; Letzterer brachte es schliesslich zum fünfundvierzigsten Präsidenten der Vereinigten Staaten.

XI – Laut Edmund Marriage von der Universität London sind die hier wie in XVI vorgestellten Interpretationen des hebräischen Wortlauts von Genesis 1:1–10 durchaus argumentierbar, sodass sich diese Bibelstelle auch wie die Schilderung eines antiken Dammbaus nördlich des Berges Hermon im Grabenbruch des libanesischen Bekaa-Tales lesen liesse.

In das Typoskript eingelegt findet sich auf Seite 123 eine durchgestrichene ältere Fassung, welche den sumerischen Text aus »Gilgamesh, Enkidu und die Unterwelt« verbatim wiedergibt, von Schneitewind dann jedoch erneut durch eine Paraphrase ersetzt worden ist:

»Und an Evita dachte, als helfe es, die immer noch wie in Zeitlupe vor meinen Augen ablaufende Szene zu stoppen. Oder als könnte ich sie darin finden.

Zu Urzeiten, als die Urordnung noch gebührend beachtet wurde,
als der Himmel von der Erde getrennt wurde
und die Menschheit sich einen Namen gemacht hatte,
nachdem An sich den Himmel genommen hatte,
Enlil sich die Erde und Ereschkigala
mit der Verwaltung der Unterwelt betraut worden war,
wuchs ein einzelner Baum, nicht grösser als ein Busch,
eine Steinweichsel am Ufer des funkelnden Euphrat.
Während er aus dem Fluss trank,
riss ein stürmischer Südwind aber seine Wurzeln aus,
brach seine Äste ab, und der Euphrat überflutete ihn.
Eine Frau, welche zuvor stets auf die Worte des obersten Gottes An
und seiner rechten Hand Enlil geachtet hatte,
nahm den Baum in ihre Hand und brachte ihn nach Uruk
in den bunt blühenden Garten der obersten Göttin Inanna.
Doch sie pflanzte ihn dort nicht mit ihren Händen ein,

sondern stampfte ihn mit den Füssen fest,
und statt ihn zu begiessen, tränkte sie ihn viel zu reichlich mit Wasser.
»Wann kann ich mich auf einen prächtigen Thron setzen,
der aus seinem Holz gemacht ist?
Wann kann ich mich auf ein prächtiges Bett legen,
das aus seinem Holz gemacht ist?«, sagte sie.
Nachdem erst fünf, dann zehn Jahre vergangen waren,
wurde der Baum jedoch so dick,
dass nicht einmal seine Rinde mehr sich spalten liess.
In seinen Wurzeln grub eine Schlange,
gegen die kein Bann nützt, ihr Nest,
in seinen Wipfel setzte der Donnervogel seine Jungen
und in seinem Stamm wohnte nun die Herrin der Winde.
Wie weinte die junge Frau da, die sonst immer froh war und lachte,
und wie weinte ihre Herrin da, die leuchtende Inanna!

Die Stelle erklärte die Herkunft des Baumes der Erkenntnis von Gut und Böse sowie der alles untergrabenden Schlange im Garten Eden; zugleich brachte sie auch den Grund für Evas Verführung vor. Die Steinweichsel am Euphrat symbolisierte die Aufteilung der Welt in drei von männlichen Göttern beherrschte Sphären: Himmel, Erde und Unterwelt. Was die junge und naive Frau dazu verlockte, diese göttliche Ordnung und deren natürliche Beschränkungen zu ignorieren. Sie nahm sich etwas, das bereits für die Unterwelt bestimmt war, weil sie glaubte, den natürlichen Zyklus des Werdens und Vergehens durch künstliches Wachstum aufheben zu können, im Wunsch, sich am Ende selbst auf einen Herrscherthron zu setzen.«

Danach geht der Text wie abgedruckt weiter. Für diese Passage aus dem als »Gilgamesh, Enkidu und die Unterwelt« geläufigen Mythos sei zum Vergleich auf eine weitere akademische Übersetzung von Pascal Attinger mit stellenweise abweichenden Lesarten hingewiesen (*Erzählungen aus dem Land Sumer*, hrsg. von Konrad Volk, Wiesbaden 2015).

XIII – Als direkte Vorlage für die Details des hier beschriebenen Dammbaus lässt sich nicht nur ein 2007 an der Universität Utrecht vorgelegtes Projekt ausmachen, das Rote Meer vom Indischen Ozean durch eine Staumauer abzuschliessen, sondern auch das von der dortigen Fakultät für Erdwissenschaften zuvor ausgearbeitete *Hormuz Strait Dam Macroproject – 21st Century Electricity Development Infrastructure Node (EDIN)* aus dem Jahre 2004.

Signiert wird diese Konzeptbeschreibung unter anderen von den Professoren Roelof D. Schuiling und Piet A. L. C. van Overveld, welche Schneitewind – bei aller Freiheit ihrer Charakterisierung – zu den Namen zweier Figuren, ›Schuillen‹ und ›Overfeld‹, abgewandelt hat. Mit dem Jahr 2004 ist zudem ein Terminus post quem gegeben, ab dem Schneitewinds Arbeit an seinem Roman anzusetzen ist – was ebenfalls gegen eine Mitautorschaft des 1972 verstorbenen Buzzati spricht.

XIX – Quelle für die Zitate aus dem »Mythos von Adapa« war E. A. Speisers Übersetzung in der von James B. Pritchard edierten Anthologie *Ancient Near Eastern Texts Relating to the Old Testament*, die sich in der Ausgabe von 1969 in Schneitewinds Bibliothek befindet. Niels-Erik Andreasens Fachaufsatz *Adam and Adapa: Two Anthropological Characters* (Andrews University Seminary Studies 19.3) von 1981 ist dabei als eine Basis der darauf folgenden Auslegungen auszumachen.

XXI – Für die Geschichte von Ilu Enachim stand die Biographie Rudolf Diesels Pate.

Die Zitate aus Thauts Testament entstammen dem letzten Willen des utilitaristischen Philosophen Jeremy Bentham, der seinen Körper als ›Auto-Ikon‹ mumifizieren und nach seinem Tod im Londoner Kings College ausstellen liess. Bei seinem Kopf jedoch ging der Prozess schief; er wurde durch einen aus Wachs ersetzt und geriet 1975 in die Schlagzeilen, als er von Studenten gestohlen wurde.

14 – Die hier beschriebenen Experimente mit Kampfgasen geben im Wesentlichen jene wieder, welche im Zweiten Weltkrieg von den USA durchgeführt wurden.

17 – Die Legende von Morg Bozorg erzählt in leicht abgewandelter Form Dino Buzzatis Text *Die Mauern der Stadt Anagoor* nach. Da sich der Wortlaut jedoch an die 1960 in München erschienene deutsche Übersetzung anlehnt, stellt sich erneut die Frage nach dem Ausmass einer möglichen Zusammenarbeit zwischen ihm und Buzzati.

XXV – Der dritte Absatz dieses Kapitels beruht auf dem einzigen Zitat aus Dino Buzzatis *Wüste der Tataren*, das in Schneitewinds Roman auszumachen ist – nämlich dem Anfang des 21. Kapitels: *Ein einsames Tal, ein Pferd. Der Hufschlag des Pferdes hallt laut in der Stille der Felswildnis wider. Regungslos steht das gelbe Gras, und kein Windhauch bewegt das verkrüppelte Buschwerk. Sogar die Wolken sehen aus, als ständen sie still – so langsam ziehen sie über den Himmel dahin. Ein Pferd trottet eine weisse Strasse entlang, und auf ihm reitet Giovanni Drogo* (deutsche Fassung Berlin 2012). Weder in Schneitewinds Bibliothek noch in seiner Materialiensammlung findet sich jedoch irgendein Buch Buzzatis.

Hinter Ron Henderson ist Ian Henderson (1927–2013) erkennbar, der 1958 nach Bahrain kam, um dort das *General Directorate for*

State Security Investigations zu leiten und durch seine Beteiligung an Folterungen als ›Schlachter von Bahrain‹ notorisch wurde.

XXVII – Im Anfang dieses Kapitels lassen sich zum dritten und letzten Mal Spuren Dino Buzzatis nachweisen. Mehrere Sätze sind dessen im Februar 1940 für den *Corriere della Sera* verfassten Reportage aus Äthiopien *Nelle foreste di Gore* entnommen: *muraglioni compatti di fogliame stranamente sospesi nello spazio, verdi cateratte sprofodavano attorno, si era presi da una vertigine beata.* [...] *Così seguitando, al guado del fiume Gabbà, si aprì un anfiteatro indicibile di foresta: sorrette da bianche colonne, pareti trionfali di fogliame, si accavallavano da ogni parte, fino alla sommità del cielo, mortificando la superbia dell' uomo.* Dort ist auch von einem *accordo dolce e delicatissimo, eseguito con molto bravura e sentimento, in re bemolle minore. Flauto o clarinetto?* die Rede.

Diese Auskunft verdanke ich der Buzzati-Expertin Marie-Hélène Caspar, Université de Paris X, die so freundlich war, Schneiteweinds französischen Originaltext auf etwaige Zitate durchzulesen. Da dieser Artikel, wie andere seiner Reportagen aus Äthiopien, nie in Buchform vorgelegt wurde, scheint zumindest hier Buzzatis Mitwirkung an einer früheren Fassung des vorliegenden Romans denkbar: Buzzati allenfalls den arabischen Handlungsraum vorgebend und dafür auf eigene, anderswo nicht verwertete Schriften zurückgreifend, Schneitewind die Themen dann ausarbeitend, der eine in die Haut des anderen schlüpfend und umgekehrt.

Die enge Bekanntschaft zwischen Buzzati und Schneitewind ist jedoch nur durch Buzzatis *Poema a fumetti* zu belegen, einen von Buzzati 1969 selbst gezeichneten Comic über Orpheus und Eurydike; darin hat Schneitewind mehrfach Buzzatis Protagonisten Modell gestanden.

Wie Schneitewinds Materialien zeigen, benützte er Geoffrey Bibbys *Dilmun – Die Entdeckung der ältesten Hochkultur* (Deutsch von Gustav Klipper, Hamburg 1973) als Grundlage für die Beschreibung Dilmuns – inbesondere des antiken Herrscherpalastes dort, der Bewässerungsanlagen und der Votivgaben von Schlange und Perle.

Der 400 Jahre alte Shaharat-al-Hayat (›Baum des Lebens‹) auf dem Jebel Sanga in Bahrain stellt immer noch eine der grössten Touristenattraktionen der Insel dar.

*

Schneitewinds Roman wirft mehrmals die Frage nach der widersprüchlichen Wahrheit des Schreibens auf: inwieweit erlebte Wirklichkeit trotz allem gewollten Realismus bei der Schilderung in Fiktion übergeht. Sie berührt auch das Paradoxon der Lektüre, bei der wir das Wissen verdrängen, es bei einem Roman mit einer offenkundigen Lüge – einem fiktionalen Kunstprodukt, einem Fake – zu tun zu haben, um uns dennoch unwillkürlich seine Wahrheit zu eigen zu machen. Dabei erstaunt immer wieder, dass uns gemeinhin die Frage nach ihrem Autor beschäftigt, als könne dessen Person als Garant für die Authentizität eines Textes einstehen, um uns – das zeigt sich auch bei den bildenden Künsten – dann enttäuscht zu zeigen, wenn er nicht aus der Feder Shakespeares und ein Bild nicht von der Hand Rembrandts, Picassos oder Max Ernsts stammt: als würde dies irgendetwas an ihrer Aussage verändern.

Dieser Verführung erliegt man allzu gern. Die Übersetzung einmal abgeschlossen, begann ich nach der Lektüre von Michael Köhlmeiers Nachwort den Roman durch diese Brille neu zu lesen. Dadurch hoben sich zuvor unauffällige Stellen hervor, wurden ihrem eigentlichen Zusammenhang entrissen und verliehen ihnen andere, scheinbar biographische Bedeutungen, die allesamt nur vom Text und seinen Aussagen abführten.

Dabei gilt nach wie vor das Diktum einer Schrift Paul Valérys – Note et Digressions –, die sich in Schneitewinds Bibliothek findet.

Ihm zufolge stellen alle Werke immer nur Falsifikationen dar, Arrangements, und der Autor ist glücklicherweise nie der Mensch. Das Leben des einen ist nicht das Leben des anderen: sammeln Sie soviele Details, wie Sie können, über das Leben Racines, Sie werden dennoch daraus nie die Kunst seines Verseschreibens ableiten können. Alle Kritik wird von diesem längst überholten Prinzip dominiert: der Mensch ist der Urheber seines Werkes – so wie der Verbrecher in den Augen des Gesetzes der Urheber seines Verbrechens ist. Doch sind beide weit eher dessen Ergebnis! Dieses pragmatische Prinzip erleichtert bloss die Arbeit der Richter und Kritiker; Biographie ist simpler als Analyse. Doch darüber, was uns am meisten interessiert, lehrt es absolut nichts ... ja, noch weniger! Das wahre Leben eines Menschen, das stets schlecht bestimmbar ist, ob für seine Nachbarn oder für ihn selbst, lässt sich nicht als Erklärung seiner Werke benützen, ausser indirekt und mittels sorgfältigster Elaborationen.

Deshalb also: keine Geliebten, keine Gläubiger, keine Anekdoten, keine Aventüren mehr! Um sich eine ehrlichere Methode anzueignen: nämlich nach Ausschluss aller äusserlichen Details ein theoretisches Wesen zu imaginieren, ein psychologisches Modell, das mehr oder minder grob ist, doch die einzige, uns zugängliche Möglichkeit darstellt, das Werk, das es zu erklären gilt, zu rekonstruieren. Der Erfolg wird zweifelhaft sein, die Anstrengung jedoch nicht vergebens bleiben.

Dennoch bleibt ein philosophisches Paradoxon bestehen, auf das Schneitewind ebenfalls desöfteren rekurriert. Menschen wie Dinge existieren; wie verhält es sich aber mit solchen Sachen wie einem Buch, fiktiven Figuren oder gar der Schrift? Zu behaupten, dass sie nicht existieren, kommt letztlich der Aussage gleich, dass manche Dinge keine Dinge sind: was einen Widerspruch in sich darstellt. Andererseits haben Bücher, fiktive Figuren und die Schrift wie alle Dinge eine Wahrheit: Gott gibt es, auf dieselbe Weise wie Sherlock Holmes. Aber wie kann selbst eine noch so populäre Detektivfigur wahr sein, wenn es sie in Wirklichkeit nicht gibt? Sie existiert nur wie das, was wir denken, reden, schreiben, träumen, wie unsere Geschichten, Macht oder ein sozialer Status. Doch wie real ist all dies? Genügen bereits Intentionen, um unseren Vorstellungen jene Wirklichkeit zu verleihen, die wir als gegeben sehen, indem wir unser Denken, Reden, Schreiben, Träumen, unsere Macht und soziale Stellung ja unbestreitbar er- und ausleben? Was an uns aber ist dann Fiktion? Und wer sind wir, wenn wir lesen?

Raoul Schrott, Jänner 2018